TOD IM NIEDERWALD

AF178061

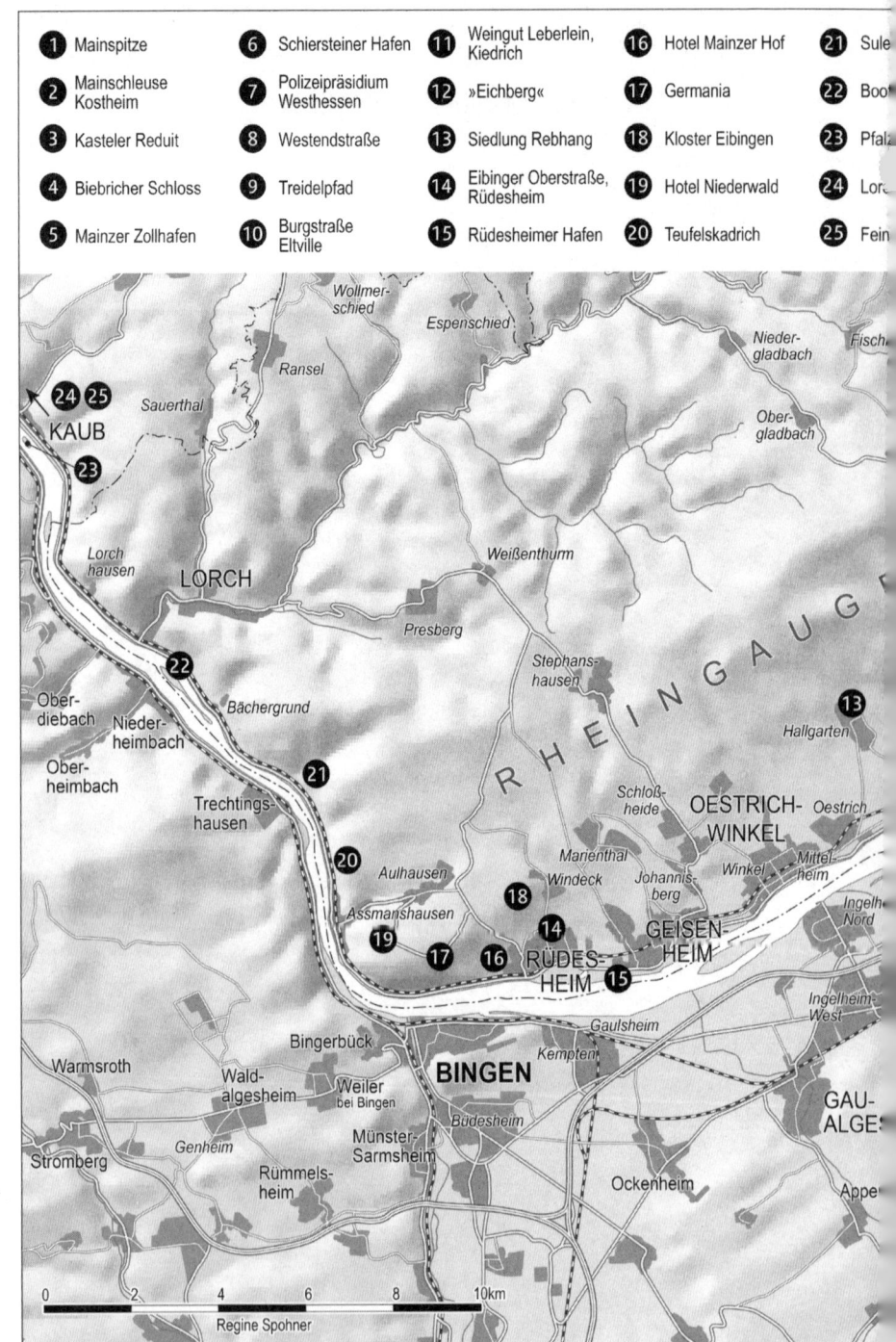

1 Mainspitze
2 Mainschleuse Kostheim
3 Kasteler Reduit
4 Biebricher Schloss
5 Mainzer Zollhafen
6 Schiersteiner Hafen
7 Polizeipräsidium Westhessen
8 Westendstraße
9 Treidelpfad
10 Burgstraße Eltville
11 Weingut Leberlein, Kiedrich
12 »Eichberg«
13 Siedlung Rebhang
14 Eibinger Oberstraße, Rüdesheim
15 Rüdesheimer Hafen
16 Hotel Mainzer Hof
17 Germania
18 Kloster Eibingen
19 Hotel Niederwald
20 Teufelskadrich
21 Sule
22 Boo
23 Pfal
24 Lor
25 Fein

Regine Spohner

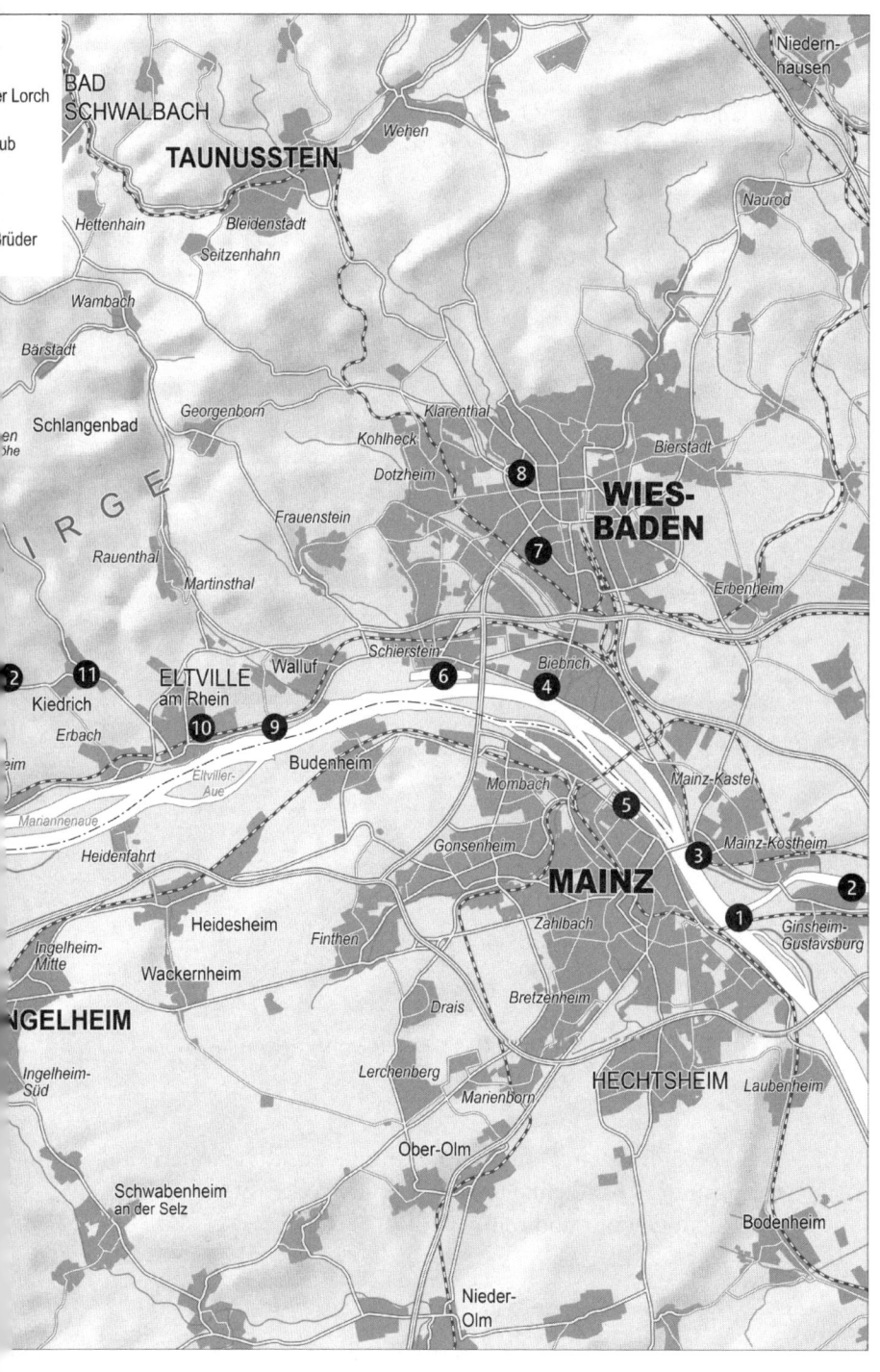

Roland Stark, geboren 1956, ist Arzt und Psychotherapeut. Er ist verheiratet, hat eine Tochter und lebt im Rheingau.

ROLAND STARK

TOD IM NIEDERWALD

Rheingau Krimi

emons:

Lust auf mehr? Laden Sie sich die »LChoice«-App runter, scannen Sie den QR-Code und bestellen Sie weitere Bücher direkt in Ihrer Buchhandlung.

Bibliografische Information der Deutschen Nationalbibliothek
Die Deutsche Nationalbibliothek verzeichnet diese Publikation in der Deutschen Nationalbibliografie; detaillierte bibliografische Daten sind im Internet über http://dnb.d-nb.de abrufbar.

© Emons Verlag GmbH
Alle Rechte vorbehalten
Umschlagmotiv: mauritius images/Torsten Krüger
Umschlaggestaltung: Nina Schäfer, nach einem Konzept von Leonardo Magrelli und Nina Schäfer
Umsetzung: Tobias Doetsch
Gestaltung Innenteil: César Satz & Grafik GmbH, Köln
Lektorat: Dr. Marion Heister
Druck und Bindung: CPI – Clausen & Bosse, Leck
Printed in Germany 2020
ISBN 978-3-7408-0966-9
Rheingau Krimi
Originalausgabe

Unser Newsletter informiert Sie regelmäßig über Neues von emons:
Kostenlos bestellen unter
www.emons-verlag.de

Für Ingrid

I.

Niederwald

Ich weiß nicht, was soll es bedeuten,
dass ich so traurig bin;
ein Märchen aus alten Zeiten,
das kommt mir nicht aus dem Sinn.

Heinrich Heine, »Lied von der Lore-Ley«

EINS

Drückende Hitze lag über dem Fluss, die Luft flirrte. Gemächlich fuhr das Motorschiff »Vater Rhein« an Rüdesheim vorbei. Aus den Lautsprechern ertönte die Stimme des Reiseleiters, der die Gäste an Bord gerade auf das Niederwalddenkmal hinwies, das seit seiner Renovierung in neuem Glanz erstrahle.

»Es liegt zweihundertfünfundzwanzig Meter über Ihnen und wurde nach dem Krieg mit Frankreich 1870 bis 1871 zur Erinnerung an die deutsche Einigung errichtet. Der Bau dauerte zwölf Jahre, 1883 wurde es von Kaiser Wilhelm I. eingeweiht. Es ist achtunddreißig Meter hoch und wiegt fünfundsiebzig Tonnen. An der Spitze sehen Sie die Germania, einen Bronzeguss von zwölfeinhalb Metern Höhe. Die ›alte Dame‹, wie sie viele Rüdesheimer liebevoll nennen, bringt allein zweiunddreißig Tonnen Gewicht auf die Waage. Die Figuren zu ihren Füßen symbolisieren Krieg und Frieden, und das Relief darunter zeigt die Größen des damals neu gegründeten Deutschen Reichs. Das Niederwalddenkmal zieht jährlich Millionen Besucher an.«

Auf dem Vordeck des Schiffes saßen die Teilnehmer eines Betriebsausflugs.

»Alte Dame, so respektlos sollte man nicht über ein nationales Symbol reden«, meinte einer aus der Truppe und wischte sich den Bierschaum aus dem Bart.

Seine Nachbarin stöhnte auf. »Entspann dich. Hier nehmen die Leute die Dinge nicht so bierernst.«

»Ich war mal oben«, berichtete ein Dritter. »Das Lied, das sie in den Sockel eingraviert haben, ist voll krass. ›Der Deutsche, bieder, fromm und stark, beschützt die heil'ge Landesmark‹, mehr hab ich mir nicht merken können.«

»Damals hatten die Menschen noch ein Gefühl für Nation und Ehre«, entgegnete sein Kollege.

»Zur Einweihung des Denkmals soll es ein Attentat auf den

Kaiser gegeben haben. Ein paar Anarchisten wollten ihn mit Dynamit in die Luft sprengen. Aber sie haben bei der Zündschnur gespart, die war nicht wasserfest, es hat geregnet, und die Bombe ist nicht hochgegangen. Zu blöd, um eine Zündschnur anzuzünden! Dafür wurden sie einen Kopf kürzer gemacht.«

»Recht so!«

»Können wir über was anderes reden?«, fragte die Frau, die das Bierernste ihrer Kollegen nicht mochte.

Der Reiseleiter tat ihr den Gefallen.

»Wir nähern uns jetzt dem sogenannten Mäuseturm von Bingen. Der Turm ist fünfundzwanzig Meter hoch und wurde im 14. Jahrhundert als Zollwachturm erbaut. Hier soll sich Schreckliches zugetragen haben.«

Er erzählte die Geschichte des habgierigen Bischofs Hatto von Mainz. Während einer Hungersnot verschloss er seine reichlich gefüllten Kornkammern, und als ihn das bettelnde Volk zu sehr belästigte, lockte er die Menschen vor die Tore der Stadt in eine Scheune und ließ diese niederbrennen. »Hört die Kornmäuse, wie sie pfeifen«, soll er ihre Schmerzensschreie kommentiert haben.

»Gott aber hielt Gericht über den Bischof, so heißt es in der Sage. Aus allen Ecken und Enden seines Palastes kamen die Ratten und Mäuse hervorgekrochen und stürzten sich auf den Kirchenfürsten. Der versuchte zu fliehen und kam mit seinem Nachen bis auf diese Insel. Doch die Ratten und Mäuse schwammen ihm hinterher und fraßen ihn bei lebendigem Leibe auf.«

Kapitän Michael Nehlsen stand auf der Brücke des Schiffs. Er machte die Tour nun schon seit über dreißig Jahren, und im Herbst würde Schluss sein. Er kannte alle Ansagen des Reiseleiters, die immer nur geringfügig variierten, auswendig, und mit jeder Sehenswürdigkeit verband er eine persönliche Erinnerung. Jedes Mal, wenn er mit seinem Schiff die Germania und den Mäuseturm passierte, musste er an die Vorfälle von vor über fünfzehn Jahren denken, als er innerhalb weniger Tage zwei

Leichen im Wasser sichtete, beides Mordopfer, wie sich später herausstellte. Irgendwie hatte das damals sein Gutes gehabt, die Sache hatte ihn so schockiert, dass er das Trinken aufgab. Trotzdem wollte er so etwas keinesfalls noch einmal erleben. Zum Glück dauerte die Saison nur noch wenige Monate. Das Schiff näherte sich dem Binger Loch. Bei dem aktuellen Niedrigwasser war das Navigieren durch die Untiefen komplizierter als sonst. Irgendetwas stimmte da vorne nicht. Nehlsen rieb sich die Augen. Es nutzte nichts, er sah immer noch ein bewegungsloses Schiff. Er schaute auf den Monitor des Radars, das AIS zeigte: »Loreley«, tausenddreihundertfünfzig Bruttoregistertonnen, auf der Fahrt nach Rotterdam, Geschwindigkeit null. Er nahm ein Fernglas zur Hand. Die »Loreley« hing fest. Auf dem Deck des Containerschiffs rührte sich nichts. Der Heckausleger war ausgefahren. Es kam dem Kapitän so vor, als entferne sich ein Motorboot von dem Lastkahn, aber sicher war er nicht.

Nehlsen schaltete auf Rückwärtsfahrt und gab ein Alarmsignal. Er hoffte, sein Schiff noch rechtzeitig zum Halten bringen zu können.

ZWEI

Im Schatten der alten Kastanie ließ sich der Sommer aushalten. Von irgendwoher wehte eine sanfte Brise, die mit der brennenden Sonne und der unbarmherzigen Hitze versöhnte. Jo hatte im Hinterhof des Hauses in der Westendstraße Grill, Gaskocher, Theke und Kühlschrank aufgebaut. Seit Wochen hielten sich Yasemin, Jo und Ginger jeden Tag hier auf, der Hof war zur zweiten Wohnküche der WG geworden. Bald würden die anderen Bewohner dazukommen, um das Hausfest am Abend vorzubereiten. Ein gnadenlos heißer Tag trieb langsam seinem Ende entgegen.

Jo tauchte ein Huhn in eine Schüssel mit Flüssigkeit.

»Du nimmst fünfzig oder sechzig Gramm Salz auf einen Liter Wasser, dazu kommt noch etwas Orangensaft oder Cointreau oder Anisschnaps sowie Zitronenschale und Rosmarin, und legst das Huhn für ein paar Stunden in die Lake. Das Verfahren nennt sich ›Brining‹, kommt aus den USA, damit bewahren die Amis ihre Truthähne vor dem Austrocknen. Willst du wissen, wie das chemisch funktioniert?«

»Eigentlich nicht«, antwortete Yasemin lachend. Sie putzte grüne Bohnen.

»Unbedingt«, widersprach Ginger, die Paprika in Spalten schnitt. Man konnte gar nicht genug wissen. Sie betrachtete den gerupften bleichen Vogel, den Jo unter die Wasseroberfläche drückte, bevor er die Schüssel in den Kühlschrank stellte.

Er erklärte den Vorgang, sprach von Permeation und Osmose, erzählte von den Salzionen, die in das Fleisch eindrangen und dabei Wassermoleküle mitnahmen.

»Du bist so schlau, Googelchen«, sagte Yasemin. Immer musste sie gegen Jo sticheln.

»Deinen Spott ertrage ich, aber nicht, dass du mich Googelchen nennst. Ich benutze diesen Datenkraken schon lange nicht mehr. Es gibt Suchmaschinen, die sammeln deine Daten nicht und unterstützen mit ihrem Gewinn Aufforstungsprojekte in der Dritten Welt …«

»Schon gut!« Yasemin verdrehte die Augen. »Das ist vorbildlich, aber anstrengend.«

»Kommt mir nicht besonders anstrengend vor, eine andere Suchmaschine zu benutzen und die Geld- und Informationsströme damit umzuleiten«, entgegnete Ginger. »Was bringen die Mansours mit?«, fragte sie, um das Gespräch in eine andere Bahn zu lenken. Das abgebrühte Gefrotzel und der Zynismus ihrer Geliebten ermüdeten sie manchmal.

»Linsensalat und marinierte Lammkoteletts. Ich hab ihnen gesagt, sie brauchen kein Fleisch mitzubringen, aber da war nichts zu machen.«

Die Mansours waren eine Flüchtlingsfamilie aus Syrien, er Chirurg, sie Apothekerin, die drei Kinder gingen in die Grundschule. Ginger hatte sie im Sprachunterricht kennengelernt, den ein Nachbarschaftshilfeverein aus dem Westend organisierte. Als im Hinterhaus der Westendstraße eine Wohnung frei wurde, hatte sie Jo, dem das Haus gehörte, überredet, es an die Mansours zu vermieten. Das war nicht schwer gewesen. Nicht bei Jo.

»Von den Garcias gibt es eine Gazpacho, und die Webers haben rote Grütze angekündigt. Das wird eine großartige Sommernacht!« Googelchen, der nicht mehr so heißen wollte, rieb sich die Hände. »Kommt dein Vater?«, fragte er Ginger.

»Ich denke schon. Matilda war ganz unglücklich, dass wir nichts mehr zu essen brauchen.«

»Wenn ihr mit dem Gemüse fertig seid, übergießt ihr es mit dieser Marinade.« Jo hatte Zitronen ausgepresst, den Saft mit Olivenöl vermischt und die Mischung mit Zitronenzesten und einigen Gewürzen aromatisiert. »Das legen wir dann heute Abend in einer Schale auf den Grill. Ich mach mich jetzt mal an die Soße.« Er begann, ein Bündel Kräuter klein zu hacken.

»Gehst du weiter zu dem Seelendoktor mit dem komischen Namen?«, wollte Yasemin wissen.

Dieses Thema passte Ginger überhaupt nicht. Yasemin meinte Dr. Triebfürst, und Ginger hatte keine Lust, sich gegenüber ihrer Freundin zu erklären.

»Ja«, war ihre einsilbige Antwort.

Gingers bisheriges Leben war eine Irrfahrt durch unruhiges Gewässer gewesen, mit Stürmen, Stromschnellen und Nebelbänken. Sie hatte dabei die Orientierung verloren. Ihr Freund war bei einem Verkehrsunfall ums Leben gekommen, auf dem Rückweg von einer Fastnachtsfeier. Er war neben ihr verblutet. Sie hätte ihn nicht fahren lassen dürfen, und die Schuldgefühle nagten seit dieser Nacht an ihr, die Bilder, die sich in ihr Gedächtnis eingebrannt hatten, suchten sie in den Nächten heim. Danach hatte sie gekifft und gesoffen, um ihren Schmerz zu betäuben, und war bei der Polizei nur deswegen nicht rausgeflogen, weil sie zuvor gekündigt hatte. Sie hatte eine Weltreise gemacht, bis sie ein tibetanischer Mönch nach einer Meditationsstunde gefragt hatte, wovor sie eigentlich fliehe. Für einen Moment hatte sie die Umrisse von Land hinter dem Nebel gesehen. Sie war zurück nach Deutschland gekommen, hatte mit finanzieller Unterstützung ihres Großvaters eine Detektei eröffnet und die Therapie bei Dr. Triebfürst begonnen. Sie wollte nicht mehr davonrennen, weder vor sich selbst noch vor der Wahrheit. Sie wollte wieder Boden unter ihren Füßen spüren.

»Hey, Ginger!« Yasemin winkte ihr zu, wollte sie aus ihren Gedanken reißen. »Willst du einen Joint?«

Sie schüttelte den Kopf. Sie hatte mit dem Rauchen aufgehört, nachdem sie in einem Stollen in Lorch fast erstickt wäre, als sie versuchte, den Freund einer Mandantin aus dem Verlies eines Geisteskranken zu befreien. Seitdem atmete sie am liebsten nur noch saubere Luft. Dass sie nicht mehr kiffte, hatte erfreuliche Auswirkungen, nicht nur auf ihre Lungen. Die Stimmen in ihrem Kopf waren verstummt. Es gab dort nur noch die eigenen Gedanken. Und die Dinge redeten nicht mehr mit ihr, außer sie wollte das so. Sie irrte nicht mehr im Nebel herum, sondern genoss immer öfter die klare Sicht.

»Geht es dir gut, Ginger?«

»Na klar!«

Yasemin hielt Shit für einen Teil der Lösung, wo er doch ein Teil des Problems war, wie Ginger mittlerweile wusste. Davids Tod war nur die letzte Etappe ihrer Irrfahrt gewesen. Dennoch hatte sie die Therapie bei Dr. Triebfürst beendet, als sie das Gefühl hatte, damit besser klarzukommen, als die Stimmen verstummt waren und sie nicht mehr jede Nacht seine Todesschreie hörte. Auch wenn das Schicksal ihrer Mutter weiter ungeklärt war. Rebecca Havemann war verschwunden, als Ginger vierzehn war, hatte eine Ansichtskarte aus Italien geschickt und sich für alles entschuldigt, das war es gewesen. *Tut mir leid, aber ich kann nicht anders.* Damals hatte ihre Irrfahrt begonnen, hatte sie die Orientierung verloren. Sie konnte froh sein, dass sie nicht untergegangen war und mittlerweile einen neuen Kurs gefunden hatte. Am besten fand sie sich mit allem ab, so dachte sie. Doch dann hatte sie in der »Blow-up«, dem alten Boot ihres Vaters, Aufzeichnungen ihrer Mutter gefunden, die die Hoffnung genährt hatten, Aufschluss über deren Schicksal zu finden. Sie hatte voller Elan mit Recherchen begonnen und musste nach und nach erkennen, dass ihre Anstrengungen zu nichts führten. Das war deprimierend, wo sie gerade wieder anfing, an Wahrheit und Gerechtigkeit zu glauben. Um nicht erneut in einen Strudel von Selbstvorwürfen, Selbsthass und Selbstzerstörung zu geraten, hatte sie sich erneut bei Dr. Triebfürst gemeldet.

»Gibt es neue Aufträge für die Detektei?«, wollte Jo wissen.

Es gäbe jede Menge Aufträge, wenn sie bereit wäre, Männer und Frauen im Auftrag ihrer Ehegatten bei Seitensprüngen zu fotografieren oder krankgeschriebene Arbeitnehmer im Auftrag ihrer Chefs bei der Schwarzarbeit. Aber das lehnte Ginger ab. Dann blieb nicht all zu viel. »Geht so«, meinte sie ausweichend. »Reich mir mal die Schüssel mit der Marinade.« Sie goss die ölige Flüssigkeit über das klein geschnittene Gemüse in der Schale vor ihr.

Sie redeten eine Weile über die Gäste, die sie am Abend

erwarteten. Über die Mansours, die sich für jeden syrischen Flüchtling, der unangenehm auffiel, entschuldigten. Das war den dreien peinlich, die Mansours waren eine durch und durch ehrbare Familie und ihre Entschuldigungen grotesk. Sie sprachen über die Garcias, deren Tochter ab August ins Gymnasium gehen würde, was die Eltern, er Elektriker, sie Verkäuferin, mit großem Stolz erfüllte. Die beiden waren über den Einzug der Mansours alles andere als erfreut gewesen. »Wenn zu viele Ausländer, Deutsche verlieren Gemütlichkeit«, erklärte Felipe Garcia das. Aber wenige Wochen hatten ausgereicht, um das Eis zwischen den beiden Familien zu brechen. Die Gemütlichkeit der Webers konnte sowieso nichts beeinträchtigen. Sie waren froh, für sich und ihre zwei Kinder in Wiesbaden eine bezahlbare Wohnung gefunden zu haben, mit Sandkasten und Schaukel vor der Wohnung. Vor ein paar Jahren wäre das noch normal gewesen, heute war es etwas Besonderes. Das Besondere an den Webers war, dass sie das zu schätzen wussten, zwei junge Leute, die einfach nur Zufriedenheit ausstrahlten.

Gingers Telefon klingelte. Eine Astrid Leber aus Rüdesheim rief an.

»Sie müssen mir unbedingt helfen. Meine Cousine Sarah ist verschwunden. Sie wollte Sie anrufen, deswegen habe ich Ihre Nummer. Aber dazu ist es nicht mehr gekommen. Ich mache mir Sorgen, bitte kommen Sie schnell in den Mainzer Hof in Rüdesheim. Über das Finanzielle werden wir uns bestimmt einigen!«

Ginger sagte sofort zu. Es schien ein Auftrag ganz nach ihrem Geschmack zu sein.

Sie fuhr mit ihrer Carducci in den Rheingau. Selbst bei der extremen Hitze, die in diesem Sommer das Land heimsuchte, liebte sie es, mit ihrem Motorrad unterwegs zu sein. Es war bequem genug für längere Straßenfahrten und fuhr problemlos durch raues Gelände. Für Ginger gab es keine bessere Möglichkeit, den Kopf frei zu bekommen, als sich auf die Enduro zu setzen und durch die Welt zu brausen. Sie nahm die B 42 und fuhr an den hügeligen Obstplantagen von Frauenstein vorbei, an Eltville und den anderen Städtchen am Rhein. Aus der Ferne grüßten die Schlösser Vollrads und Johannisberg, der warme Fahrtwind blies ihr ins Gesicht. Von allen Jobs, die man als Privatdetektivin angeboten bekam, war ihr die Suche nach Vermissten am liebsten. Manche Zielpersonen wollten zwar nicht gefunden werden, aber andere waren in Not und froh, wenn Ginger erfolgreich war, es ging also nicht immer um ungebetene Schnüffelei. Ginger liebte diese Aufträge noch aus einem anderen Grund: Für sie war es ein Abenteuer, in das Leben einer anderen Person einzutauchen. Sie konnte jemanden am besten finden, wenn sie die Person kannte, sie verstand, wenn sie in ihre Haut geschlüpft war, wenn es ihr gelang, wie sie zu fühlen, zu denken, zu handeln. Deswegen verfolgte sie niemals nur Spuren, sondern näherte sich der Person auf vielen Ebenen. Das war aufwendig, aber auch anregend und bereichernd. Und sie war erfolgreich mit dieser Methode.

Ihr Ziel befand sich am Rand der Rüdesheimer Altstadt in direkter Nachbarschaft der Weinberge, die sich den Hang zum Niederwalddenkmal hinaufzogen. Ein Hinweisschild verwies auf einen Parkplatz um die Ecke. Ginger fuhr mit ihrer Carducci stattdessen durch ein Tor aus Eisenstäben auf den Vorhof des Hotels und stellte die Maschine auf dem knirschenden Kies ab. Der Mainzer Hof war ein dreiflügeliges Barockgebäude, dessen altehrwürdige Pracht in die Jahre gekommen war. Die Laibungen und Säulen aus Sandstein waren bemoost, der grüne Lack der Klappläden blätterte hier und da ab, der beigefarbene Putz der Wände war ausgebleicht. Im linken Teil des Gebäudes waren zwei Restaurants untergebracht, das Pinot und die Rieslingstube. Ginger machte ein paar Fotos mit dem Handy. Sie betrat den Mittelflügel des Gebäudes durch ein stattliches Holztor, das in ein großes und düsteres Foyer führte. Zu viel dunkel gebeiztes Eichenholz, zu wenig Licht. Ginger erinnerte die Atmosphäre an einen Horrorfilm von Stanley Kubrick.

Gleich würde ein irre grinsender Jack Nicholson um die Ecke kommen. Sie machte noch ein paar Bilder. Eine Klimaanlage kämpfte laut surrend gegen die Hitze.

Eine Frau um die vierzig kam hinter dem Empfangstresen hervor. Sie trug ein lässiges Leinenkleid, war groß gewachsen und sehr schlank und hatte auf den ersten Blick etwas Ätherisches, was so gar nicht zu der deutsch-rustikalen Massivität des Hotels passte.

»Ich bin Astrid Leber. Wir haben miteinander telefoniert.« Ihre Stimme klang klar und bestimmt, der Druck ihrer knochigen Hand war warm und zupackend. »Kommen Sie mit!«

Sie führte sie in ein Büro, das an das Foyer angrenzte. Auch diesen Raum dominierte dunkel gebeizte Eiche. Durch die bleiverglasten Fenster drang nur wenig Licht. Astrid Leber bot Ginger einen Platz vor dem Schreibtisch an und reichte ihr ein Glas Wasser.

»Es geht um Sarah Hope. Sie ist gestern Abend gegen einundzwanzig Uhr dreißig völlig unerwartet verschwunden.«

Das war keine vierundzwanzig Stunden her, dennoch klang die Hotelmanagerin beunruhigt. Sie sollte Verständnis und Empathie zeigen, dachte Ginger. »Sie machen sich Sorgen, obwohl Sarah noch nicht lange verschwunden ist. Sie werden Ihre Gründe haben.«

Astrid Leber nickte. Sie schien erleichtert, dass Ginger die Besorgnis nicht für voreilig erklärt hatte. »Die habe ich allerdings. Sarah ist seit einiger Zeit verändert. Ehrlich gesagt habe ich den Eindruck, dass sie zu viel trinkt. Irgendetwas liegt ihr auf der Seele, aber sie hat mit mir nicht darüber gesprochen, obwohl wir sonst immer ein sehr gutes Verhältnis hatten.«

»Sie sagten, Sarah ist Ihre Cousine.«

»Genauer gesagt Cousine zweiten Grades. Uns beiden gehört das Hotel. Ich habe meinen Teil von meinen Eltern geerbt, Sarah ihren Teil von Onkel Dieter. Aber die Familienverhältnisse tun nichts zur Sache.« Sie machte eine wegwischende Handbewegung, bevor sie an ihrem Wasserglas nippte.

Was wichtig war und was nicht, wollte Ginger lieber selbst entscheiden. Es zahlte sich nicht aus, sich mit dem Ungefähren zufriedenzugeben oder abspeisen zu lassen. Aber vorerst gab es anderes zu klären.

»Wann genau haben Sie Sarah zuletzt gesehen?«

»Ein paar Minuten bevor sie verschwunden ist. Wir hatten gestern im Pinot eine Familienfeier. Tante Helga wurde achtzig.«

»Ihre Tante?«

»Eine Tante zweiten Grades.«

»Sie haben eine weitverzweigte Familie.«

»Das kann man so sagen, Helga Urbach ist Mitbesitzerin des Weinguts Nachtweih. Von dem haben Sie möglicherweise schon mal gehört.«

Ginger würde Googelchen fragen, der kannte sich mit solchen Sachen aus. Irgendwoher kam ihr der Name Nachtweih allerdings bekannt vor. »Dann waren Sie und Sarah also als Gäste auf der Feier.«

Ihr Gegenüber rang verlegen die Hände. »Ich schon. Ich mache die Verwaltung des Hotels und hatte Zeit. Sarah leitet den Service der Restaurants, und wir haben gerade einen Engpass beim Personal. Es ist ja so schwer, gute Leute zu bekommen.«

»Das heißt?«

»Sie hat es vorgezogen, gestern Abend zu arbeiten.«

Die Familienverhältnisse taten vielleicht doch etwas zur Sache.

»Vielleicht schildern Sie mir den Ablauf des Abends«, schlug Ginger vor.

Astrid Leber begann zu erzählen. Am Freitagnachmittag um siebzehn Uhr hatte Helga Urbachs Fest begonnen. Eingeladen waren die Mitglieder der Familien Urbach und Nachtweih sowie einige enge Freunde, zusammen vierzig Personen, die, soweit nicht beruflich verhindert, alle gekommen waren. Eine Liste der Namen hatte sie bereits vorbereitet. Das Fest war ohne besondere Vorkommnisse verlaufen, es gab ein Vier-Gänge-

Menü von Dirk Mangold, dem Küchenchef des Pinot, zwischen den Gängen ein paar Reden und Gesangsdarbietungen. Gegen einundzwanzig Uhr dreißig löste sich die Festgesellschaft auf.

»Sarah machte den ganzen Tag einen nervösen und fahrigen Eindruck, sie guckte dauernd auf ihr Handy. Als das Fest zu Ende war und alle ins Foyer strömten, soll sie plötzlich erstarrt sein und danach das Foyer fluchtartig verlassen haben.«

»Sagt wer?«

»Sagt der Nachtportier. Der kommt heute Abend wieder zum Dienst, dann können Sie ihn befragen.«

»Und Sie haben keine Idee, was sie derart erschreckt haben könnte?«

Astrid Leber schüttelte den Kopf.

»Und wie ist sie davon? Gelaufen, mit dem Auto gefahren? Wissen Sie das?«

»Ihr Mountainbike fehlt.«

»Waren die Gäste von Helga Urbach die einzigen im Restaurant?«

»In der Rieslingstube gab es noch Laufkundschaft. Dort hat Sarah allerdings nicht gearbeitet. Die Gäste kommen von dort aus auch nicht ins Hotelfoyer. Aber das Pinot hat noch einen zweiten Raum. Da hat sich gestern der Freundeskreis Germania getroffen. Das sind Leute, die sich der Pflege des Niederwalddenkmals verschrieben haben und die sich einmal im Monat hier treffen.«

»Kümmert sich das Land Hessen denn nicht um die Denkmalpflege?«

Sie hob die Schultern. Das Thema schien ihr nicht sonderlich zu behagen. »Das fragen Sie die Leute am besten selbst. Peter Urbach gehört beispielsweise zu den Freunden der Germania. Der war gestern aber auf der Geburtstagsfeier seiner Mutter. Der Referent, den sie gestern eingeladen hatten, Bernd Jaucher, ist auch noch im Hotel, er reist erst am Montag ab. Die beiden können Sie zu dem Freundeskreis befragen, wenn Sie es für wichtig erachten. Von diesen Leuten habe ich übrigens keine Liste, es hat auch niemand mit Karte gezahlt. Dafür habe ich eine Liste der Hotelgäste für Sie. Die meisten reisen morgen Vormittag ab. Aber mit denen hatte Sarah eigentlich nichts zu tun.«

Astrid Leber hatte wirklich an vieles gedacht. »Sie haben bestimmt schon bei Sarah zu Hause nachgeschaut.« Es war eher eine Feststellung als eine Frage.

»Natürlich. Das ist ganz einfach. Sie hat eine Wohnung hier im Hotel, gegenüber meinen Zimmern. Wir können nachher reinschauen, ich habe Schlüssel.«

Ein wenig unverfroren war es schon, wie Astrid Leber mit der Privatsphäre ihrer Cousine umging, aber es erleichterte Ginger die Arbeit.

»Und die Kollegen, die gestern hier gearbeitet haben, haben Sie von denen auch eine Aufstellung?«

Natürlich hatte Astrid Leber daran gedacht. Alle würden heute Abend wieder im Hotel arbeiten.

»Wer sind Sarahs Freunde? Hat sie einen Freund?«

»Sie ist eng mit Dirk Mangold befreundet, und ich glaube, auch mit seiner Schwester Franzi. Die arbeiten beide in der Küche des Pinot. Aber Dirk ist nicht ihr Partner oder Liebhaber, Dirk ist schwul. Sie hat Dirk und Franzi in der Pfalz kennengelernt, während ihrer Lehr- und Wanderjahre, wie sie das nennt. Als sie das Hotel übernahm, hat sie ihn mitgebracht. Dirk ist ein echter Gewinn für das Hotel, ein begnadeter Koch, die Leute übernachten seinetwegen bei uns.«

Ginger wiederholte ihre Frage nach einem Freund.

»Sarah hat in dieser Hinsicht kein glückliches Händchen. Jeder, der hier arbeitet, hetero ist und ganz passabel aussieht, ist mal dran. Und ganz schnell wieder abserviert. Das erleichtert die Personalplanung nicht gerade. Ich glaube, Yannik Petermann ist gerade aktuell. Der arbeitet gelegentlich als Aushilfe bei uns, war allerdings gestern nicht im Haus. Ich habe seine Anschrift und Telefonnummer. Hab ihn schon angerufen, er ist nicht rangegangen. Genauso wenig wie Sarah selbst, die ich natürlich auch schon versucht habe anzurufen.«

Ginger bat um die Adressen aller Beteiligten, um Sarahs Telefonnummer und ein Bild von ihr. Auch das hatte die umsichtige Hotelmanagerin bereits vorbereitet, einschließlich eines Bildes von der gestrigen Festgesellschaft.

Das Bild von Sarah zeigte eine ausgesprochen schöne Frau von Mitte oder Ende zwanzig mit dunklem Teint und langen blonden Locken. Auf dem Bild der gestrigen Festgesellschaft war sie nicht dabei.

»Sarah ist kein hundertprozentiges Rheingauer Gewächs, was?«

Ihr Gegenüber schmunzelte. »Was einigen gar nicht schmeckt. Ihre Großmutter Gertrud hatte nach dem Krieg ein Verhältnis mit einem schwarzen GI. Manche tragen das noch der Enkelin nach. Wollen wir uns jetzt die Zimmer von Sarah ansehen?«

Immer wenn es um die Familienverhältnisse der Urbachs und Nachtweihs ging, wechselte ihre Auftraggeberin das Thema oder wurde einsilbig, ganz im Gegensatz zu ihrer sonstigen Auskunftsfreude.

»Wie sind Sie denn mit den Nachtweihs und Urbachs verwandt?«

Einen kurzen Moment schien Astrid Leber ausweichend antworten zu wollen, dann überlegte sie es sich anders. »Mein Urgroßvater ist Wilhelm Nachtweih, das ist der Gründer des Weinguts Nachtweih. Er hat auch den Mainzer Hof und das Jagdschloss Niederwald erworben. Mein Großvater fiel im Krieg, noch vor der Geburt meiner Mutter.«

Allmählich schwindelte es Ginger angesichts all der verwandtschaftlichen Beziehungen, die sie sich in einem Diagramm vor ihrem inneren Auge vorzustellen versuchte. Dabei wusste sie noch nicht einmal, ob diese für ihre Aufgabe irgendeine Bedeutung hatten. Aber sie hatte es sich zur Gewohnheit gemacht, auch scheinbaren Nebensächlichkeiten ihre Aufmerksamkeit zu schenken. Schließlich konnte man immer erst im Nachhinein entscheiden, was wirklich nebensächlich war und was wichtig.

»Noch eine letzte Frage, bevor wir in die Wohnung von Sarah gehen: Haben Sie Angst, dass sich Sarah etwas antut, oder warum ist es so dringend, dass sie gefunden wird?«

»Ich mache mir Sorgen. Und ich bezahle Sie. Reicht das nicht? Wir haben uns noch gar nicht über das Honorar unterhalten.«

»Tausend Euro pro Tag plus Spesen.« Einfach mutig und ein bisschen unverschämt sein, dachte Ginger. Mal sehen, wie weit sie damit käme.

Astrid Leber schluckte, stimmte dann aber zu Gingers Überraschung ohne weitere Diskussionen zu. »Das muss die Familie akzeptieren.«

Doch Ginger wollte das Ausweichmanöver ihrer neuen Auftraggeberin nicht hinnehmen. »Sie haben meine Frage noch nicht beantwortet. Warum ist es so dringend, dass sie gefunden wird?«

Ihre Auftraggeberin seufzte. »Das Jagdschloss Niederwald soll verkauft werden, das Hotel und die darumliegenden Ländereien. Ein Investor will das Ensemble zu einem Golfhotel umbauen, das funktioniert aber nur, wenn alle aus der Erbengemeinschaft verkaufen. Der Notartermin ist Ende nächster Woche. Wir haben lange gebraucht, bis wir uns geeinigt haben, und der Investor hat noch ein anderes Objekt in Aussicht. Der Termin darf keinesfalls platzen. Aber das hat doch nichts mit Sarahs Verschwinden zu tun. Der Verkauf ist auch in ihrem Interesse. Wir können das Geld gut gebrauchen. Sie sehen ja, wie es hier aussieht. Dem Mainzer Hof würde eine Verjüngungskur guttun.«

Das erklärte den Nachdruck, mit dem Astrid Leber nach Sarah suchte. Es erklärte auch, warum sie die ambitionierte Honorarforderung Gingers akzeptiert hatte, obwohl sie vermutlich nicht allzu flüssig war. Es ging um viel Geld, vermutlich beteiligte sich der Rest der Familie an den Kosten für die Suche. Doch ob der geplante Verkauf tatsächlich nichts mit Sarahs Verschwinden zu tun hatte, musste sich erst noch erweisen.

»Eine allerletzte Frage noch: Wie kamen Sie auf mich? Am Telefon sprachen Sie davon, dass Sarah mich anrufen wollte.« Astrid Leber kramte in ihrer Schreibtischschublade und zog einen Zettel hervor, den sie Ginger reichte. Auf dem Papierfetzen stand handschriftlich: »Ginger Havemann anrufen«, gefolgt von ihrer Telefonnummer.

»Es ist Sarahs Handschrift«, sagte Astrid. »Ich habe den Zettel in ihrer Wohnung gefunden.«

Das war außerordentlich verwirrend. Ginger hörte von Sarah Hope an diesem Tag zum ersten Mal, Sarahs Bild sagte ihr nichts, lediglich beim Namen Nachtweih hatte sie den vagen Verdacht, ihn schon einmal gehört zu haben. Dieser Zettel war neben dem großzügigen Honorar ein weiterer guter Grund, den Fall zu übernehmen.

»Ich schicke Ihnen noch heute den Vertrag per Mail. Der Vertrag ist täglich kündbar und endet automatisch, wenn ich Sarah gefunden habe. Ich hätte gerne eine Anzahlung von dreitausend Euro, die mir auf jeden Fall bleibt, ich schicke Ihnen meine Bankverbindung mit derselben Mail. Wenn ich bis Mitte der nächsten Woche keinen Erfolg habe, sollten Sie die Polizei informieren. An unserem Vertrag ändert das nichts, ich suche dann gemeinsam mit der Polizei weiter. Einverstanden?«

Astrid Leber war einverstanden.

Sie gingen durch das Foyer zu einer Holztreppe, die in den rechten Seitenflügel des Gebäudes bis unter das Mansardendach führte. Am Ende der Treppe befand sich ein kleiner Flur, von dem zwei alte Holztüren abgingen, eine in Sarahs Wohnung. Astrid Leber schloss sie auf. Hier gab es jede Menge schiefe Wände, auch diejenigen, die gerade sein sollten, waren schief. Es roch nach sommerlicher Hitze, Hausstaub, alten Holzdielen und Bohnerwachs. Die Wohnung bestand aus einer Küche, einem Bad und zwei Zimmern. Ginger fotografierte alles.

Das einzige moderne Möbelstück war ein breites Bett im Schlafzimmer, eine Matratzenlandschaft, die auf grob behauenen Holzbohlen lag, übersät mit Kissen und Kuscheltieren in Braun, Schwarz, Weiß, Pink, Türkis und Himmelblau. Bären, Katzen, Tiger, Drachen, Vögel, Schlümpfe, Zwerge, Lurche, Mäuse, Enten. Eine Szenerie, die eher an ein kleines Mädchen denken ließ und nicht an eine sexuell aktive Frau Ende zwanzig.

Im Wohnzimmer stand auf einem alten Sekretär ein Notebook. In der darunterliegenden Schublade fand Ginger einen Zettel mit einer Buchstabenfolge. Iwnwsebdistb. Das Passwort für den Computer. »Darf ich?«, fragte sie ihre Auftraggeberin und musste innerlich über diese Frage lachen. Als ob die Cousine das zu entscheiden hätte. Es war grenzwertig, was sie da machte, freundlich ausgedrückt. Sie holte aus ihrem Rucksack eine mobile Festplatte, verband sie mit dem Notebook und gab ein paar Befehle in die Tastatur ein. Innerhalb der nächsten paar Minuten würde sie eine komplette Spiegelung von Sarahs Computer auf ihrer Festplatte haben. Während das Notebook seine Geheimnisse preisgab, schaute sich Ginger den Sekretär etwas genauer an. Oberhalb der Schreibplatte gab es eine Fülle kleiner und kleinster Schubladen und Schublädchen, unterhalb der Schreibfläche waren die Schubladen größer. Sie öffnete eine nach der anderen. Sie durfte das nicht tun, aber sie hatte die Hoffnung, dass der Zweck die Mittel heiligte.

Sie fand Modeschmuck, Lippenstifte, ein Schillum, Wachsmalstifte, Büroklammern, Gummibärchen, Tampons und ein Los der Fernsehlotterie.

In der untersten Schublade wurde es interessant. In einem Karton lag eine Mappe mit großformatigen Fotodrucken, die Sarah zeigten. Sarah leicht bekleidet in erotischen Posen. Sachen, wie sie junge Frauen mittlerweile massenweise auf Instagram posteten, aber das Besondere an diesen Fotos war ihr Stil, geprägt von einer exzessiven Verwendung von Weichzeichnerfiltern, als wäre der Fotograf den achtziger Jahren des vorigen Jahrhunderts entsprungen. Und Sarah war auf den Fotos eine sehr junge Frau. Ein junges Mädchen, fast noch ein Kind. Sie war für solche Fotos verboten jung. Es war schwer zu erkennen, wo die Aufnahmen gemacht worden waren, vielleicht in einem altertümlich eingerichteten Hotelzimmer: Sarah, die verträumt aus einem Fenster in ein nebliges Tal blickte und sich das lange blonde Haar kämmte, Sarah, die sich auf einem Himmelbett räkelte, Sarah mit Teddybären. Der Vamp mit den Kuscheltieren. Hinter der gespielt lasziven Pose sprang den Beobachter aus den Augen des Mädchens eine Sehnsucht an, die schmerzte, weil sie so kindlich war, und die mit sexuellem Begehren nichts zu tun hatte. Man konnte das nur übersehen, wenn man völlig eindimensional tickte. Aber das taten genug Leute.

Ginger zeigte Astrid Leber die Fotos. »Kennen Sie die?«

»Nein«, entgegnete sie mit tonloser Stimme. Sie schien sich ähnlich unwohl zu fühlen wie Ginger.

»Haben Sie eine Vermutung, wer die gemacht haben könnte?«

»Nein.«

Das musste nicht zwingend etwas bedeuten, aber Ginger spürte, dass die Fotos wichtig sein könnten. Sie durfte sich auf solch vage Ahnungen zwar nicht verlassen, aber es war dennoch ratsam, sie ernst zu nehmen.

Sie machte Aufnahmen von den Fotos. Dann kramte sie in dem Karton weiter. Sie fand ein Plastikbeutelchen mit einem silbernen Anhänger. Einen Moment fühlte sich Ginger, als stünde sie neben sich, sie empfand einen leichten Schwindel. Eine Doppelaxt aus Silber, was war daran so besonders? Sie machte auch von dem Anhänger ein Foto, bevor sie ihn zurück in den Karton legte und den Karton in die Schublade.

Jetzt hatte sie lange genug durchs Schlüsselloch gespäht. Ob es richtig war oder falsch, was sie gerade tat, würde sie erst im Nachhinein wissen. Sie wusste nicht, ob Sarah gefunden werden wollte. Vermutlich nicht, warum hatte sie sich sonst versteckt? Aber vielleicht war es auch viel komplizierter, und Sarah war in Not, brauchte Hilfe. Außerdem hatte sie den Auftrag angenommen und sollte versuchen, ihn professionell und erfolgreich zu Ende zu bringen.

Sie versuchte, Yannik Petermann zu erreichen, konnte aber nur auf die Mailbox sprechen.

»Ich glaube, ich rede jetzt mit den Kollegen von Sarah. Gehen wir zurück ins Pinot.«

»Hi, ich bin die Janine Bauer, nenn mich Jenny!«

Die junge Frau streckte ihr die Hand entgegen und schaute sie an, als würde gleich etwas ganz Tolles passieren, etwas, das sie kaum erwarten konnte. Sie hatte ein engelsgleiches Gesicht, und unter dem blonden Lockenkopf strahlte Ginger ein Lächeln entgegen, das signalisierte, dass man mit ihr Pferde stehlen konnte. Konnte man mit Engeln Pferde stehlen?

»Super, Jenny. Du warst gestern den ganzen Tag mit Sarah zusammen?«

»Jep. Ich hab um kurz nach vierzehn Uhr angefangen, zusammen mit Sarah. Ich fand es total cool, dass sie gearbeitet hat, obwohl ja diese Tante oder Oma oder was die ist, ihren Geburtstag gefeiert hat. Sie hätte auch die Manu aus dem Frei holen können, hat sie aber nicht gemacht. Wirklich sehr korrekt, ich meine, für eine Chefin, oder?«

»Unbedingt! Und was ging so ab gestern?« Ginger wusste, dass es oft hilfreich war, sich der Sprache des Gegenübers anzupassen. Sie durfte es natürlich nicht übertreiben, sonst fühlte sich die Gesprächspartnerin am Ende veräppelt. Aber nicht Jenny.

»Ja, was ging ab? Ab halb drei haben wir die Deko für die Feier der alten Urbach gemacht, die teuren Tischdecken, das edle Geschirr, Tischgestecke und so Sachen. Irgendwie war Sarah schräg drauf, hat rumgefrotzelt über die alte Hexe, ich glaub, sie hat ihre Oma gemeint. Wollte aber nicht sagen, was Sache ist. Na, und dann kam diese junge Bitch und hat Stress gemacht.«

»Junge Bitch? Kennst du die?«

»Nö. Ihren Namen hab ich leider nicht mitgekriegt.«

»Wie sah die aus?«

»Kurz geschnittene rote Haare, groß, Sommersprossen,

ziemlich aufgebrezelt. Also, die hat so was von Stress gemacht. Sarah kannte die und ging mit ihr in ein anderes Zimmer. Da haben sie sich zehn Minuten lang angeschrien. Ich hab nicht verstanden, worum es ging. Vermutlich um einen Typen, die Chefin lässt ja nichts anbrennen. Und um Geld, das Wort fiel ein paarmal, aber mehr weiß ich wirklich nicht. Nach zehn Minuten war der Spuk vorbei, die Bitch ist wieder abgerauscht, und Sarah war noch schlechter drauf als vorher. Lässt sie aber nie an ihren Leuten aus. Meinst du, das hat was mit Sarahs Verschwinden zu tun?«

»Ich brauch noch mehr Infos, bevor ich was sagen kann. Wie ging der Tag weiter?«

Jenny schilderte nun den Ablauf der Familienfeier genauso, wie es Astrid getan hatte, wobei sie völlig andere Worte benutzte.

»Und dann war da noch eine weitere Veranstaltung, Freunde der Germania, richtig?«

»Genau. Deswegen hatten wir ja so viel Stress. Eine Veranstaltung hätten wir locker wuppen können, aber zwei, das ist schon ein bisschen heavy. Die Leute treffen sich einmal im Monat bei uns und labern über Deutschland und so, es wird viel gesoffen, und es gibt meistens reichlich Trinkgeld. Auf die hat die Chefin überhaupt keinen Bock, da schickt sie lieber die anderen Mädels hin.«

»Hast du eine Ahnung, wieso sie keinen Bock hat?«

»Meine Ahnung sagt mir, dass es mit dem Fettsack zu tun hat, den sie Schorsch nennen. Das ist ein ziemlich krasser Fall für MeToo, wenn du weißt, was ich meine.«

»Kannst ruhig ein bisschen deutlicher werden.«

Das ließ sich Jenny nicht zweimal sagen. »Der fasst dir an den Hintern, und bevor du ihm eine langen kannst, hat er dir einen Zehner oder Zwanziger zugesteckt, dann lässt du das eher. Also die Chefin jetzt nicht, die hat ihm mal ordentlich eine gepfeffert und Hausverbot angedroht, aber passiert ist nichts. Der macht grad so weiter.«

»An dem Abend auch?«

»Da hab ich nichts mitbekommen. Er hat zwar geglotzt, aber nichts gemacht. Die hatten ja einen Gastredner eingeladen, so ein höheres Tier, der zusammen mit einer Gräfin hier aufgeschlagen ist, da hat sich der Fettsack zusammengerissen.«

»Und Sarah hat auch bei denen bedient?«

»Am Anfang schon. Weil wir so knapp mit den Leuten waren gestern. Bei denen ging es um sieben los, da hatten wir bei der alten Urbach gerade den Hauptgang serviert und sind dann alle rüber ins Niederwaldzimmer.«

Nach dem Essen gab es für den Freundeskreis eine Rede des angereisten Referenten, die bis kurz vor halb zehn dauerte. »Halt so Blabla«, meinte Jenny dazu. Sarah habe sie für eine Weile aus dem Blick verloren, vermutlich sei sie wieder auf dem Fest von Helga Urbach gewesen.

»Ich hab sie erst wieder um halb zehn gesehen. Da kam sie aus der Küche in die Rieslingstube gestürzt, hat ihre Schürze in die Ecke gepfeffert, sich ihren Rucksack gegriffen, zwei oder drei Flaschen Tresterschnaps reingestopft und ist durch die Küche wieder verschwunden. Ich bin ihr hinterher, hab im Foyer aber nur jede Menge Leute gesehen, der Vortrag war wohl grad zu Ende und die Familienfeier auch, von Sarah aber keine Spur. Tja, das war es.«

Sonst war Jenny nichts an ihrer Chefin aufgefallen. Sie hatte ihr gegenüber nie angedeutet, vor jemandem Angst zu haben, niemand hatte sich für sie in auffälliger Weise interessiert.

Ginger bedankte sich und befragte weitere Mitarbeiterinnen aus dem Service. Die junge Frau, mit der Sarah am Nachmittag eine Auseinandersetzung hatte, hatte außer Jenny niemand gesehen, den überstürzten Aufbruch von Sarah niemand außer ihr beobachtet. Niemand konnte sich erklären, wovor Sarah Hope geflohen war, niemand hatte Anzeichen wahrgenommen, dass sie verfolgt oder bedroht worden wäre. Niemand wusste, wo sie sich aufhalten könnte. Über Schorsch erzählten alle jüngeren Mitarbeiterinnen mehr oder weniger das Gleiche, auch wenn sie sich meist etwas dezenter als Jenny ausdrückten. Niemand kannte seinen vollständigen Namen, aber eine junge Frau, die aus dem Ort kam, meinte, er sei ein Bauunternehmer aus Rüdesheim. Ein Mitarbeiter wies Ginger darauf hin, dass der Referent vom Vortag gerade im Pinot Platz genommen habe.

Bernd Jaucher saß mit seiner Begleiterin in einer Nische des Gastraums. Er wirkte wie ein nachgemachter englischer Gentleman aus einem alten deutschen Film und war für die sommerliche Hitze mit einem Tweedjackett und Krawatte zu förmlich gekleidet.

»Wir haben noch nicht gewählt«, beschied er Ginger, als die sich dem Tisch der beiden näherte.

Ginger hielt ihm ihre Karte entgegen und stellte sich und ihr Anliegen vor. »Können wir uns unterhalten?«

»Ich weiß wirklich nicht, wie ich Ihnen weiterhelfen kann, aber bringen wir es doch gleich hinter uns«, sagte er in näselndem Ton und bat sie, sich zu ihnen zu setzen. Die Freundlichkeit überraschte Ginger. Seine Begleiterin, die noch keinen Ton gesagt hatte und Gerlinde von Brocken sein musste, musterte erst sie und dann das Foto von Sarah Hope, das Ginger den beiden auf den Tisch gelegt hatte, mit unverhohlener Missbilligung. Sie war wie Jaucher um die fünfzig, hatte sich für Gingers Geschmack zu sehr mit teurem Schmuck behängt und wirkte wie ein Weihnachtsbaum im Sommer.

»Die Mulattin ist also verschwunden«, sagte Jaucher. Den Ausdruck hatte Ginger schon jahrelang nicht mehr gehört. Er stammte aus einer Zeit, als man Menschen noch ziemlich gedankenlos einer vermeintlichen menschlichen Rasse zuordnete. Jaucher schien es zu genießen, so zu reden. Wurde diese Einstellung gerade wieder modern? Oder war sie nie verschwunden gewesen? »Ich kenne die Dame nicht. Ich habe sie gestern zum ersten Mal gesehen. Geht es dir anders, Gerlinde?«

»Natürlich nicht«, antwortete von Brocken barsch.

»Und damit ist unser Gespräch auch schon zu Ende, nicht wahr?«

So schnell würde der nachgemachte Gentleman sie nicht loswerden. »Ist Ihnen an Sarah Hope etwas aufgefallen?«

»Ist sie Amerikanerin? Das würde das Aussehen erklären. Nein, mir ist nichts aufgefallen. Oder doch, ihre wirklich gute Weinempfehlung fand ich überraschend. Das hätte ich bei einer Person wie ihr nicht unbedingt erwartet.«

»Einer Person wie ihr?«

»Sind Sie von hier?« Er richtete seine wässrig blauen Augen auf sie, als wollte er sie mit seinem Blick aufspießen. Ginger konnte er mit der freundlichen Fassade nicht täuschen.

Sie wollte ihn fragen, was das für eine Rolle spiele, entschied sich jedoch anders. Sie lächelte. »Ich bin ein Rheingauer Mädchen.«

»Soso, wie schön. Ich finde es einfach bemerkenswert, dass eine Mulattin so gut über Wein Bescheid weiß, ich denke nicht, dass man das von einer kulturfremden Person erwarten kann.«

»Kulturfremd?«

»Sie wissen, was ich meine.«

Er lächelte überheblich. Es folgte eine näselnde Abhandlung über die Bedeutung der kulturellen Identität und den Irrweg des Multikulturalismus, über die Großartigkeit der unterschiedlichen Kulturen und darüber, wie wichtig es war, dass diese unvermischt und unverfälscht erhalten blieben. Er beteuerte, dass das kein Rassismus sei, sondern Realismus. Er äußerte die Hoffnung, dass Ginger ihn nicht missverstehe, und bestand darauf, dass man so etwas sagen durfe. Ginger zwang sich, weiter zuzuhören, schließlich machte sie hier ihren Job und wurde gut bezahlt. Sie verstand, dass sich Jaucher gerne reden hörte, und sie fand seine Ansichten unsympathisch, anmaßend, verschlagen und bösartig. Die Idioten wurden immer mehr. Aber irgendetwas, das sie bei der Suche nach Sarah weitergebracht hätte, erfuhr sie von Jaucher und seiner adligen Begleiterin nicht.

»Belästigt Sie diese Frau etwa?«, hörte sie eine scharf klingende Stimme in ihrem Rücken. Sie drehte sich um. Vor ihr stand ein Anzugträger mit funkelnder Goldrandbrille und Babygesicht.

»Das ist Schmitt-Mosbacher, mein Anwalt«, sagte Jaucher lachend. »Das war ein Scherz. Er hat uns hierher eingeladen. Nein, die Dame belästigt uns nicht. Sie ist Privatdetektivin und wollte gerade gehen.«

»Eigentlich wollte ich noch nicht gehen. Schön, dass ich Sie treffe, Herr Schmitt-Mosbacher. Ich bin auf der Suche nach Sarah Hope, die hier gestern bedient hat, und dafür würde ich gerne möglichst alle befragen, die am Tag ihres Verschwindens mit ihr zu tun hatten. Wenn Sie den Freundeskreis organisieren, dann wissen Sie bestimmt, wer alles zu Ihrer Versammlung gekommen ist.«

Das Babygesicht verfinsterte sich. »Natürlich weiß ich, wer gestern Abend hier war. Aber ich denke nicht daran, Ihnen das auf die Nase zu binden«, zischte Schmitt-Mosbacher. »Was sind denn das für Stasimethoden? Ich werde mich bei der Leitung des Hauses über Ihr unsägliches Auftreten beschweren.«

Jaucher machte eine beschwichtigende Handbewegung, ihm schien der Auftritt von Schmitt-Mosbacher peinlich zu sein, aber der Anwalt ließ sich nicht bremsen. »Unser Freundeskreis erhält seit einiger Zeit Drohmails von linken Terroristen. Sie nennen sich ›Kommando Emil Küchler‹. Wahrscheinlich will die Dame uns ausspionieren.«

»Höchst interessant«, bemerkte von Brocken.

Ginger bot an, Astrid Leber zu rufen, um dieses Missverständnis aufzuklären, aber das stimmte Schmitt-Mosbacher nicht gnädiger.

»Sie verlassen jetzt diesen Tisch. Sie können Ihre Karte hierlassen, ich werde unsere Mitglieder über Ihr Anliegen informieren. Wenn sich jemand bemüßigt fühlt, mit Ihnen zu reden, wird er sich melden.«

Nach Schorsch, dem Bauunternehmer, zu fragen, hatte jetzt wohl keinen Sinn. Ginger holte eine Karte aus ihrer Jacke, reichte sie dem Anwalt und stand auf.

»So ist der korrekte Weg, Frau Havemann!«, sagte Schmitt-Mosbacher. »Schließlich leben wir in einem Rechtsstaat.« Ein Lächeln huschte über das Babygesicht.

»Geht es Ihnen jetzt besser?«, fragte Ginger im Gehen.

»Ja«, antwortete der geschniegelte Mann im Anzug ganz ohne Ironie.

In der Küche des Pinot herrschte hektische Betriebsamkeit. Dirk Mangold war an diesem Ort der unumschränkte Herrscher, der seinen Küchenhilfen knappe Anweisungen gab, hier den Garpunkt eines Stückes Fleisch prüfte, dort eine Soße abschmeckte.

Als er Ginger sah, fuchtelte er abwehrend mit den Händen. »Sind Sie die Detektivin? Astrid hat mir Bescheid gesagt, aber jetzt passt es gar nicht. Sie sehen doch, was hier los ist. Ich kann Ihnen eh nicht weiterhelfen, aber wenn Sie das noch einmal ausführlich von mir hören wollen, dann kommen Sie morgen nach vierzehn Uhr. Und jetzt bitte raus hier, nehmen Sie mir das nicht übel, aber hier brennt es gerade.«

Wie es in einer Küche nicht anders zu erwarten war. Ganz so hektisch hatte sich Ginger den Job eines Profikochs allerdings nicht vorgestellt. Sie wandte sich der jungen Frau zu, die etwas abseits an einem Tisch saß und Schokoladensplitter über Desserts in kleinen Porzellanschälchen streute.

Die Frau hatte mandelförmige Augen und kräftige Lippen. Ihre Mund war als Zeichen höchster Konzentration leicht geöffnet.

»Sie müssen Franzi sein«, sprach Ginger sie an.

»Kannst ruhig Du zu mir sagen«, antwortete die Frau mit dem Downsyndrom. »Aber ich sag dir nichts. Die Sarah will nicht gefunden werden. Deswegen hat sie sich versteckt.«

Dieser Logik hatte Ginger nichts entgegenzusetzen. Franzi drehte sich um und widmete sich wieder ihren Schokoladenstreuseln.

Ginger führte einige Telefonate, hinterließ eine weitere Nachricht auf der Mailbox von Yannik Petermann, machte Fotos vom Restaurant, sprach mit Angestellten von Hotel und Restaurant, ohne einen Hinweis auf Sarah Hope zu bekommen. Gegen neun Uhr erschien der Nachtportier.

Lutz Meyer war ein vornehm wirkender, freundlicher Mann Ende sechzig. Er schien gerne zu reden.

»Ich bin von Beruf Buchdrucker, die braucht schon lange niemand mehr. Als der Druckmaschinenhersteller, bei dem ich untergekommen war, seine Produktion aus der Region wegverlagerte, da wusste ich gar nicht mehr, was tun. Ich war froh, dass mir Herr Leber die Stelle gegeben hat. Seit über zwanzig Jahren bin ich jetzt hier.«

»Dann kennen Sie das Hotel und die Besitzer ja bestens.« Ginger zwinkerte dem Alten aufmunternd zu.

Meyer lächelte verschmitzt zurück. »Ich glaub nicht, dass Frau Leber Sie dafür bezahlt, dass Sie sie ausspionieren.«

»Das stimmt.« Ginger versuchte verlegen zu wirken. »Ist so eine Berufskrankheit von mir.«

Der Alte schien amüsiert. »Als Nachtportier hat man nicht allzu viele Gesprächspartner, also fragen Sie ruhig, was Sie wissen wollen.«

Diese Einladung nahm Ginger gerne an. »Wie lange kennen Sie Sarah Hope?«

»Als ich hier angefangen habe, war sie eine Göre von sieben oder acht Jahren, ging in die Grundschule. Ihre Mutter war hier das Mädchen für alles.«

»Die Mutter war Teil der Familie, habe ich mir sagen lassen.«

»Ja, aber gehört hat ihr nichts. Sie hatte ein Verhältnis mit Dieter Nachtweih. Der führte zusammen mit seiner Schwester das Hotel. Ein schönes Paar, der Herr Nachtweih und die Linda Hope. Die besten sterben zuerst ...« Lutz Meyer machte eine Pause und schnäuzte sich, Ginger schien es, als ob er versuchte, ein paar Tränen aus den Augenwinkeln zu wischen. »Das war ein tragischer Autounfall, die beiden waren mit Herrn Nachtweihs Cabriolet im Wispertal unterwegs, er hat versucht, einem Motorradfahrer auszuweichen, das Auto kam von der Straße ab, Herr Nachtweih war auf der Stelle tot, Frau Hope starb am darauffolgenden Tag im Krankenhaus. Und das, ein Jahr nachdem Herr Leber an einem Herzinfarkt verstorben war. Ich dachte damals, jetzt geht es mit dem Hotel zu Ende, aber Frau Leber, die Mutter der Chefin, hat durchgehalten, obwohl es ihr damals fürchterlich schlecht ging. Das war bewundernswert.«

»Wie ging es mit Sarah weiter?«

»Das weiß ich nicht so genau. Ich habe Sarah aus den Augen verloren, bis sie vor ein paar Jahren, nach dem Tod der Seniorchefin, zurückkam und das Hotel zusammen mit der jungen Frau Leber übernommen hat. Seither geht es mit dem Hotel wieder bergauf, auch wenn das Geld für eine Renovierung des Gebäudes fehlt.«

Ginger fragte den Nachtportier, ob er eine Idee habe, wo Sarah jetzt sein könnte. Sie fragte nach Freunden und Bekannten, aber dazu konnte Herr Meyer nichts sagen. Er stellte lediglich ganz allgemein fest, dass sie »kein Kind von Traurigkeit« sei.

»Und haben Sie mitbekommen, wie sie gestern Abend das Hotel verließ?«

»Allerdings. Es war halb zehn, und ich saß dahinten in meinem Zimmerchen.« Er deutete in Richtung des kleinen Raums, der sich hinter dem Empfangstresen befand. »Ich hörte, dass Gäste das Foyer betraten, und bin hinausgegangen. Es macht immer einen guten Eindruck, wenn man nicht nach dem Portier klingeln muss, sondern wenn er schon da ist. Aus dem Raum, in dem die Familienfeier stattgefunden hat, kamen einige Gäste, ebenso aus dem Raum, wo sich der Freundeskreis getroffen hat. Inmitten all der Leute, am anderen Ende des Foyers, stand Sarah. Ich habe zu ihr rübergeschaut, sie ist eine adrette Person, ich sehe sie gerne. Ganz plötzlich ist sie erstarrt, ihr Gesicht nahm einen merkwürdigen Ausdruck an, und bevor ich zu ihr gehen konnte, um sie zu fragen, ob ihr nicht gut sei, rannte sie quer durch den Raum in die Küche des Restaurants, kam nach wenigen Augenblicken mit einem Rucksack zurück, rannte zum Hinterausgang hinaus und war verschwunden. Ich konnte ein paar Sekunden später auf dem Monitor sehen, wie sie mit ihrem Mountainbike den Parkplatz verließ.«

Meyer deutete auf einen Computermonitor, auf dem ein kleines eingeblendetes Schwarz-Weiß-Bild die Ausfahrt des Parkplatzes hinter dem Hotel zeigte.

»Werden die Aufnahmen aufgezeichnet?«

Meyer nickte. »Auf der Festplatte des Computers. Alte Bilder werden überschrieben, man hat immer die letzten vierundzwanzig Stunden zur Verfügung.« Er schaute auf seine Uhr. »Wie sie weggefahren ist, das müsste noch gespeichert sein.«

»Kann ich das sehen?«

Meyer öffnete ein Programm, mit dem man die Aufzeichnungen der Kamera abspielen konnte. Er spulte zurück bis zu dem Zeitpunkt, an dem man Sarah mit ihrem Mountainbike den Parkplatz verlassen sah. Sie blickte gehetzt in Richtung der Kamera und hinter sich.

Ginger holte ihre mobile Festplatte aus dem Rucksack und verband sie mit dem Computer der Hotelrezeption. »Frau Leber hat bestimmt nichts dagegen«, sagte sie und gab dem PC den Befehl, die Videoaufnahmen zu kopieren.

»Das Mountainbike von Sarah steht normalerweise in einem Schuppen am Ende des Parkplatzes«, berichtete Meyer.

»Haben Sie eine Idee, worüber Sarah so erschrak, als Sie sie im Foyer beobachteten? Wen oder was hat sie gesehen? An wen oder was erinnern Sie sich?«

Der Nachtportier schaute sie bekümmert an. Er schien helfen zu wollen, hatte aber keine Ahnung, wie er das bewerkstelligen sollte. »Es waren so viele Menschen in dem Augenblick im Foyer, manche kenne ich, andere nicht. Peter Urbach hat sich mit jemandem unterhalten, den ich hier noch nicht gesehen habe. Frau Lauterberg und ihr Mann standen mit dem Herrn Bürgermeister zusammen. Die alte Frau Urbach hat sich mit Herrn Dr. Mende unterhalten, das ist einer von den Stadtverordneten. Aber das sind nur drei Grüppchen von mehreren gewesen.«

Lutz Meyer dachte noch ein Weilchen nach, fand aber nichts mehr in seinem Gedächtnis, das für Ginger von Belang sein könnte. Sie bedankte sich bei ihm für seine Auskünfte.

»Wie ist das mit dem Parkplatz geregelt?«, fragte sie zum Schluss.

»Auf den Parkplatz kommen Sie durch eine Zufahrt links neben dem Hotel, er liegt hinter der Mauer. Jeder Hotelgast und alle Besucher des Pinot bekommen einen Chip, die Kundschaft der Rieslingstube nicht, dafür reichen die Plätze nicht aus. Gestern, nach Ende der Familienfeier, habe ich die Schranke des Parkplatzes per Fernbedienung geöffnet, damit die Gäste flott nach draußen kommen.«

Ginger packte ihre Sachen zusammen und verabschiedete sich. Sie ging um das Hotel herum und machte einige Fotos vom Parkplatz. Dann stieg sie auf ihr Motorrad und fuhr zurück nach Wiesbaden.

Als sie mit der Carducci in die Toreinfahrt des Hauses in der Westendstraße einbog, war das Hausfest in vollem Gange. Der Geruch von Holzkohle, gegrilltem Fleisch und orientalischen Gewürzen erinnerte Ginger daran, dass sie seit dem Frühstück nichts gegessen hatte.

Djamila, die jüngste Tochter der Mansours, entdeckte Ginger als Erste und rannte ihr entgegen. Mit ihr hatte die Freundschaft zwischen Ginger und der syrischen Familie begonnen, als sie für die Kleine, die ihr im Sprachunterricht aufgefallen war, einen Kindergeburtstag organisierte. Für Ginger waren auch vorgebliche Nebensächlichkeiten wichtig, und die Vorstellung, dass das Geburtstagsfest für die kleine Prinzessin ausfallen sollte, weil die Eltern gerade andere Sorgen hatten, war ihr ausgesprochen zuwider gewesen.

Djamila sprang in ihre geöffneten Arme, Ginger hielt sie an den Händen fest, drehte sich ein paarmal um die eigene Achse.

Engelchen, Engelchen flieg! So hatte es ihre Mutter mit ihr gemacht. Djamila jauchzte und hüpfte fröhlich davon, als Ginger sie wieder absetzte.

Yasemin hatte Gingers Ankunft bemerkt, ging auf sie zu und begrüßte sie mit einem zärtlichen Kuss. Jo winkte ihr vom Grill aus zu, wo er gerade Lammkoteletts brutzelte.

Alle Bewohner des Hauses waren gekommen, manche hatten Gäste mitgebracht. Neben den Mansours saßen Mitglieder ihrer weitverzweigten Sippe, vermutlich Cousins und Cousinen, und palaverten lautstark. Am Nebentisch saßen die Garcias und Familie Weber, verstärkt durch Oma und Opa Weber aus Biebrich. Auch Gingers Vater war gekommen, zusammen mit seiner neuen Frau. Matilda und Günter waren zwar schon seit zehn Jahren ein Paar, aber für Ginger war es immer noch Günters neue Frau.

Günter Havemann hatte seine Tochter entdeckt und stand mühsam auf, stützte sich dabei auf einen Stock. Seit einem Schlaganfall war alles mühsam für ihn, am leichtesten fiel ihm noch das Reden, sein Geist war glücklicherweise nicht in Mitleidenschaft gezogen worden.

»Bleib doch sitzen, Papa.« Ginger umarmte ihren Vater. In letzter Zeit wirkte er zerbrechlich auf sie, obwohl er mit fünfundsechzig Jahren eigentlich noch nicht allzu alt war. Sie küsste Matilda auf beide Wangen. »Ich komme gleich zu euch.«

Aus einem Lautsprecher erklang Gingers Lieblingsmusik, Buena Vista Social Club. Sie ging zum Grill, begrüßte Jo, machte sich über die Lammkoteletts und den Linsensalat her, über Reste von Huhn und Gemüse, trank ein Glas Rheingauer Weißherbst, lobte die rote Grütze der Webers, Oma und Opa Weber hatten die Himbeeren aus ihrem Garten in der Gibb beigesteuert. Die Arbeit trat in den Hintergrund, Ginger genoss den sommerlichen Abend in der Hinterhofidylle.

Später setzte sie sich zu ihrem Vater. Günter fragte nach der Detektei, vor allem wollte er wissen, ob sie genug Aufträge habe.

»Gerade heute habe ich einen übernommen. Wieder die Suche nach einer vermissten Person.«

Bei den letzten Worten verengten sich die Augen ihres Vaters, er seufzte. Auch wenn es schon bald fünfzehn Jahre her war, schmerzte ihn das spurlose Verschwinden von Rebecca immer noch. Er hatte einige Jahre später Matilda kennengelernt, aber diese Wunde würde nie ganz verheilen.

»Vermisste Personen suchen … Du hast doch Anfang des Jahres nach Rebecca gesucht. Ist da eigentlich etwas herausgekommen?«

»Nein, Papa, seit wir das letzte Mal darüber gesprochen haben, habe ich in der Sache nichts mehr unternommen.«

Günter runzelte die Stirn. »Es will mir einfach nicht in den Kopf, dass sie damals weg ist, ich verstehe nicht, warum sie das getan hat.«

Matilda stand auf. »Ich habe mich heute Abend noch gar nicht mit Yasemin unterhalten«, sagte sie.

Tatsächlich konnte sie es kaum ertragen, wenn Günter mit dem Verschwinden Rebeccas haderte. Schließlich war sie seit zehn Jahren seine Frau, sie lebte mittlerweile fast genauso lang mit ihm zusammen, wie es Rebecca getan hatte.

»Gerade in den Monaten vor ihrem Verschwinden hat sie mich oft besucht, sie war fast öfter in Mainz als in Frankfurt. Ich hatte so große Hoffnungen, dass wir wieder zusammenkommen würden! Für ihre Musikzeitschriften hätte sie doch auch von Mainz aus Artikel schreiben können. Wir waren oft auf der ›Blow-up‹. Die hatte ich damals am Mainzer Zollhafen liegen. Sie hat mich sogar auf der Arbeit besucht und sich dafür interessiert, was ich beruflich mache. Obwohl das gar nicht so spannend war, Hafenverwaltung, Güterumschlag, Kontrolle der Schiffe. Sie wollte wieder teilhaben an meinem Leben. Sie hat es anerkannt, dass ich die Schifffahrt aufgegeben habe, um für die Familie da zu sein.«

Das alles hatten sie schon oft besprochen; bloß dass Rebecca ihn an seinem Arbeitsplatz besucht hatte, war ein neues Detail für Ginger.

»Vielleicht wäre es auch nichts mehr mit uns geworden, aber dann hätte sie sich zumindest ordentlich verabschiedet.«

»Ja, Papa, aber ich befürchte, wir müssen uns damit abfinden.«

»Das werde ich nie!«

»Denk an Matilda, für sie ist es auch nicht leicht, wenn du mit deinen Gedanken immer bei einer anderen bist.«

»Das eine hat doch mit dem anderen nichts zu tun«, behauptete Günter. »Aber es nutzt ja nichts«, fügte er in resigniertem Ton hinzu. »Es ist, wie es ist. Reden wir über etwas anderes.«

Sie sprachen über die »Blow-up«, über den trockenen und heißen Sommer, das Niedrigwasser und die Havarie, die es am Binger Loch gegeben hatte.

Weit nach Mitternacht saßen Yasemin, Ginger und Jo auf ein letztes Glas Wein im Hof zusammen. Die Gäste waren gegangen.

Ginger erzählte von ihrem Auftrag und den Eindrücken, die sie in Rüdesheim gesammelt hatte.

»Ich weiß gar nicht, ob Sarah gefunden werden will. Es macht mir mehr aus als früher, einfach so in jemandes Privatsachen herumzustöbern und den Computer auszuspähen. Dass sie mit mir telefonieren wollte, hat mich allerdings überzeugt, den Auftrag anzunehmen. Und dieses überwältigende Honorar. Ich könnte übrigens eure Hilfe gebrauchen.«

»Wer hätte das gedacht«, sagte Yasemin, und Jo lachte.

»Ich brauche Informationen über das Weingut Nachtweih, die Familie Urbach und den Mainzer Hof. Über den Freundeskreis Germania und das Kommando Emil Küchler.«

Diese Fragen richteten sich an Jo. Er betrieb nicht nur eine Weinhandlung, sondern schrieb für etliche Zeitungen über Wein und Gastronomie und betrieb zwei Blogs, einen über Essen und Trinken und einen über Politik.

»Und ich muss wissen, was Sarah mit ihrem Computer angefangen hat. Die Kopie der Festplatte habe ich. Es gibt ein Video vom Parkplatz des Hotels. Ich will wissen, wer da rein- und rausgefahren ist.«

Die Fragen gingen an Yasemin. Sie war eine begnadete Hackerin und brachte jeden Computer zum Sprechen. Und einer ihrer Brüder hatte beste Beziehungen zu einem Mitarbeiter der Kfz-Zulassungsstelle.

»Dann machen wir uns mal an die Arbeit«, schlug Jo vor.

»Morgen«, präzisierte Yasemin und gab Ginger noch einen Kuss.

***

Was habe ich getan?, war Sarahs erster Gedanke, als sie mit schwerem Kopf aufwachte. Sie schaute nach draußen. Es war schon wieder dunkel. Was habe ich getan?

Neben ihr auf dem Boden lagen zwei leere Schnapsflaschen. Das erklärte die hämmernden Kopfschmerzen.

Irgendetwas war gestern Abend passiert. Auf der Feier oder nach der Feier, so genau erinnerte sie sich nicht. Wäre sie bloß weggeblieben, so wie sie das ursprünglich vorgehabt hatte.

Ihr war die Kontrolle entglitten. Gestern. Oder schon vor langer Zeit? Etwas war ganz fürchterlich schiefgelaufen. Sie bekam es nicht zu fassen.

Eine Welle aus Angst durchflutete ihren Körper. Ein Tsunami.

Neben den leeren lag noch eine volle Flasche Schnaps.

Die Angst war nicht auszuhalten. Angst und ein vages Gefühl von Schuld. Sie wollte nur noch untertauchen und griff nach der Flasche.

DREI

Die Welt schien sich nur noch mit Mühe zu drehen. Die Hitze hatte die Vögel zum Schweigen gebracht, selbst die Grillen waren zu träge und wollten nicht mehr zirpen. Der Wind war zum Erliegen gekommen, kein Schiff machte sich noch die Mühe, den Fluss entlangzutuckern.

Robert und Julia Mayfeld saßen mit ihren beiden Kindern auf dem Balkon der Villa am Rhein. Vier Unbeugsame, die dem Hitzestress widerstanden. Die Markise schützte gegen die brennende Sonne, und im Wohnzimmer, wo das Frühstück aufgebaut war, sorgten Eiskübel und Ventilatoren für ein Klima, das mit dem Leben gerade noch vereinbar war. Julia hatte sich selbst übertroffen, diesmal mit einem skandinavischen Büfett. Marinierter Lachs, Heringssalat und Rote Bete mit Johannisbeeren ließen ihre Lieben vom kühlen Norden träumen. Eistee und Eiskaffee sorgten für Flüssigkeitszufuhr und hielten Kreislauf und Lebensgeister in Gang.

Tobias war nach langer Zeit wieder zu Hause. Seit einer Woche arbeitete er als Referendar bei der Staatsanwaltschaft Wiesbaden. Robert Mayfeld konnte sich seinen Sohn gut dort vorstellen. Es dürfe dort nicht nur Leute wie Lackauf geben, hatte er gemeint, als ihm Tobias von seinen Plänen erzählte. Es sollte dort Leute geben, denen es um Gerechtigkeit gehe. Das traute er Tobias zu.

Die Verhältnisse in der Familie waren in Fluss geraten. Tobias würde bald sein zweites juristisches Staatsexamen ablegen. Julia hatte ihre Stelle in der Klinik gekündigt, um in Wiesbaden eine Psychotherapiepraxis zu eröffnen, und Mayfeld hatte vor, in vier Wochen von der Leitung des Dezernates für Tötungsdelikte auf eine Dozentenstelle in der Polizeischule im Kohlheck zu wechseln. Lisa würde noch eine Weile weiterstudieren. Sie studierte engagiert, schien es mit Abschlüssen aber nicht sonderlich eilig zu haben.

»Gespenstig, diese Stille«, sagte sie und schlürfte ihre Espresso-Granita.

Tobias grinste. »So still ist es gar nicht.«

Lisa zeigte ihrem großen Bruder mit einem Augenrollen, was sie von seiner witzig gemeinten Bemerkung hielt. »Ich meine den Fluss. Auf dem Rhein fahren normalerweise jede Menge Schiffe.«

»Nicht am Sonntag«, widersprach der große Bruder.

»Weißt du was von der Havarie am Binger Loch, Papa?«

Davon hatte Mayfeld am Freitagnachmittag kurz vor Feierabend gehört. Ein Containerschiff war bei Rheinkilometer fünfhunderteinunddreißig auf Grund gelaufen und hatte die Fahrrinne blockiert. Die Besatzung des Schiffes war verschwunden. »Der Kahn wird längst freigeschleppt sein. Dass wir so wenig Schiffsverkehr haben, könnte eher mit dem Niedrigwasser zu tun haben.«

»Die imperiale Lebensweise stößt an ihre Grenzen«, behauptete Lisa.

»Was soll denn das sein?«, wollte ihr Bruder wissen. Jetzt war es an ihm, mit den Augen zu rollen.

»Wir leben über unsere Verhältnisse«, erklärte Lisa. »Und die Kosten dafür externalisieren wir, verschieben wir in die Peripherie unserer Welt. Den Müll exportieren wir, die Drecksarbeit lassen wir im Ausland in Ausbeuterklitschen erledigen. Beim Klima funktioniert das nicht. Das schlechte Klima ist überall. Unsere Sünden holen uns ein.«

»Man muss nicht auf jedes Problem mit Hysterie reagieren«, entgegnete Tobias, angelte sich eine Scheibe gebeizten Lachs und träufelte eine golden sämige Soße darüber. »Oder ideologisch. Wenn was mit der Müllentsorgung nicht funktioniert, dann halten sich Leute nicht an Regeln. Ausbeuterklitschen sind ein Zeichen dafür, dass es in manchen Ländern nicht die richtigen Regeln gibt.«

Lisa war ganz anderer Meinung. »Was schiefläuft, das ist die Regel, nicht die Ausnahme. Halbwegs faire Regeln gibt es allenfalls in reichen Ländern, und auch dort stehen sie vor allem auf dem Papier, werden kaum eingehalten. Das System ist grundlegend krank. Bist du eigentlich in der Sache weitergekommen, wegen der dich der Freund von Opa Jakob angesprochen hat, Papa?«

Ein Winzerkollege hatte sich an Mayfeld gewandt. Die Weißweine seines letzten Jahrgangs hatten einen deutlichen Fehlton, was ihm erhebliche finanzielle Einbußen beschert hatte. Der Winzer war sich sicher, dass der geschmackliche Fehler mit einem Herbizid zusammenhing, das er, wie er beteuerte, völlig vorschriftsgemäß benutzt hatte, und dass die Herstellerfirma versuchte, einen Skandal zu vertuschen.

»Nein, ich bin noch nicht weitergekommen«, musste Mayfeld einräumen.

»Ich habe in der Zeitung gelesen, dass es im Bordeaux ganz erhebliche Probleme mit Spritzmitteln gibt«, schaltete sich Julia in die Diskussion ein. »Wegen der feuchten Hitze dort müssen die Winzer immer mehr Herbizide benutzen …«

»… müssen!«, fauchte Lisa.

»… und die Herbizide bedrohen die Gesundheit der Anwohner und die Gesundheit der Weintrinker, denn die Pflanzengifte lassen sich auch im fertigen Wein nachweisen.«

»Das ist hier im Rheingau ganz anders«, wiegelte Mayfeld ab. »Hoffe ich zumindest.«

Er häufelte einige Löffel Heringssalat auf das Vollkornbrot, das Lisa statt weißer Brötchen für die gemeinsamen Frühstücke der Mayfelds durchgesetzt hatte. Alles nur für die Gesundheit von Papa.

»Was ist das Thema deines Sommerseminars?«, fragte er Lisa. Ein Themenwechsel schien ihm angezeigt. Er schätzte die rebellische Art und den Widerspruchsgeist seiner Tochter, aber es war Sommer, Sonntagmittag, und sein Sinn stand eher nach einer Siesta als nach einem Streitgespräch.

Das Manöver funktionierte. »Gedächtnis und Kognition«, antwortete Lisa. »Die meisten Menschen glauben, ihr Gedächtnis sei so etwas wie ein Videorekorder, in dem objektive Fakten wahrheitsgetreu festgehalten werden. Das ist ganz falsch. Wir erschaffen uns die Erinnerungen immer wieder neu, wenn wir sie erzählen. Sie verändern sich dadurch. Es ist ein wenig so, wie wenn wir ›Stille Post‹ mit uns selbst spielen würden. Manchmal erinnern wir nur emotionale Zusammenhänge und nicht die dazugehörigen Erlebnisepisoden, manchmal ist es umgekehrt. Es ist auf jeden Fall kompliziert.«

»Wenn ich an meine vielen Zeugenbefragungen denke, kann ich dir da nur zustimmen.«

»Man könnte daran zweifeln, ob es so etwas wie Wahrheit überhaupt gibt. Aber ohne diese Überzeugung kommen wir wohl nicht aus.«

So viel Nachdenklichkeit stand einer engagierten Kämpferin gut, fand Mayfeld.

»Und wie hat es bei dir in der Staatsanwaltschaft begonnen, Tobias? Hab ich das recht verstanden, dass du Dr. Lackauf zugewiesen wurdest?«

Mayfelds Handy klingelte, bevor Tobias antworten konnte. Es war Nina Blum, die Kollegin, die dieses Wochenende Bereitschaftsdienst hatte.

»Hallo, Robert!«, begrüßte sie ihn. Ihre Stimme hatte etwas von Vogelgezwitscher, selbst bei dieser Hitze. »Du wolltest informiert werden, wenn es etwas Neues rund um das havarierte Schiff gibt. Gerade hat eine Polizeistreife aus Schierstein angerufen. Wie du weißt, ist der Kapitän des Kahns spurlos verschwunden, und die Kollegen wollten ihn in seiner Wohnung aufsuchen. Da macht niemand auf, was noch nicht sonderlich erwähnenswert wäre. Aber die Kollegen hören merkwürdige Geräusche aus der Wohnung. Als ob sich da jemand versteckt. Sie wollen wissen, was sie tun sollen.«

Er hätte den Tag gut und gerne mit Nichtstun verstreichen lassen und noch ein wenig mit der Familie plaudern können. Aber sein Instinkt sagte Mayfeld, dass er auf seine Siesta verzichten und sich um diese Sache kümmern sollte.

»Einen Schlüsseldienst rufen und auf mich warten«, antwortete er seiner Kollegin. Er ließ sich die Adresse geben und verließ die Idylle über dem Fluss.

Mayfeld parkte seinen 740er Volvo am Schiersteiner Hafen. Direkt am Wasser wehte ein sanfter Wind und wiegte die Boote, die an den Stegen vertäut waren. Ein Motorboot tuckerte in das Hafenbecken hinaus, vor einer Eisdiele quengelten Kinder, weil es ihnen zu lange dauerte, bis sie an die kalte Süßigkeit kamen. Hinter der Eisdiele führte eine kleine Gasse in den alten Teil Schiersteins, eine verwinkelte Ansammlung kleiner Häuser. Vor einem der Häuser entdeckte er die Kollegen, die gerade den Mann vom Schlüsseldienst begrüßten. Er ging zu ihnen.

»Hören Sie das?«, fragte ihn der ältere der beiden Kollegen, ein beleibter und verschwitzter Mann Mitte fünfzig, und deutete auf die Tür.

Mayfeld ging zu dem Haus, das eher eine Hütte war, und legte sein Ohr an das Türblatt. Zuerst nahm er nur ein leises Kratzen wahr, das klang, als ob eine Katze sich an einem Vorhang zu schaffen machen würde. Er blickte fragend zu den beiden Beamten.

»Sie müssen länger hinhören«, sagte der dicke Kollege.

Mayfeld versuchte es erneut. Nach einer Weile hörte er es auch. Etwas klang wie Kindergeplapper, das gelegentlich von einem monotonen Singsang unterbrochen wurde.

Er drückte die Klingel, der schrille Ton ließ alle anderen Geräusche verstummen, eine Weile war es ruhig. Dann begann der Singsang erneut.

Er gab dem Mann vom Schlüsseldienst ein Zeichen. Die Tür war schnell geöffnet.

Mayfeld betrat den niedrigen Flur des Hauses, hinter ihm entsicherten die beiden Beamten ihre Waffen. Die Geräusche kamen aus einer halb geöffneten Tür am hinteren Ende des Gangs. Aus dem Zimmer drang ein modrig süßer Geruch.

Er stieß die Tür ganz auf. Der Geruch wurde stärker. Die

Fenstervorhänge waren zugezogen, schummriges Licht erfüllte den stickigen Raum. Er erkannte ein kleines Wohnzimmer, einen Wandschrank, dessen Schubladen und Fächer geöffnet waren, der Inhalt lag verstreut auf dem Holzboden. In der Mitte des Raums, neben einem Couchtisch, lag im Halbdunkel ein lebloser Körper. Der Körper einer Frau. Als sich Mayfeld näherte, stob ein Schwarm dicker Fliegen auf.

Er blieb wie angewurzelt stehen, hatte plötzlich das Gefühl, keinen Schritt mehr weitergehen zu können, so als ob von einem Moment zum anderen all seine Kraft blockiert wäre. Die Welt stand still.

Der Kopf der Frau war unnatürlich verdreht und lag in einer dunklen Blutlache. Die Augen blickten ins Leere, der Mund war leicht geöffnet, Mayfeld konnte die Zunge zwischen den blutleeren Lippen erkennen. Auf der rechten Seite der Stirn und an der Schläfe klaffte eine große, dunkle und an den Rändern verkrustete Wunde. Neben dem Kopf der Frau saß ein Mädchen, zwei oder drei Jahre alt. Sie schien Mayfeld nicht zu bemerken, hatte nur Augen für die Frau neben sich. Schließlich streichelte sie das rote Haar der Toten mit blutverschmierten Händen. Danach versuchte sie, der Frau ihr Fläschchen zu geben.

»Trinken, Mama.«

Dann fing sie an zu weinen.

Erst als im Halbdunkel eine rote Katze den Raum querte, konnte sich Mayfeld einen Ruck geben, sich wieder bewegen und tun, was getan werden musste. Er ging auf das Mädchen zu und berührte es vorsichtig an der Schulter. Die Kleine schien es gar nicht zu bemerken. Er nahm sie auf den Arm. Sie ließ es zu. Sie verstummte, ihr Gesicht war leer. Mayfeld stiegen Tränen in die Augen.

Die Minuten, die es dauerte, bis der Notarztwagen in Schierstein eintraf und eine Ärztin Mayfeld das Mädchen abnahm, kamen ihm wie die längsten seines Lebens vor. Alles war unwirklich und fern, wie in einem Traum. Die Zeit dehnte sich. Erst hatte das Mädchen wie erstarrt auf seinem Schoß gesessen, während er Nina Blum informierte, die alles Notwendige veranlasste. Das immerhin hatte er zustande gebracht. Dann wollte sie zurück zu ihrer Mutter. Das ging natürlich nicht, auch wenn sie kratzte und biss. Er fühlte sich hilflos, aber es wäre falsch gewesen, sie einem der Kollegen vor Ort in die Arme zu drücken. Die beiden sicherten das Haus und versuchten, die Schar der Neugierigen, die allmählich eine Traube um das Haus bildeten, auf Abstand zu halten. Mayfeld fiel nichts Besseres ein, als sich einen Weg durch die Leute zum Hafenufer zu bahnen, sich in der Schlange vor der Eisdiele vorzudrängen und einen Milchshake für die Kleine zu bestellen.

»Sie sollten auch was trinken, Sie sind ganz blass«, sagte die Notärztin später.

»Trinken, Mama«, hatte die Kleine immer wieder gebettelt. Die Worte würden Mayfeld nicht mehr aus dem Kopf gehen. Wie elend das Leben doch sein konnte.

Kurz nach dem Notarztwagen trafen Nina und die Leute der KTU vor dem Haus in Schierstein ein. Mayfeld konnte beobachten, wie er sich wieder in die Realität einklinkte, der Verstand seine gewohnten Tätigkeiten aufnahm und die Routinen sich einstellten. Man musste die Tote identifizieren, möglichst schnell den ungefähren Todeszeitpunkt bestimmen, Angehörige benachrichtigen, das Haus auf Spuren untersuchen. Ihm fiel sogar das neongrüne T-Shirt von Nina auf.

Dr. Enders war wenige Minuten nach den anderen Kollegen eingetroffen. Mayfeld hatte sich einen weißen Overall der KTU übergezogen und beobachtete den Arzt, wie er die Tote untersuchte. Er musste sich diesen Bildern stellen, ein Zurückweichen kam nicht in Frage. Das war sein Job.

»Die Frau ist seit etwa sechsunddreißig Stunden tot, der Tod ist in der Nacht von Freitag auf Samstag eingetreten. Ich kann das nach der Obduktion stärker eingrenzen.« Enders zeigte auf die Wunde an der Schläfe der Frau. »Dadurch ist sie vermutlich gestorben, sieht nach einem Schlag mit einem stumpfen Gegenstand aus. Kampfspuren habe ich keine feststellen können, aber auch das kann sich während der Obduktion noch ändern.«

»Sechsunddreißig Stunden. Das Mädchen saß sechsunddreißig Stunden neben seiner toten Mutter?«, fragte Mayfeld ungläubig.

Enders hob die Schultern. »Unfassbar, dass sie das körperlich durchgehalten hat. Es ist brütend heiß hier drinnen. Das ist ein kleines Wunder.«

Nina hatte sich mit den Kollegen im Haus umgeschaut und den Ausweis der Toten gefunden. »Sie heißt Yvonne Neumann, ist zusammen mit ihrem Mann Andi und der Tochter Emma hier gemeldet.«

Zwei Mitarbeiter eines Beerdigungsinstitutes betraten den Raum, trotz der Hitze in schwarze Anzüge gekleidet.

»Sie können den Leichnam zum Südfriedhof bringen«, wies Enders die beiden an. »Wir sehen uns morgen früh«, sagte er zu Mayfeld, »ich habe noch einen Toten in Frankfurt.«

Mayfeld wendete sich an seine Kollegen. »Was habt ihr gefunden?«, fragte er Adler, der sich an dem niedrigen Couchtisch zu schaffen machte.

»Überall Blut. Vermutlich Blut der Toten. Die Kleine hatte welches an den Händen, wir haben bei ihr eine Probe sichergestellt, bevor wir sie in die Obhut des Jugendamtes gegeben haben. Kann sein, dass sie es überall verteilt hat.«

Mayfeld ging mit Nina durch das Häuschen. Im Erdgeschoss lagen Küche, Wohnzimmer und ein Vorratsraum, unter dem Dach ein Bad, ein Schlaf- und ein Kinderzimmer. Die Einrichtung war schlicht, hatte aber einen altertümlichen Charme, ein buntes Sammelsurium aus den fünfziger und sechziger Jahren, von einem früheren Besitzer übernommen oder aus einem Secondhandladen. Alle Zimmer außer dem Kinderzimmer waren gründlich durchsucht worden, so unordentlich, wie sie aussahen.

»Fehlt was?«, fragte Mayfeld.

»Allerdings. Es gibt kein Handy, keinen Computer, kein Tablet. So was hat heutzutage jeder.« Nina deutete auf den Access Point, der im Flur hing. »Yvonne Neumann ganz bestimmt. Schmuck haben wir auch keinen gefunden, aber das muss nichts heißen, hat ja nicht jede. Außerdem haben wir, mit Ausnahme von Ausweis und Familienbuch, keinerlei Dokumente gefunden, also keine Arbeitsverträge, Steuererklärungen, Versicherungspolicen und solche Sachen.«

Mayfeld trat aus dem Haus. Die Hitze war unerträglich geworden. Es waren Menschen auf der Straße, doch der Ort kam ihm leblos vor.

Das Haus der Neumanns teilte sich einen Hof mit einem weiteren Haus und einem Schuppen. Die Nachbarn hatten auf den Besuch der Polizei schon gewartet. Jedenfalls war der Ton der Türklingel noch nicht verhallt, als Herr Netzer, ein Mann Anfang siebzig in Turnhose, T-Shirt und Flip-Flops, die Tür aufriss und Mayfeld seine Hand zur Begrüßung entgegenstreckte.

»Kommen Sie herein!«, begrüßte er den Kommissar mit laut tönender Stimme, als ob Mayfeld schwerhörig wäre.

»Angelika! Der Kommissar ist da!«, rief er ins Haus hinein.

Frau Netzer kam aus der Küche, bekleidet mit einer rosa Kittelschürze mit der Aufschrift »Hier kocht der Chef«.

»Sie müssen entschuldigen, aber wir waren auf Besuch nicht vorbereitet«, sagte sie zu Mayfeld. Der winkte ab.

Sie gingen zusammen ins Wohnzimmer, dessen Einrichtung sich seit den achtziger Jahren wohl nicht mehr verändert hatte. Vor einer Schrankwand aus Mahagoni war eine cognacfarbene Ledergarnitur gruppiert.

»Was ist denn passiert?«, wollte Frau Netzer wissen. »Es ist doch etwas passiert? So viel Polizei im Haus und im Hof.«

Mayfeld klärte die Nachbarn auf, soweit er das für angemessen hielt.

»Das arme Yvonnsche«, jammerte Frau Netzer. »Wir kennen sie schon lange. Früher hat im Nachbarhaus ja die Gerda gewohnt. Das ist die Patentante von der Yvonne gewesen, so eine liebe Frau. Ist neunzig geworden und erst vor drei Jahren gestorben.«

»Angelika! Das interessiert den Herrn Kommissar doch gar nicht«, rief Herr Netzer dazwischen.

»Das weißt du doch gar nicht, Joachim. Und du brauchst gar nicht so zu schreien, ich hör noch ganz gut!«

»Was hast du gehört?«

Frau Netzer schüttelte missbilligend den Kopf.

»Wo war ich stehen geblieben? Richtig, bei der Gerda, die vor drei Jahren gestorben ist. Danach sind die Neumanns hier eingezogen, ich glaub, die Gerda hat der Yvonne das Häuschen vererbt, die hatte ja sonst niemanden. Also, die Yvonne, die war ja schon früher öfters bei Gerda zu Besuch, wir kennen die schon seit vielen Jahren. Früher ist sie mit ihrem Mann auf dem Schiff mitgefahren, aber jetzt, wo die Emma da ist, gar nicht mehr. Ach Gott, an die hab ich ja noch gar nicht gedacht, was ist denn mit der Emma?«

»Der geht es gut«, log Mayfeld.

»Du weißt doch gar nicht, ob das den Herrn Kommissar interessiert«, rief Joachim Netzer wieder.

»Das interessiert mich«, meinte Mayfeld.

»Sag ich doch!« Herr Netzer schaute triumphierend zu seiner Frau, die mit den Augen rollte und sich dann wieder Mayfeld zuwandte.

»Also, die war auch schon früher manchmal an Land. Sie hat gesagt, dass Andi extra einen Matrosen engagiert hat, damit sie sich erholen kann. Wer's glaubt!« Sie lachte verschmitzt.

»Was glauben Sie?«

Frau Netzer setzte eine verschwörerische Miene auf. »Also, wenn jemand seinen Gatten nicht bei sich haben will …«, sie sprach das Wort »Gatte« aus, als ob sie es mit spitzen Fingern anfassen wollte, »… dann hat das meist einen ganz bestimmten Grund.«

»Hier ist es doch viel angenehmer als im Garten«, brüllte ihr Mann.

»Nämlich?«

»Herr Kommissar, tun Sie doch nicht so ahnungslos. Der hatte eine andere. Das ist doch so klar wie Kloßbrühe. Und dann schickt er seine Frau zu Tante Gerda, damit er für sein Flittchen Zeit hat, was denn sonst?«

»Die beiden führten keine gute Ehe?«

Frau Netzer tat so, als müsste sie über die Antwort nachdenken. Sie legte ihre Stirn in Falten. »Am Donnerstag war Andi hier. Es gab wie immer Streit. Ich weiß natürlich nicht, worum es ging, aber der Streit war laut.«

»Die Leute haben bei der Hitze die Fenster auf und den Fernseher an«, ergänzte Herr Netzer. »Und immer diese Krimis, Schüsse, Hilfeschreie. Man kommt gar nicht zur Ruhe.«

»Du hörst doch eh nichts«, versetzte seine Frau. »Vielleicht ging es um Sascha. Die Yvonne hat schon geschaut, wo sie bleibt. Also, die hatte seit einem Jahr den Sascha, das ist ein feiner Kerl, Sascha Metz aus Mainz-Kastel, ich glaub, der ist Lehrer, gell, der ist Lehrer, Joachim?«

Joachim nickte.

»Der Sascha war am Mittwoch da, da gab es auch Streit. Die haben jetzt nicht so oft gestritten, und der Sascha ist ja ein ganz, ganz Lieber, aber am Mittwoch gab es auch Streit, gell, Joachim?«

»Ja, am Mittwoch war es auch heiß«, stimmte Joachim seiner Frau zu.

Frau Netzer wusste noch, dass die Eltern von Yvonne in Eltville wohnten, hatte auch deren Adresse. Wo sich Andi Neumann aufhalten könnte, dazu hatten die beiden keine Idee. Mayfeld bedankte sich für die Informationen und verabschiedete sich.

Er hatte Nina als Verstärkung mitgenommen. Nichts ist schlimmer, als das eigene Kind zu verlieren, dachte Mayfeld, als er seinen alten Volvo in der Rheingauer Straße in Eltville parkte. Dann fiel ihm das Schicksal der kleinen Emma ein, das bewies, dass jedes Elend noch gesteigert werden konnte.

Die Eltern von Yvonne Neumann, die Wagemanns, lebten in der Burgstraße. Er klingelte beklommen. Eine schlanke Frau Ende fünfzig öffnete die Tür. Sie trug ein legeres Kleid aus rosafarbener Baumwolle, lächelte freundlich und neugierig, die blauen Augen waren von Lachfältchen umrahmt. Mayfeld stellte sich und die Kollegin vor und zeigte seinen Ausweis. In diesem Moment hasste er seinen Beruf.

Frau Wagemann blickte ihn verwundert an. »Was wünschen Sie?«

»Können wir hereinkommen?«

Bettina Wagemann ließ die Beamten eintreten. Das Fachwerkhaus war liebevoll renoviert, die dunklen Eichenbalken überall freigelegt, die Wände mit Kalkputz geweißt. Sie führte sie ins Wohnzimmer, dessen Fenster den Blick auf einen kleinen Garten hinter dem Haus freigaben. Eine Idylle, die er gleich unwiederbringlich zerstören würde, so kam es Mayfeld vor, auch wenn er wusste, dass er nur der Bote der schrecklichen Nachricht war.

Das Gesicht der Frau hatte das Strahlen und jede Neugier verloren, Sorge und Angst beherrschten es nun. Sie rief nach ihrem Mann. Frank Wagemann erschien wenige Sekunden später, auch er Ende fünfzig, weißhaarig, ein schlanker, sportlicher Typ in Jeans und blassblauem T-Shirt.

»Polizei? Ist etwas mit unserer Tochter?«, fragte er sorgenvoll.

Offensichtlich hatten sie nur ein Kind.

Er bat die beiden, sich zu setzen, was sie widerwillig taten.

Mayfeld wollte es schnell hinter sich bringen. Für die Eltern würde die Zeit danach endlos erscheinen, eine lange Vorrede machte es nicht besser.

»Wir haben Ihre Tochter Yvonne heute Mittag in ihrer Wohnung tot aufgefunden. Sie wurde ermordet. Emma geht es den Umständen entsprechend, sie ist körperlich unversehrt und in der Obhut des Jugendamtes.«

Das Unheil nahm seinen Lauf, man konnte in den Gesichtern

der beiden beobachten, wie es Besitz von ihnen nahm und alles Gute, was sich zuvor darin gespiegelt hatte, zerstörte. Unglaube, Fassungslosigkeit, Verzweiflung, Wut folgten in schnellem und chaotischem Wechsel, und dann machte sich eine niederschmetternde Leere breit. Es war kaum auszuhalten. Mayfeld hätte gerne etwas gesagt, in der Art: Wir werden das Schwein finden, das Ihrer Tochter und Ihnen das angetan hat, aber er sparte sich das. Zum einen wusste er nicht, ob er das Versprechen halten konnte, zum anderen konnte er nicht ermessen, ob das den Schmerz der beiden auch nur im Geringsten lindern würde.

»Es tut mir unendlich leid«, sagte er bloß. »Ich muss Fragen zu Ihrer Tochter stellen. Wenn es Ihnen zu viel ist, habe ich dafür Verständnis, wir können das dann zu einem späteren Zeitpunkt nachholen. Andererseits sind die Ermittlungen in den ersten Tagen nach der Tat in Mordfällen besonders wichtig.«

Ein wenig Verständnis äußern, aber auch genug Druck aufbauen, Mayfeld konnte sich in diesem Augenblick nicht ausstehen. Aber alles andere wäre ihm auch falsch vorgekommen.

Frank Wagemann blickte ihm mit düsteren Augen direkt ins Gesicht. »Sie machen nur Ihren Job. Fragen Sie.«

Es war die Stimme eines gebrochenen Mannes, der um einen Rest von Würde und Fassung rang. Er wendete sich seiner Frau zu, vor wenigen Minuten noch eine beeindruckende Erscheinung, jetzt kaum noch wahrnehmbar in einer Sofaecke, und umarmte sie. Eine zärtliche Geste, die Mayfeld umso mehr anrührte, als sie ihm derart vergeblich erschien.

Nach einer Weile lösten sich die beiden voneinander und wandten sich den Polizisten zu.

»Was wollen Sie wissen?«, fragte Bettina Wagemann mit erstaunlich fester Stimme.

»Wissen Sie, wo sich Ihr Schwiegersohn aufhält?«, fragte Nina.

Die Gesichter der beiden verfinsterten sich weiter, wenn das überhaupt noch möglich war.

»Verdächtigen Sie ihn?«, fragte Frank Wagemann mit rauer Stimme.

»Wir sind noch ganz am Anfang der Ermittlungen.« Mayfeld hasste diese Phrasen, aber was sollte er sonst sagen? »Bitte antworten Sie einfach auf die Frage meiner Kollegin.«

»Wir wissen es nicht. Vermutlich auf seinem Schiff irgendwo auf dem Rhein, auf der ›Loreley‹.«

»Ich wusste, dass Andi Yvonnes Untergang ist«, unterbrach Bettina Wagemann ihren Mann. »Die Beziehung stand von Anfang an unter einem schlechten Stern.«

Ihr Mann nickte stumm.

»Erzählen Sie«, bat Mayfeld.

Und Bettina Wagemann erzählte.

Ihre Tochter hatte nach dem Abitur eine Ausbildung als Krankenschwester begonnen, weil es vom Notenschnitt her nicht für ein Medizinstudium gereicht hatte. Das sollte später folgen. Sie begann die Ausbildung voller Idealismus im psychiatrischen Krankenhaus, das hier in der Region alle den »Eichberg« nannten. Dort lernte sie Andi Neumann kennen, der nach einem Suizidversuch für einige Tage stationär aufgenommen worden war.

»Yvonne hatte die verrückte Idee, dass sie Andi mit ihrer Liebe von seiner Verzweiflung heilen könnte. Ich weiß gar nicht, ob der überhaupt krank und verzweifelt war oder ob er nur gekränkt war, weil ihm seine damalige Freundin den Laufpass gegeben hatte und er sie unter Druck setzen wollte.« Bettina Wagemanns Züge waren hart geworden.

»Wir wissen es nicht«, beschwichtigte ihr Mann. »Leider war unser Verhältnis von vornherein sehr belastet. Wir konnten nicht verbergen, dass wir von Andi nichts hielten. Aber es ist ihre Entscheidung gewesen, wir hätten sie respektieren sollen.«

»Wir hätten sie viel deutlicher vor diesem Kerl warnen müssen«, widersprach Bettina Wagemann heftig und brach in Tränen aus. Dann entschuldigte sie sich bei ihrem Mann.

Hoffentlich würde ihre Beziehung diesen Schicksalsschlag überstehen, dachte Mayfeld beklommen. »Wir wissen noch gar nicht, ob Andi Neumann etwas mit dem Tod Ihrer Tochter zu tun hat«, sagte er. Ermittlungstaktisch wäre es besser, die beiden einfach reden zu lassen, aber er hatte das Gefühl, etwas Besänftigendes sagen zu müssen.

»Aber Sie suchen ihn«, antwortete Frank Wagemann. »Sonst würden Sie nicht nach seinem Aufenthaltsort fragen.«

»Er ist der Ehemann Ihrer Tochter, wir müssen ihn informieren«, stellte Mayfeld klar.

Jetzt übernahm Frank Wagemann das Erzählen. »Wir haben weder viel von Andi noch von seinen Eltern gehalten. Andis Mutter stammt zwar aus einer angesehenen Rüdesheimer Familie, aber ihr Mann taugt nichts. Er ist ein Säufer und Zocker, der sein Vermögen in der Wiesbadener Spielbank durchgebracht hat, ein Blender, wie ich ihn selten erlebt habe. Aber Yvonne wollte das alles nicht sehen, sie war verliebt, sie hat ihren Job an den Nagel gehängt und ist mit Andreas auf das Schiff gegangen. Irgendeine verrückte romantische Idee steckte dahinter.«

»Als sie schwanger wurde, hat Andi das Interesse an ihr verloren«, fuhr die Mutter mit dem Bericht fort. »Und als Emma da war, wollte er, dass alles wieder ganz schnell so werden sollte, wie es zuvor gewesen war. Aber Yvonne wollte für ihr Kind da sein und es nicht mit auf das Schiff nehmen. Meine Tante Gerda hatte sie immer wieder bei sich in Schierstein wohnen lassen, das war Yvonne lieber, als zurück zu den Eltern zu ziehen, und als Gerda vor drei Jahren starb, hat sie das Haus Yvonne vererbt. Seit einem Jahr arbeitete unsere Tochter wieder halbtags auf dem Eichberg.«

»Kennen Sie Sascha Metz?«, fragte Nina.

Der Vater räusperte sich. »Das ist ein Kollege von mir, er ist Lehrer in der Wilhelm-Leuschner-Schule. Mein Gott, den müssen wir ja auch informieren. Nächste Woche wollten die beiden mit Emma nach Teneriffa fliegen.«

Von Sascha Metz schienen die Eltern der Toten sehr viel mehr zu halten als von ihrem Schwiegersohn. Sie schilderten ihn als kultivierten, freundlichen Mann aus gutem Hause, Deutsch- und Geschichtslehrer, ein Glücksfall für ihre Tochter. Sie sagten das, als wenn ihre Tochter noch am Leben wäre. Zurzeit sei er auf einer Wanderung auf dem Rheinsteig. Vermutlich sei er nicht erreichbar, er habe vor den Ferien davon gesprochen, dass er die Wanderung mit einer Woche Handyfasten verbinden wolle.

»Yvonne wollte sich von Andi trennen«, sagte Bettina Wagemann. »Ich habe sie dazu ermutigt. Etwas Besseres als den Tod findest du überall, waren meine Worte.« Sie schlug sich die Hand vor den Mund, als ob sie erst im Nachhinein realisiert hätte, was sie gesagt hatte. Frank Wagemann nahm seine Frau in die Arme.

»Andi hat Sascha und Yvonne vor ein paar Wochen angegriffen«, sagte er zu den Beamten. »Nicht dass Sie meinen, wir verdächtigen ihn nur, weil er uns nicht sympathisch ist. Die beiden haben ihn angezeigt, es müsste bei Ihnen eine Akte geben. Ich weiß nicht, was daraus geworden ist. Wahrscheinlich nichts.« Es schwang Bitterkeit in seiner Stimme.

Die beiden hatten sowohl die Handynummer ihrer Tochter als auch die von Sascha und Andi. Frank Wagemann hatte mit seiner Tochter auch über Facebook Verbindung. Er holte sein Notebook und zeigte Nina den Account von Yvonne.

Die Kollegin stöberte eine Weile darin herum. »Sie war nicht die Gesprächigste im Netz«, stellte sie nach einer Weile enttäuscht fest. Etwas später huschte ein Ausdruck von Zufriedenheit über ihr Gesicht. »Früher war das anders, und das Netz vergisst nichts. Haben Ihre Tochter oder Ihr Schwiegersohn eine Lebensversicherung?«

»Warum wollen Sie das wissen?«, fragte Frank Wagemann misstrauisch.

»Ihre Tochter hat sich vor zwei Jahren bei ihren Freunden erkundigt, ob eine Risikolebensversicherung im Fall eines Suizides zahlt. Einer der Freunde ist Versicherungskaufmann und hat ihr geschrieben, dass es eine Karenzfrist von drei Jahren gibt. Sagt Ihnen das etwas?«

»Ich glaube, die haben beide so etwas und haben sich gegenseitig als Begünstigte eingetragen«, antwortete Frank Wagemann. »Und dann haben Sie so was noch für Emma. Ich bin mir aber nicht sicher.«

»Vor zwei Jahren hatte Andi einen fürchterlichen Motorradunfall«, erinnerte sich Bettina. »Schädelbasisfraktur. Hätte ihn fast das Leben gekostet. Seither ist es mit ihm noch schlimmer auszuhalten gewesen.«

Mehr wussten sie dazu nicht zu sagen. Nina machte ein paar Screenshots von Wagemanns Notebook und schickte die Bilder an ihre und Mayfelds Mailadresse. Sie notierte alle Kontaktdaten der Wagemanns, die mit Yvonne zu tun hatten, Adressen der Station, auf der sie arbeitete, und einiger alter Freunde, die den Eltern bekannt waren.

Von Feinden ihrer Tochter wussten sie nichts. Yvonne sei ein lebenslustiger, hilfsbereiter und bei allen beliebter Mensch gewesen. Das klang fast zu schön, um wahr zu sein, aber die Wagemanns schienen daran zu glauben, und jetzt war bestimmt der falsche Moment, diesen Glauben in Zweifel zu ziehen. Die beiden wollten unbedingt zu ihrem Enkelkind. Mayfeld gab ihnen die Telefonnummer des Notdienstes des Jugendamtes.

»Natürlich kommt das Kind zu uns«, sagte Bettina Wagemann. »Oma und Opa sind für die Kleine besser als irgendein Heim. Wieso hat sich das Amt überhaupt noch nicht gemeldet? Andi oder seine Eltern sind völlig ungeeignet, für Emma zu sorgen.« Die Haltung von Frau Wagemann straffte sich, ihr Gesicht gewann wieder an Kontur. Der Gedanke an ihre Enkelin schien ihr einen Teil ihrer Kraft zurückzugeben.

Eine psychologische Betreuung müssten die Beamten für sie nicht organisieren, beteuerten Yvonnes Eltern. Sie hätten ja sich. Auch wenn Mayfeld Zweifel hatte, dass das reichen würde, insistierte er nicht auf diesem Punkt. Als sie sich verabschiedeten, hinterließ er seine Karte und die des polizeipsychologischen Dienstes.

Die Neumanns wohnten in einem Bungalow auf dem Rebhang, wie die Siedlung aus den achtziger Jahren oberhalb von Hallgarten hieß. Die Häuser und Villen sahen so aus, wie man es damals als schön empfunden hatte. Hier oben war die Temperatur ein, zwei Grad niedriger als unten im Tal, vom Taunuskamm wehte ein leichter Wind, es ließ sich also ganz gut aushalten. Der Volksmund nannte den Ortsteil respektlos Schuldenberg, aber die Häuser waren in die Jahre gekommen und die meisten Hypotheken vermutlich abgetragen. Als Mayfeld klingelte, öffnete eine missgelaunte Frau die Tür. Annegret Neumann war vermutlich im Alter von Bettina Wagemann, wirkte aber mindestens zehn Jahre älter, was durch das grelle Make-up noch unterstrichen wurde. Sie musterte die Beamten mit müden Augen und bat sie widerwillig ins Haus. Im Wohnzimmer trafen sie auf Ludger Neumann, braun gebranntes Gesicht, Hose und Hemd aus hellbeiger Baumwolle, weiße Slipper, silberne Haarmähne. Das Goldkettchen passte zu ihm. Er begrüßte Mayfeld und Nina, als sei der Besuch der Kriminalbeamten das Beste, was ihm seit Langem passiert war. Auf dem Couchtisch standen mehrere geöffnete Spirituosenflaschen.

Von der Havarie der »Loreley« hatten sie schon gehört, gleich am Freitagabend war eine Streife der Polizei vorbeigekommen und hatte nach Andi gesucht.

»Haben Sie ihn endlich gefunden?«, wollte Annegret Neumann wissen. »Haben Sie überhaupt etwas unternommen, um ihn zu finden? Es ist ihm bestimmt etwas passiert, er ist verunglückt oder einem Verbrechen zum Opfer gefallen, einer Entführung, und die Polizei unternimmt nichts. Wie immer. Und dafür bezahlen wir rechtschaffene Bürger unsere Steuern.«

»Die Kommissare tun bestimmt alles in ihrer Macht Stehende, deswegen haben sie sich doch auch die Mühe gemacht und sind hier zu uns heraufgekommen, Annegret.« Herr Neumann lächelte verbindlich und zwinkerte Nina zu.

»Haben Sie einen Hinweis auf eine Entführung, Frau Neumann?«

»Nein«, murmelte sie. Ihre Aufregung war schon wieder in sich zusammengefallen.

»Wir sind hier, weil Yvonne Neumann ermordet wurde«, sagte Mayfeld. Ein zartfühlendes Vorgehen schien ihm in diesem Fall überflüssig.

Einen Moment herrschte Schweigen. Annegret Neumann hatte als Erste die Fassung zurückgewonnen.

»Und was haben wir damit zu tun? Oder was hat unser armer Andi damit zu tun?«

Immerhin schien sie die Nachricht vom gewaltsamen Tod ihrer Schwiegertochter so weit mitzunehmen, dass sie sich einen Cognacschwenker zur Hälfte füllte und den Weinbrand in einem Zug hinunterkippte. Kein Wort der Trauer folgte, keine Frage nach Emma.

»Das ist ja ganz entsetzlich«, rief ihr Mann in nahezu perfekt gespielter Fassungslosigkeit. »Was für ein Schicksalsschlag für unseren Sohn! Weiß man denn schon, wer es war?« Er bemühte sich immerhin um den Anschein von Mitgefühl.

»Nein, deswegen sind wir hier.«

»Also, wir waren es nicht«, rief Annegret Neumann patzig. Der Cognac war sicherlich nicht der erste für heute gewesen, und der Alkohol verfeinerte weder ihr Wesen noch ihren Ausdruck.

»Meine Frau nimmt das sehr mit«, beschwichtigte Ludger Neumann.

»Dafür haben wir Verständnis«, versicherte Nina. Es war erstaunlich, wie treuherzig sie bei einer solchen Lüge lächeln konnte. »Wann haben Sie Ihre Schwiegertochter zuletzt gesehen?«

Die beiden mussten eine peinlich lange Zeit nachdenken, bis Ludger Neumann schließlich in affektiertem Ton antwortete. »Ich denke, das dürfte irgendwann im Frühling gewesen sein.«

»Sie sind nicht so dicke mit Ihrer Schwiegertochter?«, entfuhr es Nina.

»Wenn Sie es so ausdrücken wollen.« Neumann blieb bei seinem gekünstelten Ton.

»Wir brauchen gar nicht groß drum herumzureden«, fiel ihm seine Frau ins Wort. »Sie hat Andi betrogen, wollte sich scheiden lassen, und wenn Sie mich fragen, wäre eine Trennung das Beste für meinen Andi gewesen, wenn sie ihm dann nicht das Fell über die Ohren gezogen hätte. So machen das die Weiber ja, lassen sich erst ein Kind machen wegen der Alimente und dann ›Hoch die Tassen‹ und ›Holla, die Waldfee‹!« Sie füllte sich den Cognacschwenker erneut.

»Es wäre schön, wenn Sie dieses Gespräch halbwegs nüchtern über die Bühne bringen könnten«, sagte Mayfeld in scharfem Ton. Frau Neumann starrte ihn wütend an, Herr Neumann lächelte verbindlich.

»Deswegen«, fuhr Frau Neumann fort, und man merkte ihr die Mühe an, die es sie kostete, nicht ausfällig zu werden, »deswegen haben wir mit ihr nicht mehr so viel Kontakt.«

»Aber jetzt ist sie ja tot«, erinnerte sie ihr Mann, »und wir sollten das Kriegsbeil begraben, Annegret.« Dass Frau Neumann mit ihren Aussagen den Sohn belastete, schien ihr gar nicht klar zu sein, ihrem Mann hingegen schon. »Vielleicht hätte sich ja auch alles wieder eingerenkt, ein gemeinsames Kind verbindet schließlich.«

Feinde von Yvonne kannten die beiden angeblich nicht, wenn man von ihnen selbst und ihrem Sohn einmal absah.

Andi Neumann fuhr seit vielen Jahren, so genau wussten es seine Eltern nicht, mit einem eigenen Schiff auf dem Rhein. Die »Loreley« hatte ihm Annegrets Bruder Peter Urbach geschenkt, für dessen Reederei in Mainz-Kostheim er des Öfteren Transportaufträge übernahm.

»Familie ist für uns ganz wichtig«, säuselte Annegret Neumann. Ihr Blick wurde immer glasiger.

Mayfeld fragte nach Andi Neumanns Unfall.

»Ein Motorradunfall«, erinnerte sich sein Vater. »Andi hat immer ein Motorrad auf der ›Loreley‹, und wenn er anlegt, macht er gerne mal eine Spritztour. Dabei ist es passiert, er wurde aus der Kurve getragen und hat sich schwer verletzt, lag ein paar Wochen im Koma. Ein Wunder, dass er sich danach so schnell erholt hat.«

»Er ist halt zäh, der Andi«, warf Annegret Neumann ein. »Bloß die hässliche Wunde im Gesicht ist zurückgeblieben.«

»Das war eine schwere Zeit für uns alle, und die schwere Zeit ging für ihn auch nach seiner Genesung weiter. Er musste den Schiffsbetrieb eine ganze Weile unterbrechen, das hat ihn finanziell fast ruiniert. Aber zuletzt ging es wieder bergauf.«

»Er ist halt zäh, unser Andi«, sagte Frau Neumann erneut.

»War er nach dem Unfall irgendwie verändert?«, wollte Mayfeld wissen.

Der alte Neumann bestritt das wortreich. Ganz am Anfang, nach der Entlassung aus dem Krankenhaus, sei sein Sohn vielleicht etwas reizbar gewesen, aber das habe sich schnell gegeben, er habe sich wieder auf seinen Beruf konzentriert, die Verantwortung für die Familie habe ihn umgetrieben. Sorgen habe er gehabt, das schon, aber er habe alles blendend gemeistert.

»Er ist halt zäh, mein Andi«, lallte Andis Mutter. Von halbwegs nüchtern konnte keine Rede mehr sein.

»Haben Sie vielleicht ein aktuelles Bild von ihm?«

»Wozu brauchen Sie das?«

»Hol halt eines, Annegret.«

Annegret Neumann stand schwerfällig auf, wankte in ein Nebenzimmer und kam eine Weile später mit einem Foto zurück, das sie Mayfeld entgegenstreckte. »Von der letzten Geburtstagsfeier. So ein schöner Junge. Und so eine hässliche Narbe.«

Auf dem Bild sah man einen Mann mittleren Alters, der tatsächlich einmal schön gewesen war. Quer über seine linke Wange zog sich eine feuerrote lange Narbe.

Mayfeld bedankte sich für das Bild und legte seine Karte auf den Tisch zwischen die Schnapsflaschen. »Wenn sich Ihr Sohn bei Ihnen meldet, dann richten Sie ihm aus, dass er sich mit uns in Verbindung setzen soll. Oder Sie rufen uns an. Ihr Enkelkind befindet sich übrigens in der Obhut des Jugendamtes.«

»Wir werden uns kümmern«, versprach Ludger Neumann. Seine Frau sagte nichts mehr.

Mayfeld fuhr mit Nina zurück ins Polizeipräsidium. Sie gingen in Mayfelds Dienstzimmer, er fuhr den Computer hoch. Nach kurzer Zeit hatte er den Vorgang Andi Neumann auf dem Bildschirm. Vor einigen Wochen hatten Sascha Metz und Yvonne Neumann Anzeige gegen Andi Neumann erstattet. Er hatte sie am Schiersteiner Hafen angegriffen. Die beiden waren abends dort spazieren gegangen, Neumann kam überraschend auf sie zu – Yvonne wähnte ihn zu diesem Zeitpunkt auf seinem Schiff auf dem Rhein – und attackierte zunächst Sascha Metz mit einem Fausthieb ins Gesicht. Eine spätere medizinische Untersuchung ergab ein angebrochenes Nasenbein beim Geschädigten. Als sich eine Prügelei zwischen den Männern entwickelte, ging Yvonne dazwischen und versuchte zu schlichten, wobei sie einen Schlag von ihrem Mann abbekam. Der Arzt diagnostizierte später ein Lidhämatom, also ein Veilchen. Yvonne Neumann erwähnte gegenüber den Polizeibeamten, dass ihr Mann seit Jahren psychisch labil sei, auch schon einen Suizidversuch unternommen habe und deswegen in psychiatrischer Behandlung auf dem Eichberg gewesen sei. Seine Reizbarkeit sei seit einem Motorradunfall noch schlimmer geworden. Der Beschuldigte konnte zunächst nicht vernommen werden, da er sich an unbekanntem Ort aufhielt und das Vergehen eine Fahndung nach ihm nicht rechtfertigte. Als ihn die Kollegen telefonisch erreichten und aufforderten, sich zur Vernehmung im Polizeirevier in Wiesbaden-Biebrich zu melden, äußerte er, Metz habe nur bekommen, was er verdient habe, und seine Frau hätte sich da besser nicht eingemischt. Wenige Tage später nahmen die Geschädigten die Anzeige zurück. Es habe sich um eine familiäre Angelegenheit gehandelt, und man wolle sich gütlich einigen.

»Er scheint ein Problem mit der Impulskontrolle zu haben«, kommentierte Nina die Akte.

»Und ein gelockertes Normverständnis«, ergänzte Mayfeld.

»Mit anderen Worten: ein cholerisches Arschloch.«

Viele Verfahren wegen häuslicher Gewalt wurden eingestellt,

weil die Geschädigten, meist Frauen, die Anzeigen zurückzogen. Das war vor allem dann der Fall, wenn kein weiterer Zeuge vorhanden und deswegen schwer etwas zu beweisen war oder wenn die Frauen mit den Tätern weiter zusammenleben und die Beziehung nicht durch ein Strafverfahren belasten wollten. Wenn der Täter schwor, dass er sich bessern würde. Nach alldem sah es im vorliegenden Fall nicht aus.

»Seltsam, dass die beiden ihre Anzeigen zurückgenommen haben«, meinte Mayfeld.

»Vielleicht hielt Yvonne ihren Mann für ein armes Würstchen und nicht für einen Schurken, vielleicht war er mit der Mitleidstour erfolgreich. Yvonne wollte doch eine ganz besonders Gute sein. Verzeihen verbessert das Karma.« Nina klang ziemlich sarkastisch.

»Es spricht einiges dafür, dass er unser Mann ist. Er hat ein Motiv, Eifersucht. Er hatte Schlüssel, um ohne Einbruch in die Wohnung zu gelangen. Er war schon einmal gewalttätig gegen seine Frau. Vielleicht hatte er nicht vor, sie zu töten, vielleicht ist bloß ein Streit eskaliert. Er hat seine Tochter geschont.« Doch Mayfeld hatte Zweifel an diesen Überlegungen.

Nina war ebenfalls nicht überzeugt. »Geplant war das sicherlich nicht. Wäre ja auch ein blöder Plan, erst das Schiff auf Grund setzen, dann mit dem Beiboot an Land fahren, sich nach Hause durchschlagen, um dort die Frau zu ermorden. Natürlich könnte es sein, dass er zu Hause irgendetwas gesucht hat und dass es zwischen ihm und seiner Frau zum Streit kam. Aber ist der Typ so kaltherzig, dass er seine kleine Tochter allein in der Wohnung zurücklässt?«

»Vielleicht haben sein Verschwinden und der Mord gar nichts miteinander zu tun.«

»Möglich, aber unwahrscheinlich.«

»Ich werde auf jeden Fall nach ihm suchen lassen.«

Nina legte den Kopf zur Seite und deutete einen Schmollmund an. »Hab ich bereits gestern veranlasst, Chef. Der Mann wird schließlich vermisst.«

Mayfeld hob entschuldigend die Hände. Nina war in den letzten Jahren eine richtig gute Polizistin geworden, die man an das Selbstverständliche nicht erinnern musste. »Entschuldigung. Wir sollten eine Handyortung für Neumann beantragen und ein Bewegungsprofil der beiden mittels ihrer Handys erstellen.«

»Darum kümmere ich mich«, sagte Nina. »Gleich morgen früh. Heute erreiche ich bestimmt die Hälfte der zuständigen Leute nicht.«

»Willst du morgen früh nicht lieber nach Hause gehen? Du hattest das ganze Wochenende Dienst.«

Nina schüttelte den Kopf und lachte. Mayfeld überlegte, an welchen Singvogel ihn ihr Lachen dieses Mal erinnerte. »Sehr fürsorglich, vielen Dank, Chef. Ich geh gleich, nachdem ich die Bewegungsprofile in Auftrag gegeben habe, nach Hause und ins Bett. Vielleicht habe ich aber auch Glück, und heute Nacht ist nichts los. Dann bleib ich morgen wach, vielleicht sogar im Dienst.« Sie unterbrach ihr Gezwitscher und wurde ernst. »Das war gruselig, die tote Mutter und das Kind.«

Mayfeld nickte. Er hörte Emma weinen. Die Erinnerung an den leeren Blick des Mädchens wurde er nicht los. Wenn er versuchte sich vorzustellen, was in der Kleinen vorgegangen war oder jetzt vorging, wurde ihm übel. Eine verlorene und gequälte Seele. Dieses Leben würde nicht ausreichen, die Wunden zu heilen, die ihr geschlagen worden waren. Sie würde später noch nicht einmal verstehen, was mit ihr geschehen war. Er schüttelte sich innerlich, er sollte besser an etwas anderes denken. Aber war das wirklich besser, sich taub zu stellen, unempfindlich zu werden, bloß um sich nicht so verdammt hilflos zu fühlen? Bestimmt nicht. Andererseits: Er musste arbeitsfähig bleiben. Er wollte schließlich die Person finden, die all das zu verantworten hatte. Er musste sich zusammenreißen.

»Gruselig ist gar kein Ausdruck«, antwortete er. Aber einen besseren fand er nicht.

Er war müde. Und entschlossen, seinen Job zu machen. Ein letztes Mal.

***

Ginger hatte den ganzen Vormittag im Foyer des Mainzer Hofs verbracht und die Gäste, die nach und nach auscheckten, abgepasst und nach Sarah gefragt. Es war eine frustrierende Angelegenheit gewesen. Manche von ihnen, die bereits seit einigen Tagen im Hotel wohnten, erinnerten sich an sie, aber niemand hatte sie am vergangenen Freitag gesehen, und niemandem war zuvor etwas an ihr aufgefallen, das Ginger bei der Suche nach der Verschwundenen weitergebracht hätte. Kein Gast hatte in irgendeiner Weise auffällig oder unglaubwürdig gewirkt, bei keinem war Ginger misstrauisch geworden. Sie war am Ende des Vormittags genauso schlau wie am Morgen. Genau das hatte sie befürchtet. Gestern hatte sie Bilder von Sarah als jungem Mädchen in unangemessenen erotischen Posen gesehen und erfahren, dass sie ein reges und möglicherweise wahlloses Sexualleben hatte. Aber darüber hinaus hatte sie keine Vorstellung, wusste so gut wie nichts von ihr, von ihren Wünschen, Sehnsüchten, Ängsten und Obsessionen. Ihr aktueller Lover war immer noch nicht ans Telefon gegangen, trotz mehrerer Anrufe. Yannik Petermann wohnte am anderen Ende von Rüdesheim. Sie würde dort vorbeischauen.

Petermanns Wohnung lag in einem Mehrfamilienhaus in der Theodor-Heuss-Straße. Ginger klingelte ein paarmal, ohne Erfolg. Als eine Bewohnerin das Haus verließ, nutzte sie die Gelegenheit und betrat das dunkle Treppenhaus. Seine Wohnung befand sich im zweiten Stock. Auch dort klingelte sie mehrfach und klopfte an die Wohnungstür. Endlich hatte sie Erfolg. Ein verschlafen wirkender junger Kerl von Anfang zwanzig öffnete die Tür. Blonder Lockenkopf, athletischer Körperbau, hübsches Gesicht, bekleidet nur mit Boxershorts. Er sah recht attraktiv aus, auch wenn Ginger der griesgrämige Blick irritierte. Ein schlecht gelaunter Schönling. Sie nannte ihren Namen, drückte ihm eine Visitenkarte in die Hand und schob sich an ihm vorbei in die Wohnung.

»Danke, dass Sie sich Zeit für mich nehmen. Ich suche Sarah Hope, die kennen Sie ja.«

Petermann schaute sie verdattert an. »Machst du das immer so?«

»Tut mir leid. Ich wollte Sie nicht überrumpeln. Wo können wir uns unterhalten?«

Er schien allmählich wach zu werden. Ginger bemerkte das daran, dass er sie mit Blicken zu taxieren begann. Es schien ihm zu gefallen, was er sah. Der Griesgram verschwand aus seinem Gesicht und wich einer lauernden Lüsternheit. Er deutete mit dem Kopf auf eine Tür am Ende des Flurs und ging voraus. Ginger folgte ihm und nahm an einem Küchentisch Platz.

Petermann holte eine Dose Red Bull aus dem Kühlschrank, riss sie auf und schüttete den Inhalt in sich hinein.

»Was ist mit Sarah?«

»Sie ist verschwunden.«

Eine junge Frau, kaum zwanzig, betrat die Küche und warf Petermann einen wütenden Blick zu. »Ich geh dann mal«, sagte sie eisig und bedachte Ginger mit einem Blick, der sie vermutlich erdolchen sollte.

»Ciao«, antwortete Petermann lakonisch.

Die Frau drehte sich abrupt um und verschwand, kurze Zeit später knallte die Wohnungstür.

»Und du suchst sie? Krass.«

»Wieso krass?«

Petermann grinste. »Hab noch nie mit einer Privatdetektivin zu tun gehabt. Du gehst ja ganz schön ran.« Er leckte sich die Lippen.

»Können Sie mir sagen, wo sie sich aufhält? Nach meinen Informationen sind Sie beide befreundet, haben was miteinander.«

»Sag ruhig Du zu mir. Ich bin der Yannik.«

Eigentlich passte es ihr nicht, den Typen zu duzen, aber sie musste dafür sorgen, dass er kooperierte. »Schön, Yannik, weißt du was über Sarahs Aufenthaltsort?«

Petermann stand auf, ging zum Kühlschrank und holte sich eine weitere Dose. Er gab Ginger ausgiebig Gelegenheit, seinen Körperbau zu bewundern.

»Auch einen Drink?«, fragte er.

»Gerne ein Wasser.«

Er schaute sie verständnislos an. »Wasser? Hab ich nicht.«

Sie deutete auf den Wasserhahn.

Er schüttelte ungläubig den Kopf, angelte ein Glas aus dem Regal, füllte es und stellte es ihr auf den Tisch.

»Sarah mochte auch keine Energydrinks, trank lieber Tonic«, sagte er, als er ihr wieder gegenübersaß. »Keine Ahnung, wo die steckt. Ich würde wirklich gerne helfen. Vielleicht kann ich ja sonst etwas für dich tun?« Er lächelte vielsagend.

Ginger lächelte nichtssagend zurück. »Ganz bestimmt. Erzähl mir von Sarah.«

Petermann schien enttäuscht. »Ich bin gar nicht mehr mit ihr zusammen. Es ist Schluss. Seit ein paar Tagen.«

»Wer hat Schluss gemacht?«, wollte Ginger wissen.

»Ist doch egal.«

»Nicht unbedingt.«

»Ich glaube, sie hat einen anderen. Sie war zuletzt so komisch. Hatte immer öfter keine Zeit. Wollte mir nicht sagen, wo sie ist. War total gereizt und hektisch, wenn ich ihr Handy in die Hand genommen habe – als ob ich es nötig hätte, sie auszuspionieren.« Er verzog sein Gesicht zu einer überheblichen Grimasse. »Aber ich war gewarnt. Jeder weiß, dass sie eine Schlampe ist.«

Es kostete Ginger einige Mühe, freundlich zu bleiben. Wenn ein Mann viele Frauen hatte, dann war er ein toller Typ mit einem interessanten Liebesleben, wenn sich eine Frau so verhielt, war sie eine Schlampe, zumindest für Typen wie Petermann. Für Männer gab es dafür kein entsprechendes Schimpfwort.

Einatmen, ausatmen, sich nicht aufregen. Vielleicht war Petermann gar nicht so mies, wie es ihr schien, sondern bloß verletzt.

»Und weißt du, wer ihr neuer Typ ist?«

»Interessiert mich einen feuchten Dreck.« Die Antwort war zu patzig, um cool zu wirken.

»Denk bitte für mich nach.« Ginger bemühte sich, ihn hilfesuchend anzuschauen. *Wenn du weißt, was das ist, nachdenken*, fügte sie grimmig, aber im Stillen hinzu.

Petermann leckte sich die Lippen. »Baby, ich würde das gerne für dich tun, aber es hat keinen Zweck.«

Jetzt hätte sie am liebsten losgelacht, riss sich aber zusammen.

»Ich weiß es wirklich nicht, ich würde es dir sagen«, fuhr Petermann fort.

»Ich glaub dir. Aber erzähl einfach, was du über Sarah weißt.«

»Was interessiert dich denn?«

»Alles. Ich suche sie. Schon vergessen?«

Petermann lächelte, als ob er irgendetwas kapiert hätte. »Natürlich. Also einfach alles erzählen, was mir einfällt? Kann ich machen.«

Für eine Weile sprach Yannick Petermann ohne Imponiergehabe, Machogetue oder dumme Sprüche über Sarah und sich. So war er fast sympathisch, zumindest auszuhalten.

Sie waren ein halbes Jahr zusammen gewesen, Petermann hatte sie im Mainzer Hof kennengelernt. Reden wollte Sarah mit ihm nur das Notwendigste, und auch wenn er versuchte, abgeklärt zu wirken, beschlich Ginger der Verdacht, dass ihn das gekränkt hatte. Er wäre ihr gerne etwas nähergekommen, gab er zu. Aber sie hatte ihn auf Abstand gehalten, er solle sich um seinen Kram kümmern, hatte sie ihn abgefertigt.

»Die wollte einfach bloß ihre Ruhe«, beschwerte er sich. »Hat vielleicht schon zu viel Stress in ihrem Leben gehabt. Mit anderen Typen oder ihrer Familie. Die Familie hat sie kaum erwähnt, und wenn, dann konnte man spüren, wie wütend sie war. Man musste ihr jedes Wort aus der Nase ziehen. Einmal war ich bei ihr in der Wohnung, da hatte sie auf dem Küchentisch jede Menge Akten liegen, Verträge von einem Notar. Ich wollte wissen, was das ist, und sie wurde richtig zickig. Ich habe die Namen Nachtweih und Urbach gelesen, und sie hat was von einem Scheißhotel gemurmelt. Komisch, eigentlich mag sie den angegammelten alten Kasten ziemlich gerne.«

Vom Hotel Niederwald hatte Petermann offensichtlich nichts gehört. Ginger fragte nach dem Namen des Notars, Petermann meinte, den Namen Mendel oder Wendel gelesen zu haben. Worum es in den Dokumenten ging, wusste er nicht, Sarah habe ja nichts gesagt. Er wusste überhaupt wenig über seine Ex, über ihr Leben, ihre Familie, ihre Vergangenheit, ihre Pläne, ihre Sehnsüchte oder Ängste, obwohl sie immerhin ein halbes Jahr zusammen gewesen waren. Das Einzige, was er über sie sagen konnte, war, dass sie gerne Tonic trank, mit und ohne Gin, Petermann kannte sogar die Markennamen ihrer Lieblingsgetränke. Es war eine armselige Geschichte mit den beiden. Sie verabschiedete sich. Petermann schien das zu bedauern.

Ginger fuhr zurück zum Hotel. Dirk Mangold hatte Feierabend. Astrid Leber hatte von ihm als bestem Freund Sarahs gesprochen, und sie hoffte, dass der Koch nun eher geneigt war, mit ihr zu sprechen. Sie traf ihn in der leeren Rieslingstube bei einem Cappuccino an, während aus der Küche das Klappern von Töpfen und Pfannen zu hören war; dort wurde offensichtlich noch aufgeräumt.

Mangold war ein rundlicher Mittvierziger mit braunen Augen, buschigen Brauen und einem überdimensionalen Schnauzbart. Er wirkte abgespannt und müde, das aber auf stilvolle Weise. Er lächelte charmant, als er sie zu sich winkte, bestand darauf, ihr einen Cappuccino zuzubereiten, und servierte ihn formvollendet mit Keks und einem Ornament aus Milchschaum und Crema.

»Sie nehmen den Cappuccino doch mit einem Cantuccino? Ich muss mich für gestern entschuldigen, aber bei der Arbeit ist es essenziell, absolut fokussiert zu sein. Ablenkung ertrage ich nicht.«

Ginger versicherte dem Riesenschnauzer ihr Verständnis. »Koch scheint ein absoluter Stressberuf zu sein.«

»Das können Sie laut sagen. Er frisst einen auf, wenn man nicht aufpasst. Selbst mir geht es so, obwohl ich glaube, mir der Gefahren bewusst zu sein. Noch während der Zeit in der Pfalz habe ich meinen Stern zurückgegeben. Ich wollte wieder Zeit haben für mein Leben, mal ein Wochenende mit meiner Schwester auf dem Campingplatz sein. Ich wollte nur noch kochen, was mir Spaß macht. Trotzdem verausgabe ich mich in der Küche jeden Tag aufs Neue. Auch wenn ich keine Testesser mehr überzeugen muss, will ich doch selbst von meiner Arbeit überzeugt sein. Aber das alles interessiert Sie vermutlich gar nicht. Wie kann ich Ihnen weiterhelfen? Meine Zweifel, ob ich dazu in der Lage bin, sind seit gestern nicht weniger geworden.«

Ginger fragte ihn, ob er wisse, wo sich Sarah befinde. Das verneinte er glaubhaft.

»Warum sie verschwunden ist, kann ich Ihnen nicht sagen. Ich kenne Sarah seit zehn Jahren und habe sie immer als zuverlässigen Menschen erlebt. Aber sie hat so was wohl schon mal gemacht, mit vierzehn oder fünfzehn. Damals ist sie nach zwei Wochen wiederaufgetaucht. Sie hat mir erzählt, dass sie damals Stress mit der Familie gehabt habe. Na ja, den hat sie jetzt wieder.« Mangold lächelte bitter.

»Was meinen Sie damit?«

Er runzelte die Stirn, was zu einer lebhaften Bewegung seiner Augenbrauen führte. »Die Nachtweihs und die Urbachs sind eine große und reiche Sippe hier in Rüdesheim. Das Weingut Nachtweih gehört ihnen, der Mainzer Hof und das Hotel Jagdschloss Niederwald. Außerdem jede Menge Weinberge, Äcker, Grundstücke. Es ist eine ziemlich komplizierte Geschichte, wollen Sie die hören?«

Der Koch des Pinot war gesprächiger, als Ginger es sich erhofft hatte.

»Unbedingt. Ich glaube, dass man jemanden eher findet, wenn man ihn kennt, sich ein Bild von ihm machen, sich in ihn hineinversetzen kann. Manchmal sind Kleinigkeiten das Entscheidende.«

Mangold nickte zustimmend. »Das mit den Kleinigkeiten kenne ich gut. Der Hauch eines Gewürzes, eine unscheinbare Zutat kann über das Gelingen eines Gerichtes entscheiden oder zumindest darüber, ob es gewöhnlich oder außerordentlich wird. Aber ich weiß ehrlich gesagt gar nicht, ob es richtig ist, Ihnen viel über Sarah zu berichten. Vielleicht will sie gar nicht gefunden werden. Sie hat mir einiges über ihr Leben erzählt, als ich sie in Deidesheim kennengelernt habe, in der Schwarzen Sau, wo sie ihre Ausbildung gemacht hat.«

Mangold verfiel in Schweigen. Er schien es sich anders zu überlegen. Sie musste ihn unbedingt zum Weiterreden ermuntern, auch wenn ihr seine Zurückhaltung, privat betrachtet, sympathisch war.

»Sie sagten, dass Sie überrascht waren, als sie so plötzlich verschwunden ist. Dass das nicht zu der Sarah passt, die sie seit zehn Jahren kennen. Sie scheinen mir besorgt zu sein. Ist es möglich, dass sie in ernsten Schwierigkeiten ist und Hilfe braucht?«

Ängste schüren war sicher nicht die feinste Art, Menschen zum Reden zu bringen, aber Ginger hatte derart wenig in der Hand, dass sie bei ihren Methoden nicht wählerisch sein konnte.

Mangold schaute sie unwillig an, so als ob er ihr diese Masche nicht zugetraut hätte, aber auch nicht wüsste, ob sie vielleicht einfach nur richtiglag.

»Ich bin tatsächlich besorgt. Aber ich weiß nicht, ob Sarahs Probleme zu- oder abnehmen, wenn sie gefunden wird. Ich will Astrid nichts unterstellen, sie und Sarah haben ein gutes Verhältnis, aber Sarah wird ihre Gründe haben, wenn sie so plötzlich und spurlos verschwindet, meinen Sie nicht?«

Dem konnte Ginger kaum widersprechen. Sie versuchte es dennoch. »Es gibt gute und weniger gute Gründe. Ihr Verschwinden sieht nach einer Panikreaktion aus. Und in Panik trifft man nicht immer die besten Entscheidungen. Was könnte ihr derart Angst einjagen?«

Jetzt lächelte Mangold wieder. »Sie geben nicht so schnell auf.«

»Stimmt.« Sie wiederholte ihre Frage.

Mangold zuckte mit den Schultern.

»Kam Sarahs Verschwinden für Sie wirklich überraschend? Gab es keine Vorzeichen, keine Veränderungen in der letzten Zeit?«

Mangold seufzte, so als ob sie seinen Widerstand überwunden hätte.

»Also gut. Seit einem halben Jahr ist Sarah verändert. Leider hat das auch unser Verhältnis betroffen. Sie ist schweigsam geworden. Die letzten Jahre hat sie mit mir über alles gesprochen, was sie beschäftigt hat, ich bin so etwas wie eine beste Freundin für sie gewesen.« Er fuhr sich mit der Hand durch seine wuscheligen Haare. »Wenn Sie wissen, was ich meine.«

Klar wusste Ginger das. Ein schwuler Mann als die beste Freundin einer Frau, das bedeutete Empathie ohne Begehren und ohne Konkurrenz.

»Was könnte sie so verändert haben?«

»Vor einiger Zeit trat ein Investor an Helga Urbach heran, ich glaube, die Firma heißt Henderson & Henderson. Sie bauen und betreiben Golfplätze und Golfresorts in ganz Europa und haben ein Auge auf das Jagdschloss Niederwald geworfen. Das gehört einigen aus der Familie. Sie wollen das Hotel kaufen und die darumliegenden Wiesen und Felder gleich dazu. Das Geschäft funktioniert nur, wenn wirklich alles verkauft wird, damit nicht nur das Hotel umgebaut werden kann, sondern auch die Fläche für den Golfplatz da ist. Vor einem halben Jahr haben Henderson & Henderson alle Eigentümer zu einer Veranstaltung ins Jagdschloss Niederwald eingeladen, zu einer Art Ortstermin, um sie von dem Projekt zu überzeugen.«

»Läuft solche Überzeugungsarbeit nicht eher über den Preis?«

Mangold lachte. »Ich glaube schon. Der Preis stimmt. Es gibt in der Region allerdings viele Vorbehalte gegen einen Golf-platz. Die Rheingauer sind ein konservatives Völkchen, das ist manchmal gar nicht so verkehrt. Bei dem Verkauf müssen viele Leute unter einen Hut gebracht werden. Diese Leute brauchen das Geld unterschiedlich dringend. Manche werden sehr viel Geld bekommen, andere nur einen vergleichsweise geringen Betrag, das macht die Sache kompliziert. Auf jeden Fall war Sarah nach diesem Treffen anders, sie wirkte irgendwie verstört, meinte, sie wolle von der ganzen Sache nichts wissen. Mich hat das verwundert, Astrid und Sarah können das Geld gut ge-brauchen, Sie haben sich im Mainzer Hof ja umgeschaut – wer so eine Immobilie besitzt, kann gar nicht zu viel Geld haben.«

»Sie wollte nicht verkaufen?«

»Ich bin mir unsicher. Sie hat sich ziemlich aufgeregt, weil sie sich benachteiligt fühlte. Die Erbengemeinschaft Nacht-weih – Urbach wurde vor Jahren teilweise entflochten, es gehört nicht mehr allen von allem ein Teil, sondern den einen gehört das Weingut, Astrid und Sarah der Mainzer Hof, anderen das Jagdschloss Niederwald und wieder anderen die umliegenden Grundstücke. Die Details kenne ich natürlich nicht. Sarah hat sich die Verträge noch einmal angesehen. Sie meint, dass sie bei der Neuordnung der Besitzverhältnisse über den Tisch gezogen wurde. Andere Familienmitglieder scheinen von dem Verkauf wesentlich mehr zu profitieren.«

Das passte zu Petermanns Beobachtung, dass sich Sarah mit notariellen Verträgen beschäftigt hatte.

»Wenn sie nicht verkauft, scheitert der ganze Deal? Kein schlechtes Druckmittel, um Verträge nachzuverhandeln.« Aller-dings nutzte es wenig, wenn sie einfach verschwand.

Mangold verzog das Gesicht. Augenbrauen und Riesen-schnauzer gerieten in eine wellenförmige Bewegung, als wollten sie ein Fragezeichen formen. »Ich habe mich nicht weiter dafür interessiert. Sarah war wie gesagt in den letzten Monaten nicht mehr allzu gesprächig.«

»Was wissen Sie über ihre Liebhaber? Als beste Freundin waren Sie doch bestimmt immer auf dem Laufenden.«

Der Gesichtsausdruck Mangolds wandelte sich vom Riesenschnauzer zur Bulldogge, er blickte jetzt sehr betrübt zu Ginger herüber.

»Das ist doch nicht in Ordnung, wenn ich Ihnen jetzt Sarahs ganzes Leben auf dem Silbertablett präsentiere.«

»Abgesehen davon, dass es mir eventuell hilft, Sarah zu finden, habe ich von diesen Informationen nichts. Sie müssen sich entscheiden, ob Sie mir helfen wollen oder nicht.«

Mangolds Gesichtsausdruck wurde mürrisch. »Genau diese Entscheidung habe ich noch nicht getroffen. Ich will Ihnen nur noch so viel erzählen: Der aktuelle heißt Yannik Petermann und taugt nichts, wie die meisten vor ihm. Dass er mit ihrem Verschwinden zu tun hat, halte ich für ausgeschlossen. Dafür ist er zu harmlos und unwichtig.«

»Gerade haben Sie noch gesagt, dass sie Ihnen in der letzten Zeit nicht mehr so viel erzählt hat.«

Vielleicht war der Ton zu schnippisch gewesen, vielleicht hatte Mangold sowieso keine Lust mehr, Details aus dem Privatleben seiner besten Freundin preiszugeben, jedenfalls verdunkelte sich seine Miene zusehends. Er verschränkte die Arme vor sich, um zu signalisieren, dass er das Gespräch für beendet hielt.

Es hatte wohl keinen Zweck, weiter nachzuhaken. Astrid hatte Mangolds Schwester als Sarahs Freundin erwähnt. Sie fragte ihn, wo sie Franzi finden könne.

»Sie ist in der Küche und macht noch ein Pesto für Franzis Fresskorb.«

Jetzt schien das Fragezeichen in Gingers Gesicht geschrieben zu stehen. Das heiterte Mangold etwas auf. »Meine kleine Schwester hat ein Downsyndrom, aber sie ist sehr clever. Sie kann sogar lesen. In der Küche hat sie sich viel bei mir abgeguckt und produziert Feinkost in Gläsern. Sie macht über ihre Kreationen sogar Videos auf YouTube. Können Sie abonnieren: FFFF – Fiel Fergnügen mit Franzis Fresskorb.« Der große Bruder war sichtlich stolz auf die kleine Schwester.

»Sie begleitet Sie auf Ihren beruflichen Stationen?«

Mangold nickte. »Seit dem Tod unserer Eltern. Sie wohnt auch bei mir. Viele Leute halten mich deswegen für einen schrägen Vogel und reichlich bekloppt, mein Exmann zum Beispiel. Für mich ist es Familie.«

Er lächelte wieder. Seine Stimme hatte ihre Warmherzigkeit zurückbekommen. Ginger fand, dass der Mann mit dem Riesenschnauzer nicht nur stolz auf seine kleine Schwester sein konnte.

* * *

Franzi stand in der Küche und redete mit sich selbst. Das half ihr, sich zu konzentrieren und beim Kochen alles in der richtigen Reihenfolge zu machen. Vor ihr stand ein großer Mörser aus Granit, daneben lagen ein Holzbrett aus Olivenbaumholz, ein japanisches Küchenmesser und eine Kladde mit Rezepten.

»Erst die Basilikumblätter abzupfen. Bloß nicht hacken, bloß keine elektrische Maschine nehmen, sagt der Dirk. Gleich ab in den Mörser. Ganz lang mörsern und quetschen, das ist gut für die Aromastoffe.«

Franzi widmete sich dem Basilikum mit Hingabe.

»Wo ist bloß meine Sarah hin? Haut einfach ab. Die hat Angst gehabt.«

Franzi schaute auf die Kladde, nahm eine Handvoll Pinienkerne und schüttete sie zu den Kräuterblättern.

»Die Nüsse darf ich nicht vergessen, Pinienkerne oder andere Nüsse. Die werden jetzt mit zerdrückt. Sollen kleine Stückchen übrig bleiben.«

Schließlich hatten sich die Blätter und die Pinienkerne in ein duftendes stückiges Mus verwandelt.

»Der fremde Mann hat sie gesucht, die Sarah. Aber dem hab ich nichts gesagt. Der hat so bös geguckt.«

Franzi schälte den Knoblauch und begann, ihn mit dem gro-ßen japanischen Messer zu zerhacken.

»Den Knoblauch mach ich nicht in die Presse. Sonst muffelt er. Ich mag keinen Muffelknoblauch. Dann mit dem Salz zer-drücken.«

Franzi folgte ihren eigenen Anweisungen und gab den ge-quetschten Knoblauch zu der grünen Masse, die sie erneut mit dem Stößel bearbeitete.

»Vielleicht soll ich sie suchen. Und jetzt kommt der Spezial-trick vom Dirk. Zitronenschale, dann schmeckt es frischer.«

Sie rieb mit einer Raspel die Schale einer Zitrone in das Mus.

»Aber es muss heimlich sein.« Sie warf einen Blick in die Kladde. »Jetzt kommt das Öl. Fruchtiges Olivenöl.«

Franzi legte den Stößel beiseite, nahm einen hölzernen Löffel und goss unter Rühren einen feinen Strahl aus einer Karaffe zu der Paste.

»Ganz langsam schütten. Dann verbindet sich alles. Und nachher noch den Parmesan reiben. Wo steckt die Sarah bloß? Der Dirk hat gemeint, man muss es sagen, wenn man Hilfe braucht. Ob das die Sarah nicht weiß?«

∗∗∗

Jeder Ort hat seine typischen Geräusche, die ihn und seine Stim-mung charakterisieren, Ginger nannte das seine Musik. Hinter der Tür, wo zuvor Töpfe geklappert hatten, hörte sie ein schnel-les und heftiges Klackern und Klopfen, wie es ein schweres Küchenmesser auf einem Holzbrett verursacht. Danach Stille. Sie folgte der Küchenmusik und traf Franzi Mangold bei der Arbeit an. Sie war so versunken in ihre Tätigkeit, dass sie Gin-ger gar nicht bemerkte. Dabei brabbelte sie vor sich hin, schien ihre Tätigkeiten zu kommentieren, aber ganz verstehen konnte Ginger sie nicht. Sie schimpfte, irgendwer brauchte Hilfe, gab das aber nicht zu. Ginger wagte Franzi nicht zu unterbrechen. Schließlich war sie fertig und blickte auf.

»Was willst du in der Küche? Willst was lernen?« Sie lachte.
»Das ist Pesto. Guck!« Sie deutete auf einen großen Granit-
mörser. »Ich mach es noch richtig, wie früher. So wird das Pesto
besser, sagt der Dirk. Und das stimmt, was der Dirk sagt, kannst
mir ruhig glauben. Ich verkauf das Pesto überall, weil es so
gut ist.« Sie probierte. »Vielleicht noch ein bissel Öl.« Sie goss
golden schimmerndes Olivenöl in den Mörser und rührte eifrig
mit dem Holzlöffel.

»Hast du mal einen kleinen Moment Zeit für mich?«

Die junge Frau machte eine Pause und grinste. »Die Franzi
lässt sich nicht beduppen, die ist nämlich clever. Sagt der Dirk,
und der Dirk hat recht.«

»Es ist wichtig. Die Sarah ist doch deine Freundin. Und sie
ist verschwunden. Vielleicht braucht sie Hilfe. Deswegen suche
ich sie. Kannst du mir helfen? Weißt du, wo sie ist?«

Franzi begann wieder, Öl in die grüne Masse zu rühren, heftiger und wilder als zuvor. »Die Franzi lässt sich nicht beduppen«,
murmelte sie. Dann hörte sie abrupt auf und fragte Ginger: »Hast
du ein schwarzes Auto?«

»Wie meinst du das?«

»Du bist hinter mir hergefahren«, behauptete sie erregt.

»Ich hab kein schwarzes Auto. Ich fahre Motorrad.«

Franzi schaute sie prüfend an. »Ehrlich?«

»Ehrlich. Soll ich dir mein Motorrad zeigen?«

Franzi schüttelte den Kopf. »Ich glaub dir. Dann ist ja gut.
Ich fahre Dreirad.« Sie machte eine Pause. »Gell, da guckst du?
Elektrisches Dreirad. Dirk sagt, das ist mein Lastesel. Aber da
hat der Dirk nicht recht.« Jetzt schaute sie triumphierend zu
Ginger. »Ist nämlich kein Esel, sondern ein Fahrrad. Ich zeig
es dir später.«

»Abgemacht. Weißt du, wo Sarah ist?«

Franzi ging zum Kühlschrank, nahm ein großes Stück Parmesan heraus und ergriff eine Reibe. Sie rieb einen großen Berg
weiße Käsespäne auf das Holzbrett. Nach einer Weile unterbrach sie ihre Arbeit und blickte Ginger herausfordernd an.

»Ich sag nichts.« Sie hob die Käsespäne vorsichtig unter das Pesto.

Franzi wusste etwas oder hatte zumindest einen Verdacht, wo Sarah stecken könnte, das spürte Ginger. Doch heute würde sie von ihr nichts mehr erfahren. »Aber dein Dreirad zeigst du mir schon? Du hast es mir versprochen.«

Franzi blickte gar nicht mehr auf. »Ist gut«, sagte sie in pampigem Ton. »Versprochen und nicht gebrochen. Morgen. Tschüssi.«

Ginger rief Astrid Leber an und traf sie einige Minuten später im Foyer des Hotels. Sie trug wie am Vortag ein schlichtes Leinenkleid, diesmal in Schwarz, was sie noch ein wenig blasser und ätherischer erscheinen ließ. Aber Ginger wusste, dass dieser Eindruck trog, dass sie es mit einer recht handfesten Person zu tun hatte. Sie gingen wie am Vortag in ihr düsteres Büro, wieder stellte Astrid ihr, ohne zu fragen, ein Glas Wasser auf den Schreibtisch.

»Sind Sie weitergekommen?«, fragte sie mit Entschiedenheit in der Stimme.

Bestandteil des Vertrags, darauf hatte Astrid Leber Wert gelegt, waren tägliche Berichte über den Fortgang der Nachforschungen. Aber im Moment war es eher an ihrer Auftraggeberin, etwas zu sagen.

»Wie man es nimmt. Den Aufenthaltsort Ihrer Cousine kenne ich noch nicht, aber ich habe einiges über sie erfahren. Allerdings habe ich mehr Fragen als Antworten. Einige der Fragen können Sie mir vielleicht beantworten.«

Astrid Leber zog eine Augenbraue nach oben und blickte sie skeptisch an. »Dann schießen Sie mal los.«

»Sie sagten, dass Sarah in letzter Zeit komisch geworden sei. Das haben mir mehrere ihrer Bekannten bestätigt. Wann begann das aus Ihrer Sicht?«

»Wird das eine Art Seelenerforschung?«

»Es wäre schön, wenn Sie mich meine Arbeit auf meine Art

machen lassen würden. Der Zeitpunkt ihrer mentalen Veränderung kann Aufschluss geben über die Motive für ihr Verschwinden, und das führt vielleicht zu ihrem Aufenthaltsort oder zu Menschen, die wissen, wo sie sich aufhält. Also bitte.«

Astrid Leber entschuldigte sich. Sie führte ihren forschen Ton und ihre Gereiztheit auf die Angst zurück, die sie um Sarah habe. Natürlich musste sie sich nicht für ihren Ton rechtfertigen, sie zahlte schließlich ein üppiges Honorar, gelegentliche Gereiztheit und Ungeduld waren da schon eingepreist. Aber ein sympathischer Zug war ihre Entschuldigung dennoch, auch wenn sich Ginger nicht sicher war, wie ernst es ihrer Auftraggeberin damit war.

»Es war ungefähr in der Zeit, als Henderson die Präsentation im Jagdschloss Niederwald machte. Ich hab das gar nicht verstanden, weil das Verkaufsinteresse seiner Gruppe für uns ein absoluter Glücksfall ist. Sarah und mir gehört der Mainzer Hof, und Sie sehen ja, in welchem Zustand das Hotel ist. Das habe ich Ihnen doch gestern schon erklärt. Den Verkaufserlös brauchen wir dringend, damit werden wir endlich in der Lage sein, das Gebäude zu sanieren, wir sind unsere schlimmsten Sorgen los.«

»Kann es sein, dass Ihre Cousine das anders gesehen hat?«

»Nein, das kann nicht sein, weil man das gar nicht anders sehen kann«, antwortete Astrid unwirsch. Thema und Richtung des Gesprächs schienen ihr nicht zu gefallen.

Dennoch setzte Ginger nach. »Irgendwie scheint sie sich bei dem Geschäft übervorteilt zu fühlen. Will sie den Vertragsabschluss hintertreiben? Setzt sie alle anderen damit unter Druck? Ich habe die Besitzverhältnisse in Ihrer Familie noch nicht richtig verstanden.«

Astrid Leber schnaubte ungehalten. »Das müssen Sie auch nicht. Aber bitte schön. Früher hat der ganze Besitz der Familie einer Erbengemeinschaft gehört, also das Weingut Nachtweih, das Hotel Mainzer Hof, das Hotel Jagdschloss Niederwald, Weinberge, Wiesen, Felder. Vor über fünfzehn Jahren wurden die Besitzverhältnisse entflochten. Seitdem gehört der Mainzer Hof Sarah und mir beziehungsweise damals Sarah und meiner Mutter, das Weingut den Urbachs und Nachtweihs. Das Jagdschloss gehört einigen Familienmitgliedern, andere besitzen Grundstücke in der Gegend. Dass jetzt durch das Angebot des Investors manche Grundstücke viel Geld wert sind, weil sie für den Golfplatz gebraucht werden, und andere nicht, konnte man damals nicht absehen. Es ist also niemand über den Tisch gezogen worden. Im Übrigen werden wir es so handhaben, dass alle Beteiligten zumindest ein kleines Stück vom Kuchen abbekommen werden. Was mich betrifft, werde ich wohl mehr Geld als Sarah bekommen, zusammen mit ihrem Anteil werden die dreihunderttausend Euro für die notwendigsten Sanierungsmaßnahmen reichen. Ich werde alles in das Hotel stecken, genauso wie Sarah auch, und natürlich werde ich mir das nicht im Grundbuch eintragen lassen. Also vergessen Sie diese Fährte. Das ist keine. Das ist eine Sackgasse.«

Irgendwo hatte Ginger gelesen, dass es zweifelhaft sei, dass Besitz und Geld frei machten. Eigentum binde die Menschen an sich, mache sie abhängig. Sobald sie es hätten, hätten sie auch die Angst, dass es ihnen weggenommen werden könnte. Deswegen fühlten sie sich gezwungen, es zu verteidigen und zu mehren, das Eigentum bestimme ihr ganzes Dasein. Da war möglicherweise etwas dran. Genauso stimmte es jedoch, dass Armut das ganze Dasein bestimmen konnte. Armut war darüber hinaus auch noch unkomfortabel. Der Reichtum hatte in den Familien Urbach und Nachtweih vielleicht für Zwist gesorgt. Aber sie hatte keine Hinweise dafür, dass dieser Zwist mit dem Verschwinden von Sarah zusammenhing. Sie hatte lediglich keine andere Spur.

»Was ist mit Sarahs Eltern?«

»Wollen Sie sich nicht endlich mal mit der Gegenwart beschäftigen, statt Ahnenforschung zu betreiben? Sarahs Vater ist nicht bekannt, ihre Mutter ist bei einem Verkehrsunfall gestorben, als sie neun Jahre alt war. Hilft Ihnen das jetzt, sie zu finden?«

Astrids Geduld neigte sich klar erkennbar dem Ende zu. Tausend Euro am Tag sollte sie nicht leichtfertig aufs Spiel setzen. Vielleicht machte der Besitz von Geld frei. Das Streben danach tat es keinesfalls. Doch unabhängig von diesen Überlegungen war es vermutlich vernünftig, sich der Gegenwart zuzuwenden.

»Sie haben mir gestern gesagt, dass Sarah mit der Schwester Ihres Kochs befreundet ist. Wer weiß noch von dieser Freundschaft?«

»Wozu ist denn das schon wieder wichtig?«

»Franzi hat den Eindruck, dass sie verfolgt wird.«

Astrid Leber lachte laut auf. »Bei allem Respekt vor der Kleinen, aber die bildet sich öfter mal was ein. Ich habe nie verstanden, was Sarah an ihr fand. Ich meine, die ist doch keine richtige Gesprächspartnerin.«

Vielleicht schätzte Sarah Warmherzigkeit und Ehrlichkeit, dachte Ginger. Oder eine Gesprächspartnerin, die auf Fragen nicht andauernd mit Gegenfragen reagierte. »Wer wusste von dieser erstaunlichen Freundschaft?«

Astrid Leber zuckte mit den Schultern. »Wahrscheinlich niemand, auf so eine Idee muss man ja erst mal kommen. Dass Sarah mit Dirk befreundet ist, das weiß im Hotel hingegen jeder.«

An diesem Punkt kam sie nicht weiter.

»Der Bürgermeister und ein Stadtverordneter waren auch auf der Feier am Freitag.«

»Ja. Sie gehören zu den engen Freunden von Helga.«

»Und dieser Dr. Mende ist Notar und hat die Auseinandersetzung der Erbengemeinschaft beurkundet?«

Astrid Leber rollte mit den Augen. »Mein Gott, sind Sie stur. Aber ich respektiere das, vermutlich kommt man in Ihrem Job nur so ans Ziel. Ja, er hat das damals beurkundet, und er beurkundet auch den Verkauf des Jagdschlosses. Warum sollte man einen Fremden als Notar nehmen, wenn es einen aus dem Freundeskreis gibt?«

Ginger nickte verständnisvoll. Sie wusste allerdings, dass

der Notar vom Käufer bestimmt wurde. Vielleicht war es von Bedeutung, dass Dr. Mende im Stadtparlament saß.

»Die Stadt hat bei dem Umbau bestimmt auch ein Wort mitzureden.«

»Das ist alles geklärt. Der Pächter ist auch schon aus dem Hotel draußen.«

»Das Hotel steht leer?«

»Das Restaurant läuft heute den letzten Tag, der Hotelpächter hat schon etwas Neues gefunden. Der hat die Zusage für eine Abfindung, ich weiß gar nicht, wer die zahlt, falls der Deal platzt.«

»Könnte sich Sarah im Hotel verstecken?«

Das konnte Astrid Leber nicht ausschließen. Sie war erstaunt, dass sie auf diese Idee nicht selbst gekommen war. Die beiden beschlossen, dem Jagdschloss einen Besuch abzustatten.

Das Jagdschloss lag am Rand des Niederwalds. Das gelb verputzte Gebäude trug ein Krüppelwalmdach aus schwarzen Schieferschindeln und blickte majestätisch über das Ebental. Die Terrasse des Ausflugsrestaurants lag hinter dem Schloss unter schattenspendenden Bäumen. Zusammen mit verschiedenen Nebengebäuden umrahmte sie eine Rasenfläche mit einem Brunnen in der Mitte. Ginger machte Fotos von dem Anwesen.

Astrid Leber hatte darauf bestanden, Ginger zu begleiten, sie wollte die Schlüssel des Hotels keinesfalls aus der Hand geben. Ginger war es recht gewesen, obwohl ein Anruf genügt hätte, um sie gegenüber dem Personal des Restaurants zu legitimieren.

Sie durchsuchten das ganze Anwesen. Nirgendwo war ein Hinweis auf einen heimlichen Übernachtungsgast zu finden, weder in den heruntergekommenen Holzbungalows, die dem Umbau zum Opfer fallen würden, noch in den beiden Steinhäusern, die Ferienwohnungen beherbergt hatten. Die große, aus Bruchsteinen erbaute Scheune wurde als Abstellplatz und Rumpelkammer benutzt. Ausrangierte Terrassenstühle und Tische, Polster und Decken, ausgebaute Fensterrahmen, ausgediente Gartengeräte, Schieferschindeln, Lackkanister und ein defekter Kühlschrank bildeten ein chaotisches Stillleben. Auf dem Dachboden aus groben Brettern lag Stroh verstreut. Nirgends fand sich ein Hinweis auf Sarah.

Im Erdgeschoss des Hauptgebäudes lagen das Hotelfoyer und die Räume des Restaurants. Auf dem verwaisten Empfangstresen des Hotels lagen einige Bücher, die die Geschichte des Hotels illustrierten.

»Hier, nehmen Sie sich eines mit«, meinte Astrid Leber und drückte Ginger ein Buch in die Hand.

Eine alte Holztreppe, die Patina angesetzt hatte, führte in die beiden Obergeschosse, in denen sich die Hotelzimmer und ein Konferenzsaal befunden hatten. Die Zimmer, die bis vor Kurzem noch bewohnt worden waren, hatten sich einen nostalgischen Charme bewahrt, auch wenn sie ohne Bettzeug und Vorhänge ein wenig kahl wirkten. Viele boten einen weiten Blick über das anmutige Tal. Ginger hatte den Eindruck, schon einmal hier gewesen zu sein. Obwohl sie das ausschließen konnte, blieb ein Gefühl der Verbundenheit mit diesem Ort, das sie sich nicht erklären konnte. Sie machte einige Fotos.

Hier hatte sich Sarah nicht versteckt. Sie gingen wieder nach unten und nahmen auf der Terrasse des Restaurants Platz.

Astrid bestellte zwei Cappuccino. »Schade«, meinte sie. »Wäre zu schön gewesen, wenn wir so schnell ans Ziel gelangt wären.«

»Ist das Hotel schon lange in Familienbesitz?«

»Seit vielen Jahren. Das Jagdschloss wurde im 18. Jahrhundert vom Grafen von Ostein errichtet. Das ist der, der den Niederwald in einen Landschaftspark umgestaltet hat, mit Rossel, Eremitage, Rittersaal, Zauberhöhle und Zauberhütte. Mein Urgroßvater Wilhelm Nachtweih hat das Anwesen in den zwanziger Jahren gekauft, nachdem es durch ein Feuer weitgehend zerstört worden war, und es wiederaufgebaut. Das Gebäude ist ein geschichtsträchtiger Ort. Im letzten Krieg war es ein Lazarett, später Erholungsheim für amerikanische Soldaten. Hier fand nach dem Krieg die Niederwaldkonferenz statt, hier wurde die Gründung der Bundesrepublik vorbereitet. Unsere Familie hat das Haus erst selbst als Hotel geführt und später verpachtet. Seit hier der Rheinsteig vorbeiführt, gehen die Geschäfte etwas besser. So schön das Jagdschloss gelegen ist, es ist weitab vom Schuss, die Gäste bleiben lieber unten in Rüdesheim. Für ein Golfhotel wäre die Lage allerdings perfekt.«

Bevor Ginger noch einmal nach den genauen Besitzverhältnissen fragen konnte, bog ein elektrisches Dreirad auf den Platz neben der Terrasse ein. Franzi stieg ab und holte eine große Tasche aus dem Lastenkorb, der sich zwischen den beiden Vorderrädern befand, und verschwand schnurstracks im Restaurant. Sie hatte die beiden offensichtlich nicht bemerkt. Ginger wollte gerade aufstehen, um ihr zu folgen, als ein dunkler Van vorfuhr. Ein athletischer Mann mit Lederjacke und Sonnenbrille stieg aus und schaute sich um.

»Was hat Franzi hier zu tun?«, fragte Ginger ihre Auftraggeberin.

Die runzelte die Stirn. »Das hat nichts zu bedeuten, vergessen Sie es. Dirk betreibt nebenbei einen lokalen Feinkostservice, er nennt ihn Franzis Fresskorb, und Franzi fährt seine Produkte aus. Die Kunden sind größtenteils Privatleute, aber das Restaurant hier verkauft auch regionale Spezialitäten an seine Gäste. Unter anderem Produkte von Franzis Fresskorb. Ich befürchte, Franzi hat vergessen, dass heute der letzte Öffnungstag des Restaurants ist und die nichts mehr von ihr abnehmen werden.«

»Es ist Franzi, die die Produkte herstellt, nicht ihr großer Bruder«, stellte Ginger richtig.

»Jaja.«

»Und diesen Mann da«, Ginger wies mit einer Kopfbewegung auf den Lederjackenträger neben dem Van, »kennen Sie den?«

»Nie gesehen. Was hat der mit uns zu tun? Sie glauben Franzi doch nicht diesen Unsinn mit dem dunklen Wagen, der sie verfolgt? Also wirklich! Ich muss jetzt wieder zurück nach Rüdesheim.« Sie trank ihren Kaffee aus. »Gut, dass wir getrennt gefahren sind, dann können Sie ja Franzi oder wahlweise den Mann mit der Sonnenbrille beschatten. Aber verzetteln Sie sich nicht, ich zahle Ihnen viel Honorar und will Ergebnisse sehen. Als Nächstes wird Franzi vermutlich ins Kloster Eibingen fahren. Dort beliefert Dirk – oder, wenn Sie wollen, Franzi – das Café. Tschüss!«

Sie stand auf und ging. Kurze Zeit später kam Franzi mit hängendem Kopf aus dem Restaurant, stellte die Tasche zurück in den Korb, setzte sich, ohne einen Blick auf die Umgebung zu werfen, auf ihr Dreirad und fuhr zurück auf die Straße. Der Mann mit Lederjacke und Sonnenbrille verschwand im Van, der Van rollte langsam davon.

Ginger ging zu ihrer Carducci. Sie würde zur Abtei der heiligen Hildegard fahren.

Zehn Minuten später stellte Ginger das Motorrad in Sichtweite des Klosters ab. Sie machte ein paar Aufnahmen. Die Sonne stand tief, im Gegenlicht wirkten die hohen und majestätischen Mauern düster und abweisend, als wollten sie Außenstehende vor einem Besuch warnen, ein Eindruck, der sich beim Näherkommen verflüchtigte, die Abtei der heiligen Hildegard erschien auf einmal freundlicher und lebensbejahender. Ein Schild informierte über die Geschichte des Gebäudes, das erst zu Beginn des 20. Jahrhunderts im neoromanischen Stil erbaut und von Benediktinerinnen bewohnt wurde, die sich in die Tradition der heiligen Hildegard stellten. Ein weiteres Schild wies auf ein integratives Café hin.

Ginger betrat das Café, das sich in einem der Sandsteingebäude neben der Kirche befand, holte sich einen Kakao und setzte sich auf eine Holzbank. Jetzt musste sie abwarten, ob ihre Rechnung aufging.

Es dauerte nicht lange, und Franzi fuhr mit ihrem Dreirad vor. Sie nahm zwei Taschen aus dem Lastenkorb und stapfte zielstrebig auf die Theke des Cafés zu. In der Mitte des Weges blieb sie plötzlich stehen.

»Was machst denn du da?«, rief sie laut in den Raum und ging auf Ginger zu. Ihr Blick war skeptisch, dann hellte sich die Miene auf. »Hier ist es schön, gell?« Sie hatte einen Grund für Gingers überraschende Anwesenheit gefunden und schnupperte an Gingers Becher. »Gut, mit Zimt und Vanille.« Die Arglosigkeit rührte Ginger.

»Ja, es ist sehr schön hier, und der Kakao ist prima«, antwortete sie. Hoffentlich wurde die junge Frau nicht misstrauisch.

Franzi drehte sich um und ging weiter zur Theke. Sie machte nicht den Eindruck, etwas verbergen zu müssen, sie schien nicht beunruhigt, Ginger hier zu sehen. Franzi war nicht heimlich hier, um jemanden zu besuchen, der sich versteckt hielt. Sie fuhr Ware aus, wie Astrid es beschrieben hatte. Ginger musste sie nicht weiter verfolgen oder beobachten.

Sie stand auf und ging nach draußen, vor die Tür des Cafés, wo Touristen flanierten. Hinter einer Gruppe Japaner, die mit ihren Handys und Digitalkameras eifrig Bilder schossen, sah Ginger den Mann mit Sonnenbrille und Lederjacke. Er schien sie zu bemerken, wollte sich das aber nicht anmerken lassen. Ihr ging es genauso. Er verzog sich in den Klostershop neben dem Café. Sie ging zurück zu ihrer Schokolade.

Kurze Zeit später kam Franzi wieder in den Gastraum. »Tschühüss!«, rief sie Ginger zu, ging auf die Gasse vor dem Gebäude, stieg auf ihr Dreirad und fuhr gemächlich davon. Ginger verließ das Café ebenfalls und sah den Mann aus dem Klostershop kommen. Er bewegte sich eilig in Richtung des Parkplatzes vor dem Kloster, sie folgte ihm. Dort angekommen, verschwand er in seinem Van, Ginger merkte sich das Kennzeichen. Sie ging zu ihrer Carducci. Franzi fuhr Richtung Rüdesheim. Ginger warf ihre Maschine an, hinter ihr startete der Van.

Sie war Franzi bis zu ihrer Wohnung in der Eibinger Oberstraße gefolgt, um dann entlang des Rheins zurück nach Wiesbaden zu fahren. Den Van mit Frankfurter Kennzeichen hatte sie nicht mehr bemerkt. Sie lenkte das Motorrad in die Einfahrt der Westendstraße, stellte es ab und ging in den Hinterhof. Dort traf sie Yasemin und Jo am Tisch unter der großen Kastanie. Sie begrüßte beide mit Umarmungen und Küssen. Die Freunde hatten ihre Notebooks vor sich stehen.

»Ich hab den ganzen Tag noch nichts gegessen!«, rief sie.

Jo deutete auf die Schüssel in der Mitte des Tischs. »Heute gibt es Resteessen. Nimm dir von dem Hähnchensalat.« Er griff in die Kühltasche, zog eine Flasche und ein Glas heraus. »Dazu einen schönen Rüdesheimer Riesling.« Er goss ihr ein.

Ginger machte sich über die Schüssel her. Jo hatte das Hähnchenfleisch und den Fenchel vom Vortag mit fein geschnittenem Staudensellerie, Ananas, Nüssen und einer Vinaigrette vermengt, zusammen ergab das ein perfektes Sommerabendessen.

»Ihr seid fleißig«, sagte sie, nachdem sie die Schüssel geleert und die Soße mit einem Stück Ciabatta aufgewischt hatte.

Yasemin blickte von ihrem Notebook auf. »Ich habe mir das Video der Überwachungskamera angeschaut und die Kennzeichen der Fahrzeuge auf dem Parkplatz mit der Gästeliste des Hotels, die du mir heute Mittag gemailt hast, abgeglichen. Es bleiben ein paar Kennzeichen übrig, die entsprechenden Wagen gehören vermutlich Besuchern einer der beiden Veranstaltungen im Pinot. In der Stunde nach Sarahs Verschwinden, also zwischen einundzwanzig Uhr dreißig und zweiundzwanzig Uhr dreißig, sind alle Fahrzeuge, die nicht zu Übernachtungsgästen gehören, vom Parkplatz weggefahren. Morgen früh, sobald die Zulassungsstelle geöffnet hat, werde ich meinen Freund anrufen und die Namen der Halter eruieren.«

»Danke. Ich habe noch eine weitere Nummer zur Überprüfung.« Ginger nannte Yasemin das Kfz-Zeichen des dunklen Vans.

»Kannst du mir Informationen über das Jagdschloss Niederwald besorgen?«, fragte Ginger Jo. »Ich habe hier ein Buch über das Hotel.« Sie legte es neben seinen Computer.

»Gerne, aber eins nach dem anderen. Ich habe zu Sarah Hope

und den Familien Nachtweih und Urbach recherchiert, zum Freundeskreis Germania und zum Kommando Emil Küchler. Über Sarah Hope findet sich nur wenig Persönliches im Netz. Sie ist in Rüdesheim geboren, hat in der Pfalz eine Ausbildung zur Hotelfachfrau gemacht und später eine Ausbildung zur Sommelière, sie gibt mittlerweile Kurse an der Deutschen Weinakademie. Das war es schon. Die Familien Nachtweih und Urbach gehören zu den alteingesessenen und reichen Familien Rüdesheims. Ihr Urahn ist Wilhelm Nachtweih, der noch im Kaiserreich das Weingut und später die beiden Hotels Mainzer Hof und Jagdschloss Niederwald kaufte. Das Weingut Nachtweih & Urbach ist das größte und eines der renommiertesten in Rüdesheim, Mitglied im VDP, ich hab deren Weine in meinem Sortiment. Es wird von Thomas Nachtweih und Markus Urbach geführt, ich kenne die beiden. Markus bewirtschaftet die Weinberge, und Thomas baut den Wein aus. Die machen das wirklich gut, du hast einen Wein von ihnen im Glas. Das Bouquet erinnert an gelbes Steinobst und karamellisierte Zitrusfrüchte, gefolgt von Minze und Feuerstein, stimmt's?«

»Ich erkenne jedes Detail«, behauptete Ginger und grinste. »Auf jeden Fall schmeckt er mir. Kennst du die Familie näher?«

Jo hob die Schultern. »Wie man Geschäftspartner kennt. Ich weiß lediglich, dass das Weingut zur Hälfte Helga Urbach gehört, die andere Hälfte gehört den Kindern ihres Bruders, der vor ein paar Jahren verstorben ist.«

»Und was ist mit Dirk Mangold?«

»Der hat sich 2008 einen Stern in der Schwarzen Sau in Deidesheim erkocht und war ein heißer Favorit für einen zweiten Stern. Hat dann plötzlich erklärt, dass er den Rummel um die Sterne nicht weiter mitmachen und sich lieber um seine Familie kümmern wolle. Für die Besitzer der Schwarzen Sau war das nicht akzeptabel, und er musste dort weg. Für den Rheingau war es ein absoluter Gewinn, er zelebriert in Rüdesheim eine Landhausküche auf höchstem Niveau und arbeitet nur mit regionalen Bioprodukten.«

Das alles war interessant, Jo war in seinem Element, aber Ginger hatte nicht den Eindruck, dass sie diese Informationen bei der Lösung ihres Falles voranbrachten. Sie fragte nach dem Freundeskreis Germania.

»Es macht mehr Spaß, über das Weingut und das Restaurant zu sprechen«, meinte Jo. »Den Freundeskreis Germania gibt es noch gar nicht so lange. Zunächst waren das ein paar Rüdesheimer, die neben dem Denkmal oder unten im Ort ein kleines Informationszentrum zur Geschichte der Germania errichten wollten. In den letzten Jahren hat sich der Kreis ausgeweitet, es sind Rechte dazugekommen, die eine Art Bildungszentrum errichten wollen, mit nationalistischer und antieuropäischer Schlagseite, wie Kritiker meinen.«

»Und zu diesen Kritikern gehört das Kommando Emil Küchler?«

»Die meisten Kritiker sind Leute, die einen Schaden für den Tourismus befürchten. Von dem Kommando habe ich bis gestern gar nichts gehört. Aber es gibt es wirklich, zumindest im Netz. Der Name leitet sich von dem Anarchisten ab, der anlässlich der Einweihung des Denkmals versucht hat, den deutschen Kaiser in die Luft zu jagen. Das Attentat scheiterte, weil die Attentäter eine billige Zündschnur verwendeten, die durch Regen unbrauchbar wurde.«

»Und nach solchen Losern benennt sich heute eine Gruppe?«, fragte Yasemin ungläubig.

Jo hob die Schultern. »Keine Ahnung. Außer sarkastischen Anmerkungen über den Freundeskreis und vagen Andeutungen, man kenne dessen Mitglieder, haben die noch nichts zustande gebracht. Vielleicht ist das Kommando ein Fake, mit dem jemand aus dem Freundeskreis auf diesen aufmerksam machen möchte. Oder es ist die Aktion einer linken Spaßguerilla. Oder es ist ernst gemeint, Dummheit kennt bekanntermaßen keine Grenzen und ist in allen Himmelsrichtungen beheimatet.«

Ginger schüttelte den Kopf. »Ich sehe da keinen Zusammenhang mit dem Verschwinden von Sarah. Hast du was auf ihrem Computer entdeckt, Yasemin?«

»Ihre Handydaten sind in einer passwortgeschützten Cloud gespeichert, ebenso ihre E-Mails. Mit ein bisschen krimineller Energie könnte ich mich da einhacken, aber ich hab das bislang nicht gemacht, du willst das ja nicht mehr«, sagte Yasemin mit einem Unterton des Bedauerns. »In den sozialen Netzwerken ist sie nicht sonderlich aktiv, ich hab dir eine Liste der Freunde geschickt, mit denen sie öfter gechattet hat. Meistens geht es da um Wein, weniger um Privates. Ihren Browserverlauf hat sie zum Glück nie gelöscht, und da wird es interessant. Sie hat kürzlich nach Unternehmen gesucht, die alte Bausubstanz sanieren. Und vor fünf Monaten hat sie dich gegoogelt.«

»Mich?«

»Sie hat deine Website besucht und nach Bildern von dir im Internet gesucht.«

Als sehr junge Frau hatte Ginger jede Menge Fotos von sich online gestellt und in den letzten Jahren viel Mühe darauf verwendet, sie wieder zu löschen. Es waren keine kompromittierenden Aufnahmen, aber es war für eine Privatdetektivin überhaupt nicht hilfreich, wenn jeder in Erfahrung bringen konnte, wie sie aussah. Völlig gelungen war ihr das Löschen nicht, das Netz vergaß bekanntlich nichts.

»Sie hat auch tatsächlich einige gefunden, dein Name ist ja eher selten, da muss man sich nicht durch eine große Bilderflut durchkämpfen.«

Ginger hatte nicht die geringste Ahnung, wie sie die Neugier von Sarah Hope geweckt hatte. »Nach was hat sie denn sonst noch gesucht?«

»Meistens geht es um Wein. Aber vor einem halben Jahr ging es auch um das Hotel Jagdschloss Niederwald und um die Firma Henderson & Henderson.«

Damals hatte die Investorengruppe ihr Interesse an einem Kauf des Hotels angemeldet, das passte zu den Aussagen von Astrid Leber.

»Sonst noch was?«

»Ja, sie hat sich aus den Archiven der in der Region verbreiteten Zeitungen die Ausgaben aus dem Herbst 2004 heruntergeladen beziehungsweise in deren Online-Archiv gestöbert. Keine Ahnung, was sie damit wollte.«

Es war, als ob Yasemin ihr mit der Faust in die Magengrube geschlagen hätte, Ginger wurde schwindelig, sie schnappte nach Luft.

»Alles okay, Ginger?«, hörte sie die besorgte Stimme der Freundin aus der Ferne. »Du bist so blass, vielleicht solltest du nicht so viel arbeiten? Oder etwas regelmäßiger essen? Hast du zu viel getrunken?«

Sie verstand zunächst überhaupt nicht, was mit ihr geschah. Das Essen war vorzüglich, und sie hatte das Glas Wein erst zur Hälfte geleert. Ginger spürte trotz eines heftigen Zitterns, dass ihrem Körper nichts fehlte. Aber warum fühlte sie sich dann derart angezählt? Schließlich fiel es ihr ein. Natürlich, es war das Datum, das Yasemin erwähnt hatte. 2004, ihr Schicksalsjahr.

»Alles okay? Rede mit mir!« Yasemins Stimme kam wieder aus unmittelbarer Nähe. Ginger nahm die besorgten Mienen der beiden Freunde wahr.

»Alles gut«, murmelte sie. »Ich bin so empfindlich geworden. Meine Mutter ist im Herbst 2004 verschwunden.«

»Die Besuche bei dem Doktor scheinen dir nicht zu bekommen«, frotzelte Yasemin.

»Du musst nicht eifersüchtig sein«, versetzte Ginger.

»Bullshit«, kommentierte Jo und ließ offen, was er damit meinte.

***

So konnte sie nicht weitermachen, das sah Sarah mit schmerzlicher Klarheit. Sie hatte sich schon wieder besoffen und einen weiteren Tag verschlafen. War bloß mal kurz raus zur Wasserstelle gegangen, um ihren Brand zu löschen. Die Leute hatten sie angeglotzt wie ein wildes Tier. Einige kannten sie bestimmt noch. Auf Dauer war sie hier nicht sicher. Gab es überhaupt einen sicheren Ort?

Sie waren hinter ihr her, das war ihr am letzten Abend im Hotel klar geworden. Wie waren sie ihr auf die Spur gekommen? Was würden sie als Nächstes unternehmen? Was war mit Andi passiert? Ein heimtückisches Schuldgefühl nagte an ihr. Sie spürte, dass sie einen großen Fehler begangen hatte.

Sie musste sich Klarheit verschaffen. Sie suchte nach ihrem Handy, fand es in den Tiefen ihres Rucksacks. Wenigstens daran hatte sie gedacht. Aber nicht an das Ladekabel. Der Akku war leer.

Wellen von Angst durchfluteten sie in immer kürzer werdenden Abständen. Sie steckte fest, in der Falle. Sie konnte nicht nach Hause, dort würden sie sie finden. Sie könnte versuchen, sich ein Telefon zu leihen. Aber vielleicht wäre das ein Fehler. Und sie konnte sich keine Fehler leisten. Sie durfte nichts Unbedachtes tun. Sie konnte niemandem trauen. Doch auf Dauer konnte sie hier nicht bleiben. Irgendwann würden sie sie hier aufspüren.

Sie brauchte einen klaren Kopf, auch wenn sie vor der Klarheit Angst hatte. Was würde sie sehen, an was würde sie sich erinnern, wenn sich die Nebel, die der Alkohol in ihrem Kopf wabern ließ, verzogen hätten?

Die letzten Tage waren ein Rückfall in schlimme Zeiten gewesen. So hemmungslos besoffen hatte sie sich schon seit Langem nicht mehr. Jetzt musste sie nach vorne schauen, musste nüchtern werden, wieder zu Kräften kommen. Das hatte sie schon einmal geschafft. Doch dieses Mal war alles viel schwerer.

VIER

»Ich habe von meiner Mutter geträumt. Rebecca saß auf einem Felsen und kämmte sich ihr langes blondes Haar. Unten im Tal, über dem Fluss, baute sich eine riesige Welle auf und riss ein Schiff in die Tiefe. Meine Mutter war plötzlich auf dem Schiff, schaute mich an, ihre Augen waren vor Furcht geweitet, sie streckte die Arme nach mir aus. Aber ich bin davongelaufen. Ich höre ihre Schreie noch. Davon bin ich aufgewacht.«

Ginger lag auf dem roten Diwan in der Praxis in der Goldgasse. Der Duft einer Sumatrazigarre hing noch in der Luft. Nikotinabhängig ist er auch noch, hatte Yasemin gewettert, als sie ihr einmal davon erzählt hatte.

»Was fällt Ihnen dazu ein?«

Das fragte der Doktor immer, wenn sie ihm einen Traum berichtete. Wozu brauchte sie ihn überhaupt, wenn sie die ganze Arbeit selbst machen sollte? Aber sie wusste, dass die Frage ungerecht war. Er würde noch etwas dazu sagen. Es war völlig okay, dass sie zuerst dran war.

»Ich weiß nicht, was soll es bedeuten. Das Lied der Loreley.« Ihre Antwort klang patzig. »Ich weiß nicht, was mich heute so wütend macht.«

»Wütend auf wen?«

Wenn sie das wüsste. Auf sich, auf Yasemin, auf Dr. Triebfürst, auf ihre Mutter.

»Auf die ganze Welt.«

»Ganz schön viel.«

Ironische Bemerkungen konnte sie jetzt nicht gebrauchen.

»Meine Mutter hatte keine blonden Haare, sie hatte lange schwarze Locken, so wie ich. Zigeunerhaare.«

Eine Weile schwiegen beide. Was für ein bescheuerter Ausdruck, Zigeunerhaare. Wie kam sie bloß auf so etwas?

»Ich höre da eine gewisse Abwertung heraus«, sagte

Dr. Triebfürst nach einer Weile. »Sie sind wütend auf Ihre Mutter. Deswegen sprechen Sie von Zigeunerhaaren. Diese Ausdrucksweise passt nicht zu Ihnen. Sie sind wütend, weil sie Sie verlassen hat. Und Sie sind wütend auf sich, weil Sie sie nicht zurückhalten konnten.«

»So sind Zigeuner eben.« Das hatte der Polizeibeamte gesagt, als er den Fall abschloss, nachdem die Karte aus Italien bei Gingers Großeltern angekommen war. »Verzeiht mir, ich kann nicht anders«, stand auf der Karte.

Wieder schwiegen sie eine Weile.

»Sie haben versucht, das Schicksal Ihrer Mutter aufzuklären, und diese Recherchen ohne Erfolg beendet. Kann sein, dass Sie damit auch innerlich abschließen müssen. Kann sein, dass es keine detektivische Lösung des Falles mehr gibt. Dass Sie sich damit abfinden müssen, nie zu erfahren, was mit ihr passiert ist, ob sie Opfer eines Verbrechens wurde, einen Unfall erlitten oder sich tatsächlich entschieden hat, ein neues Leben ohne Sie zu beginnen.«

»Sie hätte sich nie einfach aus dem Staub gemacht«, entgegnete Ginger heftig. Aber sie war sich nicht sicher. Sie erinnerte sich an eine Szene kurz vor dem Verschwinden Rebeccas. Ginger war dreizehn Jahre alt gewesen, ein furchtbares Alter. Sie hatten sich heftig gestritten. Kurz zuvor hatte Rebecca angedeutet, dass sie vielleicht zurück zu Günter, Gingers Vater, gehen würde. Bis heute wusste Ginger nicht, welcher Teufel sie damals geritten hatte, aber schließlich hatte sie laut geschrien, niemand brauche sie hier, die Mutter solle aus ihrem Leben verschwinden. Was sie dann tatsächlich getan hatte.

Sie sollte sich lieber mit ihrem neuen Fall beschäftigen, mit dem alten kam sie nicht weiter, ermahnte sich Ginger.

»Ich sehe den Gorilla nicht, der durch den Raum geht.«

»Wie bitte?«

»Sie wollen doch, dass ich sage, was mir einfällt. Ich sehe den Gorilla nicht. Vor Kurzem habe ich mir ein Video auf YouTube angeschaut. Man sieht ein paar Basketballspieler und soll zählen, wie oft sie den Ball abspielen. Danach wird man gefragt, ob man den Gorilla gesehen hat. Wenn man das Video zurückspult, sieht man einen als Gorilla verkleideten Schauspieler, der durch das Spielfeld läuft, und versteht nicht, wie man den zuvor übersehen konnte. Irgendetwas, was eigentlich überdeutlich ist, sehe ich nicht. Aber ich weiß nicht, was es ist. Weil ich mich auf andere Dinge konzentriere.«

»Ah ja.«

»Ist das alles?«

»Sie klingen vorwurfsvoll. Woran haben Sie gedacht, bevor Ihnen das mit dem Gorilla eingefallen ist?«

Wieder fühlte sich Ginger, als ob ihr jemand einen Schlag in die Magengrube versetzt hätte. Sie hatte an die Vorwürfe gedacht, die sie sich machte, seit die Mutter verschwunden war. Sie hatte daran gedacht, dass sie ihre Mutter möglicherweise nicht nur nicht zurückgehalten, sondern aus dem Haus getrieben hatte. Sie, das pubertierende Monster, das sie damals gewesen war.

»Ich habe an den neuen Fall gedacht, den ich übernommen habe.«

»Ah ja. Kommen Sie voran?«

»Nicht im Geringsten. Aber die Bezahlung ist großartig.«
Wie bei dieser Analyse, flüsterte eine gehässige innere Stimme.

Sie berichtete dem Analytiker über den lukrativen Auftrag, über die Suche nach Sarah, über das Hotel, das verkauft werden sollte, über den schwarzen GI in Sarahs Ahnenreihe und darüber, dass die Gesuchte nicht so recht in diese Familie passen wollte.

»Verrückt finde ich, dass Sie mich vor ein paar Monaten gegoogelt und nach Bildern von mir gesucht hat. Sie hat auch welche gefunden, wollte mich anrufen und hat es dann doch nicht getan.«

»Woher wissen Sie das?«

»Berufsgeheimnis.«

»So kann man es auch nennen.«

»Aus dem Browserverlauf ihres Notebooks. Das ist doch ein verrückter Zufall, finden Sie nicht?«

»Oder es gibt eine plausible Erklärung, auf die Sie noch nicht gekommen sind.«

»Der Gorilla, der durch das Bild läuft. Sie hat sich auch für das Jahr 2004 interessiert, das Jahr, in dem meine Mutter verschwunden ist.«

»Das wären dann schon zwei Zufälle.«

Mindestens einer zu viel.

Nach der Stunde fuhr Ginger zu ihren Großeltern nach Mainz. Sie wohnten in der Kapuzinerstraße, über der Werkstatt von Onkel Mateo. Montagmorgens gab es bei Soraya und Roman ein spätes Frühstück für Ginger, für die Großeltern war es ein frühes Mittagessen. Der Besuch war ein festes Ritual geworden, das sie auch wegen eines gut bezahlten Auftrags nicht aufgeben wollte. Danach würde sie die Liste abarbeiten, die sie sich am Abend zuvor gemacht hatte. Sie schaute kurz bei ihrem Onkel vorbei, der gerade einer Bratsche, an der er die letzten Wochen gearbeitet hatte, den letzten Schliff gab, indem er sie liebevoll polierte. Dann stieg sie die enge Treppe nach oben. Im Treppenhaus schwebte die melancholische Melodie einer Sarabande von Bach. Niemand konnte dem Cello so ergreifende Töne entlocken wie Opa, das war zumindest Gingers Überzeugung. Die Tür zur Wohnung stand offen, in der Küche hörte sie Oma mit Töpfen hantieren. Im Flur der Wohnung hingen Fotos von Künstlern, die bei Opa eine Geige, eine Bratsche oder ein Violoncello gekauft hatten. Fotos mit Instrumenten und mit Roman Rosenberg, Fotos aus einer vergangenen Zeit. Zwischen den Bildern hing eine Aufnahme von Rebecca und Ginger, nicht allzu lang vor dem Verschwinden ihrer Mutter aufgenommen. Ginger wirkte damals trotz ihrer dreizehn Jahre schon wie eine junge Frau und Rebecca mit Ende dreißig noch sehr jugendlich. Man hätte sie für Geschwister halten können, zumal Ginger ihrer Mutter wie aus dem Gesicht geschnitten aussah.

Jemand fasste sie von hinten an den Schultern.

»Schön, dass du da bist, mein Kleines.« Soraya hatte sich ihr unbemerkt genähert. Ginger drehte sich zu ihr und umarmte sie. »Jetzt ist sie schon so lange nicht mehr bei uns.« Ihre Oma deutete mit dem Kopf auf Rebeccas Bild. Ihre Augen waren feucht geworden. »Komm, ich zeige dir, was ich Leckeres für dich gekocht habe. Roman lassen wir weiterspielen, das Stück ist gleich zu Ende.«

In der Wohnküche hingen Kupfertöpfe und weitere Fotografien an den Wänden. Ein Raum, in dem die Vergangenheit genauso präsent war wie die Gegenwart. Auf dem Esstisch stand ein Topf mit geeister Gurkensuppe, daneben eine Platte mit Räucherlachs, ein Laib Bauernbrot und eine Schüssel mit Schmand. »Und errätst du, was es anschließend gibt?«

Das war nicht schwer, der süßsaure Geruch von frischem Hefeteig und der Duft von Vanille kündigten Dampfnudeln mit Vanillesoße an.

Die Musik war verstummt, Roman betrat die Küche, ging auf seine Enkelin zu und umarmte sie.

Soraya klatschte in die Hände. »Zu Tisch«, rief sie und freute sich wie ein kleines Mädchen.

Sie aßen und plauderten. Ginger würdigte das frische Aroma des Dills in der sommerlichen Suppe, Soraya erkundigte sich nach Jo und Yasemin. Ginger lobte die Salzkruste unter dem süßlichen Hefeteig der Dampfnudeln, Roman wollte die neuesten Entwicklungen in der Detektei erfahren.

»Wie schön, dass wir dich jede Woche einmal hier bei uns haben«, meinte Roman, als Ginger gerade die Leichtigkeit und Delikatesse der Vanillesoße erwähnen wollte. »Wie war es am Samstag?«

Ginger berichtete begeistert von dem Hausfest, bedauerte, dass ihre Großeltern nicht kommen konnten.

»Für uns sind solche Unternehmungen mittlerweile zu anstrengend«, meinte Roman. »Wir freuen uns, wenn du glücklich bist.«

»Aber du bist nicht glücklich«, sagte Soraya trocken. »Mich kannst du nicht täuschen. Was ist los, mein Kleines?«

Niemand auf der Welt außer ihrer Oma durfte sie »mein Kleines« nennen. Vielleicht noch Opa, aber der unterließ das. Sie betrachtete Soraya. Sie war in den letzten Jahren immer durchsichtiger geworden, das Haar silbriger, die Haut wie Pergament. Aber aus ihrem Inneren schien eine Glut, die sich allen Widrigkeiten des Lebens widersetzte, sie strahlte eine Hartnäckigkeit und Zähigkeit aus, der die Verhängnisse der Zeiten, die sie durchschritten hatte, nichts anhaben konnten. Nicht die Verfolgung durch die Nazis, nicht die Demütigungen der Nachkriegszeit, nicht der Schicksalsschlag, als die Tochter verschwand.

»Du hast recht, meine Liebe«, sagte Opa nachdenklich. Roman, ihr Begleiter und Gefährte seit achtzig Jahren, der als kleiner Junge mit der Familie aus Mainz deportiert worden war, zusammen mit Sorayas Mutter, die ihr Kind unter der Brust trug, als sie die unsichere Reise in den Osten unternahm. In Polen konnten sie vor den Nazischergen fliehen, dem Vernichtungslager entkommen, zusammen schlugen sie sich nach Deutschland durch, zurück in die Heimat, aus Liebe zu ihr konnten sie sich kein anderes Land vorstellen, in dem sie leben wollten, auch wenn dieses Land und seine Bewohner sie so grausam verstoßen hatten. »Du bist nicht glücklich. Also, was ist los?«

Sie wollte nicht reden. Die Großeltern hatten so viel erlebt. Sie wollte die alten Wunden nicht aufreißen, die alten Geschichten nicht ausgraben, den alten Staub nicht aufwirbeln. Aber die Alten waren zu clever und zu feinfühlig. Die konnte man nicht täuschen, sie ließen sich keinen Sand in die Augen streuen.

»Es geht um Rebecca«, gab sie zu.

»Was ist mit ihr?«, fragte Soraya mit brechender Stimme. Ginger wollte das ihren Großeltern wirklich nicht antun.

»Ich muss immer wieder an sie denken. Ich träume nachts von ihr.«

»So geht es uns auch«, versetzte Soraya.

»Hast du nicht Anfang des Jahres nach ihr gesucht? Und es dann aufgegeben?«, fragte Roman.

»Alles wäre anders ausgegangen, wenn der Polizist aus Mainz weiter nach ihr gesucht hätte«, behauptete Soraya.

»Als wir die Vermisstenanzeige für deine Mutter aufgaben, hat sich erst ein Mainzer Polizist darum gekümmert«, erklärte Roman. »Der machte einen engagierten Eindruck. Dann hat den Fall jemand aus Frankfurt übernommen, weil sie dort gemeldet war. Der neue Polizist hatte kein Interesse, den Fall zu verfolgen.«

»Das war der Kerl, der am Schluss meinte, die Zigeuner seien halt so«, vermutete Ginger.

Roman nickte. »Genau der. Für uns war das nichts Neues, wir waren die Missachtung unserer Mitbürger gewohnt. Deswegen wollten wir nicht, dass irgendjemand erfuhr, dass wir Sinti waren. Wir wollten dir das gerne ersparen.«

Ginger wischte sich eine Träne aus dem Augenwinkel. Sie war wütend über so viel Selbstverleugnung. Aber sie wusste, dass das ungerecht gegenüber ihren Großeltern war.

»Wein doch nicht, mein Kleines«, sagte Soraya. »Wir haben versucht, es richtig zu machen, und vermutlich alles falsch gemacht.«

»Habt ihr nicht!«

»Papperlapapp!« Soraya winkte unwirsch ab.

»Es hat uns den Boden unter den Füßen weggezogen, als diese Karte aus Italien kam«, erinnerte sich Roman.

»Heute nennt man so etwas ein Fake«, behauptete Soraya.

»Aber der Polizist hat die Karte grafologisch untersuchen lassen«, meinte Roman. »Es soll die Schrift von Rebecca gewesen sein.«

»Er hätte uns die Karte anschließend wie versprochen zurückgeben sollen«, sagte Soraya. »Dann hätten wir jetzt ein Erinnerungsstück.«

»Das ist richtig, meine Liebe.« Roman schüttelte verzweifelt den Kopf. »Dabei waren wir alle so sicher, dass sie zurück zu Günter wollte. Ich war mir sicher, Soraya war sich sicher, Günter war sich sicher. Es war alles abgesprochen. Und dann dieser Umschwung. Niemand konnte das verstehen.«

»Ich habe mich mit ihr gestritten«, beichtete Ginger kleinlaut.

Soraya lachte unwillig auf. »Du glaubst doch nicht im Ernst, dass sich deine Mutter von einem Streit mit einer Dreizehnjährigen hätte beeindrucken lassen? Du warst ein Kind!«

In der Küche in der Kapuzinerstraße breitete sich Schweigen aus. Die beiden Alten wirkten zusammengesunken, als sei in den letzten Minuten alles Leben aus ihnen gewichen. Sie hätte das ihren Großeltern nicht zumuten dürfen. Es war nicht gut, immer wieder an schlecht verheilte Narben zu rühren.

Aber die beiden waren nicht unterzukriegen. Nach einer Weile strafften sich Sorayas Gesichtszüge, und sie richtete sich auf.

»Roman, machst du noch etwas Musik?«, fragte sie. »Ich glaube, ein Stück von Bach wäre jetzt recht. Vielleicht die Sarabande in d-Moll?«

***

Als Mayfeld den grün gekachelten Raum in der Leichenhalle des Wiesbadener Südfriedhofs betrat, hatte Dr. Enders die Obduktion gerade beendet und sprach die letzten Worte seines Berichtes in das Diktiergerät. Die Leiche war noch geöffnet, die entnommenen Organe lagen in Schalen auf einem Rolltisch daneben. Auch nach dreißig Dienstjahren hatte sich Mayfeld nicht an die Prozedur der Leichenschau gewöhnt. Vermutlich war es die letzte, mit der er zu tun hatte. Er hörte das leise Summen der Klimaanlage. Das einzig Erfreuliche an diesem Ort war die Temperatur.

»Yvonne Neumann starb in der Nacht von Samstag auf Sonntag zwischen dreiundzwanzig Uhr und zwei Uhr früh.«

Enders deutete auf die Wunde an der Stirn. »Die Todesursache war ein heftiger, seitlich ausgeführter Schlag auf den Kopf, der zu einer intrakraniellen Blutung führte.«

»Was war die Tatwaffe?«

»Vermutlich ein stumpfer Gegenstand, vielleicht ein Totschläger oder eine Stange. Habt ihr was Passendes am Tatort gefunden?«

Hatten sie nicht. »Könnte sie auch gestürzt sein?«

»Vom Winkel der Gewalteinwirkung her ist das unwahrscheinlich, aber nicht völlig unmöglich. Die Blutspuren am Couchtisch sahen mir eher danach aus, als ob sie nach dem Tod verteilt wurden, zum Beispiel durch die kleine Tochter, die in die Blutlache gefasst hat, aber es kann auch sein, dass diese Spuren frühere überdecken. Das muss eure Spurensicherung beantworten.«

»Könnte es also ein Unfall gewesen sein?«

»Völlig auszuschließen ist es nicht. Aber schau dir das an.«

Er hob die rechte Hand der Toten an. »Ihre Fingernägel sind frisch geschnitten und gesäubert.« Er legte die Hand zurück und griff nach der anderen. »Hier ebenfalls. Natürlich kann sie sich erst die Fingernägel gesäubert haben und dann gestürzt sein, aber vermutlich war das der Täter, möglicherweise hat sich die Frau gewehrt, gekratzt oder etwas in der Art. Wir haben Material unter den Fingernägeln entnommen, vielleicht war der Täter nicht gründlich genug und wir finden noch etwas. Du weißt, dass unsere Nachweismethoden in den letzten Jahren viel empfindlicher geworden sind. Uns reichen mittlerweile dreißig Zellen.«

»Kannst du mir sonst noch etwas über die junge Frau sagen?«

»Ich habe keine Hinweise auf eine Vergewaltigung gefunden. Kein Sperma und keine Genitalverletzungen, aber das muss nichts heißen. Das Opfer erfreute sich einer ausgezeichneten Gesundheit, hat nicht geraucht und zumindest nicht im Übermaß Alkohol getrunken. Hat auf jeden Fall ein Kind geboren.«

Enders deutete auf eine der Schalen. »Ich habe mir den Mageninhalt der Toten angeschaut.«

Mayfeld machte eine abwehrende Geste. »Musst du mir nicht zeigen.«

»Ist gut. Frau Neumann hat ein paar Stunden vor ihrem Tod noch etwas gegessen, ich würde sagen, zwischen sechs und acht Uhr abends, und zwar Sushi. Wir haben rohen Fisch und Reis gefunden. Außerdem hat sie Alkohol getrunken, es ließen sich knapp null Komma fünf Promille davon im Blut messen.«

»In der Küche stand eine halb geleerte Flasche Wein«, erinnerte sich Mayfeld.

»Das könnte passen. Ich melde mich, falls wir Fremd-DNA finden. Das dauert aber, weil es sich allenfalls um kleinste Mengen handeln wird. Frühestens morgen, eher übermorgen können wir mit Ergebnissen rechnen.«

Er wies seinen Assistenten an, die entnommenen Organe zurück in den leeren Körper zu legen und ihn danach mit einer Naht zu verschließen.

»Rauchen wir noch eine, oder bist du standhaft geblieben?«

Enders und Mayfeld verließen den Sektionsraum. Draußen schlug ihnen schwüle Hitze entgegen. Mayfeld lehnte die angebotene Zigarette ab.

»Du hast völlig recht«, sagte Enders und sog gierig an seinem Glimmstängel. »Weißt du, wie es der Tochter der Toten geht?«

»Sie müsste mittlerweile bei ihren Großeltern in Eltville sein.«

»Die seelischen Folgen für die Kleine werden verheerend sein. Es grenzt an ein Wunder, das sie das körperlich überstanden hat. Aber ich habe mich kundig gemacht, es gab schon einmal so einen Fall. Wichtig ist nur, dass sie an Flüssigkeit kommen konnte.«

»Wir haben mehrere leere Trinkfläschchen in der Wohnung gefunden. Vielleicht waren sie voll, als die Mutter getötet wurde.«

Enders schnippte die Kippe auf den Boden und trat sie aus. Als er Mayfelds Blick begegnete, bückte er sich, nahm sie auf und warf sie in den nächsten Abfallkorb.

»Habt ihr schon einen Verdächtigen?«

»Der Ehemann der Toten ist verschwunden.«

»Aber der lässt doch nicht sein Kind bei der toten Mutter. Es ist doch sein Kind? Sollen wir das vielleicht untersuchen?«

»Ich denke darüber nach.«

Mayfeld verabschiedete sich.

Eine halbe Stunde später trafen sich die Mitarbeiter des Dezernats für verschwundene Personen und Tötungsdelikte im Besprechungszimmer des K11. Die Sparziele der Regierung, die Urlaubszeit und einige Abordnungen in andere Dienststellen hatten die Reihen der Kollegen ausgedünnt. Neben Nina Blum und Heike Winkler waren nur Horst Adler von der KTU und Dr. Lackauf von der Staatsanwaltschaft zugegen. Mayfeld hatte versucht, Nina nach Hause zu schicken, die junge Kollegin hatte schließlich einen ereignisreichen Bereitschaftsdienst hinter sich. Aber in der letzten Nacht war es ruhig gewesen, sie hatte einige Stunden am Stück schlafen können. »Sorge dich nicht«, hatte sie gemeint, und es hatte derart heiter und unbeschwert geklungen, dass Mayfeld nicht weiter auf der Einhaltung der arbeitszeitrechtlichen Bestimmungen beharrte.

Mayfeld berichtete von den Ergebnissen der Obduktion.

»Höchstwahrscheinlich wurde Yvonne Neumann mit einem stumpfen Gegenstand erschlagen«, fasste Mayfeld zusammen. »Sie hatte null Komma fünf Promille Alkohol im Blut. Ihre Fingernägel waren frisch gereinigt und geschnitten, aber vielleicht finden wir dennoch Fremd-DNA, die einen Hinweis auf den Täter gibt.«

»Das ist ausgesprochen dünn«, wandte Lackauf ein. »Kann sie nicht einfach gestürzt sein? Sie war alkoholisiert, wenn ich das gerade richtig verstanden habe.«

»Dagegen spricht einiges«, meinte Mayfeld. »Zum einen der Zustand der Wohnung, auf den wir nachher noch genauer eingehen werden. Zum anderen war sie nicht schwer alkoholisiert.«

»Das ist Ihre Rheingauer Sicht der Dinge«, stichelte Lackauf.

105

»Und die Blutspuren, die wir gefunden haben, bestehen vor allem aus der Blutlache, in der die Leiche lag, und Verunreinigungen des Tischs, die wir auf die kleine Emma zurückführen, die in das Blut ihrer Mutter gefasst hat. Horst, machst du mal weiter?«

»Wir haben tatsächlich keine blutverschmierte Ecke im Haus gefunden, die gut zu einem Sturz passen würde. Allenfalls käme der Couchtisch in Frage, dort fand sich Blut des Opfers. Das Verteilungsmuster der Spuren hilft uns allerdings nicht weiter, das wurde von der Tochter der Toten auf jeden Fall verändert, falls die Spuren nicht sogar komplett von ihr stammen. Weitere Gewebereste der Toten haben wir an dem Couchtisch nicht gefunden.«

»Sind die zwingend bei einem Sturz mit so einer Verletzung?«, wollte Lackauf wissen.

»Nein, aber ziemlich wahrscheinlich.«

»Gibt es Einbruchspuren?«, fragte der Staatsanwalt.

Adler schüttelte den Kopf. »Es gab nirgendwo Einbruchspuren. Es stand kein Fenster offen. Die Haustür hat außen einen Knauf, sie lässt sich nur mit einem Schlüssel öffnen. Mit anderen Worten: Das Opfer hat den Täter hereingelassen, oder der Täter hatte einen Schlüssel.«

»Oder es war zum Zeitpunkt von Neumanns Tod niemand in der Wohnung«, meinte Lackauf.

»Wogegen der chaotische Zustand der Wohnung spricht«, warf Mayfeld ein. »Die Eltern von Yvonne, die Wagemanns aus Eltville, haben einen Schlüssel. Sie meinten, außer ihnen und der Tochter hätten noch der Ehemann und vermutlich der Freund, Sascha Metz, einen. Haben wir mit Metz schon Kontakt aufgenommen?«

»Ich habe ihm auf die Mailbox gesprochen, er soll sich umgehend bei uns melden«, sagte Heike Winkler. »Seine Schwester wohnt in Landau, sie hat zuletzt am Donnerstag mit ihm telefoniert, am nächsten Tag wollte er zu einer Wanderung auf dem Rheinsteig aufbrechen. Da hat man oft schlechten Empfang, außerdem hatte Metz vor, das Handy die Woche über ausgeschaltet zu lassen.«

»Handyfasten, das sollte ich auch mal machen.« Nina stellte ihr Smartphone leise, das gerade das Eintreffen einer neuen Nachricht signalisierte. »Hoffentlich hält er das nicht durch, sonst können wir lange auf eine Antwort warten.«

Heike schmunzelte. »Seine Schwester meinte, dass er von Rüdesheim bis Sayn wandern und am Freitagabend wieder zurückkommen wollte, weil er vorhatte, am nächsten Sonntag mit Yvonne Neumann zu seinen Eltern zu fliegen. Die haben eine Finca auf Teneriffa, wo sie den größten Teil des Jahres leben. Die Schwester meinte auch, ihr Bruder sei ein gut organisierter Typ, der bestimmt sämtliche Übernachtungen vorgebucht habe. Wenn das stimmt, dann bleiben nur ein paar Hotels, in denen er heute Abend einchecken könnte. Die telefonieren wir nachher gleich ab. Dann müssen wir vielleicht nicht so lange warten.«

»Kommen wir zum verschwundenen Ehemann«, schlug Mayfeld vor. »Andi Neumann scheint ein schwieriger Charakter zu sein. Er hat schon mal einen Suizidversuch gemacht und war deswegen in der Psychiatrie. Vor einigen Wochen hat er seine Frau und deren Freund tätlich angegriffen, die beiden haben eine entsprechende Anzeige leider wieder zurückgezogen. Und nach Angaben der Eltern hatten die Eheleute jeweils eine Risikolebensversicherung zugunsten des anderen abgeschlossen. Er würde also vom Tod seiner Frau profitieren.«

»Andi Neumann ist Partikulier und mit seinem Frachter meist auf dem Rhein unterwegs«, berichtete Nina. »Die ›Loreley‹ ist am Freitagmittag am Binger Loch havariert. Die Wasserschutzpolizei in Rüdesheim wurde vom Kapitän eines Fahrgastschiffes informiert und war gegen vierzehn Uhr vor Ort. Sie haben dort niemanden angetroffen. Die Wasserstraße musste gesperrt werden, die ›Loreley‹ konnte allerdings noch am selben Tag wieder freigeschleppt werden. Die Kollegen haben vergeblich nach der Besatzung gesucht, das Schiff kann von zwei Leuten gefahren werden, dem Kapitän und einem Matrosen. Als sie mit der Suche keinen Erfolg hatten, haben sie das fünfte Polizeirevier gebeten, bei Neumann zu Hause nachzuforschen. Am Samstagmorgen wurde ich über den Vorgang informiert. Ich habe eine Suchmeldung herausgegeben, auch an die Polizei in Rheinland-Pfalz, bislang ohne Resonanz. Gestern haben wir dann Yvonne Neumanns Leiche gefunden. Die Ortung von Neumanns Mobiltelefon läuft, die Anfragen an die Provider von Andi und Yvonne Neumann sind gestellt, mit einem Bewegungsprofil können wir heute Abend oder morgen rechnen.«

»Und wieso erfahre ich davon nichts?«, fragte Lackauf gereizt. Den Mann kränkte alles, was auch nur andeutungsweise danach aussah, dass man ihn übergangen haben könnte.

»Tun Sie doch jetzt«, antwortete Nina schnippisch.

Die Karriere des Staatsanwaltes war nicht so verlaufen, wie er sich das vorgestellt hatte, und er war mit den Jahren immer unausstehlicher geworden. Mayfelds Abneigung gegen Lackauf ging tief und beruhte auf Gegenseitigkeit.

»Ich habe meine Mitarbeiterin angewiesen, das gleich heute Morgen zu machen, da waren Sie noch nicht im Haus, deswegen haben wir uns an den Bereitschaftsdienst gewandt.« Vielleicht war das zu fürsorglich, aber Mayfeld zog den Ärger Lackaufs lieber auf sich. Er war den Staatsanwalt bald los, die junge Kollegin hatte möglicherweise noch lange mit ihm zu tun. Tatsächlich hatten sie gar nicht versucht, Lackauf zu erreichen. Aber Mayfeld wusste, dass er montags eher spät zur Arbeit erschien.

»Wurde im Haus des Opfers etwas entwendet?«, fragte Heike.

»Wir haben in ihrem Haus kein Handy gefunden, keinen Computer, keine Speichermedien«, sagte Adler. »Das Haus sah aus, als ob es jemand durchsucht hatte.«

»Es könnte also doch ein Einbruch gewesen sein? Der Täter wurde überrascht und schlug zu, als er entdeckt wurde?«, warf Lackauf ein. Die Konstante an seinen Äußerungen war, dass er allem widersprach. Diese destruktive Konstante war nicht neu.

»Aber was wollte der Einbrecher?«, fragte Adler. »Warum

hat er den Drucker, den Fernseher und die Musikanlage nicht mitgenommen?«

»Und bringt man wegen eines banalen Einbruchs jemanden um?«, fragte Mayfeld.

»Vielleicht kannte sie den Täter«, meinte Heike.

»Oder es war ein Art Unfall«, überlegte Lackauf. »Der Einbrecher wollte fliehen, sie versuchte ihn festzuhalten, er tötete sie versehentlich.«

»Erstaunlich ist, dass wir keine Dokumente gefunden haben«, stellte Nina fest. »Ich meine, jeder hat doch zu Hause einen Ordner mit Zeugnissen, Arbeitsverträgen, Versicherungen und so weiter. So was fehlt im Haus der Neumanns.«

Als ob jemand nach Informationen gesucht hat, aber nicht wusste, wo genau er das in der Kürze der Zeit tun sollte, dachte Mayfeld. Aber für solche Spekulationen war es zu früh, und er wollte die Besprechung auf das absolut Notwendige begrenzen, solange Lackauf zugegen war.

»Was sind unsere nächsten Schritte?«, fragte er in die Runde und machte sich gleich an die Beantwortung der Frage. »Yvonne Neumann arbeitete als Krankenschwester auf dem Eichberg. Wir müssen ihre Kollegen befragen. Und die Geschäftsfreunde von Andi Neumann. Nina, du hast dich auf der Facebookseite des Opfers umgeschaut?«

»Es gibt auf Facebook ein paar Freunde aus der Region, einen Namen habe ich auch von den Wagemanns gehört, das scheint eine gute Freundin im realen Leben zu sein.«

»Die befragen wir. Wir müssen überprüfen, ob es diese Lebensversicherung gibt. Dumm, dass keine Unterlagen im Haus der Neumanns sind. Wo haben die beiden ihre Bankkonten? Darüber können wir die Versicherungsgesellschaft herausfinden. Kümmerst du dich darum, Nina? Bekommen wir dafür einen Durchsuchungsbeschluss, Dr. Lackauf?«

»Ich werde mich darum bemühen, das sollte kein Problem sein.«

»Nach Andi Neumann wird bereits gesucht, hoffentlich

bringt die Handyüberwachung neue Aufschlüsse über seinen Verbleib. Wo ist eigentlich das havarierte Schiff?«

»Auf dem Weg nach Rotterdam«, sagte Lackauf.

»Wie bitte?« Mayfeld war wie vom Donner gerührt.

»Das hat die Staatsanwaltschaft am Rheinschifffahrtsgericht in Mainz so entschieden.«

»Ohne dass wir uns das Schiff genau ansehen konnten?«

»Nach was wollten Sie da suchen? Haben wir belastbare Hinweise, dass dort eine Straftat verübt wurde, die eine Durchsuchung rechtfertigen würden?«

»Wir haben ein Mordopfer, und der Ehemann ist unter dubiosen Umständen verschwunden.«

»Er wird sich kaum auf dem Schiff versteckt haben, das haben die Beamten von der Wasserschutzpolizei gründlich durchsucht.« Der Staatsanwalt lächelte spöttisch.

Lackauf hatte leider recht. Aber das änderte nichts an Mayfelds ungutem Gefühl.

Mayfeld rief die Kollegen von der Wasserschutzpolizei in Rüdesheim an. Rudolf Schönherr war der Leiter der Station und beim Einsatz am vergangenen Freitag dabei gewesen. Mayfeld kannte ihn persönlich, sein Bruder hatte ein Weingut in Geisenheim. Wie nicht anders zu erwarten, bestätigte er, was Nina berichtet hatte. Mayfeld fragte noch einmal nach dem Beiboot des Frachters.

»Das war nicht an Deck, vermutlich wurde es zu Wasser gelassen.«

»Das Dienstbuch des Matrosen habt ihr nicht gefunden?«

»Nein, trotz intensiver Suche.«

»Wenn er bei einem Unfall über Bord gegangen wäre, dann hätte es doch noch irgendwo herumgelegen?«

»Er kann es auch mit sich getragen haben. Viele der Matrosen zeigen es ungern, manche haben den Beruf gewählt, weil sie ihren Aufenthaltsort verbergen wollen. Die rücken das nur raus, wenn man sie direkt danach fragt.«

»Habt ihr sonst einen Hinweis gefunden, wer der Matrose an Bord gewesen sein könnte?«

»Nein, du wüsstest davon. Im Logbuch muss das nicht erwähnt werden.«

»Für euch ist die Staatsanwaltschaft am Schifffahrtsgericht in Mainz zuständig?«

»Du sagst es.«

»Ist es eigentlich üblich, dass ein havariertes Schiff so schnell wieder freigegeben wird?«

»Normalerweise schon. Aber die Havarie der ›Loreley‹ war nicht unbedingt ein normaler Fall. Kommt ja nicht jeden Tag vor, dass die gesamte Besatzung verschwunden ist. Ich gehe mal davon aus, dass die Mainzer Staatsanwaltschaft das mit der Wiesbadener abgesprochen hat. Oder hast du andere Informationen?«

»Nein, nein. Falls du noch etwas Neues erfährst, über das Schiff, den Kapitän, den Matrosen, über irgendetwas Ungewöhnliches in eurem Flussabschnitt, sagst du mir dann umgehend Bescheid? Mir persönlich?«

»Na klar. Grüß Julia von mir.«

Sie beendeten das Gespräch.

»Was machen die Weinberge?«

Mayfeld und Heike Winkler waren auf dem Weg ins psychiatrische Krankenhaus in Eltville.

»Nächste Woche beginne ich mit der grünen Lese.«

»Aha.«

Julia hatte vor Jahren einen Weinberg im Rauenthaler Rothenberg geerbt, und Mayfeld bewirtschaftete ihn. Im Weingut der Schwiegereltern baute er seinen Wein aus, einen ebenso fruchtigen wie mineralischen Riesling. Wenn er in ein paar Wochen an die Polizeischule wechselte, würde er mehr Zeit für den Weinberg haben.

»Ich schneide einen Teil der Traube ab. Dadurch konzentrieren sich die Aromen in den verbleibenden Beeren, und der

Wein wird intensiver. Ertragsreduzierung ist der Königsweg zu einem großartigen Wein.«

»Macht den Reben die Trockenheit zu schaffen?«, fragte Heike weiter.

»Es geht ihnen noch gut. Reben sind Tiefwurzler, die holen sich das Wasser von ganz weit unten, wenn es sein muss. Die Hitze ist nicht ideal, aber bislang noch nicht allzu schädlich. Entscheidend sind September und Oktober. Da sollte es sonnig sein, aber nicht zu warm. Dann bekommen wir substanzreiche Weine mit ausbalancierter Säure. Schauen wir mal.«

Mayfeld bog auf die B 42 Richtung Rüdesheim ein. Dass er das Präsidium West zugunsten einer Dozentenstelle in der Polizeischule im Kohlheck verlassen würde, war für Heike eine große Enttäuschung gewesen. Mayfeld hatte das geahnt und die Entscheidung deswegen fast ein Jahr vor sich hergeschoben. Heike arbeitete sehr gerne mit ihm zusammen. Vor allem aber war es für sie ideal gewesen, die Leitung des K 11 mit einem Kollegen zu teilen. Auf diese Art und Weise konnte sie als Frau und Mutter Karriere machen, und mit Mayfeld war die Zusammenarbeit völlig problemlos gewesen, sie verstanden sich nahezu blind.

»Wie geht es mit dir, Michael und Jonas weiter? Habt ihr eine Lösung gefunden?«

»Du meinst eine Lösung für die Probleme, an deren Entstehung du nicht ganz unbeteiligt bist?« Michael war Heikes Mann, sie hatte ihn nach vielen Enttäuschungen und verkorksten Beziehungen vor ein paar Jahren kennengelernt, und er schien endlich der Richtige zu sein. »Michael arbeitet ab diesem Herbst nur noch halbtags in der Beratungsstelle. Der Kindergarten von Jonas hat den ganzen Tag geöffnet. Ich weiß zwar nicht, ob es gut für den Jungen ist, aber ich kann wieder ganztags arbeiten. Morgen werde ich das dem Präsidenten mitteilen. Er hat schon signalisiert, dass er mich unter diesen Bedingungen als Leiterin des Kommissariats sieht.«

Mayfeld fiel ein Stein vom Herzen. »Das freut mich sehr.«

Er lenkte seinen Wagen durch Kiedrich, vorbei am Weingut seiner Schwiegereltern und der spätmittelalterlichen Valentinuskirche.

»Ich weiß. Du hast gemacht, was gut für dich ist, und es schadet, entgegen dem ersten Anschein, niemandem.«

Ein kleines bisschen schlechtes Gewissen kannst du ruhig behalten, wollte ihm die Kollegin wohl sagen. Dabei hatte sie die Chance auf Leitung der Abteilung bekommen, weil Mayfeld vor Jahren beschlossen hatte, nur noch halbtags zu arbeiten, und sein damaliger Chef Brandt das ungewöhnliche Arrangement zwischen den beiden gefördert hatte. Mittlerweile hatte Mayfeld es aufgegeben, die ganze Welt retten zu wollen und sich schlecht zu fühlen, wenn ihm das nicht gelang. Er war sich nicht sicher, ob das ein Zeichen für Altersweisheit war oder für Resignation.

»Es freut mich, weil du absolut die Richtige in diesem Job bist.«

»Danke. Ich habe mit Michael wirklich Glück. Er redet nicht nur über Gleichberechtigung, ich glaube, er meint das wirklich ernst.«

»Das soll es geben.«

»Wenn ich dich um etwas beneide, dann darum, dass du mit unserem Staatsanwalt nichts mehr zu tun haben wirst. Ich hätte Nina übrigens genauso, wie du es getan hast, vor seinem Narzissmus geschützt. Sie ist manchmal zu direkt.«

»›Von de Lung auf die Zung‹ ist ihre Devise.« Mayfeld lachte. »Lackauf übertrifft sich dieses Mal selbst. Ein Prinzipienreiter, der sich zu wichtig nimmt und dabei nur Mist baut.«

»Je weniger er involviert ist, desto weniger Schaden kann er anrichten«, meinte Heike.

Das dachte Mayfeld schon lange. Sie hatten Kiedrich verlassen. Er bog von der Landstraße auf das Gelände des psychiatrischen Krankenhauses ab.

Einige Minuten später saßen sie im Stationszimmer von Haus 17. Akutpsychiatrie, offene Station. Die Einrichtung erinnerte an den Wartesaal eines schwedischen Bahnhofs, freundlich, praktisch, etwas unpersönlich eingerichtet. Ein Landschaftsfoto mit Wald und Sonnenuntergang zierte die Wand. Marlies Veith und Ingo Feldmann hatten Dienst.

»Das glaube ich nicht!« Schwester Marlies wischte sich die Tränen aus dem Gesicht. »Sagen Sie mir, dass das nicht wahr ist!«

»Scheiße, Scheiße, Scheiße.« Ihr Kollege zündete sich eine Zigarette an.

»Das ist verboten«, zischte Marlies Veith ihn an.

»Scheiß drauf«, entgegnete Ingo Feldmann und bot der Kollegin eine Fluppe an.

»Wann haben Sie Yvonne das letzte Mal gesehen?«, fragte Heike.

Die Krankenschwester zündete sich die verbotene Zigarette an. Sie hatte am Donnerstagnachmittag, ihr Kollege am Mittwochvormittag der letzten Woche mit Yvonne Dienst gehabt. Die nächsten drei Tage hätte Yvonne noch zum Spätdienst erscheinen sollen, danach hatte sie drei Wochen Urlaub, so war es im Dienstplan notiert.

»Sie wollte mit ihrem Sascha nach Teneriffa. Ein Typ mit einer Finca auf den Kanaren, was für ein Glücksfall!«, schwärmte Marlies Veith.

»Was ist denn mit ihrer Kleinen?«, wollte Ingo Feldmann wissen.

Marlies Veith schlug die Hände vor dem Gesicht zusammen. An Emma hatte sie noch gar nicht gedacht. Sie war beruhigt zu hören, dass sie bei Yvonnes Eltern war. Beiden war in den letzten Wochen nichts aufgefallen bei ihrer Kollegin. Sie war vielleicht etwas gereizter gewesen als sonst, aber hier waren alle urlaubsreif.

»War es ihr Mann?«, fragte Schwester Marlies unvermittelt. »Andi Neumann, dem würde ich das zutrauen.«

»Ein Vollpfosten«, pflichtete ihr der Kollege bei.

»Erzählen Sie«, bat Mayfeld.

Marlies Veith sammelte sich, straffte ihre Haltung, strich sich durchs Haar und zog ihren Schwesternkittel glatt. »Andi würde ich alles zutrauen. Yvonne hätte ihn nie heiraten dürfen. Das ist ein Schurke, einer, der Unglück bringt. Der mit seiner Schwäche alle tyrannisiert.«

»Sie hätte sich nie auf den einlassen dürfen«, assistierte Ingo Feldmann. »Eine Pflegekraft und ein Patient, das geht selten gut.«

»Wahrscheinlich dürfte ich Ihnen das jetzt gar nicht sagen, wegen Datenschutz und so«, meinte Schwester Marlies. »Aber Yvonne hat hier als Schülerin angefangen und war damals ein ganz naives Ding. Das hat fast wehgetan. Dann geriet sie an diesen Neumann, einen Psychopathen, wie er im Buche steht. Ich arbeitete damals mit ihr auf der Geschlossenen. Dort gibt es ganz viele arme Menschen, im Grunde sind die nett und okay, bloß halt ziemlich verrückt. Und dann gibt es ein paar Drecksäcke, die ihre Umwelt quälen und nur aus Versehen bei uns landen. So ein Arschloch ist Andi Neumann. Er kam nach einem Suizidversuch auf unsere Station. Wir waren Teil seiner Inszenierung. Er hat vermutlich alles nur gemacht, um seine damalige Freundin, die sich von ihm trennen wollte, unter Druck zu setzen.«

»Ich habe damals auch auf der Geschlossenen gearbeitet. Die Freundin von dem Typen war völlig zerfressen von Schuldgefühlen«, pflichtete Ingo Feldmann seiner Kollegin bei. »Sie ist aber hart geblieben, was für Yvonne ein großes Unglück gewesen ist.«

»Er ist ein total manipulativer Typ«, fuhr Marlies Veith fort. »Yvonne ist auf ihn reingefallen. Ist er nicht süß, hat sie mich gefragt. Und so verletzlich! Sie wollte ihn retten und ist mit ihm zusammengekommen. Alles natürlich nach seiner Entlassung aus der Klinik, formal komplett korrekt, aber in Wirklichkeit der Super-GAU.« Sie lachte bitter. »Und jetzt bringt er sie um.«

»Warum glauben Sie das?«, fragte Mayfeld. Dass einer unsympathisch war, war kein Indiz.

Marlies Veith war sich sicher. »Die hatten Stress miteinander. Wegen Sascha, ihrem neuen Freund. Andi hat die beiden attackiert. Das hat sie mir erzählt. Und es gab Stress wegen einer Versicherungssache. Keine Ahnung, um was es da genau ging. Andi erträgt es nicht, wenn nicht alles nach seinem Willen geht.«

Mayfeld fragte nach, aber mehr wussten die beiden nicht zu sagen.

Sie waren auf dem Weg zu Mayfelds Wagen, als Nina aus dem Polizeipräsidium anrief. Sascha Metz hatte im Hotel Burg Liebenstein bei Kamp-Bornhofen ein Zimmer gebucht und wurde dort am späten Nachmittag erwartet.

»Wir können ihm eine Nachricht hinterlassen«, meinte Heike. »Er soll sich in ein Taxi setzen und ins Präsidium kommen. Oder wir schicken ein paar Kollegen aus Rheinland-Pfalz in das Hotel. Gefällt mir beides nicht.«

So sah das Mayfeld auch. Er wollte Metz persönlich mitteilen, was mit seiner Freundin passiert war. Aus Mitgefühl und Respekt. Aber auch, weil er seine direkte Reaktion auf die Nachricht mitbekommen wollte. Die Nachbarn hatten über einen Streit zwischen Metz und dem Mordopfer berichtet, und man konnte zum gegenwärtigen Zeitpunkt niemanden als Täter ausschließen.

»Wir fahren dahin«, meinte Mayfeld.

»Ist ja eine schöne Strecke.« Heike schmunzelte.

Sie fuhren hinunter zum Fluss und folgten der Bundesstraße. Bis Rüdesheim war das Rheintal weit und von sanften Hügeln begrenzt, Weinberge, Ortschaften und Schlösser schmiegten sich an den Taunusrand und die rheinhessischen Hügel. Danach wurde das Tal enger, das Ufer und die angrenzenden Hänge steiler, die Reben krallten sich in die steinigen Terrassen, die Berge ragten in den Himmel, die Orte duckten sich unter ihnen. Sie fuhren am Mäuseturm und dem Binger Loch vorbei, an der Kauber Pfalz und an der Loreley, dem Sehnsuchtsort der Romantiker vergangener Jahrhunderte.

Am Ortseingang von Kamp-Bornhofen bog Mayfeld auf die Nebenstraße ab, die das Bornhofer Tal zwischen Wallfahrtskirche und Kloster bis zur Burg Liebenstein hinaufkletterte, in dessen malerischer Ruine das gleichnamige Hotel untergebracht war.

Die Rezeption des Hotels war in den mittelalterlichen Mauern des Bergfriedes untergebracht. Sascha Metz war noch nicht da. Der Hotelier, Reginald Steinhauer, ein älterer Herr mit weißer Mähne, riet ihnen, auf der Terrasse des Burgrestaurants zu warten, er werde sie benachrichtigen, sobald der Gesuchte eintreffe.

Von der Terrasse hatte man einen atemberaubenden Blick auf das Rheintal und die benachbarte Burg Sterrenberg. Die Bedienung, eine rundliche Frau in mittleren Jahren, brachte ihnen Wasser und eine Broschüre, die die Sage von den feindlichen Brüdern, wie die Burgen Sterrenberg und Liebenstein auch genannt wurden, erzählte.

Mayfeld las vor. »Vor langer Zeit lebten in Boppard zwei Brüder, Heinrich und Konrad. Ihr Vater hatte ein armes Mädchen aus Rüdesheim in die Familie aufgenommen, Hildegard Brömser. Beide Brüder verliebten sich in sie. Weil Hildegards Liebe Konrad galt, verzichtete Heinrich, der ältere, auf sie. Der Vater baute für beide Söhne auf der rechten Rheinseite Burgen auf benachbarten Hügeln. Doch Heinrich, von Liebeskummer zerfressen, schloss sich den Kreuzzügen an und ging ins Morgenland. Als sein Bruder Konrad später von dessen Heldentaten hörte, wollte er es ihm gleichtun und folgte ihm. Bald darauf kehrte Heinrich zurück und berichtete, dass Konrad nur kurz im Morgenland gewesen und dann nach Griechenland weitergereist war. Hildegard und Heinrich lebten daraufhin froh und in Keuschheit zusammen, bis Konrad eines Tages mit einer schönen Griechin in seine Heimatburg zurückkehrte. Hildegard war verbittert, Heinrich empört, er forderte seinen Bruder zum Duell heraus. Doch Hildegard trat zwischen sie und bewegte sie zur Versöhnung. Sie selbst ging danach ins Kloster Marienberg bei Boppard, Heinrich lebte auf Liebenstein, und Konrad feierte auf Sterrenberg wilde Feste, bis ihn die schöne Griechin verließ und er starb. Danach trat Heinrich in das Kloster Bornhofen ein. Hildegard und Heinrich starben am selben Tag, und die Totenglocken der Klöster Marienberg und Bornhofen auf beiden Seiten des Rheins läuteten gemeinsam.«

»Da gefällt mir das Ende bei den Grimm'schen Märchen besser«, meinte Heike. »Und wenn sie nicht gestorben sind, dann leben sie noch heute.«

»Wahrscheinlich galt das als Happy End: die Liebenden im Tode vereint«, vermutete Mayfeld. *Komm, süßer Tod, komm, sel'ge Ruh:* Die Todessehnsucht der Menschen hatte er noch nie verstanden. Vielleicht rührte sie von der Erbärmlichkeit so manchen Lebens her. Das Leben nach dem Tod als Ersatz für ein gutes Leben davor.

»Da ist er!«, hörte er den Hotelier sagen. Neben Steinhauer war ein groß gewachsener Mann Ende dreißig auf die Terrasse gekommen, der sich als Sascha Metz vorstellte.

Mayfeld zeigte seine Dienstmarke und bat ihn, sich zu setzen. Metz folgte der Aufforderung. Er blickte die Beamten mit einer Mischung aus Misstrauen und Sorge an und fragte, wie er ihnen helfen könne. Er schien völlig ahnungslos.

»Sie sind mit Yvonne Neumann befreundet?«

Metz nickte zustimmend.

»Wir haben sie gestern in ihrem Haus ermordet aufgefunden. Es tut mir sehr leid.«

Sein Gesicht erstarrte, alles Blut schien daraus zu entweichen. Mit seinen großen knochigen Händen griff Metz nach der Broschüre, aus der Mayfeld gerade vorgelesen hatte, und zerknüllte sie. Er schien nicht zu merken, was er tat, stand wortlos auf und ging zur Terrassentür. Nach wenigen Sekunden drehte er um, kam zurück, setzte sich wieder und starrte den Kommissar an.

»Was haben Sie gesagt?«, fragte er mit tonloser Stimme.

Mayfeld wiederholte die traurige Botschaft. Metz schien sie erst jetzt zu verstehen. Über sein bleiches, maskenhaftes Gesicht liefen Tränen, erst ein kleines Rinnsal, dann ein Sturzbach. Schließlich löste sich die Starre des Gesichtes, und er begann zu weinen. Der ganze Körper des großen Mannes bebte. Heike setzte sich neben ihn und legte eine Hand auf seine Schulter. Er reagierte nicht, wehrte sich aber auch nicht gegen diese Geste der Verbundenheit. Nach zehn Minuten, einer kleinen Ewigkeit, ebbte das Beben ab. Metz nahm das Taschentuch, das ihm Heike reichte, und trocknete stumm sein Gesicht.

»Wir müssen reden«, sagte Mayfeld.

»Fragen Sie.«

Mayfeld fragte das Übliche: wo Metz in der Nacht von Freitag auf Samstag gewesen sei.

Er hatte diese Nacht in einem Hotel in Assmannshausen verbracht. Metz schilderte unaufgefordert den Verlauf seiner Tour. Er war am Freitagmorgen beim Kloster Eberbach aufgebrochen und den Rheinsteig an diesem Tag bis Assmannshausen gelaufen. Am Samstag ging es weiter bis nach Kaub, und am Sonntag hatte er in einem Hotel auf der Loreley übernachtet.

»Das waren anstrengende Etappen«, bemerkte Mayfeld. Als ob das irgendeine Bedeutung hätte. Metz schien allerdings gerne darüber zu reden, lieferte Details zur Streckenführung. Wahrscheinlich war er dankbar für die Ablenkung.

Er beendete seine Schilderung abrupt und fragte nach Emma. Mayfeld hielt sich mit Informationen zurück, sagte bloß, dass es ihr gut gehe und sie bei Yvonnes Eltern sei. Das schien ihn vorübergehend zu beruhigen.

»Ich bin schuld«, platzte es dann aus ihm heraus. »Ich habe alles falsch gemacht, habe sie alleingelassen. Zuletzt haben wir gestritten. Meine letzte Erinnerung an sie ist die an einen Streit.«

»Das macht Sie nicht schuldig«, warf Heike ein.

Mayfeld hatte in einem ersten Impuls genau das Gleiche sagen wollen, aber er fand Heikes Bemerkung etwas voreilig, sie konnte das nicht wissen. Außerdem war es nicht ihr Job, zu trösten, sondern Licht in das Dunkel zu bringen. Wenn das gelang, brachte es am Ende manchmal Trost.

»Was war das für ein Streit? Wobei haben Sie Ihre Freundin alleingelassen?«, fragte er.

Metz bemühte sich um Konzentration und Fassung. »Ich habe ihr Vorwürfe gemacht, weil sie die Anzeige gegen ihren Mann zurückgezogen hat. Der hat uns vor ein paar Wochen attackiert und verletzt.«

»Ich kenne den Vorgang«, versetzte Mayfeld. »Sie haben Ihre Anzeige auch zurückgezogen.«

»Sag ich doch, ich habe alles falsch gemacht. Ich habe mich dazu überreden lassen.«

»Wie hat Yvonne das geschafft?«

»Sie hat auf die Tränendrüse gedrückt: Andi sei eine arme Socke, es gehe ihm nach dem Motorradunfall nicht gut, er könne sich nicht mehr so gut beherrschen.«

»Wie kam es zu der Auseinandersetzung zwischen Andi Neumann und Ihnen?«

»Er hat uns aufgelauert, er war eifersüchtig. Dabei war die Beziehung zwischen Yvonne und ihm schon längst kaputt, bloß wollte er das nicht wahrhaben.« Metz machte eine Pause. »Außerdem habe ich ihn ein paar Tage zuvor wegen seiner nationalistischen Ansichten angegriffen. Er ist in einer Gruppe, die nennt sich Freunde der Germania. Ich habe ihm gesagt, dass seine rechte Gesinnung nur Ausdruck von Minderwertigkeitskomplexen ist. Klein Andi liegt am Boden, und Germania und der Hass auf alle anderen helfen ihm wieder auf die Beine. Ich gebe zu, man könnte das auch empathischer ausdrücken.«

»Sie haben gesagt, Andi Neumann habe Probleme mit der Selbstbeherrschung?«

»Meinen Sie, er hat das getan?«

»Ich sammle Fakten, bevor ich mir eine Meinung bilde. Was waren das für Probleme?«

»Er war aufbrausend. Yvonne sprach von einem Schädelbasisbruch, den er bei dem Motorradunfall vor zwei Jahren erlitten hat. Ich hab das mal gegoogelt, danach sind Störungen der Impulskontrolle gar nicht so selten.«

Mayfeld fragte nach weiteren Belegen für die gesteigerte Aggressivität von Andi Neumann, aber da musste Metz passen. Für die Freunde der Germania hatte er nur Häme und Spott übrig, er kannte die Gruppe allerdings nur oberflächlich, über allgemeine politische Einschätzungen gingen seine Kenntnisse nicht hinaus. Mayfeld hatte den Eindruck, weiter im Dunkeln zu tappen.

»Wir haben gehört, dass es Unstimmigkeiten wegen einer Versicherung gab. Wissen Sie, worum es da geht?«, fragte Heike.

»Andi hat eine Lebensversicherung zugunsten von Yvonne abgeschlossen. Die wollte er umschreiben lassen und jemand anderen als Begünstigte einsetzen. Yvonne hat sich sehr darüber aufgeregt.«

»Wen wollte er statt Yvonne benennen?«

»Den Namen habe ich vergessen.«

»Und hatte Yvonne auch so eine Versicherung?«

»Mit Andi als Begünstigtem. Ich habe ihr geraten, ihn genauso zu behandeln wie er sie. Sie wollte die Umschreibung ihrer Versicherung nach unserem Urlaub in die Wege leiten. Dazu kommt es jetzt nicht mehr.«

Mayfeld und Winkler hatten Metz zum Bahnhof von Kamp-Bornhofen gebracht, er wollte von dort aus nach Hause fahren und mit Yvonnes Eltern Kontakt aufnehmen. Die beiden fuhren zurück in den Rheingau nach Hattenheim, in der Marktstraße wohnte Melanie Roth, nach Aussage der Wagemanns die beste Freundin der Ermordeten.

Eine groß gewachsene junge Frau öffnete ihnen die Tür. Hinter ihr hielt sich ein dreijähriges Mädchen am Rockzipfel seiner Mama fest. Die Mutter machte einen blassen und angespannten Eindruck.

»Ich habe Sie schon erwartet. Bettina hat mich angerufen, gleich gestern, nachdem Sie bei ihr waren. Kommen Sie rein!«

Sie führte die beiden Beamten in eine helle Wohnküche und stellte eine Flasche Wasser und zwei Gläser auf den Tisch.

»Nehmen Sie Platz!« Dann hob sie ihre Tochter in den Kinderstuhl, gab ihr ein Löffelchen in die Hand, holte ein geöffnetes Glas mit Babynahrung aus dem Kühlschrank und setzte sich zu ihnen.

»Am Freitag saß sie noch hier.« Sie deutete auf den Stuhl, auf dem Heike saß. »Sie hat mir Emma vorbeigebracht. Emma und meine Charlotte sind befreundet, genauso wie wir beide.« Sie machte eine Pause, Tränen stiegen ihr in die Augen. »Ich meine, wie wir beide befreundet *waren*. Ich bin alleinerziehend und Yvonne mehr oder weniger auch. Sie *war* alleinerziehend. Das hat uns noch näher zusammengebracht.«

Sie vergrub das Gesicht in ihren Händen.

Charlotte schob das Gläschen mit Babynahrung über die Tischkante und zog eine erschrockene Grimasse, als es auf dem Fliesenboden zerschellte. »Putt«, sagte sie mit ängstlicher Stimme, der ein wenig triumphierende Begeisterung beigemischt war. Die Mutter schrie auf, wollte ihre Tochter maßregeln, doch bevor sie etwas sagen konnte, fiel sie in sich zusammen. Wie ein Roboter holte sie eine Rolle Kleenex von der Küchentheke und wischte die Bescherung auf, die die Tochter ihr bereitet hatte.

»Entschuldigung«, murmelte sie. »Wir haben uns am Freitag nur kurz und über Belanglosigkeiten unterhalten. Yvonne kam mittags um halb zwei vorbei und hat Emma gebracht. Gegen fünf Uhr kam sie zurück. Was sie in der Zwischenzeit gemacht hat, das weiß ich nicht.«

»Irgendetwas wird sie doch erzählt haben«, vermutete Heike.

»Haba«, meldete sich Charlotte zu Wort.

Ihre Mutter sprang auf und holte ein neues Gläschen aus dem Kühlschrank.

»Sie war sauer«, sagte Melanie Roth. »Sauer, dass irgendjemand an ihr Geld wollte.«

»Wie meinte sie das?«, fragte Heike.

»Ich hab das auch nicht so richtig verstanden. Yvonne hat gesagt, sie würde mir alles erklären, wenn die Sache zu Ende sei. Es tut mir leid, ich habe mir seit gestern das Gehirn zermartert, aber ich weiß nicht, was sie am Freitag vorhatte, wen sie getroffen hat, was los war.«

»Ist Ihnen etwas aufgefallen, als sie zurückkam, um ihre Tochter abzuholen?«, hakte Heike nach.

Melanie Roth schüttelte den Kopf. »Sie war immer noch sauer wegen des Geldes. Aber sie meinte, sie wolle nicht darüber reden, sie müsse sich jetzt erst mal abregen.«

»War sie in der letzten Zeit öfter gereizt, hat sie etwas beschäftigt, hatte sie Konflikte mit irgendjemandem?«, fragte Mayfeld.

»An und für sich ging es ihr in letzter Zeit sehr gut, sie war verliebt und glücklich. Sascha hat ihr gutgetan, sie wollte nächste Woche mit ihm nach Teneriffa fliegen und hat sich sehr darauf gefreut. Konflikte hatte sie vor allem mit Andi, der kam nicht damit klar, dass sie von ihm wegwollte. Das einzig Gute, was sie von dem hatte, war Emma, ansonsten war die Beziehung ein einziges Desaster.«

»Kennen Sie Details?«, wollte Mayfeld wissen. »Kam es zu Gewalttätigkeiten?«

»Zuletzt schon. Erst hat er sie geschlagen, dann um Verzeihung gebeten und geweint. Er meinte, das sei nur der Beweis, wie sehr er sie liebe. Solch ungeheuerlichen Schrott hat er von sich gegeben. Als Yvonne mir das erzählt hat, habe ich sie bestürmt, den Typen zur Hölle zu schicken, aber sie war manchmal eine derart Liebe und Nette …« – sie rollte mit den Augen und machte eine Geste, mit der sie Anführungszeichen andeutete – »… dass es kaum auszuhalten war. Dann hat sie zum Glück Sascha kennengelernt und sich endlich dazu durchgerungen, Andi zu verlassen. Bei der hat nur ein anderer Mann geholfen, und zum Glück ist der Sascha ein Guter.«

Die Empörung über Andi und über Yvonnes Gutmütigkeit hatte Melanie Roth wiederbelebt. Aus der blassen Person, die sich wie ein halb defekter Roboter durch die Wohnung geschleppt hatte, war eine wild gestikulierende Frau mit vor Wut blitzenden Augen geworden.

»Dann hat dieser Mistkerl den beiden aufgelauert und sie angegriffen. Ich dachte, vielleicht ist das ja für was gut und sie zeigt ihn an, hat sie auch gemacht, aber kurze Zeit später kam wieder die liebe Yvonne durch.« Sie wiederholte die Geste mit den Anführungszeichen. »Sie hat Sascha sogar dazu überredet, seine Anzeige zurückzuziehen. Und so hat Andi es ihr gedankt!«

Sie hielt einen Moment inne, dann brach sie in ein bitteres Schluchzen aus. Die kleine Charlotte ließ den Löffel fallen, verzog das Gesicht, streckte sich zu ihrer Mama hin und begann ebenfalls zu weinen. Mayfeld schaute ratlos zu Heike. Sie hätten die Zeugin ohne ihre Tochter befragen sollen, aber mit derartigen Gefühlsausbrüchen hatte niemand gerechnet.

»Mama aua?«, fragte Charlotte, ihr Schluchzen wurde heftiger. Heike stand auf und legte tröstend eine Hand auf die Schulter der jungen Frau. Das blieb nicht ohne Wirkung. Sie wurde ruhiger und gewann nach einer Weile ihre Fassung zurück. Sie konnte sich ihrer Tochter zuwenden. Die wiederum reagierte prompt auf die tröstenden Worte ihrer Mama und beruhigte sich ebenfalls. Vorläufig kehrte wieder Frieden ein in der Küche der kleinen Familie. Der würde der kleinen Emma in Zukunft fehlen, sie würde nicht so leicht zu trösten sein, dachte Mayfeld beklommen.

Sie stellten noch ein paar Fragen, erhielten unergiebige Antworten und verließen das Haus.

✳✳✳

Nach ihrem Besuch bei den Großeltern war Ginger in den Rheingau gefahren. Die Erinnerungen an die letzte Begegnung mit ihrer Mutter hatten sie noch eine Weile beschäftigt, sodass sie keinen Blick für die Schönheiten der Landschaft hatte, die Aufmerksamkeit reichte gerade, die Verkehrslage nicht völlig aus den Augen zu verlieren. Soraya und Roman hatten recht gehabt. Damals deutete alles darauf hin, dass Rebecca zurück zu Gingers Vater wollte. Deswegen war es ja auch so hässlich gewesen, was sie ihrer Mutter an den Kopf geworfen hatte: dass sie bleiben solle, wo sie sei, dass sie in Mainz niemand brauche, weder sie noch Günter. Das war völliger Blödsinn, in Wirklichkeit war sie verletzt gewesen, dass ihre Mutter gegangen war, und wollte ihr das keinesfalls zeigen. Außerdem konnte sie ihren Papa allein besser um den Finger wickeln. Vermutlich lag Oma aber richtig, ihre Mutter hätte sich vom Gezicke einer Dreizehnjährigen nicht beeindrucken lassen. Es dauerte eine Weile, bis sie diese Grübeleien abschütteln, ihre Gedanken wieder auf den aktuellen Fall fokussieren konnte. Sie musste die Liste abarbeiten, die sie sich gestern Abend gemacht hatte.

Das Weingut Nachtweih lag in unmittelbarer Nachbarschaft des Hotels Mainzer Hof. Helga Urbach und die Familie ihres Neffen Thomas Nachtweih residierten – jedes andere Wort wäre eine Untertreibung gewesen – in einem Adelshof aus dem 16. Jahrhundert, wie es eine Tafel am Eingang des Anwesens auswies. Das Gebäude war in Weiß und Rot gehalten, den Farben vieler Kurmainzer Bauten, und in einem wesentlich besseren Zustand als das benachbarte Hotel. Ginger machte ein paar Fotos.

Helga Urbachs Wohnung lag im ersten Obergeschoss. Ein livrierter Hausangestellter öffnete Ginger und führte sie zu seiner Herrin. Die alte Dame erwartete sie im geräumigen Salon, der von wuchtigen, mit flaschengrünem Samt bezogenen Sesseln geprägt war und in dem die kleine Person etwas verloren wirkte. Sie gab dem Mann, der das Rentenalter mit Sicherheit bereits erreicht hatte, Anweisungen, die dieser diensteifrig entgegennahm.

»Ich denke, für alkoholische Getränke ist es noch etwas früh, oder was meinst du, Jakob?«

»Ganz, wie Sie meinen, gnädige Frau.«

»Andererseits hat mir ein Glas Eiswein als Aperitif noch nie geschadet, oder, Jakob?«

»Auf keinen Fall, gnädige Frau.«

»Was könnten Sie empfehlen?«

»Einen 1998er Riesling-Eiswein vom Rüdesheimer Bischofs-berg vielleicht?«

Helga Urbach schüttelte den Kopf. »Mir ist heute eher nach einem roten. Was schlagen Sie vor?«

»Eine Beerenauslese vom Assmannshäuser Höllenberg aus dem Jahr 1996 könnte ich empfehlen.«

»Sehr gut. Wann wird das Essen serviert?«

»In einer halben Stunde, gnädige Frau.«

»Dann machen Sie mal voran, Jakob! Und bringen Sie der jungen Frau ein Glas Wasser.« Erst jetzt wandte sie sich Ginger zu. »Sie haben es ja gerade mitbekommen. Ich habe eine halbe Stunde Zeit. Was gibt es?«

»Frau Leber hat mich beauftragt, Sarah Hope zu suchen, die nach Ihrer Geburtstagsfeier spurlos verschwunden ist.«

»Ist mir bekannt.«

»Haben Sie eine Idee –«

»Nein, habe ich nicht, sonst hätte ich meiner Nichte ja wohl als Erstes gesagt, wo sie nach dieser undankbaren Person suchen soll.« Die Alte trommelte mit knochigen Fingern ungeduldig auf die Platte des Beistelltischchens, das neben ihrem Sessel stand.

»Sie war auf Ihrer Geburtstagsfeier als Servicekraft, nicht als Gast.« Vielleicht würde Helga Urbach jetzt etwas ausführ-licher darauf zu sprechen kommen, warum sie Sarah für eine undankbare Person hielt, dachte Ginger.

»Haben Sie von Astrid den Auftrag bekommen, nach Sarah zu suchen oder unsere Familie zu analysieren?«

Der alten Urbach passte es nicht, dass jemand seine Nase in ihre Familienangelegenheiten steckte. Vielleicht war sie es aber auch nur gewohnt, jeden herunterzuputzen, der mit einem An-liegen zu ihr kam.

»Könnte Sarahs Verschwinden Ihrer Meinung nach mit dem Verkaufstermin für das Hotel Niederwald zu tun haben?«

Helga Urbach antwortete mit Widerwillen in der Stimme. »So dumm kann sie gar nicht sein. Der Verkauf ist für alle Beteiligten ein Glücksfall. Die Engländer zahlen eine riesige Summe. Sarah kann das Geld gut für die Renovierung ihres Hotels gebrauchen. Außerdem macht das keinen Sinn. Wenn sie nicht verkaufen will, braucht sie bloß nicht zu unterschreiben. Das ginge ganz ohne Drama.«

Das klang einleuchtend. Jakob betrat den Salon und servierte der alten Dame einen schwarzroten, öligen Wein in einem funkelnden Kristallglas, das er auf das Tischchen neben dem Sessel stellte. Auch das Wasser für Ginger wurde in einem Kristallglas serviert.

»Was werden wir zum Mittagessen haben, Jakob?«

Jakob zählte drei Gänge in allen Einzelheiten auf, einschließlich der begleitenden Getränke.

»Ist meine Tochter schon da?«

»Noch nicht, gnädige Frau.«

»Meine Tochter wird mir zum Essen Gesellschaft leisten«, erklärte Helga Urbach.

Hoffentlich wurde es kein »Dinner for One«, dachte Ginger grimmig.

»Führen Sie sie zu mir, sobald sie eintrifft, Jakob. Sie können jetzt wieder gehen.« Sie nippte an ihrem Glas.

So herrisch Helga Urbach auch auftrat, auf Ginger wirkte sie vor allem einsam. Und einsame Menschen waren in der Regel nicht allzu schwer zum Reden zu bringen. Was war bei der alten Dame der Zugangscode?

»Familiensinn und Dankbarkeit sind heutzutage keine Selbstverständlichkeit.« Sie nahm einen Schluck Wasser aus dem Kristallglas. Ein Versuchsballon. Ein Anbiederungsversuch. Natürlich konnte Helga Urbach darauf antworten, dass sie für solche wohlfeilen Reden nicht bezahlt werde, sondern dafür, dass sie endlich ihre Arbeit mache und nach Sarah suche. Etwas in der Art lag ihr bestimmt auf der Zunge, so misstrauisch, wie sie Ginger anstarrte. Aber es kam anders. Sie schien sich zu entspannen.

»Haben Sie Familie?«, fragte die Alte.

»Meine Mutter ist gestorben, als ich ein Kind war. Ich bin bei meinen Großeltern aufgewachsen, den Eltern meiner Mutter, ganz großartige Menschen. Sie sind zum Glück noch sehr rüstig. Ich besuche sie jede Woche.«

Ein Lächeln huschte über das strenge Gesicht. »Das machen Sie richtig, Frau Havemann. Havemann, Havemann, der Name sagt mir etwas. Die Schwester von Tante Edith hieß Inge Havemann. Sind Sie mit der verwandt?«

Ginger hatte einmal gelesen, dass jeder Mensch mit jedem bekannt sei, über maximal sechs Verbindungen. Ich kenne jemanden, der jemanden kennt, der jemanden kennt, der jemanden kennt. Im Rheingau waren die Verbindungen enger. Hier kannte jeder jeden. Außerdem war jeder mit jedem Zweiten oder Dritten verwandt.

»Inge Havemann ist meine Großmutter väterlicherseits. Sie lebt noch. Über ein paar Ecken sind wir also miteinander verwandt.«

Das Lächeln in Helga Urbachs Gesicht war schon längst wieder erloschen und kehrte auch nach der Erwähnung der verwandtschaftlichen Beziehungen nicht wieder zurück. »Tante Edith kam aus Mainz-Kastel. Ihr Mann, Onkel Gustav, war der Bruder meines Vaters. Er fiel ganz zu Beginn des Krieges, da war ich noch nicht geboren.« Sie seufzte. »Vor ein paar Jahren habe ich begonnen, eine Familienchronik zu schreiben, ich bin immer noch nicht fertig damit. Je älter ich werde, desto deutlicher erinnere ich mich an ganz früher. Ganz früher, das sind für mich die letzten Jahre des Krieges. Meine ersten Erinnerungen drehen sich um die Bombardierung von Rüdesheim im Jahr 1944.«

1944 waren Gingers Großeltern Soraya und Roman mit ihren Familien im Grenzland zwischen Deutschland und Frankreich unterwegs gewesen, auf der Flucht vor der Polizei, die entlaufene Gefangene jagte, geschützt vom Chaos, das der Krieg in der geliebten und verfluchten Heimat anrichtete. Und Opa Konrad, Günters Vater, war im Krieg an einer der damals gerade zusammenbrechenden deutschen Fronten gewesen, das hatte ihre Großmutter einmal erzählt.

»Am 25. November 1944, dem Katharinentag, war ich mit meiner Mutter und meinem Bruder, mit Tante Edith und ihrer Schwester zusammen, als die Amerikaner und Briten unsere Stadt angriffen«, begann Helga Urbach zu erzählen.

Ginger hatte den Zugangscode geknackt. Es war aber noch unklar, an welche Art von Informationen sie gelangen würde. Eine düstere Wolke legte sich über Helga Urbachs Gesicht und kündete von dem Unheil, das sich aus der Vergangenheit näherte.

»Nachdem das Elternhaus von Tante Edith und ihrer Schwester von einer Bombe getroffen worden war und die Eltern dabei ums Leben gekommen waren, zog die Schwester zu uns. Ihr Mann war an der Front, in Mainz hielt sie nichts mehr. In Rüdesheim auf dem Land schien es sicherer zu sein als in der Stadt. Aber es kam anders. Große Teile der Altstadt von Rüdesheim wurden zerstört. Zweihundert Menschen starben, unter anderem Tante Edith. Wir waren in einem Weinkeller eingeschlossen, der Zugang war verschüttet, über dem Eingang türmte sich glühender Schutt. Wir kamen aus dem Keller nicht mehr raus, mehrere Tage lang. Wir hatten nichts zu essen oder zu trinken, außer den Weinflaschen, die in dem Keller gelagert waren.« Helga Urbach nippte an der roten Trockenbeerenauslese aus dem letzten Jahrhundert. »Edith war von einem herabstürzenden Kellergewölbe verletzt worden. Sie lebte noch drei Tage und drei Nächte und starb am vierten Tag, kurz bevor man uns ausgegraben hat.«

Während die Eltern ihrer Mutter über jeden Schlag, den seine Gegner dem Deutschen Reich versetzten, froh waren, weil er das Chaos vermehrte, den Feind schwächte, das Ende des Krieges näher brachte und ihre Überlebenschancen erhöhte, war es bei den Eltern ihres Vaters gerade andersherum gewesen. Der Großvater kämpfte in den Reihen der Wehrmacht, und die Großmutter litt unter den Luftschlägen der Alliierten in einem Rüdesheimer Keller, wo sie den langsamen und qualvollen Tod ihrer Schwester hilflos erleben musste, nachdem zuvor ihre eigenen Eltern getötet worden waren. All diese gegensätzlichen Interessen, Schicksale, Ängste und Hoffnungen fanden sich in derselben Familie. Wieso hatte Oma Inge nie über den Tod ihrer Schwester gesprochen?

»So eine Erfahrung prägt«, bemerkte Ginger etwas hölzern. Sie wusste selbst nicht so recht, was sie damit sagen wollte.

Helga Urbach wollte mit dem Reden nicht mehr aufhören. »Und ob. Ich habe das den Amis und Briten nie verziehen. Wahrscheinlich haben sie Rüdesheim nur aus Versehen angegriffen, hier war ja nichts los, die Bomben sollten eigentlich auf Bingen fallen, auf die ebsch Seit, da gab es militärische Anlagen. Sie haben trotzdem große Teile meiner Heimatstadt zerstört, aus Versehen. Ungeheuerlich, finden Sie nicht? Und später sollten wir diese Leute als unsere Befreier ansehen. Was für eine Zumutung!«

Helga Urbach war erregt und aufgebracht. Ginger hatte ein ungutes Gefühl. Sie hatte den Eindruck, dass ihr das Gespräch entglitt, und ärgerte sich über die Ansichten der alten Frau. Aber hatte sie als Nachgeborene das Recht, zu urteilen? Jeder Krieg war unerträglich und eine Zumutung für die Menschen, die er betraf. In jeder Schlacht wurden Menschen geschlachtet. Das war ein monströses Unrecht, auch wenn man auf der richtigen Seite stand. Aber bei dem Krieg, von dem Helga Urbach sprach, wusste man wenigstens, wo die richtige und wo die falsche Seite gewesen war.

»Eigentlich bin ich gekommen, weil ich Sarah Hope suche.«

»Da kann ich Ihnen, wie gesagt, nicht weiterhelfen. Aber Sie wollten doch wissen, wer Sarah Hope ist. Und dafür ist das, was ich Ihnen erzählt habe, von Bedeutung. Sie ist die Tochter von Linda Hope und die Enkeltochter von Gertrud Nachtweih. Meine Tante Gertrud, die kleine Schwester meines Vaters, hatte nach dem Krieg nichts Besseres zu tun, als sich von einem Besatzungssoldaten, einem amerikanischen Neger, ein Kind machen zu lassen. Mein Großvater Wilhelm hat das nicht akzeptiert und sie enterbt.«

Helga Urbach redete sich in Rage, schimpfte über die Besatzer und ihre »Negersoldaten«, über die Dummheit und Verkommenheit von Tante Gertrud und das schlechte Blut, das sie in die Familie Nachtweih gebracht habe. Gerade noch hatte Ginger Mitleid für die arme Frau empfunden, nun kippte ihre Stimmung in Verachtung für die alte Rassistin.

»Gnädige Frau, Ihre Tochter«, erklang die sonore Stimme von Jakob, dem Hausdiener.

Ginger atmete auf. Der Alptraum war zu Ende.

Nicole Lauterberg war eine elegante Geschäftsfrau um die fünfzig, selbst bei der Hitze trug sie ein seriöses und etwas förmlich wirkendes graues Kostüm. Sie gab ihrer Mutter zwei flüchtige Küsse auf die Wangen und Ginger die Hand.

»Ich erzähle Frau Havemann gerade von Sarah. Sie ist die Detektivin, die sie im Auftrag von Astrid finden soll.«

»Ich habe das mitbekommen. Es wäre wirklich sehr wichtig, dass sie gefunden wird. Am Ende scheitert sonst das ganze Geschäft.« Nicole Lauterberg wendete sich Ginger zu. »Das Hotel Niederwald zu einem Golfhotel weiterzuentwickeln ist die Idee meines Mannes, Christian Lauterberg, des Architekten, er ist hier in der Gegend recht bekannt. Das Hotel und die Grundstücke, die man für den Golfplatz braucht, sind alle im Besitz unserer Familien. Für Christian ist das eine großartige Chance, er soll die Projektleitung übernehmen.«

»Und es kann nicht sein, dass das von einer Person hintertrieben wird, die eigentlich gar nicht richtig zur Familie gehört und sich als derart undankbar erweist«, schimpfte ihre Mutter. Gerade noch hatte sie behauptet, Sarahs Verschwinden habe mit dem Verkauf des Hotels nichts zu tun, jetzt unterstellte sie ihr böse Absichten. Vielleicht ging es ihr darum, über Sarah schlecht zu reden, und dazu war jedes Mittel recht. Vielleicht verlor Helga Urbach langsam den Überblick. »Bei schlechtem

Blut kann man sich anstrengen, wie man will, es kommt nichts Gutes dabei heraus.«

Nicole Lauterberg rollte mit den Augen, sie schien sich für die Äußerungen ihrer Mutter zu schämen. »Lass gut sein, Mama, alles wird sich weisen.«

»Das glaubst du doch selbst nicht!«

»Doch, Mama. Christian hat einen Alternativplan entwickelt. Am Hotel hält Sarah ja keine Anteile. Falls sie ihre Grundstücke nicht verkauft, könnte man den Golfplatz etwas anders gestalten. Wir brauchen dann einige Grundstücke, die Georg Sandmann gehören. An dem wird das nicht scheitern, schließlich hofft er auf Aufträge für seine Firma.«

»Dann soll Astrid doch die Suche abblasen«, meinte die Alte.

Ihre Tochter schüttelte den Kopf. »Das ist nur Plan B. Eine Änderung der Pläne würde auf die Investoren möglicherweise einen schlechten Eindruck machen. Das verzögert alles. Und außerdem ist Sarah Teil unserer Familie, auch wenn niemand je verstanden hat, was Onkel Dieter dazu bewogen hat, sein Vermögen Linda und ihrer Tochter zu vermachen.«

Helga Urbach lachte bitter, es klang wie das Krächzen einer Krähe. »Ich hab da eine Vermutung.« Die alte Dame verwandelte sich immer mehr in eine böse Hexe.

Ihre Tochter ignorierte diese Bemerkung. »Sarah kann das Geld gut für die Renovierung des Mainzer Hofs gebrauchen, ich bin mir nicht sicher, ob Astrid das allein stemmen kann. Also finden Sie sie, Frau Havemann!«

»Sie kommen aus einer großen Familie mit einer komplexen Geschichte«, sagte Ginger. Ich habe da wohl in ein Wespennest gestochen, meinte sie eigentlich.

»Mit der wir Sie nicht weiter langweilen wollen«, antwortete Nicole Lauterbach. Sie sagte es mit einer Bestimmtheit, die Ginger signalisierte, dass das Gespräch seinem Ende zuging. »Ist jetzt nicht Essenszeit, Mama?«

Sie gestattete Ginger noch einige Fragen zum Verlauf der Familienfeier am letzten Freitag, die sie kurz, präzise, aber wenig ergiebig beantwortete. Ihr war an Sarah nichts aufgefallen, sie hatte einen professionellen Eindruck auf sie gemacht; dass sie nicht als Gast an der Familienfeier teilgenommen habe, sei bedauerlich, aber angesichts der Personalknappheit verständlich und nicht weiter schlimm gewesen. Dann wünschte sie Ginger viel Erfolg bei der Suche und begab sich mit ihrer Mutter ins Speisezimmer.

Das Weingut Nachtweih befand sich im Hochparterre des Adelshofs. In der Vinothek traf Ginger Thomas Nachtweih im Gespräch mit einer Gruppe Weinliebhaber. Er war ein groß gewachsener korpulenter Mann um die sechzig. Das gerötete Gesicht, in dessen Mitte eine grobporige Knollennase prangte, ließ den Verdacht aufkommen, dass er seinen Produkten selbst recht gerne zusprach. Er schwärmte vom beachtlichen 2017er Jahrgang, von dem er nur noch Rotweine und Erste Gewächse im Keller habe, und vom 2018er, einem echten Jahrhundertjahrgang, allerdings seien da die Rotweine und Ersten Gewächse noch gar nicht auf der Flasche, aber die einfachen Weißweine könne er der Kundschaft nur ans Herz legen, rassig und fruchtig und spritzig seien sie, besser als die Spitzenweine in manch anderem Jahr. Er schenkte allen nach, bat sie, sich aus den Flaschen, die vor ihnen standen, zu bedienen und ihn für ein paar Minuten zu entschuldigen.

Er ging mit Ginger in einen Nebenraum.

»Es passt gerade schlecht, das sind gute Kunden, ich muss mich um sie kümmern.«

Ginger versprach, sich kurzzufassen. Thomas Nachtweih hatte genauso wie alle anderen bisher Befragten keine Ahnung, wo sich Sarah aufhalten könnte und warum sie verschwunden war. Auch am Abend der Familienfeier war ihm nichts aufgefallen.

»Ich fand es allerdings ziemlich ungebührlich, dass sie zum Geburtstag ihrer Ziehmutter nur als Servicekraft gekommen ist, Personalknappheit hin oder her, das sind doch Ausflüchte.

Und sie hatte kein Geburtstagsgeschenk, so benimmt man sich doch nicht!«

»Sagten Sie gerade Ziehmutter?«

»Hat Ihnen das noch keiner erzählt? Also ich bin wirklich zu beschäftigt, um Ihnen die Familiengeschichte auseinanderzusetzen, weiß auch gar nicht, wozu …«

»Wenn Sie mir schnell erzählen, was es mit der Ziehmutter auf sich hat, sind Sie mich auch schnell wieder los und können sich Ihren Kunden widmen«, versprach Ginger. Der Winzer hätte sie auch einfach wegschicken können, aber ihre Vorwitzigkeit siegte.

Er schaute gequält. »Onkel Dieter und Sarahs Mutter sind bei einem Verkehrsunfall ums Leben gekommen. Danach war Sarah ganz allein, Tante Gerda hatte kurz davor ihren Mann verloren und war nicht in der Lage, sich um die Kleine zu kümmern.«

»Tante Gerda ist …?«

»… die Schwester von Dieter, Gerda Leber, Astrids Mutter. Der ging es nach dem Tod ihres Mannes schlecht, und Astrid war noch zu jung für die Verantwortung, sich um eine Neunjährige zu kümmern, außerdem war sie damals in Amerika. Da hat sich Helga dazu bereit erklärt, die Göre aufzunehmen. Das war ein großes Opfer, sie war damals auch nicht mehr die Jüngste, und Sarah hat es ihr nicht gedankt.«

»Was heißt das?«

»Sie ist nur selten in die Kirche gegangen, hat in der Schule nicht gelernt und wurde eine Rumtreiberin. Später hat sie Drogen genommen. Dass aus der überhaupt noch was geworden ist, grenzt an ein Wunder. Jetzt muss ich aber wieder …«

Thomas Nachtweih streckte ihr zum Abschied die Hand entgegen. »Von mir aus könnte sie bleiben, wo sie ist, aber wegen des Hotelverkaufs wollen wir alle, dass Sie sie finden. Viel Glück dabei!«

Der Nächste auf Gingers Liste für diesen Tag war Peter Urbach. Seine Reederei hatte ihren Sitz am Mainufer in Ginsheim-Gustavsburg. Urbach hatte am Telefon sehr beschäftigt getan, für einen Gesprächstermin habe er eigentlich gar keine Zeit, sie solle bitte schön pünktlich erscheinen und sich darauf gefasst machen, dass sie warten müsse.

Ginger fuhr die B 42 den Rhein entlang, danach über die A 66 an Wiesbaden vorbei bis zum Mainspitzdreieck. Anschließend durchquerte sie das Industriegebiet an der Mündung des Mains in den Rhein. Das Büro der Reederei befand sich in einem alten Lagerhaus inmitten eines Areals, auf dem sich eine Unzahl von Containern stapelte. Sie machte Fotos. Ein Arbeiter wies ihr den Weg zum Büro des Chefs.

Das Büro war ein gläserner Verschlag in einer großen Halle. Als Peter Urbach sie bemerkte, winkte er sie mit hektischen Bewegungen zu sich. Er war ein Mann Ende fünfzig mit Halbglatze und Wohlstandsbauch, aufgedreht und überaus wichtigtuerisch.

»Kommen Sie rein und machen Sie es kurz, ich hab wie gesagt gar keine Zeit. Selbstständig arbeiten heißt selbst ständig arbeiten. Verstehen Sie?« Der Reeder lachte heiser über sein Wortspiel. »Nehmen Sie Platz.« Er ruderte mit den Armen, um sie auf den Besucherstuhl vor seinem Schreibtisch zu dirigieren. »Wie kann ich Ihnen behilflich sein? Ich habe Ihnen ja schon am Telefon gesagt, dass ich nicht weiß, wo sich Sarah Hope aufhält.«

Ginger fragte nach seinen Eindrücken von der Familienfeier.

Der kleine Dicke lehnte sich in seinem großen Chefsessel zurück, kippte wieder nach vorne und grinste. »Sarah ist eine Außenseiterin in unserer Familie. Für viele ist ihr Teint zu dunkel.« Er hob die Augenbrauen und schnitt eine Grimasse. »Ich kann sie gut leiden. Dass sie zur Geburtstagsparty meiner Mutter nur als Servicekraft des Hotels erschienen ist, kann ich verstehen. Mama ist sehr konservativ.« Er machte eine kreisende Bewegung mit den Händen, die anzudeuten schien, dass irgendwo etwas oder jemand durchdrehte.

»Genauso wie etliche von den Freunden der Germania«, versetzte Ginger.

Peter Urbach lächelte nachsichtig. »Der eine oder andere vielleicht schon. Als ich den Freundeskreis vor fünf Jahren aus der Taufe gehoben habe, dachte ich nicht, dass sich der mal in eine politische Richtung entwickelt.« Er zuckte mit den Schultern. »Das beruhigt sich auch wieder. Warum interessieren Sie sich für die?«

»Die haben sich am letzten Freitag im Pinot getroffen.« Urbach nickte.

»Wissen Sie, wer alles zu der Veranstaltung kam?«

Urbach schüttelte den Kopf. »Ich war ja auf der Feier meiner Mutter. Um noch mal auf ihr Verhältnis zu Sarah zu sprechen zu kommen: Dass sie sich nach dem Tod von Linda um sie gekümmert hat, war vermutlich eine Überforderung für meine Mutter gewesen. Gut und gut gemeint sind manchmal recht unterschiedliche Dinge. Sie hätte jünger sein müssen, um mit dem Feger klarzukommen. Aber so ist das Leben.« Er breitete seine Arme aus und legte den Kopf schief.

Ginger fragte noch einmal nach seinen Eindrücken von der Feier. Er hatte von vornherein den Eindruck gehabt, dass mit Sarah etwas nicht in Ordnung war. »Die hatte nicht nur keine Lust auf das Fest, was eh klar war. Irgendetwas war mit ihr los, irgendeine Laus war ihr bereits zuvor über die Leber gelaufen, das habe ich sofort gemerkt, als ich sie sah. Bei Sarah war an dem Tag von Anfang an der Wurm drin, aber ich habe keine Ahnung, warum sie so schlecht drauf war, ich habe kein persönliches Wort mit ihr wechseln können.«

»Wann und wo haben Sie sie zuletzt gesehen?«

»Im Foyer des Hotels, am Ende der Feier. Ich habe gesehen, wie sie plötzlich in die Küche gelaufen ist, zurück ins Foyer kam und dann auf den Parkplatz gerannt ist. Ich fand das merkwürdig, habe mir aber keine weiteren Gedanken darüber gemacht.«

Auch Peter Urbach gehörte zu der Erbengemeinschaft, die das Hotel Niederwald und die umliegenden Grundstücke verkaufen wollte, und wie alle anderen konnte er sich nicht vorstellen, dass Sarahs Verschwinden damit zu tun haben könnte, da alle Beteiligten von dem Verkauf einen Vorteil hatten, wenngleich der unterschiedlich groß war. Dennoch hatte Ginger den Eindruck, dass er über die Aussicht, dass der Verkauf eventuell scheiterte, weil Sarah nicht zu dem Notartermin erscheinen könnte, weniger beunruhigt war als andere Mitglieder der Familie.

»Ehrlich gesagt glaube ich, dass das alles viel Lärm um nichts ist. Ich mag Sarah wie gesagt gut leiden, im Gegensatz zu anderen in der Familie. Aber sie hat Probleme mit dem Alkohol. Oder eher Probleme ohne ihn.« Wieder lachte er allein über seinen Witz. »Als Kind war sie schon mal eine Zeit lang verschwunden und ist dann wiederaufgetaucht. Natürlich regen sich jetzt alle auf, weil am Freitag dieser Notartermin ist, aber ohne diesen Termin wäre vielleicht noch gar niemandem aufgefallen, dass sie weg ist.«

Ginger fragte nach den genauen Umständen von Sarahs Verschwinden als Kind.

»Das ist jetzt schon so lange her, keine Ahnung. Da war sie ein Teenager. Ich glaube, sie hat damals nicht nur getrunken, sondern auch gekifft. Aber ich möchte die arme Sarah jetzt nicht im falschen Licht erscheinen lassen. Sie ist eine Gute, bloß ein bisschen labil.«

»Wer könnte noch etwas über sie wissen?«

Urbach machte eine wegwerfende Geste. »Ich weiß es nicht. Die meisten in der Familie wollen mit ihr nichts zu tun haben, mit Ausnahme von Astrid.«

Ginger stellte noch ein paar Fragen, auf die sie nichtssagende Antworten erhielt.

»Ich hoffe, ihr geht es gut und Sie finden sie bald«, sagte Peter Urbach zum Schluss. »Viel Glück bei der Suche. Es wäre schön, wenn Sie mich auf dem Laufenden halten könnten.«

Ginger stieg gerade auf ihre Carducci, um wieder in den Rheingau zu fahren, als Yasemin sie anrief. Sie habe die Halter der

Fahrzeuge auf dem Video ausfindig gemacht und ihr die Liste zusammen mit ergänzenden Informationen gemailt. Eine der Adressen lag auf dem Weg, Ginger beschloss, aufs Geratewohl dort vorbeizufahren.

Die Firma Green & Clean war in einer klassizistischen Villa in unmittelbarer Nachbarschaft des Biebricher Schlosses untergebracht. Auf deren Geschäftsführer Guido Wagner war einer der Wagen zugelassen, die am vergangenen Freitag auf dem Parkplatz des Mainzer Hofs gestanden hatten. Ginger machte ihre Fotos.

Ein junger Mann, der sich als Assistent der Geschäftsführung vorstellte, öffnete Ginger auf ihr Klingeln. Er war genauso chic wie das Ambiente. Sie fragte nach Guido Wagner und erklärte den Grund ihres Besuchs. Der Assistent runzelte die Stirn und verschwand hinter einer getäfelten Tür.

Ginger setzte sich in einen der ledernen Schwingsessel und griff nach einer Imagebroschüre der Firma. Die Green & Clean GmbH bot Industrieunternehmen Beratung bei der nachhaltigen Produktion, der Müllvermeidung und der Müllentsorgung an. Es wurde sowohl auf die Verantwortung für die Umwelt hingewiesen als auch auf den Imagevorteil, den eine ökologische Wirtschaftsweise bringen konnte, wenn man sie richtig kommuniziere. Auch dabei könne Green & Clean behilflich sein.

Nach einigen Minuten erschien der Assistent wieder und winkte sie in das Büro der Geschäftsleitung.

Das Büro war edel und schlicht eingerichtet. Regale aus Rohstahl, ein Schreibtisch aus grob bearbeiteten Eichendielen in einem hohen, mit Stuckdecken verzierten Raum. An der Wand hing eine riesige Fotografie der Erde. Unser Blauer Planet, darunter das Logo von Green & Clean, ein stilisierter Globus, gehalten von zwei grünen Händen. Guido Wagner stand auf und kam Ginger entgegen. Er war eine elegante Erscheinung, um die fünfzig, grau melierte Haare, italienischer Anzug. Hier kannst du dich geborgen fühlen, signalisierte sein Auftritt. Sie roch ein teures Parfüm mit ledrig-holziger Note. Guilty Absolute von Gucci.

Er ging zu einer Gruppe mit Designersesseln, bat Ginger, Platz zu nehmen, und fragte mit einer tiefen und sonoren Stimme, ob er ihr etwas zu trinken anbieten könne. Sie lehnte ab, was Wagner mit Bedauern zur Kenntnis nahm. Er wollte wissen, wie er ihr helfen könne.

Ginger gab ihm ihre Karte und wiederholte, was sie bereits dem Assistenten erklärt hatte, dass sie Privatdetektivin sei, dass sie Sarah Hope suche, die am vergangenen Freitag verschwunden sei. »Sie arbeitet als Sommelière im Mainzer Hof in Rüdesheim, dort waren Sie am letzten Freitag, und ich wollte fragen, ob Sie sich an sie erinnern können und ob Ihnen etwas aufgefallen ist.«

Wagner schüttelte den Kopf und lächelte charmant. »Sie müssen sehr verzweifelt sein, wenn Sie so weit hergeholte Spuren verfolgen. Woher wissen Sie überhaupt, dass ich am Freitag in Rüdesheim war?«

»Der Parkplatz des Hotels hat eine Überwachungskamera.«

»Und wie kommen Sie vom Autokennzeichen zu meinem Namen?«

»Berufsgeheimnis, Herr Wagner.« Ginger lächelte charmant zurück.

Er warf einen Blick auf ihre Karte. »Ich werde mir Ihren Namen merken, Sie scheinen etwas von Ihrem Job zu verstehen, Frau Havemann. Ist die Suche nach Vermissten nicht Aufgabe der Polizei?«

»Mit denen arbeite ich zusammen«, behauptete Ginger. »Die sind froh um jede Entlastung.«

»Natürlich.«

»Sie müssen auf dem Treffen der Freunde der Germania gewesen sein.« Zu den Hotelgästen gehörte er jedenfalls nicht, zu den Gästen von Helga Urbach ebenfalls nicht.

Er schien überrascht zu sein. »Woher wissen Sie das? Ist das auch ein Berufsgeheimnis?«

Ginger versuchte, noch charmanter zu lächeln.

»Stimmt, ich war tatsächlich dort, ein Freund hat mir einen Hinweis gegeben. Aber ich muss gestehen, dieses Treffen war nicht meine Sache. Die Pflege des nationalen Bewusstseins ist sicherlich eine berechtigte Angelegenheit, aber man sollte dabei unbedingt Maß halten. Ich bin Geschäftsmann, mein Unternehmen ist international aufgestellt, kleingeistiger Nationalismus ist mir ein Gräuel.«

»Natürlich. Sehr verständlich. War der Freund Peter Urbach?«

»Sie überraschen mich immer wieder, Frau Havemann. Wie kommen Sie darauf?«

»War nicht so schwer. Sie haben eine Beratungsfirma für Abfallbeseitigung, er eine Reederei, das passt. Außerdem wurden Sie mit ihm zusammen gesehen.« Das vermutete Ginger zumindest.

»Stimmt, Urbach ist ein Geschäftsfreund. Keinesfalls ein politischer Freund.«

»Das habe ich verstanden.« Sie zeigte ihm ein Bild von Sarah. »Das ist die Vermisste. Erinnern Sie sich an sie?«

Wagner schaute sich die Fotografie genau an. »Selbstverständlich. Wie könnte man eine so schöne Frau vergessen? Sie hat mir ein Glas Wein gebracht. Irgendwie wirkte sie nervös, hat sich dauernd umgeschaut.«

»Irgendeine Idee, wovor sie Angst hatte?«

Er lächelte. »Nein.«

»Haben Sie sie später noch mal gesehen? Sie hat das Hotel gegen einundzwanzig Uhr dreißig verlassen, kurze Zeit danach sind Sie ebenfalls aufgebrochen.«

Wagner lachte, war aber nicht mehr überrascht. »Was Sie alles wissen. Das kann gut sein, halb zehn könnte hinhauen.« Er dachte eine Weile nach. »Natürlich. Um kurz vor halb zehn war der Vortrag zu Ende. Ich bin wie viele andere ins Hotelfoyer gegangen. Es war zu diesem Zeitpunkt voll mit Menschen. Ich meine, Ihre Sarah war unter ihnen, ich bin mir jetzt sogar sicher.

Irgendwie schien sie beunruhigt, verängstigt, aber so wirkte sie auch schon vorher.«

Mehr hatte Wagner nicht zu sagen.

✻✻✻

Montags war ihr freier Tag, aber Franzi stand am liebsten in der Küche, egal ob im Hotel oder zu Hause. Bloß auf dem Campingplatz und auf dem Boot war es genauso schön. Montags hatte sie ganz viel Zeit, für den Fresskorb zu kochen. Schweinethunfisch. Auch dieses Rezept hatte ihr Bruder ihr in großen deutlichen Buchstaben in die Kladde geschrieben und es ihr immer wieder vorgelesen. Und sie hatte ihm alles nachgesprochen, bis sie das Rezept auch lesen konnte. So war es gut. So vergaß sie nichts.

Am Morgen hatte sie Schweineschulter in große Stücke geschnitten. So groß, dass man sie gerade noch in den Mund stopfen konnte. Machte man aber nicht. Immer wieder hatte sie an die Sarah denken müssen. Die war jetzt ganz allein. Das war nicht recht. Dann hatte sie das Fleisch in Wein gekocht, eine große Flasche hatte sie gebraucht. Also fast gekocht, es durfte nicht sprudeln. Vorher hatte sie einen Haufen Salz in den Wein geschüttet. Das Salz vorher wiegen, hundert Gramm. Und Zitronensaft, Zwiebeln, Pfeffer, Fenchelsamen mitkochen.

Wo war die Sarah bloß? Als fünf Stunden rum waren, war das Fleisch fertig. Sie holte es mit einer Schöpfkelle aus dem Sud und legte es auf ein Gitter.

»Jetzt muss das Fleisch abtropfen. Und dann holst du die Zitronenschale und die Lorbeerblätter. Und die Einmachgläser«, sagte sie zu sich.

Die Einmachgläser hatte sie zuvor ausgekocht.

Sie musste der Sarah was zu essen bringen, die hatte doch nichts. Aber wenn sie doch nicht wusste, wo die war.

»Dann das Fleisch in die Gläser tun. Gutes fruchtiges Olivenöl drauf und Zitronenschale und Lorbeerblätter. Deckel drauf, fertig. Schmeckt wie Thunfisch, bloß besser.«

Plötzlich hatte Franzi eine Idee. Sie lachte, schlug sich mit der Hand gegen die Stirn.

»Ich bin manchmal so dabbisch.«

***

Ginger fuhr zurück nach Rüdesheim. Franzi und Dirk Mangold wohnten in der Oberstraße in Rüdesheim-Eibingen. Montag war ihr freier Tag, das Pinot hatte geschlossen. Ginger hatte sich mit Franzi verabredet und hoffte, dass Dirk Mangold ihr nicht in die Quere kam. Als sie Geisenheim passiert hatte, machte sie eine kurze Pause, rief Franzi an, um anzukündigen, dass sie gleich da sei, sie könne schon mal das Hoftor aufmachen.

Dann fuhr sie weiter. Bislang hatte Ginger nichts in der Hand, absolut gar nichts. Sie war Sarah Hope keinen Zentimeter näher gekommen. Sie hatte ein paar Informationen über ihre merkwürdige Familie gesammelt, aber es war völlig unklar, ob die in irgendeinem Zusammenhang mit Sarahs Verschwinden standen. Ihre Strategie war gewesen, Sarahs letzte Stunden zu rekonstruieren, bevor sie verschwand, in der Hoffnung, dabei auf irgendeinen brauchbaren Hinweis zu stoßen, der erklärte, warum sie verschwunden war, wovor sie flüchtete. Sie wusste jetzt, dass ihre Familie vor einem großen Deal stand, der scheitern konnte, wenn sie verschwunden blieb. Das wiederum hieß aber, dass niemand an ihrem Verschwinden ein Interesse hatte, außer vielleicht Georg Sandmann, der seine Grundstücke an Sarahs statt an die Investorengruppe verkaufen könnte. Sie musste dieser Spur nachgehen, aber sie glaubte nicht, dass sie weiterführte. Sie war in einer Sackgasse gelandet.

Sie sollte ihre Strategie ändern. Bislang hatte sie versucht, einen Grund zu finden, warum Sarah untergetaucht war oder warum jemand sie hatte verschwinden lassen. Vielleicht sollte sie pragmatischer vorgehen. Für den Fall, dass Sarah untergetaucht war, würde sie vermutlich Kontakt mit Bekannten aufnehmen.

Nicht unbedingt mit solchen, die das sofort an die große Glocke hängen würden. Und hier kam Franzi ins Spiel.

Ginger fuhr durch die Eibinger Oberstraße, wo Dirk und Franzi ein kleines Fachwerkhaus bewohnten. Franzi stand im Hoftor und winkte ihr zu. Sie bog in den Hof ein und stellte ihr Motorrad ab.

»Schön, dass es geklappt hat mit uns beiden«, begrüßte sie die junge Frau.

»Was soll klappen?«, fragte Franzi, lachte dabei aber so arglos, dass Ginger das nicht als eine Zurückweisung auffassen musste.

»Zeigst du mir dein elektrisches Dreirad?«

»Klar.« Franzi strahlte. Sie ging zu einem Schuppen im hinteren Teil des Hofes, öffnete ein Tor, verschwand kurz und kam mit dem Dreirad zurück. »Mein Packesel«, sagte sie stolz und begann, die Vorteile des Gefährtes zu preisen. Es konnte nicht umkippen, man konnte jede Menge Last zuladen und mit dem Elektromotor jede Steigung bewältigen. Und man brauchte keinen Führerschein.

»Das würde ich mal gerne Probe fahren«, sagte Ginger.

»Warum?«

»Du hast doch gerade erklärt, dass es so toll ist.«

»Macht dir das Motorrad keinen Spaß mehr?«

»Doch.«

»Also?«

»Dein Rad ist leiser und stinkt nicht.«

Franzi musste lachen. »Stimmt, stinkt nicht.«

»Kann ich es ausleihen?«

Franzi machte eine betrübte Miene. »Geht nicht.«

»Warum nicht?«

»Der Dirk hat es verboten.«

»Ist es dein Packesel oder der von Dirk?«

»Meiner.«

Franzi dachte angestrengt nach. »Ich frag ihn«, sagte sie endlich und verschwand im Haus.

Genau das hatte Ginger vermeiden wollen. Franzis Bruder

konnte sie jetzt gar nicht gebrauchen. Aber es war, wie es war. Sie untersuchte das Dreirad. Zwischen den beiden Vorderrädern war ein geräumiger Lastenkorb montiert. Die Batterie für den Elektromotor war unter dem Sessel untergebracht, der eine coole Sitzposition ermöglichte und an den Film »Easy Rider« erinnerte. Hier konnte man gut einen GPS-Tracker anbringen. Aber – Ginger war völlig überrascht – hier war bereits einer montiert. Von wem auch immer. In Gingers Kopf jagte ein Gedanke den nächsten. Franzi hatte sich verfolgt gefühlt. Ginger hatte an mehreren Orten, an denen Franzi aufgetaucht war, einen dunklen Van beobachtet, der auf eine Frankfurter Mietwagenfirma zugelassen war, wie Yasemin vorhin geschrieben hatte. War jemand auf die gleiche Idee gekommen wie sie? Wie lange ging diese Observation schon? Seit Sarahs Verschwinden? Oder war das Gerät eine Sicherheitsvorkehrung von Dirk Mangold, damit er seine behinderte Schwester jederzeit orten konnte? Sie zog das Gerät ab, suchte in ihrem Rucksack nach dem eigenen, als sie Franzi hörte.

»Du sollst zum Dirk reinkommen. Schönen Rucksack hast du.«

Ginger verstaute den GPS-Tracker neben dem eigenen. Dessen Montage musste verschoben werden.

Franzi führte Ginger in die geräumige Wohnküche des Fachwerkhauses, wo Dirk Mangold wartete und sie bat, bei ihr am Tisch Platz zu nehmen.

»Ich fahr mal los.« Franzi packte einen Weidenkorb mit Einmachgläsern. Eines gab sie Ginger. »Schenk ich dir. Schweinethunfisch.« Sie deutete auf das Gläschen. »Schmeckt wie Thunfisch, bloß besser.«

»Sie interessieren sich für das Fahrrad meiner Schwester?«, fragte Dirk Mangold, als Franzi die Küche verlassen hatte. »Das müssen Sie mir näher erklären.«

Ginger holte den GPS-Tracker aus ihrem Rucksack und legte ihn auf den Küchentisch.

»Haben Sie den am Fahrrad Ihrer Schwester montiert?«

»Was ist das?« Mangold war verdattert.

»Ein GPS-Tracker, damit kann man das Fahrrad jederzeit mit einem Handy orten.«

»Warum sollte ich das tun?«

»Aus Sicherheitsgründen, Ihre Schwester ist schließlich behindert.« Vielleicht gab es nicht nur Helikoptereltern, sondern auch Helikopterbrüder.

Mangold schüttelte unwirsch den Kopf. »Sie kennen mich schlecht. Das Ding ist nicht von mir. Wer könnte meine Schwester ausspionieren wollen? Kann man das rauskriegen?«

»Leider nein. In dem Gerät ist eine SIM-Karte verbaut, man muss nur deren Nummer kennen und ins eigene Smartphone eingeben, und schon kann man das Gerät über die GPS-Daten, die es andauernd sendet, orten.«

»Sie kennen sich aus.«

»Ist mein Job.«

»Sie haben meine Frage noch nicht beantwortet: Warum interessieren Sie sich für das Fahrrad von Franzi? Warum untersuchen Sie es?«

»Franzi fühlt sich verfolgt. Ich habe sie gestern im Jagdschloss Niederwald und im Kloster Eibingen gesehen. Jedes Mal war dort ein schwarzer Van.«

»Und ein Motorrad, nämlich Ihres. Es geht Ihnen doch nicht um meine Schwester. Halten Sie mich nicht für blöd!«

Das wäre bestimmt ein Fehler, dachte Ginger. Vielleicht kam sie mit Offenheit weiter. »Ich suche Sarah Hope. Ihre Schwester ist mit ihr befreundet. Wenn sich Sarah irgendwo versteckt hält, dann braucht sie vielleicht Hilfe, was zu essen. Franzi könnte mich zu ihr führen.«

»Falls sie, erstens, etwas weiß und, zweitens, das will. Und falls Sarah das wollte. Wenn sie sich versteckt, dann wird sie ihre Gründe haben. Warum soll ich glauben, dass Sie die Gute sind und der Mann im schwarzen Van der Böse? Warum soll ich glauben, dass sich Sarah nicht vor Ihnen oder besser gesagt vor Ihrer Auftraggeberin versteckt, vor ihrer lieben Familie? Bloß weil Sie einen sympathischen Auftritt haben? Der kann täuschen, und über Ihre Auftraggeber sagt er sowieso nichts aus. Aber danke, dass Sie dieses Spionagedings entfernt haben.«

So kam sie nicht weiter, das spürte Ginger. Mangold wusste mehr, als er mitteilen wollte. Sie musste sich etwas einfallen lassen, um sein Vertrauen zu gewinnen.

»Dass Sarah zu den Familien Urbach und Nachtweih nicht das allerbeste Verhältnis hat, das habe ich schon bemerkt. Vielleicht ist sie in Gefahr und braucht Hilfe. Denken Sie darüber nach.«

Das versprach Mangold. Aber dafür brauche er Zeit.

»Wie haben Sie Sarah überhaupt kennengelernt?« Menschliches Interesse zeigen war vielleicht ein Weg, Mangold auf ihre Seite zu ziehen.

»Warum interessiert Sie das?«

»Ich würde gerne verstehen, was hier los ist. Dann kann ich hoffentlich auch die Gefahren besser abschätzen, die drohen. Natürlich möchte ich mich nicht gerne instrumentalisieren lassen. Aber dafür brauche ich möglichst viele Informationen, von möglichst vielen Seiten.«

Zwingend logisch war das nicht, aber Mangolds Misstrauen schien es zu besänftigen.

»Wir haben uns in Deidesheim in der Pfalz kennengelernt. Ich war damals Chefkoch in der Schwarzen Sau, hatte gerade meinen Michelin-Stern bekommen, und Sarah machte eine Ausbildung zur Hotelfachfrau. Sie wirkte ziemlich verloren, war das erste Mal von zu Hause weg, und ich habe sie unter meine Fittiche genommen. Als schwuler Mann kann ich das tun, ohne dass mir jemand Hintergedanken unterstellt. Wollen Sie einen Cappuccino?«

»Gerne.« Das Eis schien gebrochen.

Mangold stand auf und hantierte an einer Siebträgermaschine.

»Hatte Sarah berufliche oder auch private Gründe, den Rheingau zu verlassen?«

Er stellte zwei Tassen unter die Auslassdüse. »Es waren vor allem private Gründe, die Ausbildung kann man auch im Rheingau machen. Sie hatte damals gerade eine unglückliche Liebesbeziehung hinter sich. Das ging jahrelang on-off, und sie wollte räumlichen Abstand zwischen sich und den Mann bringen. Ich konnte sie gut verstehen, ich hatte gerade die Trennung von meinem Mann hinter mich gebracht. Das war auch so eine On-off-Beziehung gewesen, in meinem Fall ist er weggezogen. Erst als er in Norddeutschland war, konnten wir uns in Ruhe lassen.«

»Wann kam Sarah nach Deidesheim?«

»2009, ein halbes Jahr nachdem Thorsten weggezogen ist. Ich hatte Platz in unserem Haus, sie ist eingezogen. So hat sie sich auch mit Franzi angefreundet.«

»Sie ist von hier weggezogen, sobald sie volljährig war«, stellte Ginger fest.

»Sie mochte die düstere Atmosphäre in der Familie Urbach nicht. Beten und Geld zählen seien die Lieblingsbeschäftigungen ihrer Ziehmutter, hat sie mal gesagt. Mit beidem kann Sarah nichts anfangen. Sie ist so ein lebenslustiger Mensch. Und außerdem bestimmte ein Vertrag, dass sie frühestens mit einundzwanzig über das Hotel, das sie geerbt hatte, verfügen durfte.«

Mangold schäumte die Milch auf.

»In der Familie waren alle überrascht, dass sie das Hotel erbte.«

»Das haben Sie jetzt aber freundlich formuliert.« Mangold goss den Milchschaum mit einer schlängelnden Bewegung in die Kaffeetasse und erzeugte so ein florales Muster aus Schaum und Crema.

»So sieht es schön aus«, sagte er, als er Ginger die Tasse hinstellte. »Wollen Sie einen Keks?«

Ginger nahm einen.

»Die waren nicht überrascht, die waren außer sich vor Wut,

die haben Sarah angegiftet und wie eine Erbschleicherin behandelt, wie eine Diebin. Zumindest hat sie mir das so erzählt. Aber das Testament von Dieter Nachtweih war eindeutig, es hatte keinen Sinn, es anzufechten. Er vermachte im Fall seines Todes sein gesamtes Vermögen seiner Cousine Linda Hope. Er konnte das tun, musste niemanden mit einem Pflichtteil berücksichtigen, da er unverheiratet und kinderlos war. Linda hatte kein Testament gemacht, ihre Tochter Sarah war die Alleinerbin.«

»So kam sie im Alter von noch nicht einmal zehn Jahren in den Besitz eines Hotels.«

»Die Sache war komplizierter. Sarah hat die ganze Geschichte in den letzten Jahren genau recherchiert und mir erklärt. Der Besitz der Familien Nachtweih und Urbach, der aus dem Weingut Nachtweih und den beiden Hotels Jagdschloss Niederwald und Mainzer Hof sowie etlichen Grundstücken bestand, gehörte einer Erbengemeinschaft. So hat es der Begründer der Familiendynastie, Wilhelm Nachtweih, verfügt. Er war es auch, der seine Tochter Gertrud auszahlte und ihr einen Verzicht auf weitere Erbansprüche abnötigte. Er wollte die Frau, die sich mit einem schwarzen Amerikaner eingelassen hatte, aus der Familie heraushaben, wobei sich Sarah unsicher ist, was für den Alten schlimmer war, ein Schwarzer oder ein Besatzer. Gertrud war als Alleinerziehende in Not, ihr blieb kaum etwas anderes übrig, als sich auf den Deal einzulassen.«

»Und Dieter Nachtweih hat das mit seinem Testament wieder rückgängig gemacht.«

»Warum auch immer. In der Familie hält sich hartnäckig das Gerücht, dass er mit seiner Cousine ein Verhältnis hatte. Ist ja denkbar. Sarahs Vater ist nicht bekannt, vielleicht war es ja Dieter, dann würde das Testament noch mehr Sinn machen.«

»Danach war Helga Urbach die Ziehmutter von Sarah.«

»Nach Lindas Tod war sie bis zu ihrer Volljährigkeit ihr Vormund. In dieser Zeit wurde die Erbengemeinschaft entflochten, so nennt man das, glaube ich. Die Besitztümer wurden den einzelnen Mitgliedern zugeordnet. Sarah ist überzeugt, dass sie dabei über den Tisch gezogen wurde.«

»Sie war minderjährig, als das geschah, und Helga Urbach als ihr Vormund hatte ein parteiliches Interesse.« Ginger war empört.

»Das sieht Sarah auch so. Formal ist wohl alles korrekt gelaufen. Das Amtsgericht hat einen Verfahrenspfleger für diese Angelegenheit bestellt, der ihre Interessen wahren sollte. Aber der damalige Gerichtspräsident, Herr Auerbach, war berüchtigt für seine hemdsärmeligen und nicht immer korrekten Entscheidungen. Wer weiß, was Helga Urbach, der Anwalt und der Richter ausgekungelt haben. Auerbach verlor später wegen einer anderen Sache sogar sein Richteramt, er hat in einem Verfahren, das seine Tochter angestrengt hatte, selbst entschieden, und das, ohne die Gegenseite anzuhören. So einer war das.«

»Wissen Sie, wie der Anwalt hieß?«

»Den Namen hat Sarah mal erwähnt, aber ich habe ihn mir nicht gemerkt.«

»Glauben Sie, dass sie deswegen untergetaucht ist?«

»Ich kann es mir nicht vorstellen. Wenn sie ihre Grundstücke günstig verkaufen kann, hat sie Geld, das sie in das Hotel stecken kann. Den ganzen Handel zu hintertreiben, um den anderen einen Schaden zuzufügen, auch wenn sie das selbst schädigt, das wäre ziemlich krass, oder?«

»Ist Sarah manchmal so krass?«

»Schon. Man könnte sagen, die meisten ihrer Beziehungen zu Männern sind ziemlich krass.«

»Denken Sie an Petermann?«

»An den noch am wenigsten. Der ist im Grunde harmlos. Ein Wichtigtuer, aber nicht wirklich böse, so schätze ich den ein. Aber vorher waren einige richtige Arschlöcher dabei.«

»Haben Sie Namen? Hat sie mit einem von denen noch zu tun?«

»Ich glaube nicht, obwohl sie sich in den letzten Monaten in dieser Hinsicht ziemlich bedeckt gehalten hat. Früher hat sie mir ihr Herz ausgeschüttet, ich war immer auf dem neuesten Stand. Zuletzt dachte ich, dass sie unglücklich verliebt ist, aber sie ist mir ausgewichen, wenn ich in diese Richtung nachgefragt habe.«

»War einer von denen besonders schlimm? Oder war sie mit einem besonders lange zusammen?«

»An einen Namen kann ich mich zumindest erinnern. Andi Neumann, ein Enkel von Helga Urbach. Sie hat ihn als Teenager kennengelernt. Das war der mit der ewig langen On-off-Beziehung. Schließlich hat sie ihn verlassen, weil er ein notorischer Puffgänger war.«

Ginger spürte einen Schwindel, wie er sie in den letzten Tagen immer wieder erfasste, verbunden mit einem Déjà-vu-Gefühl. Irgendwoher kam ihr der Name bekannt vor, aber sie konnte die Quelle dieses Gefühls nicht orten. Vielleicht würde es ihr weiterhelfen, wenn sie den Mann vor sich sah.

»Andi Neumann war nicht auf dem Fest vergangene Woche.«

»Soweit ich weiß, sind die alte Urbach und ihre Tochter Annegret, die Mutter von Andi, verkracht.«

»Haben Sie die Adresse von Neumann?«

»Er wohnt in Schierstein. Ist aber oft unterwegs.«

»Ich versuch es einfach mal.«

Ginger wollte sich noch von Franzi verabschieden, aber die war mit ihrem Elektrodreirad verschwunden.

Die ganze Fahrt über grübelte Ginger, wo und wann sie den Namen Andi Neumann schon einmal gehört hatte, aber es wollte ihr partout nicht einfallen. Seine Adresse stand im Telefonbuch, Schiffergasse, ganz in der Nähe des Hafens, wo sie ihr Boot, die »Blow-up«, liegen hatte. Vielleicht kannte sie ihn von daher.

Sie bog hinter Walluf von der Bundesstraße ab und fuhr in die Hafenstraße, von dort in die Schiffergasse. Neumann und seine Familie, Yvonne und Emma, wohnten in einem kleinen Häuschen. Es schien verlassen. An der Haustür klebte ein amtliches Siegel. Das bedeutete nichts Gutes.

Sie klingelte bei Nachbarn, den Grabowskis. Frau Grabowski öffnete. Ginger fragte nach Andi Neumann.

Die Frau lachte hoch und heiser.

»Wo der steckt, wollen alle wissen. Die Polizei sucht ihn. Er soll seine Frau umgebracht haben. Wissen Sie das denn nicht? Wenn Sie mich fragen: Der war's. Ich hab das kommen sehen. Der war schon immer komisch. Kein Wunder, wenn man immer nur auf dem Schiff sitzt und den Rhein rauf- und runterfährt. Da muss man doch komisch werden. Ist doch so, oder?«

In diesem Moment erinnerte sich Ginger wieder an Andi Neumann.

***

Die beiden Polizisten fuhren von Hattenheim nach Kiedrich, wo sich Mayfeld mit seiner Frau im Gutsausschank ihrer Eltern verabredet hatte. Nina würde die beiden dort treffen und Heike mit zurück nach Wiesbaden nehmen.

Die junge Kollegin saß an einem der Außentische des Gutsausschanks und wartete schon.

»Du solltest nicht mehr im Dienst sein«, ermahnte Mayfeld sie.

»Nach was sieht das denn aus?« Nina wies auf das Weinglas vor sich hin. »Gleich kommt noch eine Wisperforelle vorbeigeschwommen. Ich dachte, du kannst nachher fahren, Heike.«

»Entschuldigt mich einen Moment!« Mayfeld ging nach drinnen in den Schankraum, begrüßte die Besatzung des Stammtisches, der bereits seit Öffnung des Gutsausschanks zu tagen schien, versprach, später vorbeizuschauen, und ging in die Küche. Julia war gerade dabei, Forellen mit Kräutern und Zitronenzesten zu füllen und mit Zitronenscheiben zu belegen. Mayfelds Schwiegermutter saß am Küchentisch und schnitt Fenchel klein. Mayfeld winkte ihr zu.

»Kommst du voran?«, fragte Julia und gab ihm einen Kuss.

»Geht so. Nicht wirklich.«

»Es haben jede Menge Leute angerufen, um einen Tisch zu reservieren. Heute tanzt hier der Bär. Es wird bestimmt spät. Kannst du helfen?«

»Ich befürchte, ich habe noch zu tun. Heike und Nina sitzen draußen, wir müssen noch ein paar Dinge besprechen.«

Julia zuckte mit den Schultern. »Passt schon. Ich habe Lisa angerufen. Sie will nach dem Seminar herkommen und mit anpacken. Sie müsste gleich da sein. Dann jag mal deine Verbrecher, viel Zeit hast du ja nicht mehr.« Sie gab ihm noch einen Kuss, so konnte er ihre scherzhafte Bemerkung nicht in den falschen Hals bekommen.

»Nina sitzt an Tisch dreizehn und hat eine Forelle bestellt. Ist die schon fertig?«

Julia öffnete den Backofen und zog ein Blech mit Forellen, die auf einem Kartoffel-Fenchel-Bett lagen, heraus und richtete einen Teller an.

»Eine gute Wahl von Nina. Nimm die beiden anderen Fische für dich und Heike. Mach auf die Teller noch einen Klacks von der grünen Minzsoße. Ist ein neues Rezept von mir, das Gemüse ist mit Olivenöl und orientalischen Gewürzen aromatisiert. Dein Rothenberg passt bestimmt toll dazu, der hat genug Wumm für meine Aromabombe.«

Mayfeld richtete die Teller an und stellte sie zusammen mit Gläsern und einer Flasche Wein auf ein großes Tablett, das er aus der Küche balancierte.

»Jetzt hilfst du ja doch«, rief ihm Julia hinterher.

»Geht aufs Haus«, sagte er, als er das Tablett abstellte.

»So ist es recht«, zwitscherte Nina, Heike applaudierte.

»Wir essen erst mal«, schlug Mayfeld vor. »Und dann kannst du erzählen, was du herausgefunden hast, Nina.«

Der Fisch war saftig und zart, das Gemüse die versprochene Aromaexplosion, die Kolleginnen voll des Lobes für Julia.

»Krieg ich noch ein Glas?«, fragte Nina nach dem Essen und holte ein Tablet aus ihrer Umhängetasche. »Es ist zwar nicht erlaubt, während der Arbeit Alkohol zu trinken, aber so ein göttlicher Wein kann damit nicht gemeint sein.« Und zu Heike gewandt sagte sie: »Ich bin außerdem schon im Frei. Man darf doch auch in seiner Freizeit für den Staat arbeiten?«

Heike winkte lachend ab.

Nina wischte auf dem Tablet herum und öffnete ein Programm. »Ich habe die Bewegungsprofile von Yvonne und Andi Neumann. Ich schlage vor, ich erzähle euch, was wir über die Bewegungen der beiden ab Mittwoch wissen.«

»Schieß los!«

»Am Mittwoch hat sich Yvonne in Schierstein und auf dem Eichberg aufgehalten, Andi war in Frankfurt-Höchst am Containerhafen. Am Donnerstag war Yvonne wieder in Schierstein und auf dem Eichberg, Andi in Ginsheim-Gustavsburg, hinter der Mainschleuse, dann in Rüdesheim und später in Schierstein. Zuvor hat er mit Yvonne telefoniert. Die genauen Zeiten hab ich hier im Tablet und maile sie euch zu. Interessant wird es am Freitag, deswegen schildere ich das etwas detaillierter, Daten bekommt ihr auch zugeschickt. Da war Yvonne bis dreizehn Uhr zwanzig bei sich zu Hause, ist dann nach Eltville-Hattenheim gefahren, wo sie sich bis vierzehn Uhr aufhielt. Die Daten der Funkzellen würden zum Haus von Melanie Roth passen. Danach ist sie nach Rüdesheim gefahren und war dort im Bereich der Altstadt. Von dort ging es um kurz nach fünfzehn Uhr dreißig nach Winkel, wo sie im dortigen Supermarkt eingekauft hat. Wir haben in der Küche in Schierstein einen entsprechenden Kassenbon gefunden. Gegen siebzehn Uhr war sie wieder in Hattenheim, um achtzehn Uhr für eine Stunde in Walluf und um neunzehn Uhr zurück in ihrem Haus in Schierstein. Dort blieb das Handy eingeloggt, bis es um zwei Uhr nachts ausgeschaltet wurde.«

Nina machte eine Pause und trank einen Schluck.

»In Walluf gibt es ein Sushi-Restaurant«, fiel Mayfeld ein. »Sushi war Yvonnes letzte Mahlzeit.«

»Und jetzt zu Andi. Am Freitagmorgen um acht Uhr ist er in Schierstein, um neun Uhr an der Schleuse in Ginsheim-Gustavsburg, um zehn Uhr in Wiesbaden in der Nähe des Dern'schen Geländes, hält sich dort zwei Stunden auf, um gegen zwölf Uhr wieder zurück nach Ginsheim-Gustavsburg zu fahren. Danach bewegt sich das Handy entlang des Rheins und ist um vierzehn Uhr in der Nähe von Bingen, bleibt dort eine Weile, bevor es in Richtung Lorch weitergeht, wo sich das Telefon um sechzehn Uhr einloggt. Anschließend geht es auf dem Landweg zurück nach Rüdesheim und von dort nach Wiesbaden. Später, gegen einundzwanzig Uhr, loggt es sich wieder in Rüdesheim ein, in derselben Funkzelle, wo es auch schon am Donnerstag war und wo Yvonne am Freitag war, und ab dreiundzwanzig Uhr dreißig ist es in Schierstein. Dort bleibt es eine Weile und wird gegen zwei Uhr abgeschaltet.«

»Es könnte also sein«, sagte Mayfeld, »dass die beiden in der Nacht von Donnerstag auf Freitag zusammen waren und am Freitag in der Nacht. Dazwischen sind beide in Rüdesheim gewesen, möglicherweise am selben Ort, aber zu unterschiedlichen Zeiten. Andi war dort am Donnerstagnachmittag und am Freitagabend, Yvonne am Freitagnachmittag.«

»Streng genommen können wir das nur für die Handys und nicht für ihre Besitzer sagen«, präzisierte Heike. »Wir können noch nicht einmal ausschließen, dass jemand die Handys nur deshalb durch die Gegend getragen hat, um falsche Spuren zu legen. Was zum Teufel hat Andi Neumann am Freitag getrieben? Zunächst war er bei seiner Familie in Schierstein, das passt noch, dann fährt er zur Schleuse nach Gustavsburg, wo vermutlich sein Kahn liegt. Aber statt sich auf den Weg zu machen, geht es erst in die Wiesbadener Innenstadt, wo er zwei Stunden bleibt. Was wollte er dort? Proviant bunkern? Danach fährt er zurück zu seinem Schiff, setzt es am Binger Loch auf Grund, um die Fahrt nach Lorch fortzusetzen? Womit? Mit dem Beiboot? Und dann fährt er nach Wiesbaden und später zurück nach Rüdesheim, um schließlich in der Nacht in Schierstein zu landen, wo er seine Frau umbringt und anschließend vom Erdboden verschluckt wird?«

»Was wir mit einer gewissen Sicherheit ausschließen können, ist, dass es sich genau so zugetragen hat«, feixte Nina.

»Was wir sicher wissen, ist lediglich, dass Andi Neumanns Handy bei Bingen nicht in den Rhein gefallen ist«, stellte Mayfeld fest. »Unabhängig davon, was mit ihm passiert ist oder was er unternommen hat. Jemand hat sich nach der Havarie der ›Loreley‹ vom Schiff abgesetzt, und zwar mit dem Beiboot. Entweder Neumann oder sein Matrose oder beide. Wir müssen alle Orte überprüfen, wo die Handys eingeloggt waren, und möglichst verifizieren, ob ihre Besitzer dort gesichtet wurden. Das gilt für Neumann genauso wie für seine Frau. Du hast ganz schön für Beschäftigung gesorgt, Nina.«

»Immer wieder gerne.«

Im Gutsausschank waren mittlerweile alle Plätze besetzt. Nachdem er seine Kolleginnen verabschiedet hatte, kam Mayfeld nicht umhin, beim Stammtisch vorbeizuschauen, wo die Freunde vom Straußwirtschaftlichen Quartett saßen, Zora, Trude, Gucki, Batschkapp. Mittlerweile konnte man von einem Quintett sprechen, denn Mayfelds Vater Herbert gesellte sich immer öfter zu ihnen.

Es war eine heftige Diskussion zugange, die in einem wilden Ritt den Klimawandel, den politischen Rechtsruck, die Trockenheit, die Zukunft des Rheingauer Weinbaus und lokalen Tratsch miteinander verband.

»Den Klimawandel bestreitet mittlerweile kein vernünftiger Mensch mehr«, stellte Batschkapp gerade fest.

»Es gibt leider genug Unvernünftige«, frotzelte Zora.

»Aber Niedrigwasser gab es auch schon früher«, fuhr Batschkapp fort. »Man soll nicht so hysterisch sein und bei jedem Wetterphänomen gleich den Weltuntergang herbeireden.«

»Den brauchst du gar nicht herbeizureden, der kommt ganz von allein«, entgegnete Zora. »Wir müssen einfach nur so weitermachen wie bisher. Außerdem geht es nicht um den Weltuntergang. Die Welt geht bestimmt nicht unter, bloß weil es hier fünf Grad wärmer wird. Die Menschen gehen unter, erst an den Küsten, dann überall. Das ist kein Weltuntergang. Die Welt bekommt Fieber und wird den Parasitenbefall namens Homo sapiens los.«

»Rede doch nicht so schlecht gelaunt daher«, beschwerte sich Trude. »Es gibt auch noch schöne Dinge auf der Welt, Klimawandel hin, Weltuntergang her. Also dieses Rindersteak hier, das ist so saftig und zart und dermaßen auf den Punkt gebraten …«

»… dafür kann man die Welt schon mal untergehen lassen«, witzelte Gucki.

»Julia kauft nur Fleisch von Bauernhöfen, wo die Rinder ganzjährig auf der Weide stehen«, warf Herbert ein. »Das hat nicht nur für die Rindviecher Vorteile, sondern auch für das Klima, weil die Weiden, auf denen die Rinder stehen, CO_2-Senken darstellen, die es ohne die Weidehaltung gar nicht gäbe.«

»Das ist mir zu kompliziert«, beschwerte sich Batschkapp.

»Ach, das Steak ist gar nicht aus Argentinien? Ich hab doch bloß gemeint, dass es mir schmeckt«, jammerte Trude. »Sind denn wenigstens die Bratkartoffeln ökologisch korrekt?«

»Das schon«, meinte Gucki mit einem gehässigen Unterton. »Aber der glykämische Index von denen …«

»Du könntest auch mal den Mund halten«, fuhr ihn seine Frau, die rote Zora, an. »Lass ihr doch die Freude!«

»… muss dich nicht weiter beunruhigen«, beendete Gucki lächelnd seinen Satz.

»Jede einzelne Wetterabnormität kann natürlich Zufall sein«, stellte Zora fest. »Es ist deren Häufung, die mit dem Klimawandel zusammenhängt. Es ist also nicht die Trockenheit von diesem Jahr beunruhigend, sondern die Tatsache, dass sieben der letzten zehn Sommer viel zu heiß und zu trocken waren.«

»Und was hat das mit meinem Steak zu tun?«, fragte Trude.

Zora verdrehte die Augen, Gucki lächelte maliziös, und Batschkapp rief nach der Bedienung und bestellte noch einen Schoppen. »Ist doch egal«, meinte er. »Wir kleine Leute können doch eh nichts machen.«

Niemand antwortete ihm. Diese Äußerung war selbst für das Straußwirtschaftliche Quartett zu platt.

Batschkapp bemerkte das und suchte nach einem neuen Thema. »Jetzt ist ja die ›Loreley‹ am Binger Loch gestrandet«, meinte er. »Eigentlich lässt diese Dame ja andere auf Grund laufen, sie läuft nicht selbst auf Grund.« Er war der Einzige, der über den Witz lachen musste. »Der Kapitän des Schiffs soll abgehauen sein, stimmt das, Robert? Und seine Frau ist tot? Robert?«

Mayfeld hob entschuldigend die Hände. »Du weißt doch, dass ich zu laufenden Ermittlungen nichts sage.«

»Meistens sagst du nichts, jedenfalls nicht gleich und später auch nicht alles«, verbesserte ihn Gucki.

»Der soll einen an der Waffel haben«, stellte Trude fest. »Auf jeden Fall war er schon mal in der Psychiatrie, hab ich gehört.«

»Das war ich auch schon«, meinte Herbert.

»Bei dir ist das doch was ganz anderes«, behauptete Batschkapp.

Mayfeld hatte den dringenden Wunsch, zu verschwinden. Aber daraus wurde vorerst nichts.

»Schau mal, wer da kommt!«, rief Zora entzückt aus.

Lisa brachte Getränke. Sie begrüßte ihren Vater und den Großvater mit einem flüchtigen Kuss, Batschkapp, der seine Wange ebenfalls hinhielt, ging leer aus.

Sie beantwortete mit großer Geduld Fragen zum Fortgang des Studiums, ja, es ging voran, zum Beziehungsstatus, nein, sie war solo, nicht schwanger, aber glücklich, und zur allgemeinen Lage, die war hoffnungslos, aber nicht ernst.

»Hast du schon was wegen des Unkrautvernichtungsmittels in Erfahrung bringen können?«, sagte sie zu ihrem Vater, als sie den Stammtisch verließ.

Lisa hielt nicht viel von der Rheingauer Gerüchteküche, aber sie wusste, wie man sie befeuerte.

»Was hat sie denn damit gemeint?«, fragte Batschkapp. »Gibt es etwas, das ich wissen sollte?«

»Ganz viel«, lästerte Zora.

»Was interessiert mich denn Unkrautvernichtungsmittel?«, meinte Trude. »Ich muss es ja nicht trinken.«

»Vielleicht ja doch«, entgegnete Herbert. »Wie heißt der Dreck, den sie hier über die Weinberge versprühen? Tracker oder Profiler oder Detective?«

»Detective«, antwortete Mayfeld.

»Und was hat es damit auf sich?«, wollte Batschkapp wissen.

Gucki hatte schon etwas davon gehört. »Das Zeug soll einen Fehlton des Weines verursachen, auch bei bestimmungsgemäßer Verwendung.«

»Was ja nur bedeuten kann, dass das Gift im Wein drinnen ist«, überlegte Zora. »Du trinkst es also doch, Trude.«

»Ein Winzer aus Hallgarten hat den gesamten Jahrgang zurückziehen müssen«, berichtete Herbert. »Der ist jetzt so gut wie pleite. Wenn es große Betriebe betrifft, soll der Hersteller Entschädigungen zahlen …«

»Schweigegeld«, kommentierte Zora.

»… die Kleinen lässt man zugrunde gehen.«

Eine heftige Diskussion begann. Wer war der Winzer, der das Problem mit Detective hatte? War er selbst schuld? War er zu großzügig oder unvorsichtig mit dem Herbizid gewesen? Sollte man Unkrautvernichter verbieten? Waren Bioweine besser? War alles nur halb so wild?

Mayfelds Handy klingelte. Es war Ginger. Sie wollte ihn unbedingt sprechen und erklärte mit wenigen Worten, warum.

»Ich bin in zwanzig Minuten bei dir.«

Aus den zwanzig Minuten wurden vierzig, weil Mayfeld ewig lange einen Parkplatz für seinen Volvo suchte. Er verstand jetzt besser, warum Ginger mit einem Motorrad unterwegs war. Schließlich war er doch im Hinterhof der Westendstraße angekommen.

Seit sie vor einigen Jahren in einem spektakulären Entführungsfall zusammengearbeitet hatten, zuerst mehr schlecht als recht, dann zunehmend erfolgreich, hatten sie Kontakt gehalten. Sie waren Freunde geworden, und diese Freundschaft bezog Jo und Yasemin auf der einen und Julia auf der anderen Seite mit ein.

Die drei hatten gerade ihr Abendbrot unter der alten Kastanie beendet und waren aufgestanden.

»Schön, dich mal wiederzusehen!« Ginger ging auf Mayfeld zu. Er sah die Frau mit der schwarzen Lockenmähne, den Motorradklamotten und den frechen T-Shirts immer wieder gern. »Lächle, du kannst sie nicht alle töten« war an diesem Tag die Botschaft. Sie umarmte ihn. Jo winkte lässig, und Yasemin warf dem Kommissar eine Kusshand zu.

»Wollt ihr gehen?«

Jo hatte einen beruflichen Termin und Yasemin eine Verabredung mit ihrer Schwägerin. Mayfeld bat Jo, noch einen Augenblick zu bleiben. Er berichtete vom Freund seines Schwiegervaters und dessen Problemen mit Detective. Sie setzten sich an den Tisch unter dem Kastanienbaum.

Von Problemen mit einem Fehlton hatte Jo schon gehört. »Für die Betroffenen ist das bitter. Das Wetter wird immer extremer, die Probleme im Weinberg nehmen zu. Der Markt verlangt immer perfektere Weine, und die Agroindustrie verspricht die Lösung aller Probleme. Wenn dann was schiefläuft, wird es als individuelles Versagen hingestellt, außer bei den ganz Großen auf dem Markt, die lassen sich das nicht gefallen, aber die Kleinen befürchten einen irreparablen Imageschaden und halten deswegen die Klappe. Ich werde mich umhören, ob ich noch mehr erfahren kann, aber darauf läuft es wohl hinaus.«

»Was ist mit gesundheitlichen Schäden für Winzer und Verbraucher?«, wollte Mayfeld wissen.

»Das ist eine gute Frage, aber ich habe keine Antwort. Es gibt dazu hierzulande keine Untersuchungen, die in diese Richtung weisen. Im Allgemeinen werden Spritzmittel hier zurückhaltender als anderswo eingesetzt, so heißt es zumindest. Ich denke, auch hier gilt: Vertrauen ist gut, Kontrolle wäre besser.

Im Bordeaux beispielsweise findet zu dieser Frage gerade ein regelrechter Informations- und Glaubenskrieg statt. Panikmache und Nestbeschmutzung nennen es die einen, Vertuschung und Profitmacherei die anderen.«

»Es muss doch eine Wahrheit geben«, sagte Mayfeld.

»Bestimmt«, versetzte Jo. »Aber die kennt keiner. So hat jeder eine andere. Ciao!«

Jo und Yasemin verließen den Hof.

»Hoffentlich kommen wir beide besser voran«, sagte Mayfeld zu Ginger. »Worum geht es?«

Ginger strich sich eine Strähne ihrer Haarmähne aus dem Gesicht. Sie berichtete von ihrem Fall, von der verschwundenen Sarah Hope und davon, was sie bislang herausgefunden hatte. Sie erwähnte die Familienfeier und das Treffen der Freunde der Germania, schilderte die Familienverhältnisse, berichtete über den geplanten Verkauf des Jagdschlosses Niederwald, die Ungereimtheiten in der ehemaligen Erbengemeinschaft und über Franzi, die wissen könnte, wo sich Sarah aufhielt, und die sich verfolgt fühlte.

»Heute Nachmittag habe ich erfahren, dass Sarah viele Jahre eine Beziehung zu Andi Neumann hatte, einem entfernten Verwandten. Als ich ihn besuchen wollte, habe ich gehört, dass ihr ihn sucht, dass er der Kapitän des Schiffes ist, das am Freitag, als Sarah verschwand, havariert ist, und dass seine Frau am selben Tag ermordet wurde. Das kann nicht alles Zufall sein.«

Das hielt auch Mayfeld für extrem unwahrscheinlich. Durch die Informationen von Ginger weiteten sich die Ermittlungen erheblich aus. Er erinnerte sich an die frühere Zusammenarbeit und entschied, dieses Mal weniger zögerlich zu sein und sich nicht allzu sehr von Dienstvorschriften behindern zu lassen.

»Am besten stimmen wir unser Vorgehen eng miteinander ab und informieren uns gegenseitig über alles, was wir erfahren.«

»Einverstanden. Ich hatte gehofft, dass du das vorschlägst.«

Mayfeld berichtete nun seinerseits über die Ergebnisse seiner Recherchen, über die Havarie am Binger Loch, über Sascha

Metz, die Gewalttätigkeit von Andi Neumann, den Streit um die Lebensversicherung.

»Im Haus der Neumanns sind alle Kommunikationsmittel verschwunden, also PC, Handy, Tablet. Außerdem finden sich dort keinerlei Dokumente. Und wir haben ein interessantes Bewegungsprofil der beiden aus ihren Handydaten rekonstruieren können. Yvonne Neumann war am Tag ihres Todes in Rüdesheim.«

»Das passt zu der Aussage einer Mitarbeiterin des Hotels, dass es zwischen Sarah Hope und einer in etwa gleichaltrigen Frau am Nachmittag zu einem Streit gekommen sein soll. Sie war groß und hatte rote Haare.«

Wenn sich bestätigen sollte, dass sich Yvonne Neumann und Sarah Hope getroffen und miteinander gestritten hatten, dann gab es eine neue Verdächtige. Eine Verdächtige, deren Motive aber noch völlig im Dunkeln lagen und die verschwunden war.

»Wir werden nach ihr suchen«, meinte Mayfeld. »Wir müssen wissen, worüber sie sich mit Yvonne Neumann gestritten hat. Jetzt zu Andi Neumanns Bewegungsprofil: Er war mehrfach in Schierstein und in der Wiesbadener Innenstadt, während sein Schiff in Gustavsburg lag, zumindest sein Handy hat die Havarie am Binger Loch überlebt und ist weitergereist, nach Wiesbaden, nach Rüdesheim und dann nach Schierstein, wo beide Handys nach dem Tod von Yvonne abgeschaltet wurden.«

»Eine zusammenhängende Geschichte ergibt sich aus all den Informationen nicht«, meinte Ginger.

»Du solltest Sarah Hope schnellstens finden. Das würde uns beiden nützen.«

»Ihr Notebook ist übrigens nicht verschwunden. Es liegt in ihrer Wohnung in Rüdesheim. Ich habe eine Kopie der Festplatte. Willst du die haben?«

Auf die unkonventionellen Methoden von Ginger war Verlass. »Falls ich darauf etwas Verwertbares finde, kann ich es nicht benutzen, wenn ich auf illegale Art und Weise an die Festplatte gekommen bin. Ich kümmere mich um einen richterlichen Beschluss, vielleicht bekomme ich den. Vorher sollte die Festplatte bei uns nicht aktenkundig werden. Du hast sie doch bestimmt schon durchforstet?«

Ginger verstand den Hinweis. »Noch nicht so gründlich, wie ich könnte. Aber auf Datenschutz sollte ich wohl keine Rücksicht mehr nehmen. Ich werde Yasemin darum bitten, sich gleich morgen früh darum zu kümmern. Da gibt es übrigens noch eine Merkwürdigkeit: An den Fall bin ich nur deshalb gekommen, weil Sarah Hope mich anrufen wollte, ihre Cousine hat eine entsprechende handschriftliche Notiz von ihr gefunden und deswegen Kontakt mit mir aufgenommen. Sie hat mich dann doch nicht angerufen. Aber sie hat Informationen über mich gesammelt. Und über das Jahr 2004.«

Gingers Gesicht bekam etwas bedrückt Angstvolles.

»Was war 2004?«

»Das habe ich dir doch erzählt«, antwortete sie heftig, beruhigte sich jedoch gleich wieder. »Okay, das ist schon eine Weile her. 2004 ist meine Mutter verschwunden. Und jetzt kommt das eigentlich Verrückte: Als ich den Namen Andi Neumann hörte, dachte ich gleich, den kennst du doch. Als ich dann von der Havarie der ›Loreley‹ erfahren habe, ist mir wieder eingefallen, woher. Ich habe vor einem halben Jahr noch einmal einen Versuch gestartet, das Schicksal meiner Mutter aufzuklären. Anlass war eine Notiz von ihr, die ich gefunden hatte, auf der standen die Worte ›Rheingold‹ und ›Loreley‹. Ich habe alle Kneipen und Hotels mit diesen Namen abgeklappert, nirgendwo konnte man sich an meine Mutter erinnern. Schiffe mit diesen Namen gibt es auch. Eines gehört Andi Neumann, es gehörte ihm schon 2004. Anfang des Jahres habe ich ihn nach meiner Mutter gefragt. Er hat gesagt, er kenne sie nicht. Und ein paar Wochen später recherchiert seine frühere Freundin nach mir und nach Nachrichten aus dem Jahr, in dem meine Mutter verschwand, und will mit mir telefonieren.«

Das war in der Tat eine verrückte Geschichte. Sie diskutierten noch eine Weile, entwickelten Theorien über Zusammenhänge, verwarfen sie wieder, aber die Geschichte wurde dadurch nicht weniger verrückt. Sie kamen zu keinem vernünftigen Schluss.

»Grüß Julia von mir«, sagte Ginger zum Abschied.

***

Sarah sah jetzt klarer, ihre Gedanken ordneten sich allmählich, Erinnerungen kamen zurück. Einige hatte sie lange unterdrückt. Es war ungeheuerlich, was Andi mit ihr gemacht hatte. Er hatte sie jahrelang getäuscht, ihr etwas vorgespielt, sie fast in den Wahnsinn getrieben. Und sie hatte ihm geglaubt. Dann wollte er alles wiedergutmachen, hatte um Vergebung gewinselt. Aber sie würde ihm nie verzeihen können.

Sie hatte Rache gewollt. Hatte sie sie bekommen?

Jetzt waren sie hinter ihr her.

Sie hatte nicht mehr viel Zeit, das wusste sie. Morgen oder übermorgen musste sie hier verschwinden.

Bis dahin sollte sie versuchen, Kraft zu schöpfen, um aus dem Sumpf, in den sie sich gestürzt hatte, wieder herauszukommen. Vielleicht würde ja doch noch alles gut. Sie spürte, wie die alte Sarah wiederauftauchte. Sie aß brav ihr Gläschen auf. Schweinethunfisch.

II.

Das Gift der Loreley

Ich glaube, die Wellen verschlingen
am Ende Schiffer und Kahn;
und das hat mit ihrem Singen
die Lore-Ley getan.

Heinrich Heine, »Lied von der Lore-Ley«

FÜNF

»Sie befinden sich jetzt auf der Rheininsel Falkenau, und die Burg, die vor Ihnen steht, ist die Burg Pfalzgrafenstein. Im 13. Jahrhundert haben die Wittelsbacher Kaub und die dazugehörigen Zollrechte gekauft. Anfang des 14. Jahrhunderts wurde Ludwig der Bayer in Frankfurt zum deutschen König gewählt, einen Tag nachdem der Habsburger Friedrich der Schöne in Sachsenhausen von einer anderen Versammlung zum deutschen König gewählt wurde. Der Habsburger wurde vom Erzbischof von Köln, der Wittelsbacher vom Erzbischof von Mainz gekrönt. Es folgte ein jahrelanger Streit zwischen den beiden, den der Bayer militärisch für sich entschied. Er nahm seinen Vetter – Wittelsbacher und Habsburger waren eng miteinander verwandt – gefangen, versöhnte sich später mit ihm und verheiratete seinen Sohn mit dessen Tochter.«

Margit Dohm musterte die Touristengruppe, mit der sie von Kaub aus mit der ersten Fähre auf die Insel übergesetzt hatte. Eine Gruppe Japaner, ein rotgesichtiges Paar aus England und eine Jugendgruppe aus Hannover, zwischen zwölf und sechzehn Jahre alt. Sie war sich nicht sicher, ob ihre geschichtlichen Ausführungen auf Interesse stießen.

»Warum erzähle ich Ihnen das alles?«

»Ja, warum?«, maulte einer der Jugendlichen.

»Weil es erklärt, wie es zum Bau dieser Burg kam«, antwortete die Gästeführerin auf die selbst gestellte Frage. »Denn mit der Versöhnung der beiden Kontrahenten war der Konflikt noch lange nicht beigelegt. Die beiden hatten ihre Rechnung nämlich ohne den Papst gemacht. Dem passte es ganz und gar nicht, dass ein deutscher König ohne sein Zutun gewählt worden war. Unter anderem weil die Wittelsbacher die Einkünfte aus den Zollrechten nicht an die Kirche abführten, sondern für sich behielten, wurde Ludwig exkommuniziert.«

»Heute sind sie froh über jeden, der bleibt«, ätzte ein Mädchen aus der Jugendgruppe.

»Und um diese Zollrechte zu verteidigen, wurde die Burg auf der Insel gebaut. Damals fuhren die Schiffe anders als heute auf der Kauber Seite der Insel vorbei. Der Schiffsverkehr konnte also von der Burg Pfalzgrafenstein zusammen mit der Burg Gutenfels, die Sie dort oben sehen können« – die Gästeführerin deutete auf eine Burgruine hoch über Kaub – »kontrolliert werden. Wenn Sie nun einmal um die Burg herumgehen, werden Sie bemerken, dass die Schießscharten für die Kanonen vor allem auf der Kauber Seite liegen. Jetzt wissen Sie, warum das so ist. Wir treffen uns in zehn Minuten vor dem Eingang der Burg, um mit der Besichtigung der Innenräume fortzufahren. Dann erzähle ich Ihnen auch etwas über Feldmarschall Blücher, der hier mit sechzigtausend Soldaten übersetzte, um die in die Defensive geratene Armee Napoleons zu verfolgen.«

Die Gruppe zerstreute sich, die älteren Jugendlichen schlenderten betont langsam und gelangweilt, die jüngeren rannten los, als ob Feldmarschall Blücher leibhaftig hinter ihnen her wäre.

Nach wenigen Minuten hörte die Fremdenführerin einen gellenden Schrei. Zwei Jungs, die fast bis an die flussaufwärts gelegene Spitze der Insel gerannt waren, kamen jetzt in doppelter Geschwindigkeit zurück.

»Da liegt einer!«, rief der eine.

»Der ist tot!«, rief der andere.

SECHS

Der Tag war noch jung und die Temperaturen noch erträglich. Für den Abend waren Gewitter angekündigt. Mayfeld saß mit Julia auf dem Balkon der Villa am Rhein.

»Schöne Grüße von Ginger!«, sagte Mayfeld und häufte sich Spundekäs auf ein Vollkornbrötchen.

»Du sagtest gestern, sie hätte ein Problem?«

Julia klang besorgt. Sie konnte Ginger gut leiden, das war von Anfang an so gewesen, auch zu Zeiten, als Ginger noch ziemlich verrückt unterwegs gewesen war und viele Leute vor den Kopf stieß. Mayfeld meinte sich zu erinnern, dass Julia ihr dringend zur Fortsetzung und später zur Wiederaufnahme der Therapie bei ihrem Analytiker geraten hatte.

»Es scheint so, dass unsere beiden aktuellen Fälle zusammenhängen. Sie sucht eine Frau, die am letzten Freitag verschwunden ist. Die Frau hatte vor Jahren eine Beziehung mit dem Kapitän des Schiffes, das am Freitag am Binger Loch havariert ist. Und die Frau dieses Kapitäns wurde Freitagnacht ermordet. Zuvor hatte das Mordopfer vermutlich einen Streit mit der kurz darauf Verschwundenen.«

»Also kein Problem, sondern ein gemeinsamer Fall.«

»Ich weiß nicht, Ginger wirkte ziemlich angegriffen. Sie ist dem Kapitän vor einem halben Jahr schon mal begegnet, als sie versuchte, das Schicksal ihrer Mutter aufzuklären. Vielleicht erinnerst du dich: die Frau, die plötzlich verschwunden war und später geschrieben hat, sie würde nicht wiederkommen.«

»Na klar erinnere ich mich. ›So sind die Zigeuner halt‹, soll dein toller Kollege gesagt haben.« Julias Augen blitzten vor Zorn.

»Und diese alte Geschichte kam jetzt wieder hoch, als sie auf Neumanns Namen im Zug ihrer Recherchen gestoßen ist.«

»Aha.« Julia leerte ihre Cappuccinotasse. Sie klang nicht

überzeugt. »So was kann bei traumatischen Geschehnissen natürlich passieren. Aber ich hätte Ginger für stabiler gehalten. Ist das wirklich alles?«

»Der Fall ist doch kompliziert genug.«

»Das meine ich nicht. Ist das alles, was Ginger belasten könnte?«

Mayfeld überlegte einen Moment. Er hatte tatsächlich einiges ausgelassen. »Es kam noch hinzu, dass die verschwundene Frau sie anrufen wollte. Dass sie über Ginger im Internet recherchiert hat, nachdem die ihren Exfreund nach ihrer Mutter gefragt hatte. Und dass sie sich für Ereignisse des Jahres 2004 interessiert hat.«

»Das Jahr, in dem Gingers Mutter verschwunden ist.«

»Das hast du jetzt geraten?«

»Sie hat das damals erzählt. Erinnerst du dich nicht mehr? Ich verstehe jetzt besser, warum sie so mitgenommen auf dich wirkt. Da gibt es ein paar Zufälle zu viel in dieser Geschichte. Es fühlt sich so an, als ob sie mit ihren Recherchen in ein Wespennest gestochen hätte.«

Mayfeld wollte wissen, wie Julia das meinte. Aber sie konnte es nicht näher begründen. Es sei lediglich so ein Gefühl.

»Hast du damals die alte Akte von Rebecca Havemann angefordert?«

»Wann, damals?«

»Na, als sie uns ihre Geschichte erzählt hat.«

»Nein, warum sollte ich?«

»Sie ist doch unsere Freundin.«

»Was hat das damit zu tun?«

»Ist jetzt auch egal. Aber du hast schon vor, dir die Akte jetzt kommen zu lassen?«

»Eigentlich bin ich mit dem aktuellen Fall ausgelastet.«

»Ich mach mir noch einen Cappuccino. Willst du auch noch einen?«

Mayfeld nickte, Julia stand auf und verließ den Balkon.

Überleg dir das noch einmal, wollte sie ihm damit sagen. Ich lass dir ein bisschen Zeit. Natürlich waren das reichlich viele Zufälle, und Mayfeld konnte Zufälle in seinen Fällen nicht leiden, auch wenn sie das tägliche Brot von Ermittlern waren. In Ermittlungen gab es immer wieder unwahrscheinliche Zufälle, die alles entschieden, und zwingend logische Zusammenhänge, die ins Nirgendwo führten. Es blieb nichts anderes übrig, als sich auf die eigene Intuition zu verlassen.

Julia kam zurück. »Erst liege ich dir jahrelang in den Ohren, dass du dir einen ruhigeren Job suchen sollst, und dann erkläre ich dir, wie du diesen Job richtig machen sollst und was du noch alles tun könntest«, sagte sie in scherzhaftem Ton. »Nur weil ich so ein Gefühl habe.«

Mayfeld trank den Cappuccino. Er hatte verstanden. Seine Intuition sagte ihm, dass er das Gefühl seiner Frau ernst nehmen sollte.

Zur Morgenbesprechung kamen dieselben Personen zusammen wie am Vortag, Mayfeld, Winkler, Blum, Adler und Lackauf. Der Staatsanwalt war eifrig bei der Sache, aber Mayfeld hielt das nicht für eine Erleichterung seiner Arbeit.

»Was haben die Bewegungsprofile der Eheleute Neumann ergeben?«, fragte Lackauf.

Nina berichtete, was sie bereits am Abend zuvor erzählt hatte.

»Und die Verbindungsdaten?«

»Yvonne Neumann hat mit ihren Eltern telefoniert, mit einer Freundin und mit der Station auf dem Eichberg, wo sie gearbeitet hat. Mir ist nichts aufgefallen. Bei Andi Neumann ist das Auffälligste, dass er in den letzten Wochen so wenig telefoniert hat. Einmal mit der Reederei Urbach, dann mit einem Rüdesheimer Notar und einem Bauunternehmer.«

»Bringt uns das weiter?«, hakte Lackauf nach. Da er die Handyüberwachung nicht selbst angeordnet hatte, konnte er kaum einräumen, dass sie sinnvoll gewesen sein könnte.

»Wir wissen, dass Andi Neumann seine Frau am Tag vor

ihrem Tod in Schierstein besucht hat«, fasste Mayfeld zusammen. »Nachbarn zufolge soll es zu einem lauten Streit gekommen sein. Am Freitagvormittag war er in der Wiesbadener Innenstadt, bevor er zurück zu seinem Schiff nach Gustavsburg gefahren ist. Wir müssen versuchen herauszufinden, was er in Wiesbaden gemacht hat. Als Nächstes müssen wir das Personal der Mainschleuse in Gustavsburg befragen, ob sie etwas über den Matrosen sagen können, der Neumann begleitet hat.«

»Was zur Havarie der ›Loreley‹ geführt hat, wissen wir nicht«, sagte Heike Winkler.

»Ich dachte, es war das Niedrigwasser«, warf Lackauf ein.

»Neumann war ein erfahrener Rheinschiffer«, widersprach Mayfeld. »Der ist schon zigmal bei Niedrigwasser durch das Binger Loch gefahren.«

»Erfahrung kann übermütig machen«, meinte Lackauf.

Winkler ergriff wieder das Wort. »Zumindest einer der beiden, Neumann oder der Matrose, oder beide haben nach der Havarie das Schiff mit dem Handy verlassen, waren in Lorch, Rüdesheim, Wiesbaden und Schierstein.«

»In Rüdesheim könnte Neumann mit Sarah Hope zusammengetroffen sein«, fuhr Mayfeld fort.

»Wer ist denn das?«, wollte Lackauf wissen.

»Eine entfernte Verwandte von Neumann. Wir haben Informationen, dass sie über einen längeren Zeitraum eine Beziehung mit Neumann hatte. Möglicherweise kannte sie auch Yvonne Neumann. Sie ist verschwunden. Wir sollten nach ihr suchen.«

»Ist das nicht etwas vorschnell?«

»Sie ist ohne offensichtlichen Grund verschwunden, da sollten wir auf jeden Fall nach ihr suchen, ganz unabhängig davon, ob wir sie für eine Zeugenaussage in einem Mordfall befragen wollen oder nicht.«

»Da haben Sie auch wieder recht. Bitte halten Sie mich auf dem Laufenden, was diese Person betrifft.«

»Selbstverständlich.« Mayfeld war froh, dass Lackauf nicht genauer nachfragte. Er wollte Gingers Namen so lange wie möglich aus den Ermittlungen heraushalten. »Es steht weiterhin der Verdacht im Raum, dass Neumann vom Tod seiner Frau über eine Lebensversicherung profitieren könnte. Sind wir da weitergekommen, Nina?«

»Wir haben die Bankverbindungen der beiden, Yvonnes Eltern konnten uns weiterhelfen. Ich bekomme heute Einsicht in die Konten.«

Adler meldete sich zu Wort. »Wir brauchen eine Erklärung dafür, dass im Haus der Neumanns kein PC gefunden wurde, kein Notebook oder Tablet, kein Handy, keine Speichermedien und auch kein konventioneller Aktenordner.«

Mayfeld stimmte dem Kollegen zu. Sie wussten noch sehr wenig.

»Es gibt eine gute Nachricht«, fuhr Adler fort. »Enders hat vorhin angerufen. Unter den gesäuberten Fingernägeln von Yvonne Neumann wurde Fremd-DNA gefunden. Eine winzige Menge, aber sie reicht für eine Untersuchung. Zurzeit findet der Abgleich mit unserer Datenbank statt. Vielleicht führt am Ende die gute alte Polizeiarbeit mit Spurensicherung und Obduktionsergebnissen zum Ziel.«

»Wir sollten DNA-Proben aller Verdächtigen sicherstellen«, meinte Mayfeld. »Spricht etwas dagegen, Herr Staatsanwalt?«

»Haben wir denn schon Verdächtige?«

»Bislang nur Andi Neumann.«

Lackauf hatte keine Einwände. Mayfeld verteilte die Aufgaben für den Tag.

Auf dem Weg in sein Büro erreichte Mayfeld ein Anruf Gingers.

»Ich habe mir heute Morgen die Festplatten von Sarahs Notebook angesehen, unter anderem die Sicherung ihrer Handydaten und die Kontakte. Dabei ist mir aufgefallen, dass sie in den letzten Wochen sehr oft mit Andi Neumann telefoniert hat. Du hast mir gestern erzählt, dass ihr seine Handydaten ausgewertet habt. Aber von Telefonaten zwischen ihm und Sarah hast du nichts gesagt. In den Kontakten von Sarah hat Andi zwei Handynummern. Ich dachte mir, wenn ihr beide Handynummern überprüft hättet, dann hättest du die Telefonate erwähnt.«

Sie nannte ihm die entsprechenden Mobiltelefonnummern. Eine kannte Mayfeld tatsächlich nicht.

»Vielen Dank. Ich habe noch mal über unser gestriges Gespräch nachgedacht, an die Verbindung, die es möglicherweise zwischen Andi Neumann und dem Verschwinden deiner Mutter gibt.«

»Und?« Gingers Stimme klang sofort angespannt. Das Thema lastete auf ihrer Seele.

»Hast du die Akte über die damaligen Ermittlungen gelesen?«

»Das habe ich während meiner Zeit bei der Polizei getan. Es war gar nicht so leicht, sie ausfindig zu machen. Es ist eine schlampig geführte Akte, in der so gut wie nichts Brauchbares drinsteht.«

»Ich werde sie mir noch einmal ansehen. Wo finde ich sie? Ist sie schon digitalisiert?«

»Sie wurde in Mainz angelegt und dann nach Frankfurt geschickt. Wie weit die mittlerweile mit der Digitalisierung der alten Akten sind, weiß ich nicht. Soll ich dir das Aktenzeichen schicken? Ich hab es in meinen Unterlagen.«

»Das erleichtert die Sache.«

»Danke.«

»Wir bleiben in Verbindung.«

Wenige Minuten später fand er das Aktenzeichen in seinem E-Mail-Postfach.

Er rief Heike und Nina an, bat sie, zu ihm zu kommen. Wenige Minuten später saßen die beiden Kolleginnen in seinem Büro.

»Ich habe gestern Ginger Havemann getroffen.«

»Die Detektivin?«, fragte Heike. »Aha.«

»Das verrückte Huhn aus dem Frauensteiner Entführungsfall?«, fragte Nina.

»Sie ist vernünftig geworden«, meinte Mayfeld.

»Wie schön für sie«, bemerkte Nina schnippisch.

»Was sagt Julia dazu?«, frotzelte Heike.

»Kann ich mal normal mit euch reden?« Das war beim Thema Ginger Havemann offensichtlich nicht selbstverständlich. »Sie sucht Sarah Hope im Auftrag einer Angehörigen. Einige der Informationen, die ich über die Verbindung zwischen Hope und Neumann vorhin erwähnt habe, habe ich von ihr.«

»Das wollte ich dich schon fragen«, meinte Heike. »Aber ich dachte, ich mach es lieber nicht in Lackaufs Anwesenheit.«

»Danke. Ich würde sie offiziell gerne aus dem Fall rauslassen, ihr erinnert euch sicher, dass Lackauf überhaupt nicht gut auf sie zu sprechen war.«

»Wir fanden sie auch erst erträglich, nachdem du uns dazu überredet hast«, meinte Nina.

»Ich glaube, Ginger Havemann kann uns helfen. Yvonne Neumann war möglicherweise am Tag ihrer Ermordung bei Sarah Hope. Wir müssen sie unbedingt befragen. Ginger hat eine Kopie von Hopes Notebook-Festplatte. So ist sie an Sarahs Kontakte gekommen. Sarah hat in der letzten Zeit oft mit Andi Neumann telefoniert, aber nicht unter der uns bekannten Nummer. Neumann hat offensichtlich noch ein zweites Handy.«

Das war eine Information, die alle verwunderte.

»Warum hat einer ein zweites Handy?«, überlegte Heike.

»Ich hab ein dienstliches und ein privates. Wenn ich ab und zu meine Ruhe haben will, schalte ich das dienstliche aus. Braucht man das als Rheinschiffer auch?«

»Als Verbrecher solltest du zwei haben«, meinte Nina. »Und wenn du eine Affäre hast und verheiratet bist, ist das auch ziemlich praktisch.«

»Das dürften die wesentlichen Gründe sein«, meinte Mayfeld schmunzelnd.

Er gab Nina die Nummer, die ihm Ginger geschickt hatte.

»Könntest du die überprüfen? Ein Bewegungsprofil erstellen lassen? Möglichst ohne offiziellen Beschluss?«

»Falls wir was finden, können wir es vor Gericht nicht nutzen«, wandte Heike ein. »Die Kopie der Festplatte ist illegal erstellt worden.«

»Falls wir etwas finden, bemühen wir uns um eine Beschlagnahme von Sarah Hopes Computer. Er liegt in ihrer Wohnung in Rüdesheim. Aber das dauert mir zu lange, ich hätte die Informationen gerne schnell.«

»Kann ich sonst noch etwas Illegales für dich tun?« Nina lächelte besonders süß.

»Oder ich? Wir sollten dafür sorgen, dass alle in die Bredouille geraten«, sagte Heike.

»Kein Grund für Sarkasmus. Ihr könntet noch etwas für mich tun. Besorgt mir bitte diese Akte vom Polizeipräsidium Frankfurt.«

Er gab Heike einen Zettel. Sie las Mayfelds Notiz. »Rebecca Havemann? Wer ist das?«

»Gingers Mutter, sie ist 2004 verschwunden.«

»Was hat das mit unserem Fall zu tun?«

Mayfeld erklärte es, so gut er konnte, schilderte detailliert die Gespräche mit Ginger. Seine Kolleginnen waren von der neuen Spur nicht überzeugt, aber sie sagten zu, sie im Auge zu behalten und sich darum zu kümmern.

＊＊＊

Es blieben nur noch wenige Besucher des Mainzer Hofs auf Gingers Liste. Georg Sandmanns Büro befand sich in seinem Wohnhaus im Kieseler Weg, unweit des Fuhr- und Maschinenparks des Bauunternehmens. Sandmann war ein rundlicher Typ von der ungemütlichen Sorte, mit einem vulgären Gesicht, wulstigem Mund und lauernden Augen. Er erinnerte Ginger an einen fetten Nazigeneral aus dem Geschichtsbuch, bloß war Sandmann noch hässlicher.

»Wen haben wir denn da?«, begrüßte er Ginger grinsend. »Was kann ich dir Gutes tun?«

»Sie könnten mich siezen«, antwortete Ginger und versuchte höflich zu lächeln.

Das Grinsen verschwand aus Sandmanns Gesicht. Er wischte sich den Schweiß aus dem Gesicht. »Wie die Dame es wünscht«, versetzte er mürrisch. »Jedem das Seine.«

»Danke. Ich suche im Auftrag von Frau Leber nach Sarah Hope, das ist die Mitbesitzerin des Mainzer Hofs. Sie ist am Freitagabend verschwunden.«

»Hier hat sie sich nicht versteckt.«

»Ja, das dachte ich mir schon. Sie waren am Freitagabend Gast im Pinot, da hat Frau Hope im Service gearbeitet, Sie haben sie bestimmt bemerkt. Ist Ihnen etwas aufgefallen?«

»Kann ich dir was anbieten? Ich meine natürlich, Ihnen. Einen Kaffee oder ein Wasser?« Sandmann bemühte sich um eine freundliche Miene, was bei seinem Gesicht eine komplizierte Sache war.

»Danke, es reicht, wenn Sie meine Fragen beantworten, dann bin ich schnell wieder weg.«

»Wer sagt denn, dass ich Sie schnell wieder weghaben will?« Der Mann war auch per Sie unerträglich. Wahrscheinlich war er der Typ, den Jenny einen »ziemlich krassen Fall für MeToo« genannt hatte.

»Sie kennen Frau Hope?«

»Klar kenn ich die Sarah. Ich kannte die schon, da war sie noch ein ganz kleiner Bimbo.« Er deutete mit einer Geste die Höhe eines Kleinkindes an. »Sagt man heute, glaub ich, nicht mehr, Bimbo. Ist aber nicht bös gemeint von mir. Ja, die Sarah. Ist ein ganz schöner Feger geworden. Aber am Freitag war sie nicht gut drauf. Ich mach manchmal gerne Scherze mit den jungen Frauen, auch mit der Sarah, weil warum sollte man eine Negerin da aussparen, das wäre ja direkt diskriminierend, meinen Sie nicht auch? Und ein Rassist bin ich ja nun gar nicht, schon gar nicht in dieser Hinsicht, wenn Sie verstehen, was ich meine.«

Einatmen, ausatmen, einatmen, ausatmen.

»Aber sonst ist mir nichts aufgefallen. Ich hab mich auf den Vortrag von dem Herrn Jaucher konzentriert. Sehr interessant, kann ich Ihnen sagen. Sind Sie von hier, ich meine, von Deutschland?«

Warum ging die Begeisterung für Deutschland so selten mit Begeisterung für die deutsche Sprache einher? Egal. »Ich bin ein Rheingauer Mädchen«, antwortete Ginger und lächelte, so freundlich es eben ging.

»Prima. Also der Herr Jaucher hat über unser Land gesprochen und darüber, dass wir wie jedes Land, also mindestens wie jedes andere Land, Grund haben, auf unsere Geschichte stolz zu sein.«

»Vielleicht nicht auf alle Abschnitte.«

»Geh mir fort mit dem Vogelschiss von zwölf Jahren. Natürlich ist ein verlorener Krieg nicht schön, und das mit den Juden war übertrieben. Aber was haben die Amis mit den Indianern gemacht? Die Engländer mit den Iren? Die Franzosen mit den Algeriern? Eine weiße Weste hat niemand. Bloß wir sollen uns dafür bis in alle Ewigkeit schämen. Und da ist der Herr Jaucher gegen. Deswegen ist er noch lange kein Nazi.«

»Darüber könnte man jetzt bestimmt ganz lang diskutieren, aber mir geht es um Sarah Hope.«

»Ich hab nichts mitgekriegt, außer dass sie nicht so gut drauf war. Ich glaube nicht, dass das was mit dem Vortrag zu tun hatte. Weil auch wenn sie nicht ganz rasserein ist, da sind wir tolerant. Das hat auch der Herr Jaucher gesagt. Es geht um – wart mal, wie hat er das ausgedrückt –, es geht um die ›kulturelle Identität‹.« Die Worte sprach er aus, als ob er eine heiße Kartoffel im Mund hätte. »Nach dem Vortrag von dem Herrn Jaucher sind wir alle nach draußen ins Foyer gegangen, da hab ich die Sarah, wenn ich mich recht erinnere, noch mal gesehen, also da war sie noch schlechter drauf als vorher. Ich hab da durchaus einen Blick für, auch wenn man mir das nicht zutraut.«

Jetzt versuchte es Sandmann mit einem jovialen Lächeln.

Wenn sie näher bei ihm säße, würde er ihr vermutlich die Hand tätscheln.

»Über wen oder was könnte sie erschrocken sein?«

»Da waren so viele Leute in dem Moment im Foyer, das kann ich Ihnen beim besten Willen nicht sagen. Kurz darauf war sie weg. Aber wir sind dann ja alle weg gewesen.«

»Kennen Sie Andi Neumann?«

»Warum?«

»Andi und Sarah sind miteinander bekannt.«

Sandmann lachte rau. »Die Sarah ist mit vielen bekannt. Aber den Andi kenn ich, klar doch. Wie man die Leute halt so kennt. Der ist auch bei den Freunden der Germania.«

»Wann haben Sie ihn das letzte Mal gesehen?«

»In letzter Zeit ist der nicht mehr so oft gekommen. War es das?«

Sandmann wurde ungeduldig. Vermutlich konnte sie das Gespräch als nutzlos abhaken.

»Sie können den Nachtweihs und Urbachs aus der Patsche helfen, wenn Sarah nicht verkauft, stimmt's?«

Die Jovialität in Sandmanns Gesicht verschwand und machte übellaunigem Misstrauen Platz. »Wie meinen Sie das?«

»Wie ich es gesagt habe. Sie hätten Grundstücke für den Golfplatz zum Verkaufen.«

Sandmann lachte spöttisch, versuchte zumindest, so zu tun. »Ich wünsch mir und der Familie sehr, dass Sie Sarah finden. Die paar Grundstücke, die ich statt der Sarah verkaufen könnte, die sind auch so ein Vogelschiss. Das macht mich nicht reich. Wenn das ganze Projekt platzt und ich den Auftrag nicht krieg, das wär schlimm, aber ob ich die paar Äcker verkaufen kann oder nicht, das ist so was von geschenkt.«

So unsympathisch Sandmann war, was er zuletzt gesagt hatte, klang plausibel.

Die »Bar Chantal« versteckte sich in einer der kleinen Seitengassen der Rüdesheimer Altstadt. Sie war noch geschlossen, aber ein Nebeneingang stand offen. Bevor sie eintrat, machte Ginger einige Fotos. Sie traf die Betreiberin der Bar in einem kleinen Nebenzimmer bei der Buchführung an. Die Einrichtung der Bar legte die Vermutung nahe, dass sich hier in den Abendstunden männliche Kunden und weibliche Dienstleisterinnen trafen. Vera Göttler, Mitte fünfzig, grell geschminkt, mit roten toupierten Haaren und in eine Art Hausmantel gewandet, bemühte sich erst gar nicht, irgendwelche Klischees Lügen zu strafen. Vor ihr stand eine Flasche Jägermeister, im Hintergrund liefen Lieder von Zarah Leander: »Kann denn Liebe Sünde sein?«

»Was willst du, Kindchen?«

Ginger legte eine Karte auf den Tisch, nannte ihr Anliegen und erwähnte, dass Vera Göttler am Freitagabend auf der Veranstaltung der Freunde der Germania gewesen war, wo sie womöglich Sarah Hope gesehen hatte.

»Soso, die Sarah ist verschwunden. Was soll daran jetzt besonders aufregend sein? Die ist noch ein junges Ding, warum soll die nicht durchbrennen dürfen?«

»Hotelbesitzerinnen machen das normalerweise nicht.«

Die Puffmutter lachte, sie wollte amüsiert klingen. »Hotelbesitzerin. Die ist zu dem Hotel gekommen wie die Jungfrau zum Kind. Na ja, falscher Vergleich. Das ist nicht so eine seriöse Geschäftsfrau wie zum Beispiel ich. Das steckt bei der nicht in den Genen. Und die ist auch noch viel zu jung, um keine Flausen mehr im Kopf zu haben. Warum soll die nicht einfach durchgebrannt sein?«

Vermutlich meinte Göttler das alles völlig ernst.

»Ja, natürlich kann das sein. Aber dennoch: Ist Ihnen was aufgefallen, was mir helfen könnte, sie zu finden?«

Vera Göttler schob die Ärmel ihres Hausmantels hoch und gab den Blick auf schwer einzuordnende Tattoos frei, denen ihre faltige Haut eine zerklüftete Anmutung gab. »Also, Kindchen, ich sag dir eins: Wenn die Weiber in Rüdesheim alle so drauf wären wie die Frau Hotelbesitzerin, dann wären meine Mädels arbeitslos und ich pleite. Was soll mir am Freitag aufgefallen sein? Sie hat mit dem Hintern gewackelt wie immer, die Kerle haben ihr auf selbigen gestarrt, und sie hat getan, als ob ihr das unangenehm wäre.«

Frauen konnten die schlimmsten Feinde von Frauen sein. »Nur nicht aus Liebe weinen«, sang Zarah Leander.

»Hat sie auf jemanden ungewöhnlich reagiert? Sie ist um einundzwanzig Uhr dreißig überhastet aus dem Hotel aufgebrochen, haben Sie in diesem Zusammenhang etwas beobachtet? Gab es Stress mit einem der Besucher der Veranstaltung mit Herrn Jaucher?«

»Die Veranstaltung von Herrn Jaucher, mein Liebchen, wurde von lauter honorigen Menschen besucht.« Vera Göttler schenkte sich ein Glas Jägermeister ein und nippte daran. »Da gab es keinen Stress. Was sollen denn diese Unterstellungen?«

»Ich wollte nichts unterstellen.«

»Na, dann ist ja gut.«

»Kennen Sie Andi Neumann?«

»Suchst du den auch?«

»Er ist ein Bekannter von Sarah, und er ist beim Freundeskreis Germania.«

»Na und? Bei den Freunden hab ich den schon länger nicht mehr gesehen.«

»Und hier in der Bar? Bei einer Ihrer Mitarbeiterinnen?«

»Kindchen, weißt du denn gar nichts von der Welt? Unser größtes Kapital, also außer dem Offensichtlichen, ist unsere Diskretion.«

Ein klares Dementi klang anders.

»Was meinen Sie mit dem Offensichtlichen? Dass man für Geld bei Ihnen alles bekommen kann?«

Ginger nahm einen Hundert-Euro-Schein aus dem Portemonnaie, riss ihn in der Hälfte durch und schob Göttler die eine Hälfte zusammen mit ihrer Visitenkarte unter die Jägermeisterflasche.

»Falls sich eines Ihrer Mädchen die andere Hälfte verdienen will, soll sie mich anrufen.«

Am besten zog sie sich jetzt zurück.

Zarah Leander sang: »Davon geht die Welt nicht unter.«

Ginger hatte den dringenden Wunsch, sich in nächster Zeit mit gutbürgerlichen, seriösen, gerne auch etwas langweiligen Menschen zu unterhalten. Vielleicht war Notar Lothar Mende dafür der Richtige.

Seine Kanzlei befand sich am Rüdesheimer Marktplatz in einem alten Patrizierhaus. Ginger hatte am Vortag einen Termin vereinbart. Seine Sekretärin führte sie in den Besprechungsraum.

Mende war ein kleiner, dürrer Mann mit schütterem Haar, ein fadenscheiniger Typ in feinem Zwirn. Auf Ginger wirkte er wie ein in die Jahre gekommener sommersprossiger Bub im viel zu großen Anzug. Einer, den auf dem Schulhof niemand ernst genommen, der öfter Prügel bekommen hatte und der sich jetzt an der Welt dafür rächte.

»Was kann ich für Sie tun?«, fragte er mit kaum hörbarer Stimme.

»Könnten Sie etwas lauter sprechen?«, war das Erstbeste, was Ginger einfiel und was sie unbedingt loswerden musste.

»Natürlich.«

Ginger spürte, welch großes Opfer sie von dem Notar forderte. Er sollte reden, ohne dafür bezahlt zu werden, und das auch noch laut und vernehmlich.

Ginger erklärte Mende ihren Auftrag und fragte nach seinem Besuch im Mainzer Hof.

»Selbstverständlich war ich nicht auf dieser deutschtümelnden Veranstaltung. Ich war auf der Geburtstagsfeier von Frau Urbach, um ihr meine Glückwünsche zu überbringen. Frau Urbach ist eine alte Bekannte.«

»Ist es nicht ungewöhnlich, so spät am Abend auf einer privaten Feier zu erscheinen, um zum Geburtstag zu gratulieren?«

»Zweifeln Sie an meiner Aussage?« Die Stimme von Mende wurde wieder leiser.

»Meine Aufgabe ist es, alles möglichst gut zu verstehen, deswegen meine Frage. Mit Zweifeln hat das gar nichts zu tun«, log Ginger.

»Ich hatte einen auswärtigen Termin und konnte deswegen erst am Abend meine Aufwartung machen.« Die Stimme des Notars wurde wieder etwas lauter. »Das war mit Frau Urbach selbstverständlich abgesprochen.«

»Der Verkauf des Jagdschlosses soll in Ihrer Kanzlei beurkundet werden.«

»Zu Fragen, die meine Mandantschaft betreffen, kann ich keine Stellung nehmen.«

»Das hat mir Frau Leber gesagt. Hatten Sie mit Frau Hope ein Gespräch an diesem Abend?«

»Wie gesagt, zu Fragen meine Mandantschaft betreffend kann ich keine Stellung nehmen.«

»Es war also ein beruflich veranlasstes Gespräch?«

»Frau Hope war sehr beschäftigt.«

»Sie wollten mit ihr sprechen, und sie hatte keine Zeit?«

Der Notar blickte jetzt noch verdrießlicher hinter seiner Brille hervor. »Das sind jetzt ausschließlich Ihre Schlussfolgerungen.«

»Ich bin auf Spekulationen angewiesen, weil Sie Informationen zurückhalten.«

»Das sollten Sie nicht persönlich nehmen, das ist mein Beruf.«

»Meiner ist es, neugierig zu sein.«

Mendes Stimme wurde ganz leise. »Worauf läuft das hinaus, Frau Havemann? Sie sollen Sarah Hope finden, also machen Sie Ihren Job! Aber stellen Sie nicht wilde Theorien auf, verdächtigen Sie nicht unbescholtene Bürger, stecken Sie Ihre Nase nicht in Dinge, die Sie nichts angehen. Ich kann Ihnen versichern, obwohl das wirklich nicht nötig ist und völlig selbstverständlich, dass mit dem geplanten Verkauf des Jagdschlosses alles seine Ordnung hat und dass die Transaktion in völliger Transparenz vonstattengehen wird.«

»Ich weiß, dass Sarah Hope mit der Entflechtung der Erbengemeinschaft nicht einverstanden gewesen ist, sie war der Meinung, dass sie übervorteilt wurde. Die dazugehörigen Verträge haben Sie damals beurkundet. Haben Sie deswegen am Freitag versucht, mit ihr Kontakt aufzunehmen?«

»Sie scheinen etwas abenteuerliche Vorstellungen von den Aufgaben eines Notars zu haben, Frau Havemann.« Mende war jetzt kaum noch hörbar, er flüsterte bloß noch. »Wir beurkunden Verträge, wir bestimmen nicht deren Inhalt. Wir überprüfen, ob sie zulässig sind, ob die Menschen, die sie abschließen, dazu berechtigt und in der Lage sind.«

»Da waren Sie gefragt, als im Namen eines elf- oder zwölfjährigen Mädchens Verträge geschlossen wurden.«

Mendes Augen verengten sich zu Schlitzen. Dennoch bemühte er sich um ein freundliches Lächeln. »Ganz allgemein gesprochen schon. Aber in einem solchen Fall – ich spreche jetzt ganz hypothetisch – sind entweder die Eltern oder ein vom Gericht bestellter Vormund zuständig, und wenn es Konflikte gibt, gibt es außerdem einen vom Gericht bestellten Verfahrenspfleger, der die Interessen des Mündels wahrt. Die Aufgabe eines Notars ist nur, zu überprüfen, ob diese formalen Voraussetzungen eingehalten werden, nicht, inhaltlich zu überprüfen, was die am Vertragsschluss Beteiligten sich im Einzelnen gedacht haben.«

Die Brillengläser funkelten, die Augen dahinter blitzten hochmütig und feindselig. Von dem Notar würde sie keine weiteren Informationen erhalten. Der Typ war zu glatt und zu clever. Ginger konnte noch nicht einmal sagen, ob seine formalistische Art eine Masche war, die ihm half, Dinge zu verbergen, oder ob ihm die Juristerei so in Fleisch und Blut übergegangen war, dass er gar nicht anders konnte. Sie verabschiedete sich.

***

Mayfelds Telefon klingelte. Rudolf Schönherr war am Apparat.

»Du wolltest doch als Erster informiert werden, wenn hier

was Ungewöhnliches passiert. Es ist etwas vorgefallen. Die Kollegen aus Rheinland-Pfalz haben bei Kaub auf der Insel Falkenau eine Leiche gefunden. Sie sind sich bezüglich der Identität nicht sicher, aber es könnte Andi Neumann sein. Der Leichnam ist noch nicht abtransportiert. Willst du dahin?«

»Fährst du mich?«

»Wir treffen uns in einer halben Stunde am Bootshaus.«

Die Station der Rüdesheimer Wasserschutzpolizei, ein in die Jahre gekommener verwinkelter Bau, lag idyllisch direkt am Hafen. Vor dem Gebäude wartete Rudolf Schönherr mit einem Kollegen, als sich Mayfeld über die kleine Nebenstraße dem Flussufer näherte.

Die Männer begrüßten sich und gingen gleich in die benachbarte Bootshalle, wo zwei Schiffe lagen.

»Wir nehmen die ›Hessen 5‹«, sagte Schönherr, »unser neuestes Boot. Radar, Sonar-Echolot, Wärmebildkamera, alles drin, ein echtes Hightechschiff. Macht locker siebenundzwanzig Knoten.« Schönherrs Stolz war nicht zu überhören.

Sie legten ab. Schönherr überließ dem Kollegen das Steuer, das die Form eines Joysticks hatte, und ging zusammen mit Mayfeld ans Oberdeck. Sie ließen das Rüdesheimer Ufer an sich vorbeigleiten. Über dem Flusstal ballten sich dunkle Wolkentürme.

»Zweieinhalb Kilometer weiter flussaufwärts, und die Leiche hätte uns gehört«, sagte Schönherr mit einem leichten Bedauern in der Stimme. »Aber so eine Spazierfahrt ist auch mal ganz schön. Die Kollegen aus St. Goar sind ziemlich beschäftigt und froh, dass wir dich bringen. Die Mainzer Kripo ist auf der Insel und bereits informiert, dass du kommst.«

Sie passierten den Mäuseturm. »Da vorne ist das Binger Loch, wo wir am Freitag die Havarie hatten.«

»Das mit dem Niedrigwasser wird zum echten Problem«, meinte Mayfeld.

»Schon, aber *so* niedrig war es am Freitag nun auch wieder nicht. Dann hätten wir die Wasserstraße ja gesperrt. Ein erfahrener Kapitän mit normaler Ladung hätte da locker durchkommen müssen, und die ›Loreley‹ war nicht überladen.«

»Andi Neumann ist ein erfahrener Kapitän.«

Schönherr nickte. »Ich hab den im Laufe der Jahre ein paarmal kontrolliert, wegen Gefahrengütern, die er an Bord hatte. Alles ist immer ganz korrekt gewesen. Der hat das Schiff als ganz junger Mann übernommen. Stammt halt aus der richtigen Familie.«

»Was heißt das?«

»Sein Onkel Peter Urbach hat in Gustavsburg eine große Reederei. Der wird bei der Beschaffung des Schiffs geholfen haben. Der Andi allein hätte das doch nie geschafft. Sein Vater ist ein windiger Typ, der kriegt erst recht nichts auf die Reihe.«

»Du weißt Bescheid.«

Schönherr lachte. »Ich bin nicht nur Wasserschutzpolizist, ich bin auch Rheingauer, meine Familie wohnt seit Generationen in Rüdesheim. Ich kenne sie alle!«

Sie näherten sich dem Binger Loch.

»Der Pegel ist seit Freitag noch mal ein paar Zentimeter gefallen, und die Schiffe passieren die Stelle immer noch unfallfrei. Neumann muss einen rabenschwarzen Tag gehabt haben.«

Sein Todestag, dachte Mayfeld.

»Ist euch auf der ›Loreley‹ etwas aufgefallen?«

»Na, zunächst mal, dass die Besatzung verschwunden war.« Schönherr und seine Kollegen hatten das Schiff gründlich nach Besatzungsmitgliedern durchsucht, schließlich musste man befürchten, dass es einen Unfall gegeben hatte und die Besatzung hilflos und verletzt war. »Nirgends fand sich auch nur eine Spur. Also außer ein paar Klamotten in der Kapitänskajüte. Kein Handy, nichts. Aus den gespeicherten Daten der Schiffsnavigation ging hervor, dass die ›Loreley‹ in Höchst mehrere Stunden Aufenthalt hatte, vermutlich hat sie da Ladung aufgenommen, und hinter der Gustavsburger Schleuse einen Tag am Kai gelegen hat. Auf der Plattform stand ein Motorrad. Die Matrosenwohnung schien unbewohnt zu sein, obwohl das nicht sein kann, das Schiff darfst du allein gar nicht fahren.«

»Aber es ist möglich?«

»Wenn man ein richtiger Könner ist, schon. Das ist aber nicht nur verboten, sondern auch riskant.«

»Die Gefahr einer Havarie wird größer?«

»So ist es. Immer wenn etwas Besonderes passiert, ist *ein* Mann überfordert. Und das An- und Ablegen wird kompliziert.«

Sie fuhren an Assmannshausen vorbei, das Rheintal wurde enger. Von den linksrheinischen Hängen des Tals blickten mehrere Burgen auf den Fluss.

»Meine Kollegin hat berichtet, dass das Beiboot verschwunden war.«

»Richtig. Das macht alles keinen Sinn. Nach einer Havarie bleibt die Besatzung normalerweise an Bord. Es bestand in diesem Fall ja keine unmittelbare Gefahr. Wir haben Schlepperboote aus Trechtingshausen herbeibeordert, die hatten den Kahn nach kurzer Zeit frei. Die hätten noch am selben Tag weiterfahren können. Es kann natürlich sein, dass einer von beiden verletzt oder akut erkrankt war und der andere ihn schnell an Land bringen wollte, doch da wäre es schlauer gewesen, uns anzurufen, wir hätten den Patienten sofort ins nächste Krankenhaus gebracht. Aber die Menschen machen manchmal dumme Sachen. Wir haben das gesamte Fahrwasser und die Ufer im Umkreis abgesucht, aber niemanden gefunden, auch nicht das Beiboot.«

Nach der nächsten Biegung weitete sich das Flusstal wieder etwas. Sie näherten sich einer Insel.

»Der Lorcher Werth«, erklärte Schönherr, »die letzte Rheininsel, die zu Hessen gehört. Da wollten sie mal ein riesiges Kriegerdenkmal hinstellen, daraus wurde aber nichts. Ist heute ein Naturschutzgebiet, was vermutlich besser so ist.«

Sie schwiegen eine Weile.

»Zu dumm, dass wir das Schiff nicht genauer untersuchen konnten«, meinte Mayfeld später.

»Wir sind jetzt schlauer als am Freitag. Mittlerweile gibt es zwei Leichen. Von denen wussten wir am Freitag noch nichts. Außerdem wart ihr informiert.«

»Das ist kein Vorwurf, alles in Ordnung.«

»Sogar der Staatsanwalt hat sich erstaunlich schnell bei uns gemeldet.«

»Lackauf?«

»So heißt der wohl. Ich glaube, der hatte frühzeitig Kontakt mit seinen Kollegen aus Mainz.«

Lackauf war immer wieder für eine Überraschung gut.

Sie passierten den Bacharacher Werth und den Kauber Werth. Das Tal wurde wieder enger, und Burg Pfalzgrafenstein ragte neben Kaub aus dem Fluss.

Sie legten am Fähranleger an. Der Fundort der Leiche war leicht an den Absperrbändern zu erkennen und lag zweihundert Meter weiter flussaufwärts. Dort begrüßte ihn ein Kollege von der Mainzer Kriminalpolizei, Jo Kaplan. Der Körper des Toten hatte sich im Treibgut am Inselufer verfangen. Unter der bleichen, wächsernen Haut war er aufgedunsen, ein modriger Geruch stieg vom Leichnam auf. Das Gesicht war dem Boden zugekehrt.

»Kein schöner Anblick«, warnte Kaplan.

Mayfeld holte sein Smartphone heraus und öffnete das Bild von Neumann, das er von dessen Mutter erhalten hatte. Dann gab er das Handy Kaplan, zog sich Latexhandschuhe an und hob den Kopf der Leiche vorsichtig an.

Es war tatsächlich kein schöner Anblick. Die rechte Gesichtshälfte sah aus wie von Ratten zerfressen, Gesichtszüge waren kaum noch vorhanden. Über die linke Gesichtshälfte zog sich eine lange, immer noch leicht gerötete Narbe. Ihre Form entsprach genau der auf dem Foto.

Mayfeld stand auf und wendete sich ab. »Es ist Neumann. Er ist nur noch an der Narbe zu erkennen.«

»Auf den ersten Blick kann man keine Todesursache feststellen«, meinte Kaplan. »Kann ein Unfall gewesen sein, oder jemand hat nachgeholfen. Grob geschätzt hat die Leiche drei, vier Tage im Wasser gelegen.«

»Seine Frau wurde Freitagnacht ermordet, er selbst wird seit Freitagmittag, seit der Havarie seines Schiffs am Binger Loch, vermisst.«

»Da kommt bei euch auf der ebsch Seit ganz schön viel zusammen.«

»Die ebsch Seit, das seid doch ihr.«

Kaplan winkte ab. »Der Fundort liegt zwar auf unserer Seite, aber vermutlich ist er in Hessen zu Tode gekommen. Er wurde bei euch als vermisst gemeldet, und ihr seid an dem Fall auch schon dran. Ich würde sagen, das ist dein Toter.«

Mayfeld nickte. »Bringt die Leiche an Land. Wir holen sie ab und fahren sie in unsere Rechtsmedizin. Wollt ihr jemanden in unsere Mordkommission schicken?«

Kaplan hob abwehrend die Hände. »Es ist Urlaubszeit.«

Die Gelegenheit war günstig, nach der Ermittlung im Fall Rebecca Havemann zu fragen. Vielleicht hatte er Glück und Kaplan erinnerte sich, einen Versuch war es wert. »Wie lange bist du jetzt bei der Mainzer Kripo, Jo?«

»Seit Anfang der 2000er Jahre, damals war Eva noch meine Chefin, die kennst du ja auch. Später ist sie nach Hessen gewechselt. Ab nach Kassel.« Jo Kaplan schüttelte den Kopf, als ob er nicht verstehen könnte, wie man sein goldenes Mainz verlassen konnte.

Eva Bischoff war seit ewigen Zeiten eine gute Freundin von Mayfeld. »Ein Mann hat ihr damals den Kopf verdreht«, sagte er wie zur Entschuldigung. »Sie hat es später bitter bereut und ist zurückgekommen.«

Kaplan blickte Mayfeld fassungslos an. »Was heißt zurückgekommen? Jetzt ist sie in Wiesbaden!«

Das war aus Sicht von Kaplan etwas ganz anderes, es war eine unglaubliche Verschlechterung und grenzte an Verrat, doch Bischoff fühlte sich beim LKA ganz wohl. Und sie wohnte in Mainz-Kastel, also fast in der alten Heimat.

»Erinnerst du dich zufällig an die Vermisstensache Rebecca Havemann aus dem Jahr 2004?«

»Das ist schon ewig her!«

»Ihr habt den Fall nach Frankfurt abgegeben, weil die Vermisste dort gemeldet war. Vielleicht erinnerst du dich daran.«

»Meine Ermittlung war es nicht. Hängt der Fall mit dieser Sache hier zusammen?«

»Vielleicht.«

»In dem Jahr oder im darauffolgenden ist Eva nach Kassel gewechselt, und ein Kasselaner kam im Austausch nach Mainz. Der konnte sein Glück kaum fassen. Je nachdem, wann wir mit dem Fall befasst waren, war Eva noch in Mainz. Wenn sich noch jemand erinnern kann, dann ist es die Bischoff mit ihrem phänomenalen Gedächtnis. Aber warum lässt du dir nicht einfach die Akte kommen?«

»Die habe ich schon angefordert.«

Sie besprachen noch ein paar Formalitäten und verabschiedeten sich voneinander.

Mayfeld hatte ein paar Telefonate geführt und war mit den Kollegen der Wasserschutzpolizei zurück nach Rüdesheim gefahren. Schönherr ließ es sich nicht nehmen, die »Hessen 5« jetzt selbst zu steuern. Mayfeld hatte es eilig, und so gab es einen guten Grund, das Boot voll auszufahren. Nach etwas mehr als zwanzig Minuten waren sie zurück im heimischen Hafen. Von dort fuhr Mayfeld weiter nach Hallgarten, wo Nina, die er zur Verstärkung dorthin beordert hatte, gerade vor dem Haus der Familie Neumann angekommen war.

Annegret Neumann öffnete den beiden Beamten die Tür und ließ sie eintreten. Sie war in keiner besseren Verfassung als zwei Tage zuvor, hatte am helllichten Tag bereits eine Cognacfahne. Ihr Gatte saß wie bei Mayfelds letztem Besuch geschniegelt und elegant im Wohnzimmer und begrüßte die Beamten wie alte Bekannte, wobei er es nicht unterlassen konnte, Nina vertraulich zuzuzwinkern.

Die beiden waren ihm ziemlich unsympathisch, aber in diesem Moment taten sie Mayfeld leid. »Wir haben Ihren Sohn in Kaub tot aufgefunden. Wir kennen die genaue Todesursache noch nicht, können aber ein Verbrechen nicht ausschließen.«

Ein Zittern durchlief Annegret Neumanns Körper, schüttelte sie, als ob etwas in ihr sie wachrütteln wollte. Sie ging schnurstracks zum Couchtisch, schenkte sich einen Cognac ein und kippte ihn in einem Zug hinunter. Das Zittern wurde schwächer. Dann fing sie an zu zetern. Dass die Polizei versagt habe, dass sie darauf hingewiesen habe, dass ihr Sohn einem Verbrechen zum Opfer gefallen sei und man nichts unternommen habe. Dass das Konsequenzen haben werde. Sie schimpfte immer lauter, und immerhin verschwand das Zittern auf diese Weise nahezu vollständig.

Ludger Neumann saß währenddessen wie gelähmt in seinem Sessel, unfähig, seine Frau zu beruhigen oder überhaupt etwas zu tun. Sein Gesichtsausdruck, ein nichtssagendes Lächeln, blieb von der grausamen Nachricht völlig unbeeindruckt.

Irgendwann hatte sich Frau Neumann erschöpft und verstummte.

»Das ist sehr bedauerlich«, sagte ihr Mann. »Was können wir für Sie tun? Nehmen Sie doch bitte Platz.«

Während sich die Mutter des Toten in einen Tobsuchtsanfall geflüchtet hatte, erging sich der Vater in oberflächlicher Höflichkeit.

»Kann ich Ihnen etwas zu trinken anbieten?«

»Wir haben einige Fragen. Wenn Sie uns die beantworten würden, wäre das sehr hilfreich.«

»Und warum haben Sie diese Fragen nicht schon am Sonntag gestellt? Dann wäre mein Sohn vielleicht noch am Leben«, keifte Frau Neumann.

»Wir nehmen an, dass Ihr Sohn da bereits tot war.« Über den Zustand der Leiche, der diese Vermutung nahelegte, wollte Mayfeld jetzt lieber nicht sprechen.

»Das nehmt ihr an, weil es das leichter für euch macht.«

»Annegret, bitte!«

Sie warf ihrem Mann einen verächtlichen Blick zu. »Sitz doch nicht einfach nur dumm rum!«

»Was soll ich denn sonst tun?«

Nina stellte die üblichen Fragen, wann sie ihren Sohn zuletzt gesehen hätten, ob ihnen etwas aufgefallen sei, ob er Feinde gehabt habe.

Bei der Frage nach den Feinden wurde Annegret Neumann hellhörig.

»Unser Andi hat sich ziemlich darüber aufgeregt, dass meine Mutter uns bei der Aufteilung des Erbes benachteiligt hat. Ich hab das damals nicht so genau überprüft, Papierkram ist nicht so mein Ding. Er war deswegen beim Notar und hat sich alles zeigen lassen. Er war ziemlich wütend. Die allermickrigsten Grundstücke haben wir bekommen. Die alte Hexe sitzt auf ihrem Geld, statt es ihren Kindern zu geben. Ich meine, man gibt doch besser mit warmer Hand statt mit kalter, oder?« Ihr Lachen klang hässlich und hohl. Sie schien es gar nicht erwarten zu können, etwas von der erkalteten Hand ihrer Mutter zu bekommen. »Markus und Nicole, der Älteste und das Nesthäkchen, denen schiebt sie alles hinten rein, aber die blöde Annegret, die kriegt nichts.«

»Geht es da um den Verkauf des Jagdschlosses?«, hakte Mayfeld nach.

»Worum denn sonst? Wir haben viel zu wenig bekommen. Und das wenige hat der da …«, sie zeigte auf ihren Mann, »… schlauerweise vor ein paar Jahren verkauft.«

Ludger Neumann räusperte sich. »Das habe ich natürlich nur mit Einwilligung meiner Frau tun können. Man konnte damals ja nicht ahnen, was diese Grundstücke einmal wert sein würden. Ich hatte damals einen finanziellen Engpass …«

»Unser ganzes Geld hast du nach Wiesbaden in die Spielbank getragen«, giftete ihn seine Frau an, »mein ganzes Erbe verschleudert. Also das wenige, was ich abbekommen habe.« Sie schenkte sich noch einen Cognac ein. »Und jetzt ist auch noch mein Andi tot.« Sie begann zu weinen. »Der Einzige, der je nett zu uns war, war mein Bruder Peter. Der hat Andi immer wieder Aufträge zugeschanzt. Und er hat ihm damals das Schiff überlassen, das war mal ein großzügiges Geschenk.«

»Mein Schwager kann Ihnen bestimmt auch einiges über das berufliche Umfeld unseres Sohnes erzählen«, meinte Ludger Neumann.

Was seine Eltern nicht konnten, wie Mayfeld feststellen musste, als er danach fragte.

Nina fragte nach der Lebensversicherung ihres Sohnes. Von der hatten weder die Mutter noch der Vater je etwas gehört.

»Wären Sie so freundlich, uns die Gesellschaft zu nennen, bei der unser Sohn die Police abgeschlossen hat?«, fragte sein Vater. »Es könnte ja sein, dass uns da etwas zusteht, jetzt, nachdem seine Frau nicht mehr unter uns weilt.«

Mayfeld schaute zu seiner Kollegin. Sie schien das Gleiche zu denken. Beide hatten das dringende Bedürfnis nach frischer Luft. Nina ließ sich die Adresse von Peter Urbach geben, Mayfeld beruhigte Ludger Neumann wegen der Versicherung. Die würde sich bestimmt bei ihm melden, wenn ihm etwas zustünde.

Peter Urbach trafen sie im Büro seiner Reederei an. Sie lag in Gustavsburg, am Rand der idyllischen Mainspitze, einem Naherholungsgebiet mit Sportboothafen und Fußballplatz direkt am Mainufer. Er schien ein viel beschäftigter quirliger Mann zu sein, der gerade lautstark und wild gestikulierend telefonierte, über Liefertermine und Frachtpapiere und das Niedrigwasser schimpfte.

Als Mayfeld ihm vom Tod seines Neffen berichtete, schien er nicht wirklich überrascht zu sein.

»Sie denken bestimmt: Warum ist der Urbach nicht bestürzt? Das kann ich Ihnen erklären. Es überrascht mich nicht, weil ich damit gerechnet habe. Irgendwann musste der Andi das wieder tun, und dieses Mal hat er es geschafft.«

»Sie meinen, er hat sich umgebracht?«

»Er hat das schon mal versucht, vor vielen Jahren. Und der Motorradunfall vor zwei Jahren – ich habe immer gedacht: Das hat er absichtlich gemacht. Aber ich weiß es natürlich nicht mit Sicherheit. Schade, schade, dass es so mit ihm geendet ist. Ich konnte ihn gut leiden, was übrigens nicht leicht war.«

»Warum war das nicht leicht?«

»Er war ein schwieriger Charakter. Aufbrausend, jähzornig, schnell beleidigt. Er konnte aber auch eine Seele von Mensch sein. Hat es zu Hause nicht unbedingt leicht gehabt. Haben Sie schon mit seinen Eltern gesprochen?«

»Von denen haben wir Ihre Adresse.«

Urbach nickte. »Deswegen sind Sie hier. Also wenn Sie mich fragen: Meine Schwester Annegret hat kein glückliches Händchen mit Ludger gehabt. Der taugt nichts, bringt nichts auf die Reihe. Hat das ganze Geld von Annegret durchgebracht, früher mit Weibern, später nur noch in der Spielbank. Ein haltloser Spieler. Augen auf bei der Partnerwahl, kann ich da nur sagen.« Urbachs Lachen klang hämisch und ein wenig affektiert. »Leider ist sie nie von ihm losgekommen. Er sei so ein schöner Mann, hat sie mal gesagt. Na ja, der Lack ist mittlerweile ab. Später hat sie mit dem Saufen angefangen. Mir hat Andi leidgetan, und ich hab ihn deswegen unter meine Fittiche genommen. Hab ihm das Schiff überschrieben, dafür gesorgt, dass er als Partikulier Aufträge bekommt. Hat alles leider nichts genutzt. Schade, schade.« Jetzt machte Urbach ein betrübtes Gesicht.

»Andi Neumann soll verärgert über Ihre Mutter gewesen sein. Er fühlte sich und seine Familie bei der Aufteilung der Grundstücke, die jetzt verkauft werden sollen, benachteiligt«, warf Nina ein.

Urbach schien sie erst jetzt zu bemerken und musterte sie kurz und skeptisch. Er tippte sich an die Stirn. »Hat Ihnen das mein Schwesterherz erzählt? Das ist Blödsinn. Meine Mutter hat die nicht benachteiligt. Das mit dem Golfhotel ist erst seit einem Jahr aktuell, da war die Messe doch schon längst gelesen, die Erbengemeinschaft aufgelöst. Und wenn Annegret mehr Grundstücke bekommen hätte, dann würden die mittlerweile alle der Wiesbadener Spielbank gehören oder irgendwelchen Zockerfreunden von Ludger. Ich glaube, die Geschichte hat sich Annegret ausgedacht, und dann hat sie den Unfug Andi eingeredet.«

»Wann haben Sie das letzte Mal mit ihrem Neffen gesprochen?«, fragte Mayfeld.

»Persönlich gesehen hab ich ihn vor ein paar Wochen, telefoniert haben wir noch letzte Woche.«

»Er hat letzte Woche sein Schiff hinter der Mainschleuse liegen gehabt, das ist wenige Kilometer von Ihrem Büro entfernt, und er hat nicht bei Ihnen vorbeigeschaut?«

»Wir sind nicht miteinander verheiratet.«

»Apropos verheiratet. Kannten Sie seine Frau?«

Die Kummerfalten in Urbachs Gesicht nahmen zu. »Natürlich. Und ich hab auch schon gehört, was mit ihr passiert ist. Es ist eine Tragödie.«

»Haben Sie einen Verdacht, wer das getan haben könnte?«

Urbach blickte den Kommissar erstaunt an. »Na, das hätte ich Ihnen ja wohl als Erstes gesagt.«

Mayfeld fragte nach den geschäftlichen Beziehungen zwischen Neumann und Urbach. Der Reeder hatte sowohl eigene Schiffe als auch Partikuliere, die für ihn fuhren, Andi fuhr sehr oft in seinem Auftrag. Auch der letzte Transport erfolgte im Auftrag der Reederei.

»Irgendwelche Chemikalien aus Höchst für eine holländische Firma. Ich müsste in meinen Unterlagen nachschauen, was genau das war.«

»Ist schon gut. Sie haben die ›Loreley‹ sehr schnell übernommen.«

»Da gibt es eine vertragliche Vereinbarung zwischen Andi und mir, die haben wir nach seinem Unfall geschlossen. Wenn er verhindert ist, dann kümmere ich mich um sein Schiff. Die Container haben mir sowieso gehört. Es war einfacher, mit dem

Schiff gleich weiterzufahren, als alle Container umzuladen, was natürlich auch gegangen wäre.«

»Es wäre gut gewesen, das Schiff genauer unter die Lupe zu nehmen. Wir sind nämlich nicht von der Selbstmordhypothese überzeugt.«

Urbach hob entschuldigend die Arme. »Wer hätte denn am Samstag wissen können, dass es zwei Tote in der Familie Neumann gibt. Obwohl ich immer noch glaube, dass Andi Selbstmord begangen hat. Er wird doch nicht erst seine Frau und dann sich …« Urbach sprach nicht weiter und hielt sich erschrocken die Hand vor den Mund.

Das war nach Lage der Dinge vom zeitlichen Ablauf her nicht möglich. Aber das konnte Urbach nicht wissen. »Wo ist das Schiff jetzt?«

»Moment, das kann ich Ihnen gleich sagen.«

Er tippte einige Befehle in die Computertastatur ein und drehte den Bildschirm zu Mayfeld. »Die Schiffe, die für uns fahren, haben wir immer auf dem Monitor. Hier, sehen Sie, die ›Loreley‹ ist vom Programm markiert.«

Der rote Punkt bewegte sich bei Rotterdam rheinaufwärts.

»Sie ist schon wieder auf dem Rückweg?«

»Na klar, die Ladung ist bereits gelöscht. Wenn man mit zwei Besatzungen fährt, dann kann man vierundzwanzig Stunden ununterbrochen fahren, und so lange dauert es ungefähr von hier bis Rotterdam. Wir wollen möglichst jede Verspätung vermeiden, sonst müssen Konventionalstrafen bezahlt werden.«

»Können wir uns das Schiff ansehen, wenn es zurück ist?«

»Was soll das bringen? Aber bitte, es ist Ihr Job. Die ›Loreley‹ hat Ladung bis nach Mainz, die wird morgen im Lauf des Tages gelöscht. Danach können Sie sich meinetwegen auf dem Schiff umschauen.«

»Wissen Sie, wer mit Neumann auf der ›Loreley‹ gefahren ist?«

Urbach schüttelte den Kopf. »Darum kann ich mich nicht auch noch kümmern. Schiffe dieser Größe dürfen mit zwei Mann gefahren werden, einem Kapitän mit Rheinschifferpatent und einem Matrosen. Viele Partikuliere fahren mit ihren Frauen, so hat es Andi mit Yvonne auch eine Weile gehalten, aber als die Tochter unterwegs war, wollte sie das nicht mehr. Ist schade, kann man aber auch verstehen. Danach waren es wechselnde Leute, keine Ahnung, wen er gerade angeheuert hat. War's das? Wenn Sie keine weiteren Fragen haben … ich bin sehr beschäftigt.«

Die Mainschleuse Kostheim lag nur wenige Autominuten entfernt. Als Nina und Mayfeld dort ankamen, war in beiden Schleusenkammern Betrieb. Sie meldeten sich in der Leitzentrale beim Schichtführer, Albert Schmidt, und fragten nach der Besatzung vom letzten Donnerstag.

»Da haben Sie Glück. Ich war hier, und draußen war Manuel, der hat heute auch Dienst. Ich habe den Neumann kurz gesehen, das war am Donnerstagmorgen. Mit den anderen Besatzungsmitgliedern habe ich normalerweise nichts zu tun, aber vielleicht kann Ihnen mein Kollege weiterhelfen.«

Er griff nach einem Walkie-Talkie und bat seinen Kollegen auf die Brücke. Schmidt ging mit den beiden Beamten bis zur Schleusenbrücke und schloss die Tür auf. Von der zweiten Schleusenkammer kam ihnen ein hünenhafter Mann entgegen.

»Das ist Manuel di Lorenzi, unser Schleusenwärter, Manuel, das sind zwei Kriminalkommissare aus Wiesbaden.«

»Was kann ich helfen?«, fragte di Lorenzi in gebrochenem Deutsch.

»Können Sie sich an die ›Loreley‹ erinnern, ein Frachtschiff, das am Donnerstagmorgen die Schleuse passiert hat?«, fragte Mayfeld.

»Viele Schiffe jeden Tag passieren die Schleuse, fünfzig oder sechzig.«

»Aber die ›Loreley‹ hat anschließend hier angelegt und blieb bis zum Freitagvormittag.«

»Ah, kann ich mich dran erinnern. *Capitano* ist mit dem Motorrad weggefahren und *marinaio* auf Schiff geblieben.«

»Kennen Sie den Matrosen?«

Di Lorenzi schüttelte den Kopf. »Nein. Ist aber Landsmann, *italiano*. Kein netter Landsmann. Habe ihn gefragt, woher er kommt, auf Italienisch, das hat er verstanden, *assolutamente*. Hat aber nicht geantwortet. Warum ist das wichtig? Hat er was ausgefressen?«

»Das wissen wir nicht. Würden Sie den wiedererkennen?«

»*Certo*.«

»Sie müssen sich morgen ein paar Bilder bei uns auf dem Präsidium anschauen, vielleicht lassen wir eine Zeichnung nach Ihren Angaben anfertigen, okay?«

Di Lorenzi machte ein bekümmertes Gesicht.

»Nichts okay. Den Rest der Woche hab ich überstundenfrei und dann Urlaub, will morgen nach *Italia*.«

»Und wann sind Sie heute fertig?«

»Halbe Stunde.«

»Wir nehmen Sie gleich mit, meine Kollegin fährt Sie anschließend hierher zurück. Wir fragen Ihren Chef, einverstanden?«

»Ich fahre mit *signorina*?«

»*Sì, sì*«, sagte Nina.

Di Lorenzi strahlte.

Zurück im Präsidium, fand Mayfeld die digitalisierte Akte Rebecca Havemann in seinem E-Mail-Postfach.

Sie war ungewöhnlich karg. Ihre Eltern, Soraya und Roman Rosenberg, hatten das Verschwinden der Tochter bei der Mainzer Polizei angezeigt. Eine Befragung des Ehemanns, Günter Havemann, hatte ergeben, dass sie bei ihm zwei Jahre zuvor ausgezogen war und er keine Angaben über ihren gegenwärtigen Aufenthaltsort machen konnte. Dann hatte die Frankfurter Polizei den Fall übernommen, was formal korrekt war, da Rebecca Havemann dort gemeldet war. Ungewöhnlich war allerdings, dass sich die Kollegen aus eigenem Antrieb um die Übernahme bemüht hatten. Der ermittelnde Beamte hatte den aktuellen Lebensgefährten der Verschwundenen, einen Mathias Lombard, aufgesucht. Der hatte keine Auskunft über den Verbleib von Rebecca Havemann geben können. Zum Zeitpunkt ihres Verschwindens war er nachweislich im Ausland gewesen. Einige Wochen nach ihrem Verschwinden war bei den Eltern Havemanns eine Ansichtskarte aus Italien eingetroffen, abgestempelt in Bari. *Ich komme nicht wieder. Tut mir leid, aber ich kann nicht anders.* Eine SMS gleichen Wortlauts war bei Günter Havemann eingegangen, gesendet von Rebecca Havemanns Handy. Hauptkommissar Rainer Sauerbrot war nach Mainz gefahren, hatte die Ansichtskarte sichergestellt und ein grafologisches Gutachten in Auftrag gegeben, das die Übereinstimmung der Handschrift auf der Karte mit der von Rebecca Havemann feststellte. Die Karte wurde den Eltern wieder ausgehändigt. Leider fand sich weder das Gutachten noch eine Kopie der Karte in der Akte. Danach war in der Sache nichts mehr geschehen.

Mayfeld rief Aslan Yilmaz an. Der Kollege war zum Bedauern aller vom Polizeipräsidium Westhessen nach Frankfurt abgeordnet worden. Jetzt war das vielleicht von Vorteil. Mayfeld bat Aslan, ihm etwas über Sauerbrot zu erzählen, was er für ein Typ sei, wo man ihn finden könne.

»Den würdest nicht nur du gerne finden. Sauerbrot ist vor ein paar Jahren bei einem Kletterurlaub in den Dolomiten verschollen.«

»Verunglückt?«

»Vermutlich. Kam von einer Kletterpartie nicht mehr zurück. Die italienischen Kollegen haben eine aufwendige Suchaktion gestartet, aber man hat ihn nie gefunden.«

Mayfeld war alarmiert. Noch ein Verschwundener. »Er hat in einer Vermisstensache ermittelt, die in einen aktuellen Fall hineinspielt.«

»Rebecca Havemann. Heike hat mich schon danach gefragt. Hast du die Akte noch nicht bekommen?«

»Doch, danke. Könntest du nachschauen, ob es noch weitere Unterlagen zu dem Fall gibt? Die Akte ist ziemlich dürftig. Es fehlt zum Beispiel ein Gutachten, das erwähnt wird. Und könntest du dich wegen des Kollegen Sauerbrot weiter umhören?«

Aslan sagte das zu. Eine halbe Stunde später rief er zurück.

»Was für einer Sache bist du da auf der Spur, Robert? Ich habe eine gute Bekannte in der Personalabteilung. Als ich den Namen Sauerbrot erwähnt habe, hat sie gleich so eine Verschwörermiene aufgesetzt. Seine Personalakte liegt beim LKA. Niemand weiß, warum, aber man vermutet, dass es mit seinem Verschwinden zu tun hat.«

Mayfeld bedankte sich und beendete das Gespräch. Dann rief er Eva Bischoff an. Seit sie in der Hierarchie des Landeskriminalamtes aufgestiegen war, war sie schwerer zu erreichen als in früheren Zeiten. Ihr war das peinlich, denn sie wollte keineswegs als abgehoben oder elitär gelten. Mayfeld hatte Glück, die Kollegin ging direkt an den Apparat.

»Robert, wie schön, von dir zu hören. Was kann ich für dich tun? Natürlich habe ich eigentlich keine Zeit. Ich muss direkt in eine Besprechung. Aber schieß los.«

Mayfeld schilderte, was er über Rebecca Havemann und Rainer Sauerbrot erfahren hatte und in welchem Zusammenhang ihn das interessierte. Ob er ihr eine digitale Kopie der Akte Havemann schicken dürfe?

Bischoff stimmte zu. Sie würde sich kundig machen und sich morgen bei ihm melden.

Danach schaute Nina noch einmal in seinem Büro vorbei.

»Hier ist das Phantombild, das di Lorenzi von seinem Landsmann hat anfertigen lassen. Ich hab es dir auch auf dein Smartphone geschickt.«

Sie legte ihm einen Ausdruck auf den Schreibtisch. Das Bild zeigte einen Mann Ende dreißig mit dunklen, lockigen Haaren, einem fein gezeichneten ebenmäßigen Gesicht und einem kurz geschorenen Bart. Die Augen standen vielleicht etwas zu eng zusammen, um den Mann als schön zu bezeichnen.

»Sieht ganz schnuckelig aus, aber die Augen verderben alles«, meinte Nina.

Dann legte sie ihm eine Liste mit Verbindungsdaten daneben.

»Andi Neumanns zweites Handy. Es hat genau die gleichen Bewegungen gemacht wie sein offizielles Telefon, so als ob er immer beide mit sich geführt hätte. Allerdings wurde es im Gegensatz zu seinem anderen Handy am Freitagmittag abgeschaltet. Mit diesem Telefon wurde oft mit Sarah Hope telefoniert, wie es deine Detektivin bereits herausgefunden hat. Am Freitagvormittag, als Neumann sich in der Wiesbadener Innenstadt herumgetrieben hat, hat er mit diesem Handy eine Vielzahl von Telefonaten geführt, größtenteils mit einer Prepaidnummer, zu der wir keinen Besitzer registriert haben.«

»Eine von den alten Karten oder eine neue aus Holland«, bemerkte Mayfeld verärgert. »Dass damit nicht mal Schluss gemacht wird. Könnten wir von der Nummer, die er am Freitag dauernd angerufen hat, auch ein Bewegungsprofil bekommen?«

»Theoretisch schon, aber dafür wäre ein richterlicher Beschluss extrem hilfreich.«

»Es hat jetzt doch auch so geklappt.«

»Dafür musst du die richtigen Leute bei den passenden Providern kennen, und du kannst das auch nicht beliebig oft wiederholen.«

»Verstehe. Ich überlege mir, wie wir einen Beschluss für Sarah Hopes Computer bekommen.«

***

Ginger hatte am Nachmittag die letzten Gespräche mit den Besuchern der Familienfeier geführt. Nirgends hatte sie einen neuen Hinweis gefunden. Sie war frustriert, war am Ende einer Sackgasse angekommen. Nachdem sie von Mayfeld darüber informiert worden war, dass man Andi Neumanns Leiche gefunden hatte, befürchtete sie, mit ihren Nachforschungen auf der falschen Spur zu sein. Was hier passierte, ging über verwandtschaftlichen Zwist weit hinaus. Etwas abgrundtief Böses war im Gange, das eine kleine Familie ausgelöscht hatte. Und dem vielleicht, vor vielen Jahren, auch ihre Mutter zum Opfer gefallen war.

Am Vortag hatte sie den täglichen Bericht an Astrid Leber noch telefonisch abstatten können, heute bestand ihre Auftraggeberin auf persönlichem Erscheinen, also fuhr Ginger von Geisenheim, wo sie mit Petra Lange, dem jüngsten der Nachtweih-Kinder, gesprochen hatte, zum Mainzer Hof. Über dem Rhein braute sich ein Gewitter zusammen.

Wie schon die letzten Male empfing die Hotelchefin sie in ihrem düsteren Büro. Sie trug das Kleid vom Sonntag. Heute bot sie ihr kein Wasser an.

»Es hat Beschwerden über Sie gegeben«, begann sie die Unterredung. »Tante Helga meinte, Sie hätten sich ihr Vertrauen erschlichen und sie über die Familie ausgefragt, Dr. Mende fand Ihre Fragen unangemessen, Sandmann fühlte sich ausspioniert, und Schmitt-Mosbacher erinnerte das Gespräch, das Sie mit Jaucher geführt haben, an ein Stasiverhör. Ich kenne die alle ganz gut, kann die Beschwerden also einordnen, aber ich hoffe doch sehr, dass sich der Ärger, den Sie anrichten, lohnt.«

Sie blickte Ginger erwartungsvoll an. Wenn sie Sarah bis Freitagmittag nicht gefunden hätte, würde Astrid Leber den Vertrag kündigen, das war unausgesprochen klar. Aber bis dahin waren es noch drei Tage, das bedeutete dreitausend Euro, die sie gut gebrauchen und die Familien Urbach und Nachtweih ebenso gut entbehren konnten. Außerdem war sie sicher, dass sich die Chance, über das Verschwinden ihrer Mutter etwas herauszubekommen, so nicht noch einmal bieten würde. Und schließlich mochte Ginger keine Niederlagen.

»Ich weiß nicht, ob Sie es schon gehört haben, aber Andi Neumann, einer aus Ihrer weitverzweigten Sippe, ist tot. Ebenso

201

wie seine Frau Yvonne. In beiden Fällen geht die Polizei von einem Verbrechen aus.«

Astrid Leber wurde blass, das waren offensichtlich Neuigkeiten für sie. Sie fing sich jedoch erstaunlich schnell wieder. »Das ist ja fürchterlich. Aber es bringt uns dem Ziel, Sarah zu finden, nicht näher.«

»Ich glaube, dass sich Sarah vor etwas fürchtet, dass sie sich versteckt, und ich denke, es hat etwas mit den beiden Morden zu tun. Ich habe Kontakt mit dem ermittelnden Kriminalhauptkommissar aufgenommen.«

»›Ich glaube‹, ›ich denke‹, ›ich habe Kontakt aufgenommen‹. Ist das nicht ein wenig dünn?«

»Das ist es. Ich habe leider noch nicht herausgefunden, warum Sarah mich anrufen wollte. Jemand beschattet übrigens Franzi Mangold, ich bin mir da jetzt sicher. Fällt Ihnen dazu etwas ein?«

»Wie wäre es, wenn Ihnen dazu etwas einfiele?«

Natürlich hatte eine Auftraggeberin, die Honorare wie Astrid Leber zahlte, ein Recht auf schlechte Laune, wenn sich keine Ergebnisse einstellten. Aber warum war sie so wenig hilfreich? Wahrscheinlich stank in dieser Familie etwas zum Himmel, es wurde gelogen und betrogen, es ging um Neid und Habgier. Aber das waren derart weitverbreitete Laster, dass sie nicht notwendigerweise etwas mit den Morden oder Sarahs Verschwinden zu tun haben mussten.

»Franzi und Sarah sind miteinander befreundet. Wenn sich Sarah aus Angst versteckt hält, dann braucht sie jemanden, auf den sie sich zu hundert Prozent verlassen kann. In Ihrer Familie findet sie so jemanden nicht.«

Astrid Leber schluckte das. Sie war einfach zu sehr realistische Geschäftsfrau, um schnell beleidigt zu sein.

»Allzu viele Freunde hat sie nicht. Ich denke, wer Franzi beschattet, will Sarah finden.«

»Und warum tun Sie das nicht?«

Weil ich nicht überall sein kann, wollte Ginger entgegnen,

verbot sich diese Antwort allerdings. Sie hatte den GPS-Tracker an Franzis Dreirad entfernt, aber den eigenen immer noch nicht angebracht.

»Wollen Sie denn gar nicht wissen, wer hinter Ihrer Cousine her ist?«

»Cousine zweiten Grades.« Astrid Leber dachte eine Weile nach. »Sie halten mich vermutlich für eine kaltherzige Hexe. Sie müssen mir das nicht glauben, aber ich bin es nicht. Der Job ist hart, die Familie nicht unbedingt eine Stütze, jeder muss schauen, wo er bleibt. Natürlich will ich Sarah helfen. Was wollten Sie von mir wissen?«

»Wer hinter Sarah her ist und deswegen Franzi beschattet, der muss wissen, dass die beiden befreundet sind. Sie wissen das, Dirk Mangold weiß das. Ich weiß es von Ihnen. Wer könnte noch davon Kenntnis haben? Denken Sie nach. Franzi hat den Verdacht, dass sie verfolgt wird, mir gegenüber am Sonntagabend geäußert. Wer hat von dieser Freundschaft vorher gewusst? Wer kennt Sarah oder Franzi so gut? Wem haben Sie davon erzählt?«

»Ich rede nicht über Sarahs Freundschaften. Und erst recht nicht über die von Franzi.«

»Denken Sie nach. Was passierte, nachdem Sarah verschwunden war? Gehen Sie jeden einzelnen Schritt noch einmal durch, bedenken Sie jeden Augenblick.«

»Ich war nach dem Ende der Feier kurz in meinem Büro. Da kam Nicole rein und fragte: ›Was ist denn mit Sarah los?‹ Ich fragte zurück: ›Was soll denn los sein mit ihr?‹ Und sie antwortete: ›Sie ist gerade aus dem Foyer gestürmt und verschwunden.‹ Ich bin dann nach draußen gegangen und habe Leute verabschiedet. Ach ja, ich bin zwischendurch in die Küche gegangen und habe Franzi gefragt, ob sie wisse, wo Sarah sei. Sie wusste aber nichts.«

»Waren Sie da allein? Hat das jemand mitbekommen?«

»Das Gespräch fand nicht im Beichtstuhl statt, alle Türen standen offen, woher soll ich das wissen?«

»Mit wem haben Sie sich zuvor unterhalten?«

»Bevor ich in die Küche gegangen bin?«

»Ja.«

Astrid Leber überlegte eine Weile. »Da habe ich mit Peter Urbach gesprochen. Er war auch sehr besorgt über Sarahs Verschwinden und hat mich gefragt, ob ich wüsste, wo sie steckt. Ich habe ihm aber nichts antworten können, ich hatte ja selbst keine Ahnung. Daraufhin bin ich in die Küche gegangen und habe Franzi gefragt. Danach habe ich mich noch eine Weile mit Peter unterhalten, es ging aber um ganz andere Dinge. Meinen Sie, Sarah ist vor ihm davongelaufen? Das kann nicht sein. Die sehen sich zwar nicht jeden Tag, aber alle paar Wochen laufen sie sich schon über den Weg. Da hätte sie schon oft flüchten müssen.«

»Er könnte wissen, dass die beiden miteinander befreundet sind?«

Sie schüttelte unwirsch den Kopf. »Ja, aber vom Personal des Pinot könnten der eine oder die andere das auch wissen. Wer sich für Sarah interessiert, muss einfach nur fragen.«

»Niemand vom Personal hat davon gesprochen oder über solche Fragen berichtet. War es das für heute?«

»Machen Sie weiter, Frau Havemann. Aber bitte liefern Sie Resultate. Die Familie soll Ihr Honorar halt noch ein paar Tage weiterzahlen.«

* * *

»Das muss unser Geheimnis bleiben.« Franzi wiederholte diesen Satz immer wieder. »Das muss unser Geheimnis bleiben.« Die Arbeit im Restaurant war getan. Sie war heimlich aus der Küche geschlichen. »Dirk soll es auch nicht wissen.« Auch diesen Satz hatte sie immer wieder gesagt, obwohl er ihr viel schwererfiel als der Satz mit dem Geheimnis. Es war schön, ein Geheimnis zu haben. Es war spannend. Sie würde das schaffen. Den Schlüssel hatte sie den ganzen Tag in ihrer Hosentasche gehabt. Immer wieder nachgefühlt, ob er noch da war. War immer noch da. Jetzt leise und heimlich nach oben gehen. Unten war zum Glück gerade niemand.

Oben vor der Wohnungstür holte sie den Schlüssel aus der Tasche, wollte aufschließen. Es war aber gar nicht zugeschlossen.

Komisch.

»Sarah hat vergessen abzusperren«, sagte Franzi und lachte. Das passierte ihr manchmal auch.

Sie öffnete die Tür. »Das muss unser Geheimnis bleiben.« Also besser kein Licht anmachen. Draußen war es noch hell.

»Im Wohnzimmer auf dem kleinen Schrank mit der Tischplatte. Im Wohnzimmer gibt es nur den einen Schrank.«

Da lag das Ladekabel für das Handy. So eines hatte Franzi auch. Schnell einstecken.

Aber wo war das Notebook? Franzi öffnete alle Schubladen des merkwürdigen Schranks. Kein Notebook da. Sie suchte auf dem Tisch, unter dem Tisch, im Schlafzimmer auf dem Bett zwischen den Kuscheltieren und unter dem Bett, sie suchte überall. Kein Notebook da.

Komisch.

Was jetzt machen? Das war schwer. Dirk fragen ging nicht. Franzi wurde unruhig. Hatte sie es sich falsch gemerkt? Sie suchte noch mal überall. »Die Sarah hat es woanders liegen lassen.« Aber wo?

Franzi verließ die Wohnung. Sperrte ab. Ging leise nach unten, nach draußen. Setzte sich auf ihr Elektrodreirad, wo der gepackte Korb schon verstaut war, und fuhr los.

»Fahr durch den Wald. Da sieht dich keiner.« Das hatte sie sich auch gemerkt. »Das muss unser Geheimnis bleiben. Der Dirk darf es auch nicht wissen. Fahr durch den Wald. Da sieht dich keiner.«

Draußen war es noch hell. Aber nicht mehr lange. Aus der Ferne hörte sie Donnergrollen.

Franzi kannte die Strecke. War sie schon oft gefahren. Von der Oberstraße zum Feldtor. Durch die Weinberge zur Jugendherberge.

»Praktisch, der Elektromotor.«

Weiter zum Ebental und nach Aulhausen. Dort in den Wald. In den Teufelskadrich.

»Teufelskadrich, komischer Name.«

Der Weg wurde holprig.

»Praktisch, die dicken Reifen. Ein Dreirad kann nicht umkippen.«

Es ging rauf und runter.

Sie kam von oben zur Suleika.

Dort hatten sie den Wohnwagen stehen. Dieses Jahr waren sie erst zweimal dort gewesen.

»Dirk will den Wohnwagen verkaufen.« Hat er aber noch nicht.

Jetzt war sie am Wohnwagen. Sarahs Fahrrad stand angelehnt daneben. Sie nahm den Korb. Öffnete die Tür. Drinnen sprang Sarah auf.

»Mein Gott, Franzi, hast du mich erschreckt.«

Franzi gab ihr den Korb. »Hab dir Rinderwadengulaschsuppe gemacht.«

»Das ist ganz lieb, Franzi.«

»Wieder gesund?« Sie schaute nach den Schnapsflaschen. Nicht mehr da.

Sarah lachte und räumte den Korb aus.

»Alles gut, Franzi, ich bin wieder die Alte.« Nahm das Ladekabel, steckte es in eine Steckdose und verband es mit dem Handy. »Wo ist das Notebook, Franzi? Du solltest doch das Notebook mitbringen. Hast du das etwa vergessen?« Jetzt war die Sarah ganz aufgeregt.

»Nicht vergessen. Es war nicht da.«

»Auf dem Sekretär, ich bin mir ganz sicher, es stand auf dem Sekretär, dem Schrank mit der Tischplatte, weißt du?«

»Ich weiß. Es war nicht da.«

Sarah griff sich in die Haare. »Das gibt es doch nicht! Bist du dir ganz sicher, dass du richtig geguckt hast?«

»Nicht böse sein.«

»Ich bin nicht böse, Franzi, es ist nur so, dass ich den Computer ganz, ganz dringend brauche.«

Franzi gab ihr den Schlüssel zurück.

»Du hast vergessen abzuschließen.«

»Was?«

»Du hast vergessen abzuschließen.«

»War die Wohnung offen?«

Franzi nickte.

»Verdammte Scheiße!« Jetzt war Sarah doch böse. »Scheiße, Scheiße, Scheiße!« Richtig böse. »Nein, Franzi, du hast nichts falsch gemacht. Ist dir jemand gefolgt?«

Franzi schüttelte den Kopf.

»Bist du durch den Wald gefahren?«

Sie nickte.

»Hast du niemandem von unserem Geheimnis erzählt?«

»Nein. Versprochen und nicht gebrochen.«

Sarah tippte und wischte auf dem Handy herum. Regentropfen begannen auf das Dach des Wohnwagens zu prasseln. »Scheiße, Scheiße, Scheiße«, sagte sie immer wieder. Dann hörte sie mit dem Wischen auf. Der Regen wurde stärker. »Gut, Franzi. Am besten fährst du jetzt wieder zurück nach Hause, Dirk wird dich schon suchen. Bitte verrate ihm nichts. Versprochen?«

»Versprochen und nicht gebrochen.«

»Es wird dämmrig draußen, es hat begonnen zu regnen, vielleicht solltest du jetzt besser unten auf der Bundesstraße fahren. Verfolgen kann dich ja jetzt keiner mehr. Geht dein Licht?«

Franzi nickte.

»Kommst du morgen noch mal? Wieder durch den Wald?«

»Ja!«

»Kennst du die Loreley?«

Franzi nickte.

»Und die Germania?«

Franzi nickte wieder.

»In der Eingangshalle des Hotels liegt ein Buch über das Rheintal. Vorne drauf ein Bild von der Loreley, hinten eins von der Germania. Ein Buch mit vielen Fotos. Die Loreley ist dort, wo das Rheintal ganz eng ist, ein großer steiler Felsen. Die Germania ist die Frau mit dem Schwert in der Hand, die auf dem Berg steht.«

Franzi wusste Bescheid. »Niederwalddenkmal.«

»Genau. Bringst du mir das Buch mit? Dann mal los! Vielen Dank für alles.«

»Wann kommst du wieder nach Hause?«

»Bald.«

»Versprochen?«

Sarah seufzte. »Versprochen und nicht gebrochen.«

Franzi verließ den Wohnwagen, setzte sich auf ihr Dreirad, schaltete das Licht an und fuhr los.

Von unten näherte sich langsam ein Wagen. Ein großes schwarzes Fahrzeug mit zwei Männern drin. Sie blieb stehen. Das Auto hatte sie schon ein paarmal gesehen. Warum ging jetzt das Licht aus? Plötzlich bekam sie Angst, große Angst. Sie drehte und radelte zurück, so schnell sie konnte. Radelte zum Wohnwagen, sprang ab, klopfte gegen die Tür.

»Die Männer kommen!«

»Was?«

»Ein schwarzes Auto mit zwei Männern!«

Sarah griff nach dem Handy, warf den Rucksack über die Schultern und sprang auf ihr Mountainbike.

»Los, komm!«

***

Ginger war durch den Regen nach Hause gefahren. Yasemin war bei ihren Eltern, Jo traf sie in der Küche der WG. Er war auf dem Sprung zu einer Veranstaltung, über die er in seinem »Food & Wine«-Blog berichten wollte.

»Mit dem Jagdschloss bin ich weitergekommen«, meinte er. »Es gibt jede Menge polemische Auseinandersetzungen wegen des geplanten Umbaus und der Golfanlage. Die einen sind begeistert dafür, weil es eine weitere touristische Attraktion sei, die anderen wütend dagegen, weil es die Rheingauer Kulturlandschaft zu einer Art Disney-Freizeitpark mache. Eine Art Freizeitpark ist der Niederwald allerdings schon seit Langem.«

Jo dozierte über den Grafen von Ostein, der den Niederwald Ende des 18. Jahrhunderts im Sinne der Romantik umgestalten ließ. Ähnliches hatte schon Astrid erzählt. Jo berichtete von der Geschichte des Jagdschlosses, dessen Pächter immer wieder wechselten, das des Öfteren geschlossen und umgebaut worden war. Dann verabschiedete er sich.

Ginger musste nachdenken.

In ihrem Fall ging es nicht um einen Familienstreit. Zumindest nicht um Auseinandersetzungen in den Familien Nachtweih und Urbach. All diese Streitigkeiten erklärten nicht, warum Sarah verschwunden war. Wenn sie ihre Grundstücke nicht verkaufen wollte, brauchte sie beim Notar nur nicht zu unterschreiben. Wenn sie mit irgendwelchen Verträgen nicht einverstanden war, sollte sie diese anfechten. Dafür müsste sie sich einen guten Anwalt suchen und nicht verschwinden. Aber wenn Sarahs Verschwinden mit diesen Konflikten nichts zu tun hatte, womit dann?

Erstmals befürchtete Ginger, dass Sarahs Leiche bald als nächste auftauchen könnte. Sie konnte sich das plötzliche Auftauchen dieser Furcht nicht erklären, es war eher eine Intuition als eine rationale Schlussfolgerung. Es hatte Zeiten gegeben, da hatte sie sich fast ausschließlich auf solche Ahnungen verlassen, diese Zeiten waren aber lange vorbei. Doch mittlerweile war das Gefühl von Bedrohung derart unabweisbar geworden, dass sie es nicht weiter ignorieren konnte.

Hatte Sarahs Verschwinden mit den beiden anderen Morden zu tun? Das war naheliegend, aber keineswegs eine gesicherte Tatsache. Der Nachtweih-Clan war gruselig. Viele gönnten sich das Schwarze unter den Fingernägeln nicht, waren eifersüchtig, geizig und missgünstig, andere verbohrt und intolerant. Aber es war niemand dabei, dem sie zwei Morde zutrauen würde.

Dennoch waren zwei Morde geschehen. Andi Neumann, Mayfelds Hauptverdächtiger, war tot. Konnte es sein, dass Sarah nicht das Opfer, sondern die Täterin war? Aber warum sollte sie Yvonne töten? Diese Hypothese lief ihrer Intuition diametral entgegen.

Ihre Intuition sagte ihr, dass sie verstehen musste, warum Sarah Hope sie anrufen wollte, es dann aber doch nicht tat. Warum sie sich für das Jahr 2004 interessierte. Hatte Andi Neumann sie angelogen, als er bestritt, ihre Mutter zu kennen? Womit war ihre Mutter beschäftigt, bevor sie verschwand?

Sie sollte Franzi genauer im Blick behalten. Jemand anders tat das vermutlich auch. Warum hatte sie nicht längst den GPS-Tracker an ihrem Rad montiert? Ob Peter Urbach in die Sache verwickelt war? Die Hinweise von Astrid Leber, sie habe sich vor und nach ihrem Gespräch mit Franzi mit ihm unterhalten, waren allerdings ausgesprochen vage.

»Hallo!«, hörte sie Yasemins Stimme. Die Freundin hatte sich unbemerkt in die Küche geschlichen und umfasste sie zärtlich an den Schultern, holte sie damit aus ihren Grübeleien. »Schon lange da?« Yasemin wollte wissen, wie es Ginger ergangen war.

Sie berichtete von dem Bauunternehmer, der Puffmutter, dem Notar. Vom Nachtweih-Clan. Von Andis Tod. Von ihren Zweifeln und Ängsten.

»Und wie war es bei dir?«

»Willst du das Neueste von meiner Familie wissen?«

»Heute eigentlich nicht.«

Yasemin lachte. »Du kannst einfach Nein sagen. Ich hatte heute keine Wahl.«

»Was hast du über Sarah herausgefunden?«

»Einiges.« Yasemin holte ihr Notebook aus dem Rucksack und klappte es auf. »Sie hatte regen Mailverkehr wegen der Renovierung ihres Hotels. Es gab noch keine konkreten Planungen, aber es ging um ein Investitionsvolumen von einer knappen Million.«

»So viel Geld würden Astrid und Sarah nie aus dem Verkauf des Jagdschlosses bekommen«, bemerkte Ginger verwundert.

»Das weiß ich nicht. In den Mails ging es um diese Summen. Des Weiteren bin ich in Sarahs digitale Identität geschlüpft. Sie selbst ist seit Tagen inaktiv. Ich bin auf Instagram, auf Facebook, auf Twitter in ihrem Namen unterwegs. Sie ist unter anderem mit Leonie Urbach befreundet, der Tochter von Peter Urbach. Mit der hast du bestimmt auch geredet.«

»Gestern. Hat keine Ahnung von nichts und nur über ihre Araberstute geschwafelt. Was ist mit der?«

»Die Araberstute heißt Aisha und ist heute Morgen verendet. Leonie glaubt, dass ihr jemand Gift oder Glasscherben gefüttert hat, sie vermutet Feinde ihres Vaters hinter dem Anschlag.«

»Muss mich das interessieren?« Ja, das sollte es, machte sich ein Gedanke in ihr flüsternd bemerkbar.

»Nö. Ist vermutlich nur eine weitere bescheuerte Verschwörungstheorie, die sich einfach deshalb durchsetzt, weil sich im Internet genug gleichgesinnte Idioten kurzschließen, in derselben Blase landen, sich gegenseitig recht geben und den eigenen Chat für den Nabel der Welt halten. Apropos Verschwörungstheorien: Da braut sich was zusammen in deinem Fall.«

»Was meinst du mit meinem Fall?«

»Ich meine das ganze Konglomerat, speziell Andi Neumanns Tod, davon hast du doch vorhin erzählt. Der Typ, der letzte Woche sein Schiff im Binger Loch auf Sand gesetzt hat, der mit deiner verschwundenen Sarah ein Verhältnis hat – oder hatte – oder wie immer man das bezeichnen soll, was die beiden miteinander hatten.«

»Und was braut sich da zusammen?«

»Ein echter Shitstorm. Andi war in der Gruppe Freunde der Germania. Und jetzt ist er tot. Es gibt jede Menge Leute im Netz, die überzeugt sind, dass das ein politisch motivierter Mord war und dass da etwas vertuscht werden soll.«

Gingers Telefon klingelte. Es war Dirk Mangold. Er klang aufgewühlt und besorgt.

»Bitte entschuldigen Sie die späte Störung. Franzi ist verschwunden. Können Sie kommen?«

»Bin in einer halben Stunde bei Ihnen.«

Sie gab Yasemin einen Kuss, griff nach ihrer Lederjacke und verließ die Wohnung.

Es hatte aufgehört zu regnen und war schon wieder viel zu warm. Ginger stieg auf ihre Carducci. Sie traf Mangold dreißig Minuten später in der Eibinger Oberstraße. Er stand schon vor der Haustür und erwartete sie. Er war blass.

»Franzi ist früher aus der Küche weggegangen, das kommt schon mal vor. Ich dachte, sie ist nach Hause gefahren. Aber hier ist sie nicht. Ihr Rad ist auch weg, ans Handy geht sie nicht. So spätabends war sie noch nie weg. Wir müssen sie suchen!«

Es klang fast flehentlich.

»Wo sollen wir das tun?«

Mangold schwieg einen Moment und blickte zu Boden. »Vielleicht hätte ich Ihnen das schon früher sagen sollen. Ich habe in Bodenthal bei Lorch auf einem Campingplatz namens Suleika einen Wohnwagen stehen. Dieses Jahr war ich noch nicht oft da, ich wollte den Wagen verkaufen, weil ich jetzt das Boot habe, aber früher bin ich sonntagnachmittags und montags oft dort gewesen, manchmal auch mit Sarah. Das ist das eine, was ich hätte sagen sollen. Das andere ist, dass ich sicher bin, dass Franzi den Aufenthaltsort von Sarah kennt. Sie ist keine besonders gute Schauspielerin, und ihre Heimlichtuerei in den letzten Tagen war ziemlich auffällig. Sie hat Essen aus Franzis Fresskorb abgezweigt.«

»Also könnte sie auf dem Boot sein oder auf dem Campingplatz?«

»Die ›Madeleine‹ liegt am Anleger direkt in Lorch, aber die Schlüssel sind alle hier. Ich glaube nicht, dass Sarah sich dort versteckt hat. Für den Wohnwagen liegt ein Satz Schlüssel auf dem Grundstück in Bodenthal. Sarah kennt nur den Wohnwagen, das Boot habe ich noch nicht lange.«

»Wie lange fährt Franzi mit ihrem Rad zum Campingplatz?«

»Eine gute halbe Stunde.«

»Und wie lange ist sie schon weg?«

»Schätzungsweise zwei, drei Stunden.«

»Sie könnte also noch auf dem Campingplatz sein?«

»Sie ist clever. Sie weiß, dass ich mir Sorgen mache. Wenn alles glattgegangen wäre, wäre sie früher zurückgekommen. Sie meldet sich nicht auf ihrem Handy.«

»Haben Sie einen Wagen?«

»Klar.«

»Fahren Sie zum Boot, wir schauen erst da nach, sicher ist sicher, und dann zum Campingplatz. Ich folge Ihnen mit dem Motorrad.«

Mittlerweile war es Nacht geworden. Der Mond schien silbrig über dem Tal. Die Straße glänzte, die Luft war feucht, und über dem Fluss waberte Wasserdampf, der in Schwaden, Rheingeistern gleich, die Hänge hinaufkroch. Es waren kaum noch Fahrzeuge auf der Straße, sie kamen schnell voran und erreichten den Anleger in einer Viertelstunde. Im Boot war niemand. Dann fuhren sie zur Suleika. Mangold fuhr mit seinem Wagen eine gewundene enge Straße den Berg hoch, in den oberen Teil des weitläufigen Campingplatzes. Vor einem Wohnwagen blieb er stehen und machte Ginger ein Zeichen.

»Das ist er.«

Ginger schaltete eine Taschenlampe an, der Strahl des Scheinwerfers fiel auf den Wagen. Die Tür war angelehnt. Sie näherte sich, schob die Tür vorsichtig auf und leuchtete ins Wageninnere. Dort herrschte Chaos. Mangold schaltete die Innenbeleuchtung an.

»Als ob eine Bombe eingeschlagen hätte«, sagte er erschrocken.

Ein paar leere Schnapsflaschen lagen auf dem Boden, alle

Schränke waren leer geräumt, der Inhalt war wahllos auf die Sitzpolster und den Boden verstreut, Geschirr, Kochutensilien, ein paar T-Shirts. Ginger machte Fotos.

In einer Polsterritze fand sie einen Schlüsselbund mit einem Anhänger, der den Aufdruck »Mainzer Hof« trug.

»Das sieht aus wie der Schlüsselbund von Sarah«, sagte Mangold. Er deutete auf einen Weidenkorb. »Und der gehört Franzi.«

Eine Wolke zog vor den Mond und verdunkelte Suleika. Der Wald dampfte.

SIEBEN

»Wir sehen uns in letzter Zeit zu oft«, begrüßte Dr. Enders Mayfeld, als der den Obduktionsraum der Frankfurter Rechtsmedizin betrat.

»An mir liegt es nicht«, brummte Mayfeld. »Das ist der Ehemann der Toten von vorgestern.«

»Unglaublich, was hier gerade los ist. Ich habe die ganze Nacht durchgearbeitet. Als Rechtsmediziner! Ich meine, unsere Patienten können eigentlich warten. Neumann hat mich besonders viel Zeit gekostet. Aber dazu komme ich später. Ist kein schöner Anblick. Der Körper hat etwa vier Tage im Wasser gelegen, der Todeszeitpunkt war mit großer Sicherheit am Freitag. Genauer kann ich das leider nicht eingrenzen, es kann mittags gewesen sein, aber auch erst abends. Die Verletzungen im Gesicht erfolgten post mortem, und zwar nach längerer Verweildauer der Leiche im Wasser. Mit großer Wahrscheinlichkeit sind es Bissspuren von Flussratten, wie sie auf den Rheininseln zahlreich vorkommen. Kennst du die Sage vom Mäuseturm?«

Mayfeld winkte ab.

»Die große Narbe im Gesicht ist etwa zwei Jahre alt, eine chirurgisch versorgte Gesichtsverletzung. Es gibt eine alte Jochbein- und eine Schädelbasisfraktur, die dürften auch zwei Jahre alt sein. Die Todesursache ist Ertrinken.«

Dr. Enders machte eine Pause.

»Ein Unfall?«

»Das wäre vorschnell geurteilt. Schau hier.«

Er wies auf Verfärbungen der Leiche an den Oberarmen.

»Ist nach so langer Zeit im Wasser sehr schwer zu erkennen, aber das könnten Blutergüsse sein, wie sie entstehen, wenn man sehr fest an den Armen gepackt wird.«

»Wie sicher ist das?«

»Ich sagte ›könnte‹, weil man bei einer älteren Wasserleiche nur weniges ganz sicher sagen kann. Aber schau dir das an.«

Er deutete auf eine Stelle an der linken Schulter des Leichnams.

»Ich sehe gar nichts.«

Enders nickte triumphierend. »So ist es mir am Anfang auch ergangen. Wegen des Zustandes der Leiche war das noch schwerer zu erkennen.« Er reichte Mayfeld eine Lupe. »Schau genau hin.«

Mit Mühe sah Mayfeld zwei kleine Punkte. Er konnte nur raten. »Die Marken eines Elektroschockers?«

»Genau!«

»Er wurde mit einem Elektroschocker niedergestreckt, fiel ins Wasser und ist ertrunken?«

»Das dachte ich zuerst auch. Aber ich wollte sichergehen. Dass wir Wasser in der Lunge gefunden haben, ist klar bei einem Ertrunkenen. Aber irgendetwas hat mir an den Lungenbläschen nicht gefallen, die Konsistenz, die Farbe, der Geruch der Lunge war anders, oder es war Intuition. Auf jeden Fall habe ich das Wasser analysiert, das hat mich dann den Rest der Nacht gekostet.«

Wieder machte Enders eine Pause und schaute Mayfeld triumphierend an.

»Spuck es schon aus.« Das war in diesem Zusammenhang vielleicht ein unpassender Ausdruck.

»Das ist kein Rheinwasser. So viel Desinfektionsmittel und Kloreiniger gibt es im Rhein selbst an seiner schmutzigsten Stelle nicht.«

»Das heißt?«

»Der WC-Reiniger weist auf eine Toilettenschüssel als Wasserquelle hin, das Desinfektionsmittel auf einen Brauchwassertank.«

Mayfeld dachte einen Moment nach.

»Könnte er in der Toilettenschüssel eines Schiffes ertränkt worden sein?«

Enders nickte. »Niedergerungen, kampfunfähig gemacht und auf dem Klo ertränkt.«

**

Ginger fuhr mit ihrer Carducci unter der Bahnunterführung hindurch den Hang hinauf. Nachdem sie mit Mangold noch in der Nacht nach Rüdesheim zurückgefahren war, wollte sie sich bei Tag noch einmal auf Suleika umsehen. Nach kurzer Zeit hatte sie den Campingplatz am Rande des Teufelskadrich erreicht. Ein Mann versperrte ihr den Weg.

»Halt! Hier kann nicht jeder durchfahren, wie er will! Können Sie nicht lesen?« Der Mann deutete auf ein Schild mit der Aufschrift »Anmeldung«.

»Sie sind die ›Anmeldung‹?«

»So ist es.«

Harald Hölzenbein, der Betreiber von Suleika, war ein drahtiger Typ um die sechzig mit ein paar wilden grauen Haaren, die eine braun gebrannte Glatze umsäumten.

»Die Campinghütten sind alle ausgebucht«, sagte er strahlend. »In diesem Jahr wollen sie alle zu uns. Oder haben Sie ein Zelt dabei?«

Ginger gab ihm ihre Visitenkarte und eine Notiz von Dirk Mangold.

»Ich suche Sarah Hope.« Sie zeigte ihm ein Bild der Vermissten. »Ich soll Ihnen schöne Grüße von Dirk sagen. Er bittet Sie, mir zu helfen.«

Hölzenbein überflog die Notiz, in der Mangold genau das niedergeschrieben hatte.

»Warum ist er nicht selbst gekommen?«

»Ist eine lange Geschichte.«

Hölzenbein schien mit der Antwort nicht recht zufrieden.

»Jetzt müssen Sie mit mir vorliebnehmen.« Sie zwinkerte ihm zu.

Hölzenbein zwinkerte zurück. »Da gibt es Schlimmeres. Ich

kenne Sarah. Letztes Jahr war sie des Öfteren mit Dirk hier auf dem Platz, dieses Jahr noch gar nicht. Jedenfalls habe ich sie nicht gesehen. Erst habe ich gedacht, sie hat ihn umgedreht, aber das war wohl nicht der Fall.« Er lachte, es klang wie das Meckern eines Ziegenbocks. »Wenn das jemand schafft, dann eine wie Sarah.« Er wurde wieder ernst. »Ist was mit ihr?«

»Um das herauszufinden, bin ich hier. Sie war gestern in Dirks Wohnwagen, ich war oben und habe das überprüft, sie ist aber wieder verschwunden.«

»Der Platz ist zu groß, um alles im Blick zu haben«, sagte Hölzenbein mit Bedauern in der Stimme. »Waren Sie das mit dem schwarzen Bus?«

»Nein. Wie kommen Sie darauf?«

»So einer ist gestern Abend nach oben gefahren. Es war schon fast dunkel, und ich hatte keine Lust, vom Fernseher aufzustehen. Als ich ins Bett gegangen bin, da kam es mir vor, als ob ich noch mal Motorengeräusch gehört hätte. Heute bin ich mal überall rumgegangen, aber das Auto war nicht mehr da.« Hölzenbein nannte ihr den Namen der Serie, die er geschaut hatte, damit konnte Ginger den Zeitraum eingrenzen, in dem der Wagen nach oben gefahren war.

»Darf ich Ihnen einen Prospekt vom Campingplatz geben?«
»Na klar.«
»Und die Broschüre über den Freistaat Flaschenhals?«
»Gerne.«

Hölzenbein begann, über den Freistaat zu erzählen. Über die Besatzungszonen der Franzosen und Amerikaner nach dem Ersten Weltkrieg, die mit dem Zirkel auf eine Karte gezeichnet wurden, ein amerikanischer Kreis um Koblenz und ein französischer um Mainz. Über die Lücke, die zwischen den beiden Zonen klaffte, in Form eines Flaschenhalses, und den danach benannten Freistaat, der Anfang der zwanziger Jahre um Lorch herum bestand. Hölzenbein erzählte mit viel Begeisterung, und Ginger bedauerte ihr Zwinkern schon. Schließlich gelang es ihr, seinen Redefluss zu unterbrechen.

»Ich müsste jetzt nach oben, mich noch mal im Wohnwagen umsehen und mit den Nachbarn reden. Darf ich Sie um etwas bitten?« Sie versuchte so charmant wie möglich zu klingen. »Würden Sie ein bisschen aufpassen und mir Bescheid sagen, falls Sarah noch einmal auftaucht? Oder dieser schwarze Bus?«

Hölzenbein strahlte. »Für Sie tue ich alles.«

Sie fuhr mit dem Motorrad die Straße hoch in den oberen Teil des Campingplatzes.

Sarah war nicht zurückgekommen, der Wohnwagen stand leer, genauso wie Mangold und sie ihn in der Nacht verlassen hatten. Sie durchsuchte ihn noch einmal gründlich, machte Fotos, fand aber nichts, was sie weiterbrachte. Schließlich klopfte es an der Tür.

»Wir sind es, die Familie Rebholz!«, hörte sie zwei Stimmen im Chor.

Vor dem Wohnwagen standen zwei rüstige Rentner um die siebzig, ein groß gewachsener weißhaariger Mann und eine etwas pummelige Frau mit kastanienbraun gefärbten Haaren.

»Dirk hat uns angerufen und gesagt, wir sollen Ihnen helfen«, sagte der Mann.

»Das machen wir doch gerne«, ergänzte die Frau.

»Er hat uns schon alles erzählt«, fuhr die Frau fort. »Sie suchen Sarah Hope, das Mädchen, das letztes Jahr ein paarmal mit Dirk hier war. Gott, war das ein schönes Paar. Aber es wird ja leider nichts aus denen.«

Frau Rebholz schien das zu bedauern, Herr Rebholz lachte wissend. »Jeder nach seiner Fasson, jeder nach seiner Fasson!«, rief er.

»Sie war da«, berichtete Frau Rebholz.

»Seit Samstagmorgen«, ergänzte ihr Mann.

»Oder Freitagnacht«, meinte sie. »Nachts schlafen wir ja und kriegen nicht alles mit. Sie ist erst gar nicht rausgekommen aus dem Wohnwagen, dabei war so schönes Wetter!«

»Sie wollte halt nicht«, vermutete er.

»Normalerweise war sie anders«, sagte sie.

»Wie können wir Ihnen helfen?«, fragte er und strahlte Ginger an.

»Haben Sie mit ihr gesprochen?«

»Sie meinen jetzt, die letzten Tage?«, fragte Frau Rebholz.

»Genau.«

»Ein Mal«, berichtete Herr Rebholz. »Gestern Mittag. Sie hat gefragt, ob sie sich mein Handy ausleihen kann. Das hab ich ihr natürlich gegeben. Sie hat versucht, jemanden anzurufen, das hat aber nicht geklappt. Dann wollte sie noch ins Internet, aber so was hab ich nicht auf dem Handy.«

»Brauchen wir hier oben nicht«, ergänzte seine Frau. »Ich bin dazugekommen und wollte ein kleines Schwätzchen halten, man redet doch mit den Nachbarn, aber sie wollte das nicht.«

»Jeder nach seiner Fasson, jeder nach seiner Fasson!«

»Normalerweise war sie anders.«

»Können Sie mir Ihr Handy mal geben?«

»Wollen Sie auch telefonieren?«

»Nur gucken, wen sie anrufen wollte.«

»Ach so.«

Rebholz streckte Ginger sein Handy entgegen, sie öffnete den Gesprächsverlauf. Es war Andi Neumanns Nummer, die Sarah angerufen hatte, zweimal kurz hintereinander. Niemand hatte geantwortet.

»Das Wichtigste haben Sie noch gar nicht gefragt«, meinte Frau Rebholz.

»Was gestern Abend geschehen ist?«

»Genau. Wir lagen schon im Bett, aber ich war noch wach. Wenn ich nicht gleich einschlafen kann, hab ich erst mal keine Chance, weil dann mein Mann schnarcht. Der hört erst nach Mitternacht wieder auf.«

»Dass du immer so übertreiben musst!«

»Papperlapapp. Erst hab ich Stimmen aus dem Wohnwagen gehört. Das waren Sarah und Franzi. Das wissen Sie ja, dass die da war. Dirk hat uns alles erzählt.«

Ginger nickte.

»Wie geht es Franzi denn?«

»Sie redet nicht. Sie ist gestern Nacht wieder nach Hause gekommen. Seither redet sie nicht mehr. Dirk ist bei ihr.«

»Normalerweise ist sie anders.«

Ginger stimmte Familie Rebholz zu.

»Und dann hab ich so ein Gerumpel gehört, als wären die beiden aufgebrochen. Danach ist ein Auto vorgefahren. Ich wäre ja gerne rausgegangen, nachgucken, aber da hätte ich über meinen Mann steigen müssen, der liegt vorne, weil er nachts öfter mal rausmuss, und das wollte ich dann doch nicht. Ich habe Männerstimmen gehört. Der eine hat zum anderen gesagt: ›Warum hast du das Licht nicht ausgemacht? Jetzt hast du es wieder verbockt.‹«

»Das haben Sie genau gehört?«

»›Wieder verbockt‹, hat er gesagt. Nein, ›wie bei der ›Loreley‹ verbockt‹, genau so hat er es gesagt. Ja, und das war es.«

»Meine Frau ist fertig«, erklärte Herr Rebholz.

Mehr war von den beiden nicht in Erfahrung zu bringen. Ginger bedankte und verabschiedete sich. Sie suchte das Gelände ab. In der Nähe der Straße fand sie Reifenspuren. Seit gestern Nacht hatte es nicht mehr geregnet, die Spuren waren wahrscheinlich in der vergangenen Nacht entstanden. Sie machte ein paar Fotos.

Die Gespräche mit weiteren Nachbarn waren kürzer und weniger ergiebig. Im Anschluss fuhr Ginger mit ihrer Enduro die Waldwege ab. Von Sarah fand sie keine Spur.

∗∗∗

Mayfeld kehrte nach Wiesbaden ins Polizeipräsidium zurück und rief die Kollegen zur Morgenbesprechung zusammen, Winkler, Blum, Adler. Lackauf wartete bereits im Besprechungsraum.

Er berichtete von den Ergebnissen der Obduktion. »Wir haben zwar Hinweise darauf, dass Neumann Selbstmordgedanken hatte, aber alles deutet jetzt darauf hin, dass er getötet wurde.«

»Ein Hauptverdächtiger ist uns abhandengekommen«, bemerkte Heike.

»Vom zeitlichen Ablauf her ist es fast unmöglich, dass Neumann seine Frau getötet hat«, fuhr Mayfeld fort. »Mit allergrößter Wahrscheinlichkeit ist er vor ihr gestorben. Die Theorien, dass Andi Neumann etwas mit dem Tod seiner Frau zu tun hat, dass seine finanziellen Probleme und die Lebensversicherung, die er für seine Frau abgeschlossen hat, eine Rolle spielen, sind alle hinfällig geworden.«

»Wir haben einen neuen Verdächtigen«, sagte Nina und hielt das Phantombild in die Höhe, das di Lorenzi gestern hatte zeichnen lassen.

»Das ist der Matrose, der mit Neumann auf der ›Loreley‹ war.«

»Die Obduktionsergebnisse legen nahe, dass Neumann auf dem Schiff ermordet wurde«, fuhr Mayfeld fort und berichtete über die Details der Obduktion. »Der Täter hat Neumanns Handy, möglicherweise auch seine Hausschlüssel an sich genommen und ist mit dem Beiboot geflüchtet.«

»In unseren einschlägigen Dateien haben wir niemanden mit diesem Aussehen«, berichtete Nina. »Wir werden nach dem Mann fahnden.«

»Und zwar intensiv, online und mit Veröffentlichungen in den Tageszeitungen, das ganze Programm.«

»Übertreiben Sie nicht, Mayfeld?«, meldete sich Lackauf zu Wort.

»Nein. Wir haben es mit einem Täter von äußerster Brutalität zu tun. Er hat eine Mutter vor den Augen ihres Kindes getötet. Er hat einen Kollegen in der Kloschüssel ertränkt. Wir wissen noch nichts über seine Motive, aber wir müssen diesen Mann möglichst schnell dingfest machen.«

»Weniger Aufgeregtheit würde den Ermittlungen vermutlich guttun«, behauptete Lackauf. »Gibt es eigentlich neue Erkenntnisse Sarah Hope betreffend?«

Mayfeld verneinte das. Die Frage erinnerte ihn daran, dass er Ginger fragen wollte, was es bei ihr Neues gab.

»Wir sollten uns ein Bild davon machen, was Neumann in den letzten Wochen gemacht hat, mit wem er telefoniert hat«, schlug Heike vor. »Bislang haben wir uns nur um die Tage nach der Havarie gekümmert.«

»Ist bereits erledigt«, sagte Adler und schob Heike eine Liste über den Tisch. »Er hat in den letzten Wochen mehrfach mit dem Notar Lothar Mende aus Rüdesheim telefoniert und mit einem Bauunternehmer namens Georg Sandmann. Bei beiden war er vermutlich vor zwei Wochen gewesen, als er ein paar Tage nicht mit dem Schiff unterwegs war, das legt das Bewegungsprofil nahe. Vor vier Wochen war er übrigens ein paarmal in der Nähe des Biebricher Schlosses eingeloggt, wo sein Handy auch am letzten Freitag gewesen ist.«

»Wir werden die Liste abarbeiten, mit jedem der möglichen Gesprächspartner reden«, sagte Mayfeld. Auch mit denen von der zweiten Telefonliste, fügte er im Stillen hinzu.

»Ermitteln Sie eigentlich auch in Richtung einer politisch motivierten Straftat, Mayfeld?«

Der Kommissar war von diesem Einwurf des Staatsanwalts völlig überrascht. »Wie kommen Sie denn darauf?«

»Dann stimmt es also, dass Sie entsprechende Hinweise ignorieren.« Lackauf zog einen Stapel Papiere aus einer Mappe, mit denen er nun herumwedelte. »Es gehen reihenweise Mails ein, die darauf hinweisen, dass Andi Neumann als Mitglied einer Gruppe namens Freunde der Germania in den letzten Wochen Drohungen ausgesetzt war, von einem Kommando Emil Küchler, mutmaßlichen Linksradikalen. Man wirft uns vor, das zu ignorieren, gar einen linksextremistischen Mord vertuschen zu wollen. Haben Sie in diese Richtung denn wenigstens schon mal ansatzweise ermittelt?«

Mayfeld schaute hilfesuchend zu Winkler, von den Mails hatte er noch nichts gehört. Die Freunde der Germania hatte Ginger erwähnt, von einem Kommando Emil Küchler hatte Mayfeld noch nie gehört.

»Darauf wäre ich noch zu sprechen gekommen, Herr

Dr. Lackauf«, entgegnete Heike, »aber gut, dass Sie es erwähnen. Von reihenweisen Mails zu sprechen ist vielleicht etwas übertrieben, bei uns sind es zehn an der Zahl, alle anonym und ohne konkrete Aussagen zur Sache. Solche Hinweise bekommen wir bei jeder Gewalttat, immer wollen Leute uns Ratschläge geben, in welche Richtung wir ermitteln sollen, und haben nichts Konkretes mitzuteilen. Oder haben Sie andere Mails als ich bekommen?«

»Da braut sich was im Netz zusammen, ein richtiger Shitstorm wird das. Wir müssen die Ängste der Bürger ernst nehmen.«

»Da haben Sie unbedingt recht, Herr Dr. Lackauf«, entgegnete Winkler, die mit dem Staatsanwalt viel gelassener umging als Mayfeld. »Am besten begegnen wir diesen Ängsten dadurch, dass wir unsere Arbeit richtig machen. Selbstverständlich gehen wir allen Hinweisen nach, aber die Personalsituation macht es notwendig, dass wir Prioritäten setzen. Das heißt, wir überprüfen die stichhaltigen Hinweise zuerst. Politische Überlegungen spielen da keine Rolle.«

Lackauf war mit dieser Antwort sichtlich unzufrieden.

»Ich will, dass Sie dieser Spur nachgehen. Was Sie für stichhaltig halten und was nicht, spielt keine Rolle. Im Zweifel ist das Ausdruck Ihrer Voreingenommenheit. Wir kommen in Teufels Küche, wenn wir an der Sache nicht dranbleiben. Es gibt bereits eine Anfrage der Presse, ich muss denen irgendetwas sagen können, wenn ich darauf angesprochen werde. Die Ermittlungen leite immer noch ich. Habe ich mich klar genug ausgedrückt?«

»Wir kümmern uns«, sagte Mayfeld. »Horst, setz dich bitte mit der Reederei Urbach in Verbindung. Die ›Loreley‹ legt heute in Mainz an. Schau sie dir an, vielleicht findest du ja etwas Interessantes. Es ist jetzt ein Tatort.«

»Müssten Sie das nicht mit mir absprechen?«, fuhr ihn Lackauf an. »Dafür brauchen Sie einen richterlichen Beschluss, den ich beantragen muss.«

»Der Reeder hat das selbst angeboten«, entgegnete Mayfeld knapp.

Lackaufs Blick verfinsterte sich. »Sie bleiben an der Sache mit diesem Kommando dran, haben Sie mich verstanden?«

»Darum werde ich mich persönlich kümmern«, versicherte Mayfeld. Er verteilte die Aufgaben für den Tag und bat Heike und Nina, später noch einmal in sein Büro zu kommen. Die Runde ging auseinander.

Auf dem Weg in sein Büro erhielt Mayfeld einen Anruf von Eva Bischoff.

»Die Sache ist brisant. Wir müssen reden.«

»Gerne. Am liebsten gleich. Mittlerweile habe ich weitere Fragen.« Er erwähnte die Freunde der Germania und das Kommando Emil Küchler. Von denen hatte Bischoff schon gehört.

Vom Konrad-Adenauer-Ring bis zur Hölderlinstraße war es ein Spaziergang von wenigen Minuten. Die Kollegin wartete im Eingangsbereich des LKA auf ihn, in den Händen zwei dampfende Kaffeetassen. Sie sah aus wie immer, seit Jahren oder Jahrzehnten hatte sich an ihrem Outfit nichts geändert. Jeans, Cowboystiefel, weißes Hemd, blaues Nadelstreifensakko. Die Haare waren etwas kürzer und silbrig geworden, die Stimme klang tief und rau wie eh und je.

»Robert! Es ist eine Ewigkeit her, dass wir uns gesehen haben.«

Sie stellte die Kaffeetassen ab und umarmte ihn herzlich und fest. Als Mayfeld sie auf einer Fortbildung kennenlernte, war sie ihm durch ihre Direktheit und wegen des Parfüms aufgefallen. Sie trug Fahrenheit, ein Männerparfüm, das gleiche, das er selbst benutzte. Er konnte Eva Bischoff vom ersten Moment ihrer Bekanntschaft an gut riechen.

»Komm, lass uns rausgehen. Da vorne steht eine Bank unter den Bäumen. Wenn es keinen gescheiten Cappuccino gibt, magst du deinen Kaffee schwarz und ohne Zucker, richtig?«

Eva Bischoff hatte ein phänomenales Gedächtnis. Und sie war die beste Polizistin, die Mayfeld kannte. Anders war es nicht zu erklären, dass ein bunter und widerspenstiger Vogel wie sie in einer Behörde wie dem Hessischen Landeskriminalamt Karriere machen konnte.

Sie setzten sich auf die Bank unter der Buche. Bischoff stellte ihren Kaffeepott mit der Aufschrift »FCKAFD« neben sich und holte ihren Tabakbeutel aus der Jackentasche. »Erst mal eine drehen.«

Auch das hatte sich über die Jahre nicht geändert. Mit Bischoff konnte man sich ohne eine Selbstgedrehte in ihrem Mundwinkel nicht vernünftig unterhalten.

»Netter Kaffeepott«, bemerkte Mayfeld.

Sie lachte. »Bislang hat sich noch keiner beschwert. Von wegen Verstoß gegen die parteipolitische Neutralität. Ich glaube, die trauen sich nicht.«

»Wie geht es dir sonst im LKA?«

»Frag mich nicht!«, antwortete sie lachend und legte Tabak auf das Zigarettenblättchen. »Du hast ja bestimmt gehört, dass ich die Karriereleiter hochgefallen bin. Dafür sitze ich jetzt auf einem Schleudersitz. Ich soll die rechtsradikalen Tendenzen in der hessischen Polizei aufklären.« Sie drückte den Tabak fest und rollte das Blättchen zwischen den Fingern. »Natürlich wollen alle Verantwortlichen eine rückhaltlose Aufklärung, aber natürlich wollen sie alle auch nette, verträgliche Ergebnisse. Wie du sicher weißt, ist ›nett‹ die kleine Schwester von ›Scheiße‹.« Sie befeuchtete den gummierten Rand des Papiers mit der Zunge und rollte die Zigarette zusammen. »Und du? Verlässt den operativen Teil des Geschäfts und bildest den Nachwuchs aus?« Bischoff war immer bestens informiert. Sie prüfte die Fluppe, klopfte die Spitze ein paarmal gegen den Tabakbeutel und zündete sie an. »Dann ist das jetzt wohl dein letzter Fall. Und der hat es in sich.«

Sie inhalierte tief und genussvoll. »Du hast mir drei Fragen gestellt. Du willst erstens wissen, ob ich bei den Ermittlungen im Fall Rebecca Havemann im Jahr 2004 beteiligt war, du willst zweitens Informationen über Hauptkommissar Sauerbrot, der damals die Ermittlungen im Fall Havemann leitete und dessen

Personalakte hier bei uns liegt, und drittens brauchst du Informationen über die Freunde der Germania und das Kommando Emil Küchler. So weit alles korrekt?«

Wo andere ihre Gedanken mäandern ließen, überflüssige Umwege oder unerlaubte Abkürzungen nahmen, hatte es Eva Bischoff, die Liebhaberin von Filterkaffee, selbst gedrehten Zigaretten und schottischem Single Malt, gerne einfach und direkt. »So weit alles korrekt.«

»Frage eins ist leicht beantwortet: Als der Fall Havemann in Mainz anhängig war, war ich in Urlaub. Der Kollege, der das in Mainz anfangs bearbeitete, Klaus Schubert, ist letztes Jahr nach einem Herzinfarkt gestorben. Ich springe gleich zur Antwort auf Frage drei: Die Freunde der Germania sind ein konservativer Haufen von Traditionalisten, ursprünglich harmlos, auf jeden Fall nicht gewaltbereit. In den letzten zwei Jahren haben Rechtsradikale den Verein unterwandert. Das Kommando Emil Küchler kennen wir erst seit wenigen Monaten. Der historische Hintergrund des Namens ist dir bekannt?«

Mayfeld nickte. Das hatte er gegoogelt, bevor er zu Bischoff aufgebrochen war.

»Dann kann ich mir den Vortrag sparen. Das ist vermutlich reiner Bullshit. Wir haben keine Hinweise, dass es so ein Kommando wirklich gibt. Entweder haben das die Freunde der Germania erfunden, nach dem Motto ›Viel Feind, viel Ehr‹, oder es sind Fakes einer Spaßguerilla.«

»Das heißt?«

»Irgendein Clown hat sich das ausgedacht, um den Lügen der Rechten etwas entgegenzusetzen. Warum? Vieles von dem, über das wir uns heutzutage aufregen, ist bloß aufgeblasene heiße Luft. Die Rechten bedienen die neuen Medien viel cleverer als alle anderen. Sie produzieren einen Shitstorm, und alle denken, das denkt die Mehrheit. Alle reden darüber, und so wird es mit der Zeit tatsächlich das, was die Mehrheit denkt. Und es gibt Leute, die glauben, sie sind noch schlauer, und produzieren gegen die Lügen Gegenlügen. Klingt spaßig, ist es aber nicht.«

Bischoff stieß ein paar kunstvolle Rauchkringel aus. »Bleibt die Frage nach dem Kollegen Sauerbrot. Du weißt schon, dass ich dir darüber eigentlich nichts sagen darf? Was interessiert dich an ihm?«

»Hast du die Akte Havemann gelesen?«

»Natürlich.« Die Kollegin klang fast ein wenig beleidigt. »Die Tochter von Rebecca Havemann, Ginger Havemann, ist eine Freundin. Sie ist eine ehemalige Kollegin und arbeitet jetzt als Privatdetektivin.«

»Hattest du mit der nicht in dem Entführungsfall aus Frauenstein zu tun? Sie hat dich damals in ziemliche Gefahr gebracht.«

»Man könnte auch sagen, sie war sehr mutig und hat ein Menschenleben gerettet.«

»Ich weiß, außerdem hat sie einen handfesten Skandal aufgedeckt. So etwas gefällt mir. Aber bitte erzähle mir, was dich an Sauerbrot und dem Fall Havemann interessiert. Willst du deiner Freundin bloß einen Gefallen tun, oder hast du eigene Gründe?« Sie nahm einen Schluck aus ihrer Kaffeetasse.

»Ginger sucht eine vermisste Person, Sarah Hope. Sie hat den Auftrag bekommen, weil Hope vorhatte, mit ihr Kontakt aufzunehmen, das aber dann nicht getan hat. Hope kannte den Rheinschiffer, dessen Lastkahn vor Kurzem am Binger Loch havariert ist. Kapitän Neumann und seine Frau wurden ermordet. Das sind die beiden Fälle, in denen ich gerade ermittle. Ginger hatte vor einigen Monaten mit Neumann über ihre Mutter gesprochen. Neumann stritt ab, sie zu kennen. Kurze Zeit später informiert sich seine Freundin Sarah Hope über Ginger und das Jahr 2004, in dem Rebecca Havemann verschwunden ist.«

»Und dann verschwindet sie, und der Kapitän und seine Frau werden ermordet. Das ist schon merkwürdig. Aber die Hinweise, dass es da Zusammenhänge gibt, sind ziemlich dünn. Offensichtlich hast du noch keine brauchbare Spur. Du hast jede Menge lose Enden, aber keinen Knoten. Was weißt du über Rebecca Havemann?«

Von ihr wusste Mayfeld so gut wie nichts, bloß dass sie als freie Journalistin im Musikbereich gearbeitet hatte. Bischoff holte ein kleines silbernes Döschen aus dem Jackett, öffnete es und drückte ihre Kippe darin aus.

»Ich habe mich mit dem Kollegen Bach unterhalten, der sich hier im LKA mit dem Fall Sauerbrot beschäftigt. Wenn Polizisten verschwinden oder unter ungeklärten Umständen zu Tode kommen, interessiert uns das immer besonders. Aber für Sauerbrot hat sich der Kollege schon vor dessen Verschwinden interessiert. KHK Bach arbeitet im Bereich Organisierte Kriminalität. Sauerbrot stand im Verdacht, auf der Gehaltsliste der 'Ndrangheta zu stehen. Er war ganz dicht an ihm dran, als Sauerbrot in den Dolomiten verschwand.«

»Du meinst, er ist untergetaucht?«

»Was ich meine, ist unerheblich, Sauerbrot ist nicht mein Fall. Der Kollege meint, dass Sauerbrot ausgeschaltet wurde. Vielleicht wurde der Organisation das Risiko zu groß, dass er auspackt, wenn wir ihn in die Mangel nehmen, vielleicht merkte Sauerbrot, dass das Spiel bald zu Ende war, wollte noch mal richtig Kasse machen und hat sich dabei verzockt. Wie auch immer. Kommen wir lieber zum Fall Havemann, der ja ein paar Jahre vor Sauerbrots Verschwinden liegt. Die Akte ist in der Tat sehr dürftig. Dass man sich mit so einer fadenscheinigen Erklärung zufriedengegeben hat, die Frau habe sich einfach davongemacht, immerhin die Mutter einer halbwüchsigen Tochter, dass man weder bei ihrem Mann noch bei ihrem Liebhaber genauer nachgehakt hat, das ist ziemlich unglaublich. Normalerweise würde man von einem fatalen Zusammenspiel von Faulheit und Inkompetenz sprechen.«

»Dazu passt aber nicht, dass das Frankfurter Präsidium den Fall aus eigenem Antrieb an sich gezogen hat«, entgegnete Mayfeld.

»Das könnte schon passen«, widersprach Bischoff. »Einer zieht den Fall an sich, warum auch immer, ein anderer setzt ihn in den Sand. Unterschätze nie das Chaospotenzial einer großen Behörde und die Faulheit und Inkompetenz einzelner Mitarbeiter. Natürlich gilt das nur in Ausnahmefällen.«

Sie lächelte bitter. Seit sie beim LKA arbeitete, hatte Bischoffs Sarkasmus eindeutig zugenommen.

»Wenn Sauerbrot auf der Gehaltsliste der OK stand, dann gab es vielleicht etwas, das unter den Teppich gekehrt werden sollte.«

»Das ist die andere Möglichkeit. Sauerbrot war mit Sicherheit ein korrupter Bulle. Journalistin im Musikbereich war die Verschwundene? Das klingt nicht so brisant.«

»Die 'Ndrangheta handelt meines Wissens vor allem mit Waffen und Drogen.«

»Und mit Menschen und Müll. Bizarre Kombi, nicht wahr?« Bischoff trank einen letzten Schluck Kaffee. »Mehr wüsste ich momentan dazu nicht zu sagen. Ich befürchte, ich habe nur noch ein paar weitere lose Enden zu deinen Fällen beigesteuert. Halte mich auf dem Laufenden. Eine Idee habe ich noch. Schicke mir die Namen aller, mit denen du oder die Havemann im Laufe eurer Ermittlungen zu tun hattet, ich zeige sie meinem Kollegen, vielleicht ist ein ›Bekannter‹ von ihm dabei. Ich kann dir zwar nicht versprechen, dass ich die Namen weitergeben kann, aber möglich wäre es schon.« Sie drehte sich eine weitere Fluppe und steckte sie sich in den Mund, ohne sie anzuzünden. »Eins wollte ich dir noch sagen. Ich habe dir das alles nicht erzählt, um dir einen Gefallen zu tun. Wir sind an dem Fall interessiert. Wenn irgendetwas herauskommt, was in Richtung OK deutet, müssen wir es unbedingt wissen. Dann musst du aufpassen. Und diese Ginger, die einen Hang zu Heldinnenrollen zu haben scheint, auch. Taugt die denn was?«

»Sie ist unkonventionell, hartnäckig und mutig.«

»Und warum ist sie nicht mehr bei uns?«

»Nach ihrer Ausbildung, während ihrer Zeit als Beamtin auf Probe, ist ihr Freund bei einem Autounfall ums Leben gekommen. Sie saß auf dem Beifahrersitz und hat mitbekommen, wie er verblutet ist.«

»Ach du Scheiße. Ein Unglück kommt selten allein.« Eva Bischoffs Gesicht verzog sich, als würde sie die Geschichte direkt miterleben.

»Danach ging es ihr verständlicherweise schlecht, sie hat zu viel gesoffen, und bevor man sie entlassen hat, ging sie lieber selbst.«

»Klingt nach einer posttraumatischen Belastungsstörung. So nennt man das doch? Warum hat sie sich nicht krankschreiben lassen?«

»Das machen doch viele nicht. Bloß keine Schwäche zeigen. Außerdem ist eine längere Krankschreibung wegen seelischer Probleme bei einer Beamtin auf Probe gefährlich. Es war schließlich kein Dienstunfall.«

»Du hast leider recht. So ist das System. Wie dem auch sei: Sie muss besonders aufpassen. Sie ist persönlich involviert, das kann ein Vorteil sein, ist aber meistens ein Nachteil. Nicht nur wegen der Voreingenommenheit, sondern vor allem wegen der Gefahr unbedachter Handlungen.«

»Du kannst ja richtig fürsorglich sein«, sagte Mayfeld. Er wusste das schon lange, aber er wusste auch, dass die Kollegin das nicht so gerne hörte.

»Ich sage nur, wie es ist.«

Zurück im Präsidium, führte Mayfeld einige Telefonate. Er überprüfte seine Nachrichten. Als er zu Bischoff gegangen war, hatte er das Handy in seinem Büro liegen lassen, vermutlich eine übertriebene Sicherheitsmaßnahme. Er fand mehrere Mitteilungen von Ginger. In der ersten hatte sie wie besprochen die wesentlichen Ergebnisse ihrer Recherchen des letzten Tages zusammengefasst. Die zweite lautete: »Weiß, wo sich Sarah aufgehalten hat. Der Vogel ist schon wieder ausgeflogen. Eine Zeugin wird verfolgt. Bitte ruf mich an.« Das tat Mayfeld sofort, erwischte aber nur die Mailbox. Er schickte ihr das Phantombild des Matrosen, denn Ginger war natürlich nicht im polizeilichen Verteiler. Schließlich kamen Heike und Nina zu der verabredeten Nachbesprechung in Mayfelds Büro.

»Ich habe mich um Andi Neumanns Bewegungsprofil gekümmert«, sagte Heike Winkler. »Er hat sich, wie ihr wisst, am letzten Freitagmorgen auffallend lange in der Nähe des Dern'schen Geländes aufgehalten. Ich bin in allen Geschäften und in allen Cafés und Kneipen gewesen, die tagsüber aufhaben. Er hat nirgendwo eingekauft, saß kurz in einem Café, da hat er telefoniert und den Kaffee stehen lassen.«

»Was wollte er dort?«, überlegte Nina. »Hat er auf jemanden gewartet? Wollte er sich mit jemandem treffen?«

»Es muss wichtig gewesen sein«, vermutete Mayfeld. »Urbach hat mir von dem Zeitdruck erzählt, unter dem die Schiffer heute stehen. Lieferfristen, Konventionalstrafen und so weiter. Und Neumann hat eine neue Fracht und verbringt seine Zeit einfach so in der Stadt? Kann ich mir nicht vorstellen. Hast du sonst noch was, Nina?«

»Die Versicherungsgesellschaft hat sich gemeldet. Yvonne hatte eine Risikolebensversicherung mit Andi als Begünstigtem, Andi eine mit Yvonne als Begünstigter. In beiden Fällen geht es um eine Schadensumme von fünfhunderttausend Euro. In der letzten Woche hat Andi Neumann eine andere Begünstigte eingesetzt, Sarah Hope.«

»Sarah Hope profitiert also von Neumanns Tod«, meinte Heike. »Du müsstest das dem Staatsanwalt mitteilen.«

Mayfeld stimmte der Kollegin zu.

»Ich habe mir die Anrufliste des zweiten Handys noch mal angeschaut«, fuhr Nina fort. »Alle Anrufe gingen an Sarah oder an das unbekannte Prepaidhandy. Einer an eine Firma namens Green & Clean. Die haben ihr Büro in Biebrich, in der Rheingaustraße. Dort läuft nur der Anrufbeantworter.«

»Den Namen habe ich doch gerade gelesen.«

Er öffnete die Nachricht Gingers noch einmal. »Der Geschäftsführer von Green & Clean, ein gewisser Guido Wagner, war am Freitag in Rüdesheim im Mainzer Hof, wo einige Stunden zuvor vermutlich auch Yvonne Neumann gewesen ist. Warum ruft Neumann bei Wagner mit seinem anonymen

Handy an?«, fragte Mayfeld. »Mit seiner Affäre dürfte es nichts zu tun gehabt haben. Wir fahren dorthin.«

***

Ginger lag auf dem roten Diwan in der Wiesbadener Goldgasse und berichtete Dr. Triebfürst die Ereignisse der vergangenen zwei Tage. Was das mit der Analyse ihrer Psyche zu tun haben könnte, wusste sie selbst nicht so genau, aber schließlich war die Vereinbarung mit dem Doktor bloß, dass sie erzählte, was sie beschäftigte.

»Wir sind zurück nach Rüdesheim in Mangolds Wohnung gefahren, dort saß Franzi verstört in der Küche. Es war kein Wort aus ihr rauszubringen, sie stierte nur ins Leere. Sie war nicht verletzt, äußerlich war alles okay, aber sie war stumm wie ein Fisch. Wo sie doch sonst andauernd Selbstgespräche führt. Ich war heute Morgen schon auf dem Campingplatz und habe mich dort umgehört. Ich hätte das am liebsten schon in der Nacht gemacht, aber Dirk bekam einen Anruf von den Nachbarn aus Eibingen, die Franzi gesehen hatten. Sarah war seit spätestens Samstag in Dirks Wohnwagen, Franzi wurde einmal gesehen, ebenso dieser Van. Einerseits bin ich erleichtert, dass Franzi wieder zu Hause ist, andererseits mache ich mir Vorwürfe, ihrem Bruder nicht eindringlich genug klargemacht zu haben, in welcher Gefahr sie sich befand.«

»Woher hätten Sie das wissen sollen?«

»Sie hat davon gesprochen, dass sie verfolgt wird, von einem großen schwarzen Auto. Ich habe diesen GPS-Tracker gefunden. Jemand verfolgt sie, weil er Sarah Hope finden will. Dieser Jemand hat vermutlich zwei Menschen auf bestialische Weise ermordet.«

»Sie reagieren oft mit Schuldgefühlen. Das erinnert mich an die Vorwürfe, die Sie sich in der letzten Sitzung wegen des Verschwindens Ihrer Mutter gemacht haben.«

»Wissen Sie, was ich unter Franzis Fahrrad gefunden habe?«

»Nein.«

»Einen weiteren GPS-Tracker. Sie wurde weiterhin beschattet, und vermutlich wurde sie Zeugin von irgendetwas Schrecklichem, das ihr die Sprache verschlagen hat.«

»Und was hindert Sie daran, über Ihre Schuldgefühle zu sprechen?«

»Wollen Sie mich unter Druck setzen, Doktor?«

Die Antwort war Schweigen. Auch ein Druckmittel. Irgendwann hatte Triebfürst erklärt, dass er verstehen könne, dass sie sich von ihm Unterstützung bei der Lösung ihrer Fälle erhoffe, dass das aber nicht seine Aufgabe sei. Seine Aufgabe sei es nicht, die Wahrheit in ihren Fällen zu finden, sondern die Wahrheit dahinter, das, was sich hinter ihrer Suche und der Art, wie sie an die Fälle heranging, verberge. Er sei nicht ihr Coach als Ermittlerin. Eigentlich schade. Ob das sein letztes Wort war?

»Meinen Sie, man wird solche Gefühle los, indem man immer wieder darüber redet? Steigert man sich dann nicht noch mehr hinein?«

»Was glauben Sie?«

»Ich glaube, dass meine Oma recht hat. Sie meinte, meine Mutter habe sich von den Äußerungen einer Dreizehnjährigen nicht so sehr beeindrucken lassen. Das war eine freundliche Art, mir zu sagen, ich solle mich nicht so wichtig nehmen.«

»Der Verlust Ihrer Mutter ist Ihr zentrales Trauma. Traumata veranlassen uns oft, in genau dem Zustand zu verharren, in dem wir von ihnen überwältigt wurden. Dreizehnjährige nehmen sich nun mal sehr wichtig und sind gleichzeitig sehr unsicher.«

»Wollen Sie mir damit sagen, ich benehme mich wie eine Dreizehnjährige?«

»Nein. Das haben Sie allenfalls getan, als wir uns kennenlernten. Heute fühlen Sie sich vielleicht manchmal noch so.«

Über das Thema hatten sie schon oft gesprochen. Triebfürst hatte einmal gemeint, in dieser Zeit seien Jugendliche deswegen so verletzlich und nähmen sich deswegen so wichtig, weil sie das Reich der Kindheit schon verlassen hätten und in der Welt der Erwachsenen noch nicht angekommen seien, also keinen eigenen Ort hätten.

»Bei meiner Oma in der Wohnung hängt ein Bild von mir und meiner Mutter. Ich war als Dreizehnjährige schon ziemlich weit, meine Mutter sah damals noch recht jung aus. Man hätte uns glatt für Geschwister halten können.«

»Vielleicht war das für beide eine schmeichelhafte Vorstellung. Ihre Mutter wollte gerne jünger wirken und Sie gerne älter. Sie waren sich gleichzeitig sehr nahe und wollten weit voneinander entfernt sein.«

»Ich war richtiggehend überwältigt, als ich das Bild letztens sah. Dabei habe ich es schon oft betrachtet. Meine Mutter sieht auf dem Bild genauso aus, wie ich heute aussehe, und schon früher haben die Leute gesagt, ich sei meiner Mutter wie aus dem Gesicht geschnitten.«

Der Satz hallte lange nach, das Bild von Mutter und Tochter verschwand nicht mehr, war wie festgebrannt. Ginger hatte keine Ahnung, warum sie das im Moment derart beschäftigte.

»Ich fühle mich in letzter Zeit oft überwältigt. Mir wird dann ganz schwindelig. Als ich mich in Sarahs Zimmer umgeschaut und die Fotos gefunden habe, von denen ich Ihnen erzählt habe, wurde mir auch schwindelig. Möglicherweise weil sie ein Mädchen zeigten, das äußerlich wie eine Frau wirkte, dem man aber ansah, dass es noch wie ein Kind fühlte. Das ist das Alter, von dem wir gerade sprachen. Sarah und ich sind übrigens gleich alt.«

Das Gespräch wurde Ginger unangenehm. Wie kam sie bloß von dem Thema wieder weg?

»Um mehr Sicherheit zu bekommen, muss ich endlich diesen Fall lösen. Es gibt immer noch diesen unsichtbaren Gorilla. Etwas, das sich direkt vor meinen Augen befindet und das ich nicht sehe, obwohl es offensichtlich ist. Was habe ich alles unternommen, um hinter das Geheimnis meiner Mutter zu kommen! Habe ich Ihnen schon erzählt, dass ich sogar in eine Wagneroper gegangen bin?«

»Nein. War das ein großes Opfer für Sie?«

Ginger musste lachen.

»Allerdings. Aber das ist nicht der Punkt. Es war eine Aufführung von Rheingold, in der zu Anfang das Lied von der Loreley gesungen wird. ›Ich weiß nicht, was soll es bedeuten‹, die Vertonung des Gedichtes von Heine.«

»Ein Heinegedicht in einer Wagneroper?«

»Das war ja die Pointe. Das Gedicht des Juden in der Oper des Antisemiten. Zwei verschiedene Deutschlands. Genauer hab ich es auch nicht verstanden, aber ich dachte, vielleicht bringt es mich weiter, weil auf dem Zettel meiner Mutter, den ich gefunden habe, stand: ›Wagner Rheingold Loreley‹. Ist natürlich Blödsinn von mir gewesen, meine Mutter konnte diese Inszenierung, die erst vor Kurzem stattfand, damals gar nicht gemeint haben. Es ist in diesem Fall nur relevant, was 2004 und davor passiert ist.«

Wieder entstand eine längere Pause. Das Bild von Rebecca und ihr, die Notiz ihrer Mutter, der Gorilla im Raum. Wie ein Strudel drehten sich Worte und Bilder in ihrem Kopf. Fast wurde ihr schwindelig. Aber das war auf dem roten Diwan von Dr. Triebfürst irgendwie unpassend.

»Ich glaube, dass dieser Auftrag die letzte Chance ist, das Schicksal meiner Mutter aufzuklären. Als ich Neumann nach meiner Mutter fragte, habe ich zwar keine Auskunft erhalten, die mich weitergebracht hätte. Aber mir kommt es vor, als ob ich damit einen Stein ins Wasser geworfen hätte, dessen Wellen mich erst jetzt erreichen. Ich frage Neumann nach meiner Mutter, ein paar Monate später will seine Freundin mit mir reden, die Freundin verschwindet, Neumann und seine Frau werden ermordet. Vielleicht ist das die Bedeutung des Traumes von der Loreley.«

»Das würde bedeuten, dass Sarah Hope etwas weiß, was sie Ihnen sagen wollte. Später hat sie es sich anders überlegt.«

»Es kam etwas dazwischen, oder sie hat ihre Pläne geändert. Und jetzt ist sie in Gefahr.«

»Aber warum macht sie das jetzt, warum hat sie Sie nicht schon längst gesucht, wenn sie Ihnen etwas mitzuteilen hat? Warum sollte es dieses Anstoßes bedürfen?«

Das wusste Ginger auch nicht. Die Stunde war zu Ende, und ihre Theorie hatte noch jede Menge Lücken.

»Danke für das Coaching«, sagte sie, als sie die Praxis verließ.

Ginger fuhr nach Schierstein. Der Schiersteiner Hafen hatte an einem sommerlichen Vormittag wie diesem etwas Heiter-Mediterranes, am Hafeneingang tuckerte ein Motorboot, weiter hinten im Hafenbecken übte eine Jugendgruppe das Fahren mit Kajaks, die Eisdiele öffnete.

Sie betrat die »Blow-up«, die an einem der Stege entlang der Uferstraße festgemacht war. Hier hatte sie Anfang des Jahres die Notiz ihrer Mutter gefunden. Vermutlich stammte der Zettel aus der Zeit, als sie und Günter wieder öfter zusammen waren. Wenn der Fall abgeschlossen war, würde sie mit Papa eine ausgiebige Flusstour machen, vielleicht zu den Altrheinarmen in der Pfalz.

Sie machte es sich auf dem Deck des alten Motorboots bequem, sie musste Kraft tanken und sich eine Strategie für den Tag zurechtlegen. Sie öffnete ihren Rucksack und holte die Picknickbox heraus. Nach den Stunden bei Dr. Triebfürst hatte sie immer unbändigen Hunger. Montags stillte sie den bei den Großeltern in Mainz, heute hatte sie, bevor sie zu Triebfürst gefahren war, in der Westendstraße vorbeigeschaut und den Kühlschrank der WG geplündert. Meeresfrüchtesalat, Hummus, Falafel. Ginger mochte es deftig, auch beim Frühstücken. Von der anderen Hafenseite wehte Kindergeschrei herüber, ein paar Möwen flogen kreischend über das Wasser, irgendwo schlug ein Fall gegen einen Bootsmast. Hafenmusik.

Es war eine fast irreale Vorstellung, dass in vielleicht zweihundert Metern Entfernung ein derart grausamer Mord geschehen war. Und ein verrückter Zufall, dass sie in eine Ermittlung geraten war, in der ein Rheinschiffer eine tragische Rolle zu spielen schien. In ihren allerfrühesten Erinnerungen sah Ginger ihren Vater auf der Brücke eines großen Schiffes am Steuerrad. Sie spürte das sanfte Schaukeln der Wellen, sie hörte das tiefe Brummen des Dieselmotors. Als die Kindergartenzeit begann, war dieses Leben zu Ende, im ersten Jahr hasste sie den Kindergarten deswegen, aber vermutlich hatte ihre Mutter die richtige Entscheidung getroffen. Auch wenn dies das Ende ihrer Ehe mit Günter zur Folge hatte.

Der Job im Zollhafen, den ihr Vater später annahm, um seine Frau zurückzugewinnen, war vermutlich viel langweiliger und unromantischer gewesen als das Leben eines Rheinschiffers, aber zunächst hatte der Plan offensichtlich funktioniert, wenn es stimmte, was ihr Papa auf dem Hausfest erzählt hatte.

Wieder ergriff Ginger ein leichter Schwindel, der sie an die Stunde bei Triebfürst erinnerte. Sie musste sich zusammenreißen, damit der Schwindel nicht stärker wurde. Es gab eine Verbindung zwischen ihrer Mutter, Andi Neumann und Sarah Hope. Ginger spürte es, ihre Intuition war unabweisbar. Allerdings konnte sie sich diese Verbindung immer noch nicht erklären, es fehlten ein paar Puzzleteile, um das Bild zu erkennen. Sie brauchte noch weitere Details aus dem Leben ihrer Mutter, um die Zusammenhänge zu erschließen. Doch sie hatte auch einen Vertrag zu erfüllen, selbst wenn sich ihre Sympathie für die Auftraggeberin in Grenzen hielt.

Sie verstaute die leeren Essensboxen im Boot. Sie könnte zurückfahren nach Suleika und weitere Camper befragen, heute Morgen hatte sie sich nur mit den nächsten Nachbarn und dem Platzbetreiber unterhalten. Aber es war unwahrscheinlich, dass einer von den anderen Bewohnern des Platzes wusste, wo sich Sarah jetzt befand. Sie sollte Mayfeld informieren. Möglicherweise würde er den gesamten Teufelskadrich nach Sarah absuchen lassen, eine Maßnahme, die Gingers Kapazitäten bei Weitem überforderte. Sie könnte versuchen, aus Franzi etwas herauszubekommen. Aber das tat deren Bruder bereits, und wenn jemand Franzi zum Sprechen brachte, dann er.

Ginger hatte keinen Plan für die nächsten Schritte.

Sie checkte ihre E-Mails und Nachrichten. Mayfeld hatte versucht, sie anzurufen. Und er hatte ihr das Phantombild des Matrosen geschickt, der zuletzt auf der »Loreley« mit Andi Neumann gearbeitet hatte. Sie schaute mehrfach hin, kurz stockte ihr der Atem. Das war unglaublich. Sie wählte sofort Mayfelds Nummer.

»Hallo, schön, dass du zurückrufst«, hörte sie Mayfelds Stimme. »Ich bin gerade auf dem Weg zu einer Befragung, genauer gesagt, ich stehe direkt vor dem Haus des Betreffenden. Können wir später telefonieren?«

»Ich mach es kurz. Den Mann auf dem Phantombild habe ich gesehen. Es ist der Typ, der Franzi Mangold verfolgt hat, mit einem schwarzen Van. Franzi hat Sarah Hope gefunden, sie war die letzten Tage auf dem Bodenthaler Campingplatz Suleika. Dort wurde gestern ein schwarzer Van gesichtet. Sarah Hope ist wieder verschwunden und Franzi Mangold verstört, sie redet kein Wort mehr.«

»Ich bin später in Rüdesheim. Wir treffen uns dort am Nachmittag.« Mayfeld beendete das Gespräch.

Ginger rief Dirk Mangold an. Franzi sprach weiterhin kein Wort mit ihm, aber immerhin hatte sie mit den Selbstgesprächen wieder begonnen. Sie werkelte in der Küche und stellte Hühnerrillettes her. Ihr Bruder war der Meinung, es sei am besten, sie noch eine Weile in Ruhe zu lassen. Er werde sich melden, sobald sie bereit für eine Aussage sei.

***

Mayfeld beendete das Gespräch mit Ginger und klingelte. Ein junger Mann öffnete. Mayfeld zeigte seinen Dienstausweis und fragte nach Guido Wagner.

»Haben Sie einen Termin?«, fragte der junge Mann zurück.

»Den brauchen wir meistens nicht«, sagte Nina fröhlich und schob sich an dem Mann vorbei ins Haus.

»Ist das sein Büro?« fragte sie und deutete auf eine Tür mit der Aufschrift »Geschäftsleitung«.

Bevor der Mitarbeiter protestieren konnte, hatte Nina schon angeklopft und die Tür geöffnet.

»Guten Tag, Herr Wagner, stören wir sehr?«

Mayfeld trat an die Seite seiner Kollegin, beide zückten ihre Dienstausweise.

Mayfeld bewunderte die schlichte Eleganz von Wagners Büro, hier herrschte ein Understatement, das keine Sekunde Zweifel daran aufkommen ließ, wie edel im Grunde alles war.

Wagner war aufgestanden und kam den beiden Beamten entgegen. Seine Eleganz passte gut in dieses Büro. Er lächelte charmant, betrachtete Nina und ihren Dienstausweis etwas länger als nötig und meinte dann mit einer tiefen und sonoren Stimme, die an Sean Connery erinnerte: »Das würde nichts ändern, nicht wahr? Was kann ich für Sie tun? Bitte nehmen Sie Platz!«

Er deutete auf eine Gruppe Bauhaussessel. »Kann ich Ihnen etwas anbieten?«

»Ein Wasser wäre ganz nett«, meinte Nina, bevor Mayfeld ablehnen konnte.

Wagner rief nach Giorgio und bat ihn, Wasser und drei Gläser zu bringen.

»Also?«, fragte er, nachdem alle ein gefülltes Glas vor sich stehen hatten.

»Kennen Sie Andi Neumann?«, fragte Mayfeld.

»Darf ich erst erfahren, worum es geht?«

Die Frage war eigentlich zu einfach, um mit einer Gegenfrage beantwortet zu werden. Aber Wagner hatte ein Recht, zu wissen, in welcher Sache er befragt wurde.

»Wir ermitteln in zwei Mordfällen. Ein Opfer ist Andi Neumann.«

»Ach du liebe Zeit«, rief Wagner aus. »Ich kenne Neumann zwar nicht gut, aber ich kenne ihn. Ich hatte in der Vergangenheit ein-, zweimal geschäftlich mit ihm zu tun. Das ist noch ein recht junger Mann gewesen.«

»Dem Mörder war's egal«, meinte Nina.

»Entschuldigen Sie, das war eine dumme Bemerkung.«

»Alles im grünen Bereich.«

»Hat er nicht Familie?«

»Das wissen Sie also auch?«

»Was?«

»Dass er Familie hat.«

»Er hat es mal erzählt.«

»Als Sie ein- oder zweimal geschäftlich miteinander zu tun hatten.«

»Ja.«

Wagner schien durch die freche Art Ninas einigermaßen irritiert. In Befragungen war das oft ihre Strategie. Außerdem entsprach es ihrem Naturell.

»Und wann haben Sie ihn zuletzt gesprochen?« Mayfeld klinkte sich wieder in das Gespräch ein.

»Das kann ich Ihnen jetzt leider nicht sagen, fällt mir gerade nicht ein.«

»War es vielleicht am letzten Freitag? Morgens um kurz nach acht?«, hakte Nina nach.

Wagner schien einen Moment nachzudenken, die Irritation nahm zu, dann war ihm die Antwort eingefallen, und er lächelte wieder.

»Ja natürlich, am Freitag. Da hat mich Andi Neumann tatsächlich angerufen. Er hat mir vor einiger Zeit etwas über einen Freundeskreis der Germania erzählt, in dem er Mitglied ist. Ich sollte da unbedingt mal vorbeischauen. Und am letzten Freitag hatten die einen Referenten aus Sachsen-Anhalt eingeladen, den Vortrag sollte ich mir anhören. Daran hat er mich erinnert.«

»Morgens um kurz nach acht?«

»Ja. Abends um kurz nach acht wäre es zu spät gewesen.«

»Und? Waren Sie dort?«

»Ich war tatsächlich dort. Ich mag es, wenn Menschen ihre Traditionen pflegen. Sie sind dann eher bereit, das, was ihnen wichtig ist, zu schützen und zu bewahren. Und das kommt unserer Firmenphilosophie sehr entgegen. Aber mit der Art Traditionspflege, wie sie am Freitag im Mainzer Hof propagiert wurde, kann ich nichts anfangen. Das war populistisch, Nationalismus pur. Mit solchen Leuten will ich nicht in Verbindung gebracht werden, mein Unternehmen agiert international, ich muss mich doch auch mit den Franzosen gut stellen, und Europa ist sowieso die einzige vernünftige Perspektive, die wir haben. Das alles wollte ich Andi Neumann noch sagen. Aber dazu ist es jetzt zu spät.«

Das Gespräch zog sich noch eine Weile hin, es gab ein wenig Geplänkel zwischen Wagner und Nina, die versuchte, ihrem Gegenspieler noch die eine oder andere Falle zu stellen, aber das Ergebnis war bloß ein Katz-und-Maus-Spiel ohne weiteren Erkenntnisgewinn.

✻✻✻

Gingers Handy klingelte. Anruf von unbekannt. Eine Natascha meldete sich.

»Ich hab von meiner Chefin gehört, dass du was über Andi wissen willst und ich mir was verdienen kann. Den armen Kerl hat es ja erwischt, dem nutzt meine Verschwiegenheit nichts mehr. Also, wenn du bald kommen könntest, ich muss dann nämlich wieder arbeiten.«

Sie verabredeten sich im Chantal.

Ginger verschloss die Kabine der »Blow-up«, setzte sich auf ihr Motorrad und fuhr los. Eine aussagefreudige Nutte, das war ungewöhnlich. Wahrscheinlich hatte sie nichts zu sagen und wollte mit ein paar banalen Äußerungen Kasse machen. Aber Ginger musste nehmen, was sie bekam. Vielleicht konnte eine Information über Andi sie zu Sarah führen.

Eine halbe Stunde später saß Ginger mit Natascha in deren Arbeitszimmer. Der Raum war mit schummrigem roten Licht beleuchtet und wurde von einem großen Bett, deckenhohen Spiegeln und zwei Plüschsesseln dominiert, auf einer Anrichte lagen ein paar Arbeitsgeräte, Peitschen, Fesseln, Dildos. Natascha hatte sich noch nicht zurechtgemacht, saß in Jeans und T-Shirt in einem der beiden Plüschsessel. Sie war eine hübsche, aber auch ziemlich unauffällige junge Frau Mitte zwanzig. Fotos von ihr über der Anrichte zeigten, was Make-up, ein paar Dessous und Accessoires aus ihr machen konnten. Natascha war eine echte Verwandlungskünstlerin. Es gab sie als Vamp, Domina, Sklavin, Krankenschwester und Schulmädchen.

Natascha hielt den halben Hunderter, den Ginger ihrer Chefin gegeben hatte, in Händen. »Wo ist die andere Hälfte?«

Ginger holte sie aus ihrem Rucksack und zeigte sie ihr.

»Da musst du noch zwei dazulegen. Einen bekommt meine Chefin als Vermittlungsgebühr.«

Ginger nahm zwei weitere Scheine, zerriss sie in der Mitte und legte die Hälften auf das Tischchen zwischen den beiden Sesseln. Es waren bloß Spesen.

Einen Moment schienen sich Verärgerung oder Kränkung über das offensichtliche Misstrauen in Nataschas Gesicht zu spiegeln, aber sie hatte sich schnell wieder im Griff und bemühte sich um ein professionelles Lächeln. Sie griff nach den Hälften und ließ sie in einem Hello-Kitty-Handtäschchen verschwinden.

»Was willst du wissen?«

»Alles, was du mir über Andi sagen kannst, seit wann du ihn kennst, wie oft er dich besucht, was er dir über sein Leben erzählt hat, wie es ihm in letzter Zeit gegangen ist. Ob dir zuletzt irgendetwas Besonderes aufgefallen ist. Auf welcher Rolle von dir er besonders stand.« Sie deutete mit einer Bewegung des Kopfs auf die Fotografien.

Natascha grinste. »Auf das Schulmädchen. Willst du Einzelheiten wissen?«

Ginger winkte ab. »Nur, wenn es etwas Besonderes gibt.«

»Gibt es. Er wollte immer Fotos machen, von mir, von uns im Spiegel, er war ein echter Freak. Das Fotografieren war ihm wichtiger als die Sache selbst. Mir war das recht, Posen ist ja leichtere Arbeit als Ficken, aber gewundert hat es mich schon.«

»Und was hat er mit den Fotos gemacht?«

»Was weiß ich? Fürs Familienalbum aufgehoben? Als Wichsvorlage benutzt?«

»Hast du ihn mal danach gefragt?«

»Na klar, da hat er gemeint, er würde sie in einer Cloud speichern. Gute Mädchen kommen in den Himmel, böse in die Cloud.« Sie kicherte.

»Hast du eigentlich keine Angst, was mit den Bildern passiert?«

»Was?« Sie schaute Ginger verständnislos an. »Das machen doch alle. Außerdem hat Andi mal gemeint, dass er seine Cloud super geschützt hat, mit Passwörtern und so. Er hat Strophen von Gedichten oder Liedern genommen und davon die Anfangsbuchstaben. Auf den Trick war er ganz stolz.«

»Über so was habt ihr geredet?«

»Ja, mit mir kann man auch reden, ob du es glaubst oder nicht. Manche Kunden kommen nur deswegen. Du zum Beispiel.« Sie lachte kurz auf. »Scherz. Ich hab Andi dann immer total bewundert, das hat er gerne gehabt. Jeder braucht halt was anderes.«

»Seit wann kennt ihr euch?«

»Seit ich hier arbeite, also seit drei Jahren.«

»War er oft bei dir?«

»Alle paar Wochen. Ich glaube, immer, wenn er in der Nähe war und Zeit hatte. Ein Stammkunde.«

»Und wann war er zuletzt hier?«

»Das ist jetzt schon sechs Wochen her.«

»Und war er da irgendwie anders?«

Natascha zögerte einen Moment. Dann sagte sie: »Ich finde, du könntest mal die ersten zwei Hälften der Hunnis rüberwachsen lassen, bevor es hier weitergeht.«

Ginger fand das angemessen, zumal es nicht ihr Geld war. Sie reichte ihr die zwei halben Hunderter.

»Was war die Frage noch mal?«

»Ob er vor sechs Wochen irgendwie anders war.«

»Ja, da war er richtig geladen. Und nervös. Wollte gar keine Fotos machen. Nur ein bisschen vögeln, und damit war er ganz schnell fertig.«

»Hast du eine Idee, warum er so sauer war?«

»Ich glaube, dass er mit seinen Frauen unglücklich war. Ich meine, warum geht man zu einer wie mir?«

»Dann war er ja schon immer unglücklich mit seinen Frauen.«

»War er auch.«

»Meinst du das so ganz allgemein oder gab es spezielle Gründe?«

»Seine Frau hat einen anderen, einen kultivierten Klugscheißer, auf so was steht die neuerdings. Und dann gibt es noch eine Verflossene, die er immer ›Hoppelchen‹ genannt hat. Die wollte mal mit ihm zusammen sein, mal nicht, hat ihm mal Hoffnung gemacht und ihn dann wieder in die Wüste geschickt. Zumindest hat er das so erzählt. Aber die Leute erzählen viel, wenn der Abend lang ist, ich kenn mich da aus.«

»Wenn er sauer war, war er dann auch aggressiv?«

»Nicht zu mir. Aber man konnte schon manchmal Angst bekommen. Er hat geschimpft, war nervös, angespannt. Dann hat er wieder geweint. Am ehesten hatte ich Angst, dass er sich was antut.«

Hörte Ginger da so etwas wie Mitgefühl in den Worten von Natascha?

»Du hattest Angst?«

Sie verzog das Gesicht, als wäre es ihr peinlich, bei Gefühlen ertappt zu werden. »Meine Kunden können machen, was sie wollen, aber Selbstmord ist doch ein bisschen arg krass.«

»Hat er davon in letzter Zeit öfter gesprochen?«

»Ja, aber er hat auch immer davon geredet, dass er bald groß rauskommen wird, dass er ein großes Ding in der Pipeline hat. Scheint so, dass er mit dem Ding irgendwo stecken geblieben ist.«

»Hat er gesagt, was er damit meint?«

Sie schaute Ginger an, als ob sie nicht ganz dicht wäre.

»Total bescheuert war der jetzt auch nicht. Krieg ich jetzt den letzten halben Hunni?«

Ginger gab ihn ihr.

***

Eines der wenigen Telefonate, die Andi Neumann in den letzten Wochen mit dem unter seinem Namen angemeldeten Handy geführt hatte, war mit dem Rüdesheimer Notar Lothar Mende gewesen. Der Notar empfing Mayfeld und Blum in seinem Büro.

»Könnten Sie sich bitte kurzfassen?«, begrüßte er die beiden Beamten mit einer unangenehm leisen Stimme.

»Das ist auch in unserem Interesse«, antwortete Mayfeld. »Wir ermitteln im Fall des ermordeten Andi Neumann.«

»Moment einmal«, unterbrach ihn Mende. »Herr Neumann ist tot?«

Die Überraschung klang echt, aber auch so, als ob Mende in der letzten Zeit mit Neumann befasst gewesen wäre.

»Das sagte ich gerade. Wir gehen von einem Verbrechen aus. Die Auswertung seiner Telefonverbindungen und des Bewegungsprofils hat ergeben, dass er vor zwei Wochen mit Ihnen telefoniert und Sie vermutlich in Ihrem Notariat besucht hat.«

Mende blätterte in seinem Terminkalender. »Stimmt, am Freitag vor zwei Wochen war er hier.«

»Was wollte er?«

»Das kann ich Ihnen nicht so einfach sagen«, flüsterte Mende.

»Doch, das können Sie. Das müssen Sie sogar, wenn das hier nur kurz dauern soll«, erwiderte Mayfeld. »Aber wenn Sie lieber mit einem juristischen Kollegen sprechen wollen, dann würde ich den ermittelnden Staatsanwalt bitten, sich mit Ihnen in Verbindung zu setzen.«

Mende machte eine abwehrende Handbewegung. »So kompliziert müssen wir es auch nicht machen. Es ist halt nur so, dass Herr Neumann in einer Sache bei mir vorstellig wurde, in der er gar keine berechtigten Interessen hatte.«

Mayfeld bat, das zu präzisieren. Mende sprach jetzt etwas weniger leise und machte ein paar Ausführungen über die Interessen Dritter, die durch seine Äußerungen tangiert werden könnten, und über die Abwägung verschiedener Rechtsgüter.

»Andi Neumann hätte ein Interesse, dass wir seinen Mörder finden«, fasste Nina die juristischen Aussagen Mendes etwas verkürzt zusammen und schenkte dem Notar ein entwaffnendes Lächeln.

Mende lächelte steif zurück. »Man kann es zumindest vermuten. Herr Neumann kam wegen der Auseinandersetzung einer Erbengemeinschaft, die über fünfzehn Jahre zurückliegt. Er bezweifelte, dass damals alles mit rechten Dingen zugegangen sei, ein aus meiner Sicht völlig absurder Vorwurf. Seine Mutter, die Teil der Erbengemeinschaft war, hat den Vertrag unterschrieben. Im Kern war Herrn Neumanns Verärgerung darauf zurückzuführen, dass der Wertzuwachs der damals aufzuteilenden Grundstücke sich im Laufe der Jahre sehr unterschiedlich entwickelt hat. Aber das ist nichts, wofür ich mich als damals beurkundender Notar interessiere. Und dann meinte Herr Neumann noch, sich für die Interessen einer anderen Person, die Teil der Erbengemeinschaft war, einsetzen zu müssen, was völlig aberwitzig ist. Das habe ich ihm gesagt, und das wollte oder konnte er nicht verstehen.«

»Es geht um Sarah Hope, die damals eine minderjährige Waise war«, vermutete Mayfeld. »Und um den Bau des Golfhotels am Niederwald.«

Mende zuckte überrascht mit einer Augenbraue. »Wegen Hope war übrigens gestern eine Privatermittlerin bei mir. Frau Hope habe ich in der letzten Woche auf einer privaten Feier kurz gesehen, und sie wird vermisst. Aber das wissen Sie vermutlich schon.«

Mayfeld nickte. »Der Vorgang ist uns bekannt. Und was hat es mit dieser Sache auf sich?«

»Nichts als heiße Luft. Wenn die Interessen Minderjähriger betroffen sind, für die eine Vormundschaft eingerichtet ist, und es zu Interessenkonflikten der Verfahrensbeteiligten kommen könnte, dann bestellt das zuständige Vormundschaftsgericht einen Verfahrenspfleger, meistens wegen der erforderlichen Sachkunde einen Rechtsanwalt. Das ist in diesem Fall auch geschehen, alles ging seinen korrekten Gang.«

»Sind Sie aktuell auch in den Verkauf der Immobilien involviert?«

»Was geht Sie das an?«

»Ist das ein Geheimnis?«

»Natürlich nicht. Ich werde das am Freitag beurkunden.«

»Und wenn eine oder einer der Beteiligten am Freitag nicht erscheint?«

»Wenn der oder dem ein Grundstück gehört, das für den Käufer besonders wichtig ist, kann der Deal platzen. Wir werden sehen.«

»Wie ging die Sache mit Herrn Neumann weiter?«

»Ja, das wurde etwas beängstigend. Er wurde laut und beleidigend, ich habe ihn dann der Kanzlei verwiesen. Zum Glück ist er meiner Aufforderung nachgekommen, ohne dass ich Ihre Kollegen um Unterstützung bitten musste. Und nun darf ich Sie um Verständnis dafür bitten, dass mich dringende Termine rufen und ich das Gespräch beenden muss.«

Der Zweite auf der Telefonliste von Neumann war Georg Sandmann. Nina und Mayfeld fuhren zu seinem Haus im Kieseler Weg.

»Herein! Tür ist offen«, brüllte es aus dem Haus, als sie klingelten.

Die beiden fanden den Bauunternehmer in seinem Büro am Ende des Flurs und zeigten ihm ihre Dienstausweise.

Sandmann schaute sie misstrauisch an. Selten hatte Mayfeld ein derart hässliches Gesicht gesehen. Wulstige Lippen, feiste Backen, eine grobporige Nase und kleine unruhige Augen unter schweren Lidern. Die Hässlichkeit war bizarr und wirkte fast unwirklich.

»Mit meinen Arbeitern ist alles in Ordnung. Die Papiere sind tipptopp. Kommt deswegen normalerweise nicht der Zoll?«

»Keine Sorge, in die Arbeit des Zolls mischen wir uns nicht ein.«

Sandmanns Gesicht entspannte sich, soweit das ging. Er musterte seine Gegenüber jetzt etwas freimütiger, und Ninas Anblick veranlasste ihn zu einem breiten Grinsen.

»Was kann ich dann für Sie tun?«

»Wir ermitteln im Fall der Ermordeten Yvonne und Andi Neumann. Andi Neumann war vor zwei Wochen bei Ihnen hier im Büro. Er hat mit Ihnen telefoniert. Wir gehen davon aus, dass Sie ihn kennen. Was können Sie uns über ihn sagen?«

»Das war ein privates Gespräch. Wir haben uns über den Freundeskreis Germania unterhalten, über den Vortrag vom Herrn Jaucher zwei Wochen später. Andi wusste noch nicht, ob er kommen kann, der ist ja immer auf dem Wasser. Suchen Sie nach den linken Zecken, die uns seit Monaten Drohmails schicken, dann haben Sie Andis Mörder schnell. Die schrecken noch nicht einmal vor Sippenhaft zurück.«

Sandmann wusste über Neumann nur, dass er ein feiner Kerl war, über seine privaten Verhältnisse so gut wie nichts. Es schien ihn auch nicht zu interessieren. Nach einem kurzen und unergiebigen Gespräch verließen die Beamten den Bauunternehmer.

***

Ginger hatte gerade das Chantal verlassen, als Dirk Mangold anrief. »Ich glaube, du kannst jetzt kommen.«

Sie fuhr von der Altstadt in die Eibinger Oberstraße, stellte ihr Motorrad neben Franzis Dreirad in den Hof und ging in die offen stehende Wohnung der Geschwister. Die beiden saßen in der Wohnküche.

Franzi schaute zu ihrem Bruder. »Soll ich erzählen?«

Mangold nickte.

»Aber die Sarah hat gesagt, das ist unser Geheimnis.«

»Wir müssen ihr jetzt helfen. Da gibt es keine Geheimnisse.«

Franzi schaute zweifelnd zu Ginger, dann begann sie. Sie erzählte mit stockender Stimme und kurzen, abgehackten Sätzen, dass sie Sarah am Montag zum ersten Mal auf Suleika getroffen habe. Sie konnte nicht recht erklären, warum sie sie gerade dort gesucht habe, aber für Franzi war es das Natürlichste der Welt gewesen. Da ist man ganz weg von der Welt, habe Sarah früher immer gesagt. Sie habe den Auftrag bekommen, Notebook und Ladekabel für das Handy aus Sarahs Wohnung mitzubringen. Dafür habe sie ihr die Wohnungsschlüssel mitgegeben.

»Die Wohnung war aber auf. Und kein Notebook da.«

Als Ginger am Samstag in der Wohnung war, lag das Notebook auf dem Sekretär. Dorthin hatte sie es auch zurückgelegt, nachdem sie die Festplatte kopiert hatte. Astrid hatte die Wohnung abgeschlossen, nachdem sie sie wieder verlassen hatten. Jemand hatte das Notebook gestohlen. Sie schrieb eine Nachricht an Mayfeld.

»Ich bin wieder zur Suleika. Die Sarah war traurig, weil ich das Notebook nicht gefunden hab. Und das Handy ist nicht richtig gegangen.«

Franzi schaute bekümmert zu Boden.

»Ich soll ihr das Buch von der Loreley und der Germania mitbringen, damit sie nicht mehr so traurig ist.«

Ginger schaute fragend zu Mangold, der zuckte ahnungslos die Schultern. Nach längerem Nachfragen vermutete er, dass es sich um einen Bildband handeln müsse, der im Foyer des Hotels lag.

»Und wie ich wieder nach Haus wollt, hat es geregnet, und ich hab das schwarze Auto gesehen. Mit zwei Männern drin. Da bin ich zurück. Und die Sarah hat gesagt: ›Nix wie weg.‹ Und wir sind beide los. Ich mit meinem Dreirad. Die Sarah mit ihrem Rad. Und dann war sie weg.«

»Und das Auto mit den Männern?«

»War auch weg.«

Franzi schaute in die Ferne. Tränen liefen ihr über die Wangen.

Ginger rief Mayfeld an, erreichte nur seine Sprachbox und bat ihn, in den Mainzer Hof zu kommen. Dann fuhr sie zum Hotel. Sie traf Astrid Leber im Foyer im Gespräch mit einem Gast. Leber bat sie mit einer Geste, einen Moment zu warten. In der Zwischenzeit konnte Ginger nach dem Buch suchen, von dem Franzi gesprochen hatte. Sie fand es auf einem Couchtisch, der in der Mitte einer Sesselgruppe stand. Es war ein in die Jahre gekommener Bildband über das Rheintal. Ginger durchsuchte ihn nach versteckten Zetteln, handschriftlichen Vermerken oder Markierungen, fand aber nichts dergleichen. Sie erinnerte sich an alte Spionagefilme, in denen Nachrichten verschlüsselt wurden, indem man Buchstabenfolgen mit Hilfe eines vorher festgelegten Textes in Ziffernfolgen umwandelte. Der Trick dieses Chiffriersystems war, dass es zwischen den Ziffern und den Buchstaben keinen systematischen Zusammenhang gab, außer dem Text dieses einen, zufällig ausgewählten Buches.

Offensichtlich ging es um Informationen, um Bilder oder Worte. Etwas befand sich womöglich in dem Buch, das sie in der Hand hielt. Etwas befand sich auf der Festplatte des Notebooks, das verschwunden war. Oder in der Cloud, von der Natascha erzählt hatte. Hatte Mayfeld nicht davon gesprochen, dass in der Wohnung der Neumanns sämtliche elektronischen Geräte verschwunden waren? Hatte der Mörder die Daten oder Informationen dort gesucht?

Sie blätterte durch den Bildband. Für eine Chiffrierung wie in den alten Filmen war er denkbar ungeeignet. Der Text war opulent bebildert mit Fotografien aus verschiedenen Epochen sowie alten Gemälden und Stichen. Er erzählte von der Rheinromantik, von alten Sagen, vom Weinbau. In einem gesonderten Kapitel ging es um die Bau- und Entstehungsgeschichte des Niederwalddenkmals, seine Einweihung, Erwähnung fand auch der kläglich missglückte Attentatsversuch einiger Anarchisten auf den deutschen Kaiser. Es war spannend, Fotografien des Denkmals und der sie umgebenden Bauten aus verschiedenen Zeiten zu vergleichen, zu sehen, wie Gebäude ihr Gesicht durch neue Anbauten oder Fassaden veränderten.

»Jetzt habe ich Zeit für Sie«, unterbrach Astrid Leber ihre Gedanken. »Kommen Sie mit ins Büro.«

»Wir sollten gleich nach oben gehen. Waren Sie noch einmal in Sarahs Wohnung?«

»Natürlich nicht.«

»Sonst jemand?«

»Nicht dass ich wüsste.«

»Nehmen Sie bitte die Schlüssel mit, ich befürchte, es ist eingebrochen worden. Kann ich das Buch haben?«

Astrid zuckte mit den Schultern. »Wenn es Ihnen weiterhilft«, murmelte sie.

Sie stiegen die Holztreppe nach oben. Ginger holte ein paar Latexhandschuhe aus dem Rucksack und zog sie über.

Sie betrachtete das Türschloss sorgfältig. Kleinere Kratzspuren ließen erkennen, dass hier ein Profi am Werk gewesen war, der das Schloss aufgebrochen hatte, ohne es in seiner Funktionsfähigkeit zu zerstören.

»Den Schlüssel!«

Die Tür war verschlossen, wie Franzi berichtet hatte. Ginger öffnete sie.

Sie gingen in die Wohnung. Es war alles unverändert im Vergleich zu ihrem letzten Besuch. Bloß das Notebook auf dem Sekretär fehlte. Ginger zog die Schubladen des Sekretärs auf. Auch hier schien alles unverändert. Der Schmuck war noch da. Auch die Fotografien von Sarah lagen noch am selben Ort. Das verträumte Mädchen in der anzüglichen Pose schaute aus einem Zimmer in die herbstliche Landschaft und kämmte sein Haar. Mit einer erwachsenen Frau als Model wäre das Bild einfach nur kitschig gewesen. Mit einem Kind erzeugte es Übelkeit. Ginger spürte den Schwindel, der sie immer öfter heimsuchte.

»Ich habe gehört, dass hier eingebrochen worden sein soll«,

hörte sie plötzlich Mayfelds Stimme hinter sich. »Nimmst du der Spurensicherung gerade die Arbeit weg?«

Mayfeld zeigte Astrid Leber seinen Dienstausweis und stellte seine Kollegin vor. Nina Blum war farbenfroh wie immer gekleidet, mit gelben Sportschuhen, roten Jeans und einem apfelgrünen T-Shirt, auch Mayfeld trug das, was er immer trug, Jeans, weißes Hemd, Leinenjackett. Ginger freute sich, ihn zu sehen, er vermittelte ein Gefühl von Ruhe, Sicherheit und Zuversicht. Ihr Schwindel war sofort wieder verschwunden.

Sie brachte Mayfeld auf den neuesten Stand ihrer Recherchen, berichtete über die Ereignisse auf Suleika und die Aussage von Franzi Mangold.

Mayfeld fragte Astrid Leber nach dem Verschwinden von Sarah Hope, nach der Familienfeier in der letzten Woche, nach ihrem Verhältnis zu Andi Neumann, das sie als distanziert, und zu Yvonne Neumann, das sie als nicht existent beschrieb.

Nina Blum inspizierte derweil das Schloss der Wohnungstür und telefonierte.

»Horst ist noch mit der ›Loreley‹ beschäftigt, ich habe die Kollegen vom Einbruch gebeten, sich die Tür und die Wohnung genauer anzusehen«, sagte sie zu Mayfeld. Und zu Astrid und Ginger gewandt: »Fehlt in der Wohnung etwas?«

»Das Notebook«, antwortete Astrid. »Als ich zuletzt in der Wohnung war, lag es auf dem Sekretär.«

»Sonst gibt es hier auch nichts zum Klauen«, vermutete Nina. »Oder ist da noch was drin?« Sie deutete auf den Sekretär.

»Nichts von Wert für einen Einbrecher«, meinte Ginger.

Nina streifte sich Handschuhe über und untersuchte den Inhalt der Fächer und Schubladen. Sie verzog das Gesicht, als sie die Fotografien inspizierte, verzichtete aber auf einen Kommentar.

»Seit wann suchst du nach Sarah Hope?«, fragte sie Ginger.

»Seit Samstag.«

»Ist seitdem etwas aus dem Sekretär verschwunden?«

Ginger schüttelte den Kopf.

Blum und Mayfeld schauten sich in der Wohnung gründlich um, Nina lachte hell auf, als sie die Plüsch- und Kuscheltiersammlung auf Sarahs Riesenbett sah. Aber sonst fanden sie nichts Bemerkenswertes. Sie verließen die Wohnung, Mayfeld versiegelte sie.

Er fragte nach Jenny Bauer. Die bediente an diesem Nachmittag in der Rieslingstube. Mit ihr wollten die Beamten sprechen, danach würden sie sich mit Ginger im Hotelfoyer treffen.

»Sie scheinen ja tatsächlich etwas zu tun für Ihr Geld«, sagte Astrid Leber, als die beiden Beamten gegangen waren. »Aber Sie haben nur noch bis morgen Abend Zeit. Der Termin beim Notar ist am Freitag um fünfzehn Uhr.«

Es ging nichts über eine fürsorgliche Familie, dachte Ginger. Eigentlich wollte sie sich den Sarkasmus abgewöhnen. Er schützte zwar vor Schmerz, legte sich aber wie eine grindige Kruste über die Seele.

Die Hotelchefin zögerte einen Moment. »Danach wäre ich froh, wenn Sie weitersuchen würden. Aber dann zahle ich das allein, und wir müssen noch mal über Ihr Honorar reden.«

»Da werden wir uns einig«, meinte Ginger. Ihre Auftraggeberin schien doch keine kaltherzige Hexe zu sein, dachte sie.

Sie ging nach unten in das Foyer, das zu dieser Stunde einen verlassenen Eindruck machte und Ginger in seiner Düsternis immer noch an einen Horrorfilm denken ließ. Sie setzte sich in eine Ecke und blätterte in dem Buch, das sie hier gefunden hatte. Es gab Fotografien der kriegerischen Germania und den Text der »Wacht am Rhein«. Auf anderen Bildern war der Loreleyfelsen zu sehen, Illustrationen zeigten eine blonde junge Frau, die leicht bekleidet ihr Haar kämmte. Ginger las das Lied von Heinrich Heine und Brentanos Ballade von der Lore Lay. Lore Lay war eine Zauberin, die mit ihrer Schönheit jeden Mann verführte und in den Tod trieb. Deswegen wollte der Bischof sie hinrichten lassen, Lore Lay bat sogar darum. Der Bischof begnadigte sie jedoch wegen ihrer Schönheit und schickte sie ins Kloster. Auf dem Weg dorthin bat Lore Lay drei Begleiter, die sie dorthin eskortieren sollten, von einem Felsen aus einen letzten Blick auf den Rhein werfen zu dürfen, und stürzte sich von dort in die Tiefe. Die Ritter folgten ihr. Ganz schön bescheuert, dachte Ginger. Da war ihr die Lore-Ley von Heine schon lieber. Die kämmte einfach so lange ihr Haar, bis die Männer den Kopf verloren.

Nach einer Weile tauchten Nina und Robert auf. Sie setzten sich zu ihr und versanken fast in den mächtigen alten Ledersesseln.

»Jenny Bauer hat Yvonne Neumann erkannt«, sagte Robert. »Das macht einen Zusammenhang zwischen Neumanns Tod und Hopes Verschwinden wahrscheinlicher. Wir werden die Suche nach ihr intensivieren.«

»Überall verschwinden die elektronischen Geräte«, stellte Nina fest. »Keine Handys bei Andi und Yvonne Neumann, keine Notebooks, Tablets, Speicherkarten oder USB-Sticks, auch bei Sarah Hope nichts in dieser Art. In der Kapitänswohnung auf der ›Loreley‹ hat Horst ein Ladekabel gefunden, aber kein dazu passendes Gerät. Zufälligerweise hatte der PC der ›Loreley‹ vor zwei Tagen einen Festplattencrash, die Harddisk wurde neu formatiert, und alle Programme wurden neu aufgespielt.«

»Das Wichtigste für Sarah, was Franzi aus ihrer Wohnung bringen sollte, waren ein Ladekabel und das Notebook. Bereits zuvor hat sie versucht, ins Internet zu kommen«, ergänzte Ginger. »Vielleicht sind alle auf der Suche nach einer Datei, einem Text, einem Bild, einer Information. Aber mussten deswegen tatsächlich zwei Menschen sterben?«

»Vielleicht sind es Informationen, die uns einen Hinweis auf den Täter geben könnten«, meinte Robert. »Die Morde könnten andere Gründe haben, und die Dateien sind ohne die Morde ganz belanglos. Macht Yasemin Fortschritte bei der Durchsicht der Festplatte?«

»Ich ruf sie mal an.« Ginger stellte ihr Telefon laut.

Yasemin war sofort am Apparat. »Wir haben abgemacht,

dass ich dich umgehend informiere, wenn ich was Neues habe«, meinte sie schnippisch.

»Das stimmt. Mich interessiert etwas anderes: Gibt es auf der Festplatte Hinweise auf eine verschlüsselte Partition? Hatte Sarah Zugang zu einer Cloud?«

»Auf beide Fragen lautet die Antwort: Ja. Es gibt auch einen Passwortmanager. Ich habe herausgefunden, welches Kryptografieprogramm Sarah benutzt hat, aber noch nicht, wie das Passwort lautet. Das alles wird noch einige Stunden dauern, selbst wenn es ganz leicht geht, außer du kannst mir das Passwort nennen.«

Das konnte Ginger nicht. »Und wenn es schwierig wird, wie lange dauert es dann?«

»Wochen, Monate oder es funktioniert gar nicht.«

»Das sind düstere Aussichten«, meinte Mayfeld.

Sein Telefon klingelte. Während des Telefonates hellte sich seine Miene zunehmend auf.

»Die Aussichten sind freundlicher geworden. Der Matrose von der ›Loreley‹ ist bei einer Verkehrskontrolle festgenommen worden. Er war mit einem schwarzen Van unterwegs.«

**

Eine halbe Stunde später saß Mayfeld mit Winkler und Blum in seinem Büro im Polizeipräsidium. Die Stimmung der Kollegen war gelöst.

»Der Mann heißt Gabriele Rossi und ist italienischer Staatsbürger«, berichtete Heike. »Wir überprüfen gerade seine Papiere. Er wurde bei einer Kontrolle in Biebrich aufgegriffen.«

»Was für ein glücklicher Zufall«, sagte Mayfeld.

»Nicht ganz«, entgegnete Heike. »Nachdem Biebrich in den Bewegungsprofilen, die wir erstellt haben, schon ein paarmal vorgekommen ist, habe ich die Polizei vor Ort gefragt, ob sie dort vielleicht eine Verkehrskontrolle durchführen könnte. Die Kollegen waren informiert, dass sie etwas beziehungsweise jemanden finden könnten, aber es ist natürlich trotzdem ein schöner Zufall.«

»Dem du etwas nachgeholfen hast.«

»So ist es. Rossi wollte fliehen, konnte aber daran gehindert werden. Es war gut, dass die Kollegen wussten, dass sie es mit einem gewaltbereiten Typen zu tun bekommen könnten.«

»Und Lackauf hat die Aktion genehmigt?«

»Seit wann müssen Verkehrskontrollen denn von der Staatsanwaltschaft genehmigt werden?« Heike lachte.

»Ich sehe schon, hier wird es auch ohne mich weitergehen.«

»Mehr schlecht als recht«, scherzte Nina.

»Hat Rossi Widerstand geleistet?«, fragte Mayfeld.

»Das haben die Kollegen so berichtet.«

»Wir können ihn also eine Weile bei uns behalten?«

»Auf jeden Fall. Lackauf ist schon bei ihm.«

»Ohne jemanden von uns?«

Winkler hob die Schultern. »Das darf er.«

»Nichts wie hin!«

Rossi saß Lackauf gegenüber an einem Tisch im Vernehmungsraum.

»Er hat noch kein Wort gesagt«, meinte Lackauf ungehalten. »Versuchen Sie mal Ihr Glück. Ich bin in einer halben Stunde wieder bei Ihnen.« Der Staatsanwalt verließ den Vernehmungsraum.

Winkler schaltete das Aufnahmegerät ein, Mayfeld klärte Rossi über seine Rechte auf und darüber, dass er als Beschuldigter in zwei Mordfällen vernommen werde.

Rossi war ein Mann Ende dreißig mit schwarzen lockigen Haaren und kurz gestutztem Vollbart. Er war von athletischer Statur und hatte ein ebenmäßiges, fast schön zu nennendes Gesicht mit ein wenig zu eng stehenden Augen. Ein Söldner des Verbrechens, ein Engel mit kleinen Schönheitsfehlern.

»Möchten Sie einen Anwalt? *Avvocato?* Einen Übersetzer? *Interprete?*«

Rossi gab keine Antwort, sah die Beamten mit leerem Blick an.

Mayfeld fragte ihn nach der Waffe, die man bei ihm gefunden hatte. Keine Antwort. Er konfrontierte ihn damit, dass ihn Zeugen auf der ›Loreley‹ gesehen hatten, deren Kapitän mittlerweile tot aufgefunden worden war. Keine Antwort. Er fragte ihn, in welcher Beziehung er zu Andi Neumann und seiner Ehefrau Yvonne stand. Keine Antwort. Warum er Franzi Mangold verfolgt habe. Was er von Sarah Hope wollte. Keine Antwort.

Die Beamten machten eine Pause. Winkler wiederholte alle Fragen und stellte noch einige mehr. Die einzige Antwort war ein unergründliches Lächeln.

Später stieß Lackauf wieder zu ihnen. Nach einer Stunde wussten Winkler und Mayfeld so viel wie zu Beginn der Vernehmung. Dann verlangte Rossi ein Telefon, um einen Anwalt anzurufen.

Lackauf, Winkler und Mayfeld verließen den Vernehmungsraum und ließen Rossi von zwei Beamten bewachen.

»Sie sagen Bescheid, wenn der Anwalt mit uns reden will.« Lackauf verabschiedete sich und ging seiner Wege.

Mayfeld kehrte mit Heike in sein Büro zurück, ließ sich in seinen Schreibtischsessel fallen und stöhnte laut auf. »Das ist ein harter Knochen, ein Profi.«

Von dem würden sie nichts erfahren, befürchtete Mayfeld, Rossi war ein extrem beherrschter Typ. Es würde lange dauern, bis dieser Mann die Kontrolle verlor.

»Was hat es mit dem Theater auf sich, das er eine Stunde lang mit uns veranstaltet hat?«, fragte Heike. »Er hätte doch gleich sagen können, dass er einen Anwalt will. Du hast ihn gefragt, und er ist der deutschen Sprache mächtig.«

»Vielleicht wollte er Zeit gewinnen. Aber für wen oder was? Und warum eine Stunde und nicht einen Tag oder eine Woche? Mal sehen, wie lange er für seine nächsten Schritte braucht.«

Nach einer Stunde verlangte Rossi, die ermittelnden Beamten zu sprechen. Mayfeld informierte Lackauf. Sie trafen sich im Vernehmungszimmer, Winkler, Mayfeld, Lackauf, Rossi und Rechtsanwalt Müller.

Müller begrüßte Lackauf mit kollegialer Höflichkeit, die Polizeibeamten mit geschäftsmäßiger Distanz. Er war ein distinguiert auftretender Mann, mittleres Alter, teures Outfit, undurchdringliches Gesicht. Mayfeld hatte mit dem Anwalt noch nicht zu tun gehabt.

»Mein Mandant möchte ein Geständnis in beiden Fällen ablegen«, sagte Müller.

Mit allem hatte Mayfeld gerechnet, aber nicht damit.

Rossi berichtete in flüssigem Deutsch, wie er auf der ›Loreley‹ angeheuert hatte und mit dem Kapitän ins Gespräch gekommen war. Neumann habe ihm erzählt, dass es ihm schlecht gehe, dass er nicht mehr leben wolle, dass er schon einmal einen Suizidversuch unternommen habe.

»Er hat gesagt, dass er jetzt dafür nicht mehr den Mut hat, aber es unbedingt wolle. Ich sollte es tun, für ihn tun, ich sollte ihm helfen zu sterben. Das letzte Mal hat er es mit dem Motorrad versucht, und es hat nicht geklappt. Er hat überlebt. Das darf nicht noch einmal passieren, meinte er, das nächste Mal muss es klappen, aber es muss wie ein Unfall aussehen.«

Es waren erstaunliche Detailkenntnisse, mit denen Rossi aufwarten konnte und die er gefasst und sachlich vortrug.

»Er hat gesagt, dass er eine Lebensversicherung abgeschlossen hat, die im Fall eines Selbstmordes nicht zahlt. Also sollte ich es so machen, dass es aussieht wie ein Unfall. Ich wollte erst nicht, aber er hat mich überredet. Ich habe den Herrn Neumann erst mit einem Elektroschocker betäubt, ich wollte ihn ja nicht quälen, und dann ertränkt, im Bad vom Schiff. Dann habe ich ihn über Bord geworfen und das Schiff auf Grund laufen lassen.«

Eine derart an den Haaren herbeigezogene Geschichte hatte Mayfeld schon lange nicht mehr gehört. Sie hatte für den Beschuldigten allerdings einen Vorteil: Sie war, zumindest auf den ersten Blick, schlecht zu widerlegen. Sie war unterfüttert mit Informationen, von denen Rossi nichts wissen konnte, wenn er sich alles nur ausgedacht hatte. Die Geschichte war so verrückt und unwahrscheinlich und gleichzeitig so plausibel, dass sie stimmen konnte.

Heike feuerte eine Salve von Fragen ab, Fragen, die den genauen Vorgang des Mordes, oder, zurückhaltender formuliert, der Tötung betrafen. Rossi beantwortete sie alle ruhig und sachlich. Er zeigte keine emotionale Regung, weder ein schlechtes Gewissen noch Ambivalenz, keine Unsicherheit, auch keine Angst, bei einer Lüge ertappt zu werden. Alle Antworten und die Art, wie sie gegeben wurden, legten nahe, dass Rossi wusste, worüber er sprach.

»Sie wollen uns also erzählen, dass Sie eine Art spontaner Sterbehelfer für einen suizidalen Schiffskapitän waren?«, fasste Mayfeld zusammen.

Rossi nickte. »Es klingt seltsam, aber genauso war es.«

»Warum, sagten Sie, wollte er sein Leben beenden? Haben Sie danach gefragt? Man bringt doch nicht einfach jemanden um, weil er sagt, er will nicht mehr. Und warum sollte es nicht wie ein Selbstmord aussehen? Es kann ihm doch egal sein, ob die Lebensversicherung zahlt oder nicht.«

»Für seine Familie ist es nicht egal. Er wollte, dass seine Familie das Geld bekommt.«

»Das vermuten Sie?«, fragte Heike.

»Das hat er gesagt.«

Allmählich tauchten Risse in der glatten und unangreifbar erscheinenden Oberfläche der Geschichte auf.

»Was genau hat er gesagt?«, wollte Mayfeld wissen.

Rossi schien ungeduldig zu werden. Das war gut.

»Er hat gesagt, dass er die Versicherung für seine Familie abgeschlossen hat und dass es deswegen wie ein Unfall aussehen muss.«

»Für seine Familie?«

»Für seine Frau. Sie heißt Yvonne.«

»Ich weiß nicht, was diese Fragen, die eher Randbedingungen des Geschehens betreffen, mit der Kernsubstanz der Aussage meines Mandanten zu tun haben«, äußerte sich der Anwalt etwas verschwurbelt.

Das musste man dem Anwalt nicht erklären, das wusste er ganz genau. Es ging darum, die Glaubwürdigkeit der Aussagen zu testen. Möglicherweise hatte Andi Neumann genau das zu Rossi gesagt. Doch warum sollte Neumann an diesem Punkt gelogen haben? Warum nicht sagen, das Geld ist für meine Freundin? Oder Rossi hatte das alles gar nicht gefragt und erzählte es jetzt bloß, weil es sich gut anhörte. Aber warum sollte Rossi gerade an diesem Punkt anfangen zu phantasieren? Warum sagte er nicht einfach, dass Neumann ihm keine Details verraten hatte?

»Und dann bringen Sie als Nächstes diese Frau um?«, fragte Mayfeld Rossi.

Rossi senkte den Blick. »Das war ein Unfall.«

»Sie waren zufällig nachts in ihrer Wohnung und haben Sie aus Versehen erschlagen?« Mayfeld konnte sich den Sarkasmus nicht verkneifen.

»Bitte bleiben Sie sachlich«, mahnte ihn der Anwalt.

»Was hatten Sie in Neumanns Wohnung zu suchen?«, wiederholte Lackauf die Frage in neutralem Ton.

»Neumann hat mir Geld versprochen. Fünfzigtausend Euro. Die sollte ich mir holen. Lagen in seiner Wohnung.«

»Und? Wo haben Sie sie gefunden?«

»Im Schlafzimmerschrank.«

»Da lag das Geld?«

Rossi nickte.

»Und Sie haben es genommen?«

»Ja.«

»Wo ist das Geld jetzt?«

Rossi warf einen fragenden Blick zu seinem Anwalt.

»Sagen Sie es ruhig«, ermunterte ihn der.

»In meinem Zimmer.«

Heike Winkler fragte nach der Adresse des Zimmers und dem genauen Ort, wo Rossi das Geld verstaut hatte. Anschließend verließ sie den Vernehmungsraum. Wenn dort kein Geld lag, hatten sie Rossi erstmals bei einer Lüge ertappt.

Mayfeld wartete, bis Heike zurück im Vernehmungsraum war.

»Ich habe Nina losgeschickt«, sagte sie ihm leise ins Ohr.

»Wie kam es zur Tötung von Yvonne Neumann?«, fragte Mayfeld.

»Ich dachte, sie ist bei einer Freundin. Hat mir Andi so gesagt. Sie war aber zu Hause und wurde wach. Ich bin davongerannt, sie mir hinterher. Sie ist gestolpert und hingefallen, dabei hat sie sich den Kopf aufgeschlagen. Es war ein Unfall.«

Mayfeld legte sofort mit ein paar Fragen nach, wo das gewesen sei, wogegen Yvonne Neumann gefallen sei.

»Im Wohnzimmer steht ein niedriger Tisch. Dagegen ist sie gefallen.«

Mayfeld erinnerte sich an die Ergebnisse der Spurensuche. An genau diesem Tisch hatten sie Blutspuren von Yvonne Neumann gefunden, allerdings hatten sie die darauf zurückgeführt, dass die kleine Emma in die Blutlache gefasst hatte, in der ihre Mutter lag, und damit den Tisch verschmiert hatte. Gewebereste hatte man an dem Tisch nicht gefunden. Aber Enders hatte nicht mit Sicherheit ausschließen können, dass alles genauso passiert war, wie es Rossi gerade schilderte.

Mayfeld forderte Rossi auf, noch einmal ganz genau, Schritt für Schritt, zu schildern, was er in Neumanns Haus getan hatte.

Rossi schilderte es gleichmütig. Ohne dass er extra danach gefragt wurde, beschrieb er, wie er zunächst im Wohnzimmer nach dem Geld gesucht hatte, dass es in dem Wohnzimmerschrank, den Andi als Versteck genannt hatte, aber nicht gewesen war. Möglicherweise habe er da etwas falsch verstanden gehabt. Dann habe er in Küche und Flur gesucht. Er erklärte damit die Unordnung, die die Beamten im Haus vorgefunden hatten, als sie die Leiche entdeckten. Dann sei er ins Schlafzimmer gegangen, habe das Geld dort gefunden. Er sei schon wieder auf dem Weg nach draußen gewesen, als Yvonne wach wurde und ihm hinterherlief. Sie sei in der Unordnung gestolpert, sei zu Fall gekommen und mit dem Kopf gegen die Tischkante gestürzt.

Dann klagte Rossi über heftige Kopfschmerzen und verlangte einen Arzt. Müller bestand auf einer Unterbrechung der Vernehmung und einer ärztlichen Untersuchung seines Mandanten.

Als der Anwalt Rossi verließ, schärfte er ihm, für alle hörbar, eindringlich ein, nur in seinem Beisein mit der Polizei zu reden.

»Wenn Müller wiederauftaucht, möchte ich sofort informiert werden«, sagte Lackauf und verabschiedete sich.

Kurze Zeit später kam Nina zurück, mit einem Briefumschlag in einer Plastiktüte.

»Fünfzigtausend Euro in kleinen Noten, ich habe sie genau dort gefunden, wo Rossi es gesagt hat.«

Ein weiterer Baustein, der Rossis Geschichte untermauerte.

»Wie kommt denn ein Matrose wie Rossi an einen so teuren Anwalt?«, fragte Heike.

»Die Sache stinkt zum Himmel«, meinte Mayfeld.

»Rossi hat alles eigentlich viel zu detailgenau beschrieben, als dass man von einem falschen Geständnis ausgehen kann«, widersprach Heike.

»Wenn er davon ausgeht, dass wir ihm die Tötung der beiden über kurz oder lang nachweisen können, hat er uns eine Geschichte erzählt, mit der er möglichst billig davonkommt« vermutete Mayfeld. »Tötung auf Verlangen im einen Fall, unterlassene Hilfeleistung im anderen. Damit darf er nicht durchkommen.«

»Bei Lackauf könnte er das aber schaffen. Ein schneller Ermittlungserfolg, ein geständiger Täter, wenig Arbeit, das ist perfekt für unseren Staatsanwalt.«

So war es leider, dachte Mayfeld. »Er hat die Tat vermutlich begangen, daher die Detailkenntnisse, aber er will uns über seine Motive und Hintermänner täuschen, über diejenigen, die ihm den bestimmt sündhaft teuren Anwalt bezahlen. Warum sind alle elektronischen Geräte, alle Datenträger verschwunden?«

»Du kannst aber nicht darüber hinwegsehen, dass er uns Dinge von Andi verraten hat, die er nur wissen kann, wenn dieser sie ihm erzählt hat.«

Auch das war leider richtig. »Wir müssen alles über Rossi herausfinden. Vielleicht kannte er Andi schon länger und konnte uns deswegen so eine plausible Geschichte erzählen.«

Aber Mayfeld glaubte nicht daran. Rossi machte einen intelligenten und kaltblütigen Eindruck. Doch so intelligent, dass ihm zuzutrauen war, innerhalb kurzer Zeit eine derartige Geschichte zu erfinden, war er vermutlich nicht. Die Geschichte, die er ihnen aufgetischt hatte, war mit Sicherheit ein Gespinst von zutreffenden Aussagen, von Halbwahrheiten, Auslassungen und Lügen. Aber es war ein schwierig zu durchdringendes Gespinst.

»Angenommen, die Geschichte stimmt im Großen und Ganzen, warum hat Neumann Rossi dann erzählt, er habe eine Lebensversicherung zugunsten seiner Frau? Wir wissen, dass er sie hat umschreiben lassen.«

»Kann es sein, dass Rossi diesen Teil der Aussage erfunden hat, um sie plausibler und anschaulicher zu gestalten?«, fragte Nina.

Das hatte sich Mayfeld auch schon überlegt. Aber warum sollte er bei einer so haarsträubenden Geschichte, die nur eine Chance hatte, als die Wahrheit durchzugehen, wenn jedes Detail stimmte, das Risiko eingehen, mit einer Erfindung aufzufliegen?

»Ich glaube, dass Rossi überzeugt ist, dass dieses Detail stimmt. Warum auch immer.«

**

Sie hatte es schon Dutzende Male versucht. Es kam auf eine Abfuhr mehr oder weniger nicht an. Sie wählte die Nummer von Mathias Lombard. Vorher änderte sie die Einstellungen ihres Handys und schaltete die Nummernunterdrückung ein. Lombard ging an den Apparat.

»Ginger Havemann, schön, dass ich Sie persönlich erreiche. Können wir uns sprechen? Bald? Ich hatte Ihnen schon ein paarmal geschrieben. Bisher hat es bei Ihnen nicht so gut gepasst. Es geht um meine Mutter, Sie waren einmal mit ihr zusammen. Es gibt so viele Dinge, die ich von ihr nicht weiß. Ich hatte bei unserem letzten Telefonat den Eindruck, dass Sie die Befürchtung haben, ich wolle Ihnen Vorwürfe machen. Das ist mit Sicherheit nicht der Fall. Ich bin ziemlich nahe dran, etwas über das Schicksal meiner Mutter herauszubekommen, und vielleicht haben Sie die eine oder andere Information, die mich weiterbringt. Sie würden mir damit einen sehr großen Gefallen tun, fassen Sie sich doch bitte ein Herz.«

Stille am anderen Ende der Verbindung. Hoffentlich hatte sie nicht zu viel geredet, hoffentlich hatte ihre Freundlichkeit nicht allzu aufgesetzt geklungen. Ginger fürchtete, dass Lombard gleich wieder auflegte, wie er das bisher immer getan hatte, wenn sie versuchte, mit ihm Kontakt aufzunehmen. Sie hasste es, so von anderen Menschen abhängig zu sein.

»Also gut. Sie sind ja wirklich sehr hartnäckig. Bringen wir es hinter uns. Ich bin übrigens umgezogen. Wir können uns in Kastel treffen, in der Reduit.«

Eine halbe Stunde später saß Ginger auf der Terrasse der Kasteler Reduit, nippte an einem Pisco Sour und sah auf das Mainzer Ufer hinüber. Trotz der Verwüstungen des letzten Krieges war es immer noch eine beeindruckende Silhouette, mit der sich das »Goldene Mainz« seinen Betrachtern präsentierte. Ein hagerer Mann Anfang, Mitte sechzig kam auf sie zu, in Jeans und Lederjacke, mit schulterlangen grauen Haaren.

»Sie müssen Ginger Havemann sein«, sagte er und gab ihr die Hand. Sein Händedruck war warm und fest. Lombard stellte eine verwitterte lederne Aktentasche neben dem Bistrotisch ab. Er konnte seinen Blick nicht von Ginger abwenden, aber es war nicht das unangenehme Angestarrtwerden durch Männer, das

Ginger zur Genüge kannte. »Das ist jetzt etwas bizarr«, sagte er leise, »fast ein Déjà-vu. Sie sind Ihrer Mutter wie aus dem Gesicht geschnitten, es ist, als ob sie direkt vor mir stünde.«

Ginger spürte wieder diesen leichten Schwindel.

Lombard setzte sich zu ihr, bestellte einen Aperol Spritz. Er betrachtete Ginger immer wieder, schüttelte den Kopf und murmelte: »Unglaublich.« Ein Lächeln huschte über sein faltiges und sonnengegerbtes Gesicht.

»War vielleicht doch keine so schlechte Idee, Sie zu treffen. Was wollen Sie wissen?«

Ginger deutete mit ein paar Worten an, mit welcher Art Recherche sie gerade beschäftigt war und dass sie hoffe, Aufschluss über das Schicksal ihrer Mutter und die Zeit vor ihrem Verschwinden zu erhalten.

Lombard nickte bedächtig. »Sollen wir uns duzen? Ich bin Mathias.«

»Ginger.« Sie prostete ihm mit ihrem Pisco Sour zu.

»Du hattest recht am Telefon. Ich habe so lange nicht auf deine Anrufe reagiert, weil ich Angst hatte, dass es um Vorwürfe geht.«

»Machst du dir denn selbst welche?«

»Eine ziemlich persönliche Frage.« Lombard klang wieder reservierter. »Man hat mich damals verdächtigt. Aber ich war, als Rebecca verschwand, gar nicht im Land. Ich war für ein paar Wochen in den Staaten, habe für den ›Prinz‹ eine Reportage über die Musikszene in New Orleans geschrieben. Zuvor haben Rebecca und ich uns ziemlich gestritten. Als ich zurückkam, war sie verschwunden, ohne eine Nachricht zu hinterlassen.«

»Wer hat dich verdächtigt?«

»Die Polizei. Aber als ich dem Bullen meinen Pass mit dem Ein- und Ausreisestempel zeigte, hat er mich in Ruhe gelassen. Fast schien er etwas enttäuscht, dass er mir nichts anhängen konnte. Aber das ist nur eine Vermutung.«

»Darf ich dir eine persönliche Frage stellen?«

»Klar.«

»Worüber habt ihr euch gestritten?«

Lombard nahm einen Schluck von dem Aperol und schaute wehmütig zu Ginger.

»Deine Mutter wollte zu ihrer Familie zurück, zu deinem Vater und zu dir. Ich hielt das damals für unsagbar spießig. Sie hat mich einen selbstbezogenen eitlen Egoisten genannt.« Er hielt inne und schien etwas verlegen. »Vielleicht hatte sie damit gar nicht so unrecht. Aber ich konnte nicht verstehen, dass sie unsere Liebe opfern wollte für einen, wie es mir damals vorkam, veralteten und überkommenen Familienbegriff. Dass sie lieber am Mainzer Zollhafen abhing als in den Frankfurter Szeneclubs.«

Ginger wurde schwer ums Herz. Ihre Mutter wollte zurück, und sie hatte sie weggeekelt.

»Wie habt ihr euch kennengelernt?«

Lombard lachte. »Du willst jetzt aber nicht die ganze Geschichte hören? Wir haben uns bei der Arbeit kennengelernt. Ich war damals Redakteur bei einem Kulturmagazin, sie freischaffende Journalistin. Ich habe sie mit Leuten aus der Musikszene zusammengebracht, sie hat die Reportagen geschrieben.«

Das klang nicht nach einer Arbeit, mit der man sich in Gefahr brachte.

»Über den Beruf haben wir uns zuletzt auch gestritten. Sie meinte, was wir machten, habe keinerlei gesellschaftliche Relevanz. Ich habe sie gefragt, ob sie was Falsches geraucht habe. Mit Ökospinnerei konnte ich nichts anfangen.«

»Aber sie hat weiter für dein Magazin gearbeitet?«

»Ja, aber sie wollte weg. Sie hat vom Musikjournalismus gesprochen wie von einer schlechten Angewohnheit. Das hat mich gekränkt. Sie hatte hochtrabenden Nonsens im Kopf, wollte eine ganz andere Art Journalismus; was sie genau meinte, habe ich nicht verstanden. Es lief wohl auf so eine Art Polit- oder Enthüllungsjournalismus hinaus. Ich hielt das für Quatsch. Rebecca war in beruflicher Hinsicht eine Einzelgängerin, und für diese Art Recherchen muss man kooperieren. Außerdem ist diese Arbeit oft frustrierend und manchmal sogar gefährlich.«

»War sie an etwas dran?«

»Das weiß ich nicht, und es hat mich auch nicht interessiert.«

»Auch nicht, nachdem sie verschwunden war?«

Lombard schwieg eine Weile. »Natürlich hätte man dem nachgehen können. Aber ich war beleidigt, dass sie mich wegen so einer Politkacke verlassen wollte. Dem Bullen habe ich schon gesagt, dass sie als freie Journalistin gearbeitet hat, aber den hat es nicht sonderlich interessiert, an was für einer Geschichte sie dran war. Als ich ihm gesagt habe, dass ich das nicht weiß, war er sofort zufrieden. Warum also sollte ich dem weiter nachgehen? Ich kann nicht sagen, dass ich auf diese Haltung im Nachhinein noch stolz bin.«

»Ich war damals unausstehlich zu meiner Mutter, darauf bin ich im Nachhinein auch nicht stolz.«

»Du warst damals ein Kind.«

»Ich war dreizehn!«

»Das ist natürlich was ganz anderes!« Lombard grinste. »Trotz unserer Streitereien fühlte sich Rebecca mir immer nahe. Alles wollte sie mit mir diskutieren, aber ich habe dichtgemacht. Ich habe ihr gesagt, sie solle es mit ihrem Günter besprechen, aber das wollte sie nicht. Ich habe ihr gesagt, dass sie befürchtet, dass er ihr den Blödsinn auch ausreden würde und es dann mit ihrer Familienidylle aus wäre. In dem Stil habe ich rumgeätzt. Ich war wirklich ein selbstbezogener Egoist. Hilft dir das jetzt weiter?«

»Schon.«

Im Grunde war Ginger enttäuscht. Ihr Verdacht, dass ihrer Mutter etwas Schlimmes zugestoßen war, wurde mit jedem Satz von Lombards Ausführungen größer. Er war zwar sympathischer und selbstkritischer, als sie vermutet hatte, aber sie näherte sich dem Geheimnis ihrer Mutter nicht im Geringsten.

»Rebecca hatte fast alle Sachen schon aus meiner Wohnung geräumt, viel hat sie sowieso nie besessen. Ein paar Klamotten habe ich irgendwann in die Altkleidersammlung gegeben. Eine Mappe mit Bildern habe ich aufbewahrt, trotz allen Zorns habe ich es nicht über das Herz gebracht, sie wegzuwerfen. Willst du sie haben?«

Sollte das Gespräch doch noch ein konkretes Ergebnis haben?

»Na klar, zeig her!«

Lombard legte die Ledertasche auf den Tisch und holte eine abgegriffene Mappe heraus, schob sie Ginger hin.

In der Kladde lagen Fotografien. Sie nahm sie alle mit ihrem Handy auf. Von einem der Bilder hing eine Kopie in der Wohnung von Gingers Oma. Rebecca und Ginger lachten in die Kamera. Wieder erfasste Ginger ein vager und diffuser Schwindel. Sie schob das Bild etwas von sich weg. Lombard griff danach und betrachtete es.

»Wie schön, Mutter und Tochter.« Er schaute sich das Bild von Nahem an und lächelte. »Die Kette habe ich ihr in unserem letzten Urlaub auf Kreta gekauft.« Er gab Ginger das Bild zurück. Sie betrachtete es genauer. Rebecca trug eine silberne Kette mit einem Anhänger. Eine Doppelaxt.

Einatmen, ausatmen, einatmen, ausatmen.

Genauso eine Doppelaxt hatte sie in Sarahs Sekretär gefunden.

»Geht es dir gut? Ist etwas mit dem Bild?«

»Ich hab so einen Anhänger vor Kurzem gesehen. Das ist alles.«

Der Gorilla im Raum. Ein Puzzleteil, das möglicherweise die Verbindung zwischen Sarah und ihrer Mutter herstellte. Aber was für eine Verbindung war das?

Ein zweites Foto zeigte die Terrasse eines Ausflugslokals. In das Bild war ein Datum eingedruckt: »30. Oktober 2004«. Eine Woche bevor Rebecca verschwand. Dieses Mal schaute sie gleich genauer hin. Über der Tür zu dem Ausflugslokal stand in altdeutschen Lettern »Zum Rheingold«. Noch ein Puzzleteil. Irgendwoher kannte sie das Gebäude, einen Moment hatte sie an das Jagdschloss Niederwald gedacht, aber die Terrasse des Ausflugslokals sah anders aus.

Weitere Fotos zeigten Industrieanlagen. Ginger konnte mit den Bildern nichts anfangen. Am ehesten handelte es sich um chemische Fabriken.

Eine Fotoserie zeigte ein Containerterminal hinter alten Lagerhallen. Ginger erkannte die Reederei Urbach. Auf einer anderen Fotoserie waren Frachtschiffe auf dem Rhein zu sehen. Eines trug den Namen ›Loreley‹.

Wagner, Rheingold, Loreley. Die Notiz ihrer Mutter. Mit einem Mann namens Wagner hatte sie vor Kurzem zu tun gehabt, dem Geschäftsführer einer Biebricher Firma, Peter Urbach war der Onkel von Andi Neumann. Plötzlich sah sie den Gorilla, der durch das Bild ging.

**

»Wie schön, dich hier bei Oma und Opa zu sehen«, begrüßte Mayfeld seinen Sohn. Tobias saß an der Theke des Gutsausschanks. Er ließ sich eher selten im Weingut sehen. Vielleicht änderte sich das jetzt, da er in Wiesbaden arbeitete.

Lisa brachte eine Platte mit Rösti und eine Schüssel mit einer grünen Creme an den Tisch. »Der Räucherlachs kommt gleich.«

»Ich lass mir doch nicht die Chance entgehen, von meiner kleinen Schwester bedient zu werden«, feixte Tobias.

Die kleine Schwester lachte und rollte mit den Augen. »Hoffentlich lässt sich der Herr Referendar nachher beim Trinkgeld nicht lumpen. Kommen deine Kumpels noch?«

Sie gab Mayfeld einen Begrüßungskuss. »Du bist spät, Papa. Mama meint, es wird Zeit, dass du dort aufhörst. Sie freut sich auf die Zeit mit garantiertem Feierabend. Zum Essen kann ich dir die Zucchini-Schafskäse-Rösti mit Avocadocreme empfehlen. Schmecken auch sehr gut ohne toten Fisch.«

Mayfeld bestellte sie mit totem Fisch und holte eine Flasche Rauenthaler Rothenberg aus dem Weinschrank. Er goss seinem Sohn und sich ein.

»Wie gefällt es dir bei der Staatsanwaltschaft?«

»Ich glaube, dass das mein Ding ist. Dein Freund Lackauf wird mich davon nicht abbringen, auch wenn er sein Bestes tut.« Tobias bemühte sich, gelassen zu wirken, aber er war es nicht. Seinen Vater konnte er nicht täuschen.

»Was macht er denn?«

»Er lässt mich bei allem außen vor, informiert nicht, erklärt nicht, ich habe keine Akteneinsicht, er behandelt mich wie einen ungeliebten und überflüssigen Praktikanten. Wenn Frau Klostermann vom Geschäftszimmer nicht wäre und Frau Rothemund, die neue Staatsanwältin, wäre ich total aufgeschmissen.«

»Frau Klostermann ist meine einzige Verbündete bei der Staatsanwaltschaft«, meinte Mayfeld lächelnd.

»Für mich ist das alles neu, ich würde wirklich gerne viel lernen. In deinem aktuellen Fall gibt es auch juristisch ganz interessante Konstellationen.«

»Ah ja?«

»Ich meine die Frage der Zuständigkeit für das Schiff, das havariert ist. Einerseits liegt sie, wie bei allem auf dem Rhein in diesem Abschnitt, bei der Staatsanwaltschaft am Schifffahrtsgericht in Mainz. Andererseits liegt sie, weil der Kapitän möglicherweise in ein Mordverfahren involviert und mittlerweile selbst Opfer eines Verbrechens wurde, bei der Staatsanwaltschaft Wiesbaden. Ich meine, da könnte Lackauf mich doch teilhaben lassen, da geht es nicht um Staatsgeheimnisse. Aber was macht er? Ruft am Montag in aller Herrgottsfrühe in Mainz an, regelt alles und sagt mir noch nicht mal Bescheid. Er muss das natürlich nicht tun, aber es wäre nett gewesen. Auch im Nachhinein sagt er so gut wie nichts dazu.«

»Woher weißt du das mit dem Telefonat am Montagfrüh?«

»Warum ist das wichtig?«

»Neugier ist meine Berufskrankheit.«

»Ich weiß es von der Klostermann. Die war ganz perplex, den Herrn Staatsanwalt so früh im Büro zu sehen, das sei so gar nicht seine Art.«

In diesem Moment trafen Tobias' Kommilitonen ein, laute

Begrüßungen und Schulterklopfen beendeten die Unterhaltung. Tobias hob entschuldigend die Schultern, aber Mayfeld signalisierte ihm, dass es gut sei.

»Wir reden ein andermal weiter. Viel Spaß noch.«

Tobias und seine Freunde zogen ab.

Lisa brachte ihm sein Essen. Nachdem er damit fertig war, ging Mayfeld mit der Flasche Rothenberg zum Stammtisch. Auch heute waren die Freunde in eine lebhafte Diskussion vertieft.

»Auf jeden Hektar Rebfläche werden im Jahr einundzwanzig Kilogramm Spritzmittel verteilt. Ein Teelöffel pro Flasche Wein«, rechnete Zora gerade vor.

»Und da heißt es immer, ich wäre der Populist«, ereiferte sich Batschkapp. »Das Zeug ist doch nicht in der Flasche, das ist im Boden!«

»Wie beruhigend«, maulte Zora. »Außerdem gelangt ein Teil doch in die Flasche. In Frankreich haben sie in neun von zehn Flaschen Rückstände von Spritzmittel gefunden.«

Die Argumente flogen hin und her.

»Die Franzosen sind halt nicht so hysterisch.«

»Sei doch nicht so giftig.«

»Der war jetzt gut, ›nicht so giftig‹ passt.«

»Gibt es da nicht Grenzwerte?«

»Weinkauf ist Vertrauenssache.«

»Vertrauen ist gut, Kontrolle besser.«

»Hallo, Robert!«, begrüßte Herbert seinen Sohn.

»Habt ihr schon gehört, dass sie Andi Neumann gestern bei Kaub aus dem Rhein gefischt haben?«, fragte Batschkapp und blickte Mayfeld erwartungsvoll an. »Den habt ihr doch verdächtigt, dass er seine Frau umgebracht hat, gell, Robert?«

»Vielleicht hat er sich selbst umgebracht, das war nämlich der Grund, warum der schon mal auf dem Eichberg war«, meinte Trude.

»Er hat sich schon mal umgebracht und ist wiederauferstanden?«, fragte Gucki.

»Rede nicht so gotteslästerlich daher, du weißt, wie ich das gemeint habe«, wies ihn Trude zurecht. »Ich hab eine Freundin, die arbeitet auf dem Eichberg, und die hat gemeint, dass er einen Unfall hatte und seither völlig durch den Wind war. Näheres durfte sie mir nicht sagen wegen der Schweigepflicht.«

»Der war jetzt gut, ›Schweigepflicht‹ passt«, sagte Gucki und grinste.

»Ja, natürlich passt das«, entgegnete Trude, die den Witz offensichtlich nicht verstanden hatte. »Außerdem ist die Freundin eine Nachbarin von dem Andi seinen Eltern.«

»Der Dativ ist dem Genitiv sein Tod«, stichelte Gucki.

»Versteh ich nicht«, meinte Trude.

»Vielleicht hat er sich umgebracht aus Gram darüber, dass er nicht an dem Reibach teilhaben kann, den seine Familie mit dem Golfhotel am Niederwald machen wird«, vermutete Zora.

»Gehört der zu den Nachtweihs?«, fragte Batschkapp.

»Weißt du das nicht?«, fragte seine Frau verwundert. »Auf jeden Fall ein armer Kerl, der Andi. Sein Vater hat alles, was er je in die Finger bekommen hat, in die Spielbank nach Wiesbaden getragen, und schon war es futsch. Ein Glück, dass das Haus, in dem sie wohnen, ihr gehört, sonst wär das auch schon futsch. Und was für ein Glück, dass Andi einen Onkel hat, der ihm das Schiff überschrieben hat, mit dem er jahrelang den Rhein rauf- und runtergefahren ist. Das hätte man dem Onkel gar nicht zugetraut, der Urbach ist nämlich eigentlich ein Geizkragen, meint meine Freundin.«

»Die mit der Schweigepflicht?«, fragte Gucki.

»Ja, genau die.«

»Ist Andi vor oder nach seiner Frau gestorben?«, wollte Gucki wissen.

Mayfeld sagte das, was er immer in solchen Fällen sagte. Dass er zu laufenden Ermittlungen nichts sagen könne. Und die Freunde sagten auch, was sie in solchen Fragen immer sagten: dass sie das gar nicht glauben könnten.

Das Gespräch drehte sich noch eine Weile um Andi Neumann und seinen spielsüchtigen Vater, dann um das Für und Wider eines Golfhotels in der Region. Mayfeld verließ die Runde.

***

Am besten, sie ginge zur Polizei. Aber was sollte sie denen erzählen? Würden sie ihr glauben? Oder wäre sie für die nur eine verrückte Säuferin, die abgehauen ist, weil sie sich verfolgt fühlte? Wer könnte bezeugen, dass sie sich die Gefahr und die Verfolgung nicht einbildete? Wäre Franzi eine Hilfe? Würde man der glauben?

Sarah war die halbe Nacht wie eine Verrückte durch den Wald geradelt. Wie eine Verrückte. Vielleicht war sie das ja. Hinter sich die Verfolger. Später war sie weitergefahren, aus Angst, dass sie sie noch nicht abgeschüttelt hatte. Irgendwann hatte das Rad einen Schlag abbekommen. Jetzt saß sie fest. Irgendwo im Rheingauer Hinterwald, ohne Handynetz, neben einer Blockhütte an einem Weiher, mit einer Flasche Wasser als letztem Proviant.

Sie musste zurück, aber sie hatte Angst, dass die sie erwischen würden, noch bevor sie sich der Polizei stellen konnte. Aber vielleicht wäre es der größte Fehler, mit der Polizei zu reden. Sie wusste immer noch nicht, was mit Andi passiert war. Sie befürchtete, dass sie mit ihrer Rache zu weit gegangen war.

Und sie kam nicht in diese verdammte Cloud. Da liegt meine Lebensversicherung, hatte Andi gesagt. Und ihr erklärt, wie man den Schlüssel fand. Sie konnte sich mittlerweile denken, was sie in der Cloud finden würde. Die Bestätigung all der Alpträume, die sie in den letzten Jahren verfolgt hatten. Vielleicht war es eine Lebensversicherung. Vielleicht war es das Tor zur Hölle.

Sarah wünschte sich ganz weit weg. Etwas Besseres als den Tod findest du überall.

ACHT

»Haben wir überzeugende Gründe, am Geständnis von Rossi zu zweifeln?«, fragte Lackauf in die Runde. »Mayfeld, was meinen Sie?«

Mayfeld behagte es nicht, wie Lackauf die Leitung der Morgenrunde an sich zog. Offiziell lag die Leitung der Ermittlungen bei ihm, aber in den letzten Jahren hatte er das operative Geschäft meist denen überlassen, die etwas davon verstanden, und sich damit begnügt, die Lorbeeren einzuheimsen. Warum verhielt sich der Staatsanwalt plötzlich anders? Witterte er neue Karrierechancen und musste sich deshalb derart in Szene setzen?

»Es fällt schwer, eine solch absurde Geschichte zu glauben«, meinte Mayfeld, »aber natürlich passieren immer wieder solche verrückten Dinge, verknüpfen sich zufällige Ereignisse zu einer bizarren Kette und zeitigen völlig unwahrscheinliche Ergebnisse.«

»Bitte ersparen Sie uns Ihre philosophischen Betrachtungen«, beschied ihn der Staatsanwalt.

»Wir müssen Rossi nachweisen, dass es so, wie er es gesagt hat, nicht sein kann«, fuhr Mayfeld fort. »Entweder lügt er, oder er erzählt nur einen Teil der Wahrheit.«

»Oder es war so, wie er sagt«, fiel ihm Lackauf ins Wort. »Seine Geschichte ist bizarr, ungewöhnlich, aber es ist nicht unmöglich, dass es so war. Das haben Sie doch gerade selbst gesagt. Wir sollten nichts von vorneherein ausschließen.«

»Natürlich nicht. Was spricht für seine Geschichte? Offensichtlich, dass er Informationen über Neumann hat, von denen schwer vorstellbar ist, wie er an sie gekommen ist, wenn Neumann sie ihm nicht erzählt hat, so wie er das behauptet. Der frühere Suizidversuch, der Motorradunfall, die Lebensversicherung. Könnte er sich diese Informationen anderweitig besorgt haben? Kannten sich die beiden schon länger? Was wissen wir über Rossi?«

»Gabriele Rossi stammt aus Bari«, berichtete Nina. »Er ist dort polizeilich gemeldet. Die italienischen Kollegen haben nichts über ihn. In Deutschland hat er keinen Wohnsitz, was bei Binnenschiffern nicht ganz ungewöhnlich ist, es gibt Menschen, die diesen Beruf wählen, um sich zum Beispiel Zahlungsverpflichtungen zu entziehen. Aber solche Motive hat er, soweit wir wissen, nicht. Bei den hiesigen Sozialversicherungsträgern ist Rossi ebenfalls nicht bekannt. Das war es schon.«

»Wenn er schon länger mit Neumann gefahren ist, könnte der ihm alles nach und nach erzählt haben«, überlegte Mayfeld. »Und er nutzt sein Wissen jetzt, um uns über seine wahren Motive zu täuschen.«

»Es gibt leider keine Unterlagen über die Matrosen, die mit Neumann gefahren sind«, sagte Adler.

»Welche Motive könnte Rossi denn verbergen wollen?«, fragte Heike.

»Ging es von vorneherein um die fünfzigtausend Euro?«, überlegte Lackauf. »Hat Rossi die erst auf dem Schiff gesucht und, als er dort nicht fündig wurde, bei Neumann zu Hause? Aber das müssten wir beweisen können. Ich kann eine Mordanklage nicht bloß darauf bauen, dass mir diese Geschichte plausibler als Rossis eigene erscheint.«

»Wir müssen weiter in der Vergangenheit von Rossi graben«, meinte Mayfeld. »Er kann doch kein unbeschriebenes Blatt sein.«

»Und wir sollten die Spurenlage nicht aus den Augen verlieren. Die gute alte Polizeiarbeit.« Mit der kokettierte Adler in der letzten Zeit immer öfter. »Fakten, Fakten, Fakten. Statt bloßer Meinungen und Vermutungen. Woher kommen die Hämatome an Andis Leiche?«

»Das kann die Rechtsmedizin nicht mit Sicherheit erklären«, wandte Lackauf ein. »Dr. Enders hält eine körperliche Auseinandersetzung, ein Festhalten des Opfers lediglich für die wahrscheinlichste Erklärung. Das ist eine Steilvorlage für die Verteidigung. Ich sehe Müller schon vor mir, wie er Enders befragt, welche anderen Gründe es für die Hämatome geben könnte, wie sicher er mit seiner Hypothese bei einer alten Wasserleiche sein kann.«

»Warum finden wir nirgendwo Handys, Computer, Datenträger?« Adler fuhr mit der Aufzählung der Ungereimtheiten fort.

»Finden Sie es heraus«, meinte Lackauf gereizt. »Eine offene Frage ist kein Beweismittel.«

Adlers Smartphone vibrierte. Er wischte darauf herum, las etwas. »Ein Teil der DNA unter Yvonne Neumanns Fingernägeln kann Rossi zugeordnet werden«, berichtete er der gespannt wartenden Runde. »Einige Spuren, die wir auf der ›Loreley‹ sichergestellt haben, sind ebenfalls von Rossi.«

»Das stützt seine Angaben nur bedingt«, meinte Heike. »Er hat die Vorgänge bisher so geschildert, als habe es keinen Körperkontakt zwischen ihm und Yvonne Neumann gegeben. Das kann nach diesem Befund nicht so gewesen sein.«

»Und es ist auch nur ein Teil der DNA von Rossi«, ergänzte Adler. »Unter den Fingernägeln der Toten fanden sich auch noch ein paar Zellen eines anderen Menschen. Die stammen nicht von ihrem Mann oder ihrer Tochter. Wir haben dieses DNA-Muster nicht in unseren Datenbanken. Wir werden jetzt alle Spuren auf der ›Loreley‹ und in Rossis Van daraufhin analysieren, ob sie mit der zweiten Spur an Yvonne Neumanns Körper korrespondieren.«

»Der geheimnisvolle dritte Mann?«, fragte Lackauf. »Ein Beweis ist das leider auch nicht.«

»Ich werde Rossi noch mal in die Mangel nehmen«, sagte Winkler. »Wenn er weiterhin jeglichen Körperkontakt mit Yvonne Neumann leugnet, haben wir ihn bei einer Lüge ertappt.«

Lackauf stöhnte auf. »Dieses Untersuchungsergebnis können Sie doch nicht dauerhaft vor seinem Anwalt geheim halten. Wenn er sich anschließend doch noch an eine Berührung erinnert, was haben wir dann in der Hand? Ich buchte diesen Typen lieber für ein paar Jahre sicher ein, als dass ich vor Gericht scheitere und ihn laufen lassen muss.«

Da war er wieder, der alte Lackauf, wie ihn Mayfeld kannte. »Die Glaubwürdigkeit seiner Aussage erschüttert eine solche Falschaussage schon. Und der zweite DNA-Fund ist ein deutlicher Hinweis auf einen Komplizen oder Auftraggeber«, wandte er ein.

»Auftraggeber? Sie glauben an einen Auftragsmord, Mayfeld? Sind Sie unter die Verschwörungstheoretiker gegangen?«

»Die Absurdität der meisten Verschwörungstheorien beweist nicht, dass es keine Verschwörungen gibt.«

»Verschwinden Auftragsmörder nicht nach getaner Arbeit?«

Da hatte der Staatsanwalt recht. Aber vielleicht war Rossis Arbeit noch nicht getan.

Sie diskutierten noch eine Weile, bevor Mayfeld die anliegenden Aufgaben verteilte und die Runde auseinanderging.

In seinem Büro ging er Gingers Nachrichten vom Vortag noch einmal durch. An einem Foto von Reifenspuren blieb sein Blick hängen. Er rief Adler und Ginger an.

***

»Wie schön, dass du uns mal wieder besuchst«, sagte Matilda. Ginger hatte sich bei ihrem Vater in Mainz-Kastel zum Frühstück eingeladen.

Matilda führte sie hinter das Haus. Überall blühten Rosen, im Hintergrund plätscherte ein Wasserspiel, der Garten war dicht eingewachsen, ein verwunschenes Paradies. Aus der Ferne hörte man die Motoren der Rheinschiffe tuckern, auf der Terrasse war der Tisch liebevoll gedeckt. Günter und Oma Inge warteten schon.

Ihr Vater hatte es gut getroffen, als er sich entschloss, in das Haus seiner Mutter zu ziehen, um ihr das Altenheim zu ersparen. Er hatte Matilda aus Rumänien engagiert, die sich um

Inge kümmern sollte, als sie nach einem Oberschenkelhalsbruch schwer krank daniederlag. Entgegen allen Prognosen erholte sich die alte Dame, und als Matilda nach einem Jahr wieder in ihre Heimat zurückgehen sollte, merkte ihr Vater, dass er sie nicht mehr missen wollte. Sie wurden ein Liebespaar, und Günter blühte wieder auf, bis ein Schlaganfall dem Glück ein jähes Ende setzte, zumindest vorübergehend. Matilda war das Pflegen kranker Menschen gewohnt und blieb bei den Havemanns, kümmerte sich nun um beide Mitbewohner. Inzwischen war Gingers Vater so weit wiederhergestellt, dass die beiden ihr Leben genießen konnten. Auch Ginger hatte es gut getroffen. Die unermüdliche Matilda ersparte ihr die Entscheidung, ob sie für Vater und Großmutter ihren Beruf aufgeben oder sie in einem Heim unterbringen sollte.

Sie frühstückten zusammen. Danach bestand Matilda darauf, allein aufzuräumen. Ginger sollte ihre Zeit mit Vater und Oma verbringen, nicht mit Kaffeetassen und Eierbechern.

Günter fragte, ob sie mit ihrem Fall vorankomme.

»Es ist ein merkwürdiger Fall. Am laufenden Band entdecke ich Verweise auf Rebecca. Stimmt es, dass sie vor ihrem Verschwinden oft bei dir im Zollhafen war?«

»Das habe ich dir doch schon erzählt, Ginger.«

»Ich meine, war sie auch bei dir auf der Arbeit? Ich dachte, sie war vor allem auf der ›Blow-up‹, die lag ja im Zollhafen.«

»Sie hat mich auch oft bei der Arbeit besucht.«

»Was hat sie da getan?«

»Das weiß ich nicht so genau. Sie hat fotografiert, sie hat sich Notizen gemacht, in Papieren rumgestöbert. Wenn ich nicht gewusst hätte, dass sie über Musik schreibt, hätte ich gedacht, sie ist an einer Reportage oder etwas Ähnlichem dran. Aber ich habe sie nicht gefragt, ich war so glücklich, dass sie sich in meiner Nähe aufhielt, da wollte ich keine dummen Fragen stellen, mit denen ich sie vielleicht vertrieben hätte.«

Ginger zeigte ihrem Vater einige Aufnahmen aus Lombards Kladde, die die ›Loreley‹ zeigten.

Der Vater deutete auf eines der Fotos. »Das ist am Zollhafen aufgenommen«, meinte er. »So sah das dort damals aus, würde man heute nicht wiedererkennen. Wo hast du das Bild her?«

Ginger erklärte es ihm.

»Was wollte Rebecca denn mit solchen Fotos?« Günter runzelte die Stirn. An das Schiff und seinen Kapitän hatte er keine Erinnerung mehr.

Ginger zeigte ihm die anderen Aufnahmen aus der Mappe. Mit denen konnte Günter nichts anfangen.

»Kann ich die Bilder auch mal sehen?«, fragte Inge. »Ich liebe alte Erinnerungen, ich habe ja sonst nichts mehr.« Bei dem Foto, das die Terrasse mit der Aufschrift »Zum Rheingold« zeigte, zögerte sie kurz, aber dann schüttelte sie den Kopf. »Das sagt mir nichts.«

»Ich habe Helga Urbach kennengelernt, Oma.«

»Wer ist das?«

»Eine Nichte deiner Schwester Edith.«

Inge dachte nach, durchforstete die Archive ihrer Erinnerung. Nach einer Weile zeichnete sich heftiger Schmerz in ihren Gesichtszügen ab.

»Rüdesheim«, sagte sie, »der Katharinentag.« Tränen flossen über das faltige Gesicht. »Helga muss das kleine Mädchen gewesen sein, das immerzu auf Edith gestarrt hat, während sie langsam starb.« Inges Unterlippe zitterte. Sie versuchte unbeholfen, sich mit einem Taschentuch das Gesicht zu trocknen. »Geht es Helga gut?«

»Ich glaube schon. Warum hast du mir nie von diesem Keller in Rüdesheim und dem Katharinentag erzählt, Oma?«

Inge starrte ins Leere. »Weil ich es vergessen wollte. Weil ich niemanden damit belasten wollte. Weil es Angenehmeres gibt, über das man reden kann. Es stimmt nicht, dass ich alte Erinnerungen liebe. Ich habe bloß nichts anderes mehr. Nichts vergeht, alles bleibt gegenwärtig. Die Vergangenheit ist immer da und hat uns im Griff, auch wenn wir das gar nicht bemerken. Glaub einer alten Frau.«

»Und von dieser Rüdesheimer Familie hast du mir auch nie erzählt.«

»Du hast mich nie danach gefragt. Die Familie deiner Mutter schien dich mehr zu interessieren«, bemerkte sie mit einem Anflug von Bitterkeit. »Aber mir war das ganz recht. Nach dem Krieg hatte ich noch eine Weile Kontakt mit den Nachtweihs, dein Großvater kam ja erst spät aus der Gefangenschaft nach Hause. Ich hatte nicht den Eindruck, dort willkommen zu sein. Mein Schwager und meine Schwester waren tot. Uns verband nichts mehr außer einer traurigen Geschichte, an die niemand erinnert werden wollte. Die Vergangenheit verschwindet zwar nicht, aber man kann wegschauen. Das haben damals fast alle gemacht. Wir haben uns den Augen verloren.« Ihre Stimme brach. »Das ist eine Ewigkeit her. Meine Edith ist jetzt schon fünfundsiebzig Jahre tot.« Wieder flossen Tränen über ihre Wangen. Dann gab sie sich einen Ruck, trocknete ihr Gesicht. Sie griff nach den Fotografien, deutete auf das Bild der Restaurantterrasse. »Da war ich nach dem Krieg manchmal. ›Zum Rheingold‹ hieß das Ausflugslokal in dem Hotel, das den Nachtweihs gehörte.«

»Bist du sicher?«

Inge betrachtete das Bild noch einmal ganz genau. »Sicher. Warum fragst du?«

»Weil es dort heute anders aussieht.«

»Damals sah es so aus.«

Inge wollte wissen, woher Ginger das Foto hatte, Gingers Erklärungen ein paar Minuten zuvor hatte sie nicht richtig mitbekommen. Sie konnte sich keinen Reim darauf machen, warum Rebecca dieses Bild vor fünfzehn Jahren aufgenommen hatte.

Gingers Telefon klingelte. Es war Robert. Er hatte einen Auftrag für sie.

***

Sarah hatte Glück gehabt. Gleich am Morgen war ein Autofahrer am Burgweiher vorbeigefahren und hatte sie als Anhalterin mitgenommen. Er hatte sie verwundert angeschaut, aber keine Fragen gestellt. Er war unterwegs nach Kaub. Genau da wolle sie auch hin, behauptete sie. Er setzte sie vor dem Hotel Zum Turm ab. Ihre EC-Karte hatte sie im Rucksack gefunden. Es war zwar eigentlich noch zu früh, aber der Mann am Empfang ließ sie einchecken und gab ihr eine Schmerztablette. Sie ging die enge Turmtreppe nach oben, hängte ihr Handy an eine Steckdose, spülte die Schmerztablette mit einem Glas Wasser hinunter und legte sich ins Bett. Sie fiel sofort in einen traumlosen Schlaf. Als sie nach drei Stunden wieder aufwachte, war die allerschlimmste Erschöpfung gewichen, ebenso der Schmerz in Rücken und Gliedern. Sie duschte ausgiebig. Das Handy war aufgeladen, das Netz passabel. Sarah ging nach unten, setzte sich auf die Terrasse des Hotelrestaurants und bestellte eine Kanne Kaffee und ein Stück Nusstorte.

Sie wählte beide Nummern von Andi. Niemand ging ans Telefon. Sie wusste immer noch nicht, was passiert war. Sie spürte das dringende Bedürfnis nach einem Gin. Aber sie widerstand. Sie waren hinter ihr her. Sie brauchte einen klaren Verstand.

Sie könnte zur Polizei gehen. Aber was sollte sie den Beamten sagen? Würden die ihr glauben? Würden die sie schützen? Was musste sie verschweigen?

Plötzlich schoss ihr ein Gedanke durch den Kopf. Andi hatte es Plan B genannt. Die Lebensversicherung. Sie ertappte sich bei einem hässlichen Gedanken, spürte einen Funken freudiger Erregung. Vielleicht war sie reich, und alles würde gut. Gleichzeitig deprimierte sie diese egoistische Niedertracht zutiefst. War alles so gelaufen, wie sie es gewünscht, wie sie es geplant hatte?

Die Gäste am Nebentisch steckten die Köpfe zusammen und tuschelten. Der Kellner brachte Kaffee und Kuchen und lächelte vielsagend. Die Welt wurde zu einem feindlichen Ort.

Sie stürzte eine Tasse des heißen Kaffees schwarz in sich hinein. Sie musste die Nerven behalten. Wachsam sein. Sie sah sich um. Sie war sich nicht sicher, ob die anderen Gäste sie beobachteten, vielleicht täuschte sie sich. Sie hatte viel durchgemacht in den letzten Tagen.

Sie checkte ihre Nachrichten. Dirk wollte, dass sie sich meldete. Eine Ginger Havemann wollte das auch. Sie erinnerte sich, das war die Detektivin, die Frau aus der Vergangenheit. Vielleicht sollte sie Dirk anrufen. Aber sie wollte ihn da nicht hineinziehen. Es war schon schlimm genug, dass sie Franzi … Franzi! Sie musste ihn anrufen, um zu erfahren, was mit Franzi war.

Aber vorher musste sie noch etwas anderes erledigen.

Leider lag der Bildband über das Rheintal im Hotel. Deswegen musste sie einen anderen Weg einschlagen. Sie gab »Wacht am Rhein« in eine Suchmaschine ein. Las den komischen Text. Jetzt wusste sie das Passwort wieder. LVmrsFsutdWdWaR.

Mit Andis E-Mail-Adresse gelangte sie in die Cloud. Sie öffnete den Ordner »Bilder«. Das hätte sie gleich machen sollen, als Andi ihr die Passwörter gab. Aber aus irgendeinem bescheuerten Grund hatte sie sich an das Versprechen gebunden gefühlt, das sie ihm gegeben hatte, sich nur in Notfall in die Cloud einzuloggen. Was sie jetzt dort sah, erstickte alle Sorgen um ihn. Das Schwein. Am liebsten hätte sie das Handy weit von sich geschleudert. Aber sie musste cool bleiben. Es gab noch einen anderen Ordner. Es dauerte nicht lange, und sie hatte ihn gefunden. Für ihn brauchte sie ein weiteres Passwort. Sie las den Text des blöden Liedes noch einmal. Notierte sich die Buchstabenfolge und startete einen Versuch. EheRwDWSu-WZRzRzdRWwdSHs.

Der Ordner öffnete sich. Auch hier fand sie jede Menge Bilder. Aber sie waren ganz anderer Natur. Sie zeigten Frachtbriefe, Lieferscheine, chemische Fabriken, Schiffscontainer. Was zur Hölle hatte Andi damit vorgehabt? Darum war es doch gar nicht gegangen. Sie stöberte weiter. Schließlich fand sie, was sie suchte. Die Bilder aus der Vergangenheit. Von jenem Schicksalstag im November. Der Beweis für Andis Verrat. Ihre Lebensversicherung. Oder die tödliche Falle. Alles stand plötzlich klar vor ihr, als wäre es gestern gewesen. Erinnerungen, keine Einbildung, keine Drogenpsychose.

Wie hatte Andi ihr das nur antun können?

Sie kopierte die Bilder in die Zwischenablage und öffnete ihre eigene Cloud. Legte sie in einen sicheren Ordner. Änderte das Passwort. Löschte die Bilder in Andis Cloud. Schloss alle Fenster.

Sie griff nach der Zeitung, die ein Gast auf dem Tisch liegen gelassen hatte. Sie las den Bericht. Am Dienstag hatte eine Gruppe Jugendlicher auf der Insel Falkenau nahe der Burg Pfalzgrafenstein eine männliche Wasserleiche gefunden. Wie die Polizei mitgeteilt habe, handele es sich bei dem Toten um den Kapitän des am Freitag der letzten Woche am Binger Loch havarierten Frachtschiffes, Andi N.

Sie las den Artikel noch einmal. Sie pikte sich mit der Kuchengabel in den Handrücken. Sie wachte nicht auf. Alles war genauso schlimm, wie sie es befürchtet hatte, wenngleich sie immer noch keine Vorstellung davon hatte, was passiert war. Sie wusste nur, dass Andi tot war und sie Schuld daran trug.

Trotz der schwülen Hitze durchlief sie ein Frösteln. Die Erschöpfung, der sie gerade entkommen war, bemächtigte sich ihres Körpers und legte sich wie eine zentnerschwere Last auf ihre Schultern, umklammerte wie ein Eisenring ihren Brustkorb, lähmte wie ein exotisches Pfeilgift ihre Beine.

***

Die Villa in der Schönen Aussicht signalisierte mehr Wohlstand, als man bei einem Kriminalhauptkommissar erwarten durfte. Bischoff hatte Mayfeld eingeladen, an einer Unterhaltung mit der Witwe des verschollenen Rudolf Sauerbrot teilzunehmen.

»Der Kauf dieses Hauses war wahrscheinlich Sauerbrots

größter Fehler gewesen«, meinte Bischoff beim Klingeln. »Er hat das Geld dafür angeblich geerbt, es gibt auch entsprechende Papiere, die das belegen sollen, aber die Kollegen von der Abteilung OK haben das nie geglaubt. Spätestens seit damals waren sie an ihm dran.«

Bettina Sauerbrot öffnete den Beamten. Sie war eine elegant gekleidete Frau Anfang fünfzig, eine gepflegte Erscheinung, die für den Alltag zu teuren Schmuck trug und ihre Besucher mit einem misstrauisch-ängstlichen Blick musterte. Sie führte sie in einen geräumigen und geschmackvoll eingerichteten Salon.

»Haben Sie Nachrichten von meinem Mann?«, fragte sie zaghaft.

Wenn sie von den Machenschaften ihres Mannes nichts wusste, dann waren solche Befragungen jedes Mal eine Zumutung, Hoffnungen wurden geweckt und zerstört, Andeutungen gemacht, Verdacht geschürt.

Eva Bischoff ging mit Bettina Sauerbrot noch einmal alle Einzelheiten des Urlaubs in den Dolomiten vor vier Jahren durch.

»Ihr Mann war früher nie bergsteigen? Und Sie interessiert das gar nicht?«

»Genau so ist es.«

»Warum sind Sie dann mitgefahren?«

Frau Sauerbrots Teint wurde noch etwas blasser. Ihr Gesicht verhärtete sich.

»Ich war eifersüchtig. Glaubte, dass er sich mit einer Frau trifft. Deswegen bin ich mitgefahren. Aber er traf sich dort tatsächlich mit einem Trainer, der ihm das Klettern beigebracht hat. Einen Tag war der Trainer krank, und mein Mann ist allein losgezogen. Seitdem ist er verschwunden.«

»War er denn ein draufgängerischer Typ?«, wollte Mayfeld wissen.

»Nein.« Sauerbrots Stimme klang heiser.

»Die Polizei hat ihn gesucht?«

»Polizei und Bergwacht. Nach einer Woche haben sie die Suche abgebrochen, und ich bin nach Hause gefahren.«

Bischoff wollte wissen, was genau gemacht wurde, aber Frau Sauerbrot hatte nur sehr ungefähre Vorstellungen davon. Sie hatte später auch keine eigenen Anstrengungen unternommen, das Schicksal ihres Mannes aufzuklären. »Dafür hat man doch die Polizei?«, entgegnete sie auf eine Frage Bischoffs einigermaßen verdattert.

Als Bischoff nach der Erbtante fragte, die ihnen den Kauf der Villa ermöglicht hatte, verschloss sich Sauerbrots Gesicht gänzlich. Sie habe das schon mehrfach erklärt, auch ihr Mann habe zu Lebzeiten seinen Kollegen Rede und Antwort stehen müssen. Sie habe den Verdacht, dass man ihnen dieses Haus nicht gegönnt habe, dass es unter den Kollegen viele Neider gebe.

»Aber man muss mich und meinen Mann nicht beneiden. Er ist wahrscheinlich tot, und ich bin allein. Was nutzt da ein großes, schönes Haus?«

Mayfeld nahm der Frau im goldenen Käfig ihre Verzweiflung ab. Aber da gab es etwas, das über Einsamkeit und Trauer hinausging.

Er hatte ein paar Fotos vorbereitet und zeigte sie ihr auf seinem Handy. Fotos von Sarah Hope, Andi und Yvonne Neumann, Gabriele Rossi. Von Personen, die er in den vergangenen Tagen befragt hatte. Man merkte ihr an, welche Kraft es sie kostete, sich zu beherrschen. Sie kannte angeblich niemanden. Möglicherweise entsprach das sogar der Wahrheit, aber es war völlig klar: Diese Frau hatte Angst, entsetzliche Angst.

***

Ginger war aus Lorch zurück. Auf dem Campingplatz hatte sie einem Mitarbeiter der KTU die Reifenspuren gezeigt, die ihr am Vortag aufgefallen waren. Seither hatte es nicht mehr geregnet, und die Spuren waren gut erhalten gewesen, sodass der Beamte einen Gipsabdruck anfertigen konnte. Jetzt saß sie in der Plicht der ›Blow-up‹ im Schiersteiner Hafen. Vom nahe gelegenen Eisstand hatte sie sich einen großen Becher geholt, mit Zitronensorbet, Bitterschokolade und Amarenakirsche. Nachdem sie ihn vertilgt, sich die Finger abgeleckt und mit einer Tasse schwarzen Kaffee nachgespült hatte, öffnete sie die Galerie ihres Handys und betrachtete alle Bilder, die sie in den vergangenen Tagen gemacht hatte, und versuchte, sich an die Umstände, unter denen sie sie gemacht hatte, zu erinnern. Es waren Aufnahmen der Orte, an denen sie gewesen war, und Aufnahmen von Fotografien. Sie war sich sicher, ganz nahe an der Lösung des Falles zu sein, es fehlten aber immer noch ein paar wenige Puzzleteile, um das Ganze eindeutig zu erkennen. Sie begann mit den neuesten Fotos und arbeitete sich rückwärts durch bis zu jenen, die sie am ersten Tag ihrer Ermittlungen geschossen hatte.

Da waren die Fotos aus der Kladde von Mathias Lombard. Da war das Bild von Rebecca und ihr, das auch bei Oma und Opa hing, auf dem ihre Mutter so aussah wie sie heute. Rebecca trug eine Kette mit einem Anhänger, wie sie ihn vor einigen Tagen im Sekretär von Sarah Hope gefunden hatte. Dann gab es das Bild einer chemischen Fabrik und ein Bild der ›Loreley‹, von dem sie mittlerweile wusste, dass ihre Mutter es im Mainzer Zollhafen gemacht hatte. Die Terrasse des Ausflugslokals Zum Rheingold im Hotel Jagdschloss Niederwald hatte Rebecca eine Woche vor ihrem Verschwinden aufgenommen. Es folgten Fotografien aus dem Bildband über das Rheintal, Bilder von Natascha und der Bar Chantal, die Reifenspuren auf Suleika, das Chaos in Dirks Wohnwagen. Die Villa der Firma Green & Clean, das Gelände der Reederei Urbach, das Weingut Nachtweih & Urbach, das integrative Café der Abtei St. Hildegard, das Hotel Jagdschloss Niederwald. Bilder des Tals von Aulhausen, aus einem Zimmer des Jagdschlosses heraus aufgenommen. Warum hatte sie diese Bilder gemacht? Sie wusste es nicht mehr. Dann kamen der Parkplatz des Mainzer Hofs, das

Foyer, das Restaurant, die Küche des Pinot, Sarahs Wohnung, der Sekretär, die Kuscheltiere. Die Softporno-Aufnahmen von Sarah. Der Anhänger, die Doppelaxt. Die Teilnehmer der Festgesellschaft.

Sie schaute sich die Aufnahmen von Sarah noch einmal genau an, wechselte zu den Bildern, die sie selbst aus dem Zimmer des Hotels heraus geschossen hatte. Man sah sanfte Hügel, eine Straße, die sich den Berg hinaufschlängelte. Sie wechselte zurück, hin und her. Die aktuellen Bilder waren im Sommer aufgenommen, der Wald tiefgrün, der Himmel azurblau; die alten Bilder stammten aus dem Spätherbst oder Winter, der Wald war fahl und kahl, Nebelbänke lagen in den Niederungen. Aber es war dieselbe Perspektive, es war dasselbe Tal. Die Fotos von Sarah waren im Jagdschloss aufgenommen worden. Mit großer Wahrscheinlichkeit von Andi Neumann. Auf den Bildern war Sarah vielleicht dreizehn. Das Aufnahmedatum wäre dann Herbst oder Winter 2004. Damals hatte Rebecca die Aufnahmen vom Rheingold gemacht, die ›Loreley‹ im Mainzer Zollhafen fotografiert und war verschwunden.

Gingers Telefon spielte »Chan Chan«. »Mayfeld ruft an«, signalisierte das Display. Er schlug ein Treffen vor, mit einer Kollegin vom LKA, jetzt gleich.

Eine Viertelstunde später kam Mayfeld im Schiersteiner Hafen an. Er lud Ginger auf die Terrasse eines nahe gelegenen griechischen Lokals ein, wo seine Begleitung, die er als Kriminaloberrätin Eva Bischoff vom LKA vorstellte, bereits wartete und sich eine Zigarette drehte. Die beiden waren ein interessantes Paar, fand Ginger, beide in Jeans und weißem Hemd, er in einem zerknitterten beigefarbenen Leinensakko, sie in einer Anzugjacke aus dunkelblauem Nadelstreifentuch. Beide benutzten das gleiche Parfüm aus den achtziger Jahren, Fahrenheit. Ginger gefiel die Frau auf Anhieb, die silbrigen kurzen Haare, das ironische Lächeln, die neugierigen blaugrünen Augen. Unwillkürlich überlegte sie, wie sie auf diese Frau wirken würde, und fuhr sich durch die Haare – wenn sie mit dem Motorrad unterwegs gewesen war, waren die Haare vom Helm immer unvorteilhaft zerdrückt.

Robert bestellte Kaffee und Wasser.

»Ich muss vorausschicken, dass ich Externe ungern in meine Ermittlungen einbinde«, begann Bischoff. »Dieses Gespräch findet nur statt, weil mir Robert so viel Gutes über Sie erzählt hat. Und Robert lässt sich von Äußerlichkeiten nicht blenden.« Sie warf ihr einen Blick zu, der Ginger irritierte. »Ich würde vorschlagen, dass Sie erst einmal erzählen, was Sie herausbekommen haben. Sie dürfen mir gerne auch alle Ihre Theorien mitteilen, aber ich wäre Ihnen dankbar, wenn Sie sie von den Fakten trennen würden.«

Wollte sie ihr das kleine Einmaleins guter Polizeiarbeit beibringen? Ginger beschloss, freundlich zu bleiben. Die Frau war zu sympathisch und zu interessant, um sie mit einer patzigen Antwort zu verärgern.

»Das ist doch selbstverständlich.«

»Wie schön. Danach entscheide ich, wie es weitergeht.«

»Du meinst, wie es mit deinen Ermittlungen weitergeht«, korrigierte Robert.

Da waren zwei ausgeprägte Egos zusammengekommen, aber Ginger hatte den Eindruck, dass sie sich prächtig verstanden.

»Also?« Bischoff formulierte weniger eine Frage als einen Befehl. So ging das nicht, fand Ginger.

»Warum interessieren Sie sich für meinen Fall?«

Bischoff schien es nicht zu mögen, wenn man ihre Fragen mit Gegenfragen beantwortete. Sie schürzte ihre Lippen, eine Prise Ärger huschte über das Gesicht, bevor sie wieder lächelte. Widerspruch schien sie nicht nur zu ärgern, er schien ihr auch zu imponieren. Ginger warf einen Blick auf Robert. Der beobachtete die beiden Frauen mit gespannter Aufmerksamkeit.

»Ich kenne Ihre Akte. Ich kenne auch die Akte Rebecca Havemann. Vielleicht kann ich Ihnen helfen. Vielleicht können Sie uns helfen. Damit ich das beurteilen kann, müssen Sie mir sagen, was Sie wissen. Sie sollten mir vertrauen. Wie Sie an Ihre Informationen gekommen sind, ist mir egal. Ich werde Sie nicht reinlegen, schon allein deswegen, weil sie eine Freundin von Robert sind. Mehr Zusagen können Sie von einer Beamtin des Landes Hessen nicht erwarten.«

Das leuchtete Ginger ein. Sie berichtete von ihren Recherchen der letzten Tage, vom Verschwinden Sarah Hopes, von den Konflikten in deren Familie, vom Freundeskreis Germania.

Der Kellner brachte die Getränke. Ginger machte eine kleine Pause.

Dann beschrieb sie die Funde, die sie in Sarahs Wohnung gemacht hatte, die Fotos, die im Hotel Niederwald gemacht wurden, die Doppelaxt. Sie erzählte, was ihr Rebeccas damaliger Freund über die journalistischen Ambitionen ihrer Mutter gesagt hatte, und zeigte Bischoff und Mayfeld die Fotos aus Lombards Kladde.

»Am meisten irritiert hat mich, dass Sarah vor ein paar Monaten Erkundigungen über mich eingeholt hat. Ich habe diese Frau noch nie gesehen, es gibt keine Verbindungen zwischen ihr und mir, außer eben der folgenden: Anfang des Jahres habe ich Andi Neumann ein Bild meiner Mutter gezeigt. Ich bin auf ihn gekommen, weil er der Besitzer der ›Loreley‹ ist, und ›Loreley‹ stand auf einem Zettel, den ich in Rebeccas Hinterlassenschaft gefunden habe. Ich dachte, vielleicht ist es ein Schiff. Er sagte, dass er sie nicht kenne, aber er muss mit Sarah darüber gesprochen haben, und bald darauf begann sie zu recherchieren. Ich glaube, dass die beiden 2004 im Hotel Niederwald waren, die Fotos in ihrem Sekretär legen das nahe. Und meine Mutter war dort auch, hat kurz vor ihrem Verschwinden dort ein Foto gemacht. Und ein halbes Jahr nachdem ich eine Verbindung zwischen Sarah, Andi und dem Verschwinden meiner Mutter hergestellt habe, ist er tot und sie auf der Flucht.«

»Was stand auf dem Zettel Ihrer Mutter?«

»Wagner, Rheingold, Loreley.«

Bischoff nickte und drückte ihre Zigarette aus.

»Sehr gut recherchiert«, sagte sie anerkennend. Dann drehte sie sich eine neue Zigarette, dachte vermutlich darüber nach, ob sie Ginger ins Vertrauen ziehen konnte. »Also gut. Behalten Sie das, was ich Ihnen jetzt sage, für sich. Unternehmen Sie nichts allein, es könnte lebensgefährlich für Sie werden. Ich bin durch Robert auf die Akte Ihrer Mutter gestoßen. Für den Kollegen, der in Ihrem Fall so nachlässig recherchiert hat, haben wir uns nicht erst nach seinem Verschwinden interessiert. Wir hielten ihn für korrupt. Dass er den Fall Ihrer Mutter an sich gezogen hat, könnte bedeuten, dass sie bei ihren Recherchen seinen Auftraggebern zu nahe gekommen ist. Ich habe Robert gebeten, mir alle Namen zu nennen, die in seinen oder Ihren Recherchen aufgetaucht sind. Bei zweien gibt es ein Match mit unserer Kundenkartei, bei Guido Wagner und Peter Urbach.«

Ginger sah den Gorilla, der durch den Raum ging. »Sprechen wir von Organisierter Kriminalität?«, fragte sie. »Kann es deswegen für mich gefährlich werden, wenn ich diesen Leuten zu nahe komme?«

Bischoff zuckte mit den Achseln.

»Von welcher Art von Geschäften sprechen wir?«

»Wir haben gegen die beiden nichts in der Hand. Ihre Namen sind nur ein paarmal aufgetaucht im Zusammenhang mit Leuten, die mit Menschen, mit Waffen, mit Drogen oder mit Müll handeln. Ein Geschäftsmodell besteht zum Beispiel darin, giftigen Industriemüll zu übernehmen, den Kunden für viel Geld die ordnungsgemäße Entsorgung zuzusichern und ihn dann irgendwohin, auf einen Acker, eine schlecht überwachte Deponie, in ein verlassenes Bergwerk oder ins Meer, zu kippen«, erklärte Bischoff.

»Wagner, Urbach, Green & Clean, die ›Loreley‹«, sagte Ginger.

»Sie verstehen schnell.«

Ganz im Gegenteil, wollte Ginger sagen, ich habe lange auf der Leitung gestanden. Aber sie schwieg lieber.

»Neumann hat mit einem anonymen Handy am Tag seines

Todes einmal mit dem Festnetzanschluss von Green & Clean telefoniert. Danach nur noch mit einem weiteren anonymen Prepaidhandy«, ergänzte Robert. »Wagner meinte, Neumann wollte ihn zum Treffen der Freunde der Germania einladen, aber das kann eine Ausrede gewesen sein.«

»Mir hat Wagner gesagt, Urbach habe ihn dazu eingeladen«, erinnerte sich Ginger. »Ich hatte einfach behauptet, man habe ihn zusammen mit Urbach in Rüdesheim gesehen.«

»Er brauchte einen guten Grund, warum er in Rüdesheim war und warum er mit Urbach und Neumann Kontakt hatte«, überlegte Bischoff. »Er hat immer das gesagt, was alles erklärte und weitere Fragen überflüssig machte. Sein Pech, dass ihr eure Informationen austauscht.«

»Vielleicht wollte er mit Urbach über die Havarie reden«, vermutete Robert. »Über die Havarie und den Tod von Neumann.«

»Aber warum sollten Wagner oder Urbach etwas mit Andis Tod zu tun haben?«, fragte Bischoff. »Hat er die beiden erpresst? Womit? Und warum gerade jetzt, wenn er für sie arbeitet, dann kennt er sie doch schon lange? Außerdem: Er steckt in ihren Geschäften mit drin, er ist gar nicht in der Position, sie erpressen zu können.«

Bei einer derart kaputten Person wie Neumann sollte man nicht allzu sehr nach rationalen Beweggründen suchen, fand Ginger.

»Neumann war zuletzt ziemlich deprimiert«, warf sie ein. »Ihm war es womöglich egal, was mit ihm passierte. Gleichzeitig sprach er davon, dass er groß rauskommen würde.«

»Ja, vielleicht war Neumann suizidal«, überlegte Robert. »Unsere Theorie krankt allerdings daran, dass wir für die beiden Morde bereits ein Geständnis haben. Wenn wir Pech haben, schließt Lackauf die Ermittlungen bald ab und erhebt Anklage gegen Gabriele Rossi.«

Robert hatte ihr vom Geständnis des Matrosen berichtet. Bischoff wusste auch Bescheid, vermutete Ginger.

»Das ist doch ein Bauernopfer«, sagte sie mit Bestimmtheit. Robert stimmte zu. »Vielleicht ist Rossi an den Morden beteiligt, dafür sprechen seine detaillierten Kenntnisse. Aber das Motiv ist an den Haaren herbeigezogen. Wir kommen bloß nicht an der Tatsache vorbei, dass er Dinge weiß, die eigentlich nur der Täter wissen kann.«

»Es gibt einen Komplizen, den er schützt«, meinte Ginger. »Auf Suleika fuhren zwei Männer vor Dirks Wohnwagen vor. Einer sagte zum anderen, er habe es mit der ›Loreley‹ verbockt. Es gibt einen zweiten Mann, und der soll nicht gefunden werden.«

»Es gibt noch eine sehr beunruhigende Sache«, meinte Robert. »Rossi behauptet, dass Andi Neumann ihn gebeten habe, seine Ermordung wie einen Unfall aussehen zu lassen, weil er wollte, dass eine Lebensversicherung an seine Frau ausgezahlt werde. Tatsächlich gibt es eine solche Versicherung, aber Neumann hatte sie zu diesem Zeitpunkt schon auf seine Freundin Sarah Hope umgeschrieben.«

»Sarah profitiert von Neumanns Tod?«, fragte Ginger alarmiert. Es wäre ihr ausgesprochen zuwider, wenn ihre Loyalität jemandem gegolten hätte, der am gewaltsamen Tod eines anderen beteiligt war.

»Sie profitiert davon«, bestätigte Robert. »Es gibt aber bislang keinen Hinweis, dass sie an seinem Tod in irgendeiner Weise beteiligt ist. Ich frage mich vor allem, warum Neumann Rossi etwas anderes gesagt hat.«

»Rossi hat sich das vielleicht nur ausgedacht«, meinte Ginger.

»Er hat es ohne Not gesagt. Ich glaube, er war aber überzeugt davon, dass es zutreffend war.«

»Woher hatte Rossi all die Informationen?«, fragte Bischoff. »Er kann bei der Ermordung von Andi Neumann und seiner Frau dabei gewesen sein und daher bestimmte Detailkenntnisse der Vorgänge haben. Vielleicht hat Neumann selbst im Angesicht des Todes gelogen, aber wenn er das nicht getan hat, wenn Rossi also Dinge erzählt, die nicht so geschehen sind, von denen er aber überzeugt ist, dass sie zutreffen, dann muss er diese Informationen von irgendjemandem haben, der Bescheid weiß.« Bischoff machte eine Pause. »Der über die Ermittlungsergebnisse Bescheid weiß und abschätzen kann, dass Rossi aus der Nummer nicht mehr rauskommt, dass es für ihn nur noch um Schadensbegrenzung geht.« Sie machte eine weitere Pause. »So ein Informant kann nur jemand aus dem Ermittlungsteam sein. Ein Maulwurf.«

Es war ein ungeheuerlicher Verdacht, den Bischoff da formulierte, kühl, sachlich, so als ob sie darüber nicht sonderlich überrascht wäre.

»Wer hatte die Information mit der Lebensversicherung?«, wollte sie wissen.

»Die falsche oder die richtige?«, fragte Robert zurück. Auch er schien nicht sonderlich überrascht. »Dass Neumann eine Lebensversicherung abgeschlossen hatte, das wussten alle, die an den Morgenbesprechungen teilnahmen. Dass Yvonne Neumann die Begünstigte war, das war lange Zeit der Kenntnisstand aller, das heißt von mir, von Winkler, Blum, Adler, Lackauf.«

»Das war auch meine Information«, ergänzte Ginger.

»Gestern habe ich von der Umschreibung erfahren«, erinnerte sich Robert. »Nina Blum hat es mir nach der Morgenbesprechung im Beisein von Heike Winkler erzählt.«

»Das heißt, Adler und Lackauf waren weiter der Überzeugung, dass Yvonne Neumann die Begünstigte der Lebensversicherung von Neumann war«, schlussfolgerte Bischoff.

»Für Adler lege ich meine Hand ins Feuer.«

Eine Weile herrschte Stille.

»Rossi hat anfangs geschwiegen, niemand wusste, warum«, erinnerte sich Robert. »Heike und ich hatten den Eindruck, dass er Zeit gewinnen wollte. Zuvor saß Lackauf mit ihm im Vernehmungszimmer. Nachdem Rossi sein Schweigen gebrochen hatte, verlangte er einen Anwalt, und bald nachdem Müller da war, legte er das Geständnis ab und nannte den Ort, an dem er das Geld, das er sich in Neumanns Haus besorgt haben wollte, versteckt hatte.«

»Das sind alles nur sehr vage Hinweise, aber es klingt nach einem abgekarteten Spiel, und Dr. Lackauf spielt eine unrühmliche Rolle darin«, fasste Bischoff zusammen.

»Er war ungewöhnlich aktiv in dem Fall«, ergänzte Robert. »Er hat, für ihn ganz untypisch, am Montagmorgen mit der Mainzer Staatsanwaltschaft über die Freigabe der ›Loreley‹ gesprochen. Wieso war er zu diesem frühen Zeitpunkt über den Fall informiert? Er hat, obwohl er sehr präsent war, meistens abgewiegelt. Wenn er der Maulwurf ist, hätte er Rossi auffordern können, zu schweigen, bis eine Abwehrstrategie entworfen und falsche Spuren gelegt worden sind. Er hätte die Information weitergeben können, dass es genug Beweise geben wird, Rossi der Tötung der beiden Neumanns zu überführen. Er wusste von Neumanns Suizidalität und der Lebensversicherung. Und wenn er auch noch gewusst hätte, dass die Lebensversicherung umgeschrieben wurde, dann gäbe es so gut wie nichts, was wir diesem Lügengespinst entgegensetzen könnten.«

»Es wird auch so schwer genug«, meinte Bischoff. »Gegen einen Staatsanwalt bei so einer windigen Indizienlage vorzugehen ist ausgesprochen waghalsig.«

»Lackauf hat übrigens zu Recht gefragt, warum Rossi nach getaner Arbeit nicht sofort verschwunden ist, wie es Auftragskiller zu tun pflegen«, bemerkte Robert.

»Die Arbeit ist noch nicht getan.« Ginger spürte, wie sich ihr Puls beschleunigte. »Sie suchen Sarah. Sarah ist vor ihnen auf der Flucht. Dass ich noch am Leben bin, hat vielleicht nur damit zu tun, dass sie hoffen, ich könnte sie zu ihr führen. Aus demselben Grund beschatten sie Franzi Mangold. Sarah weiß irgendetwas, vermutlich hat Andi sie ins Vertrauen gezogen. Wir müssen sie vor ihnen finden.«

»Checken Sie eigentlich Ihr Motorrad regelmäßig auf GPS-Tracker?«, wollte Bischoff wissen.

Ginger schüttelte den Kopf.

»Und haben Sie Ihr Boot in den letzten Tagen mal auf Wanzenbefall untersucht?«

Ginger biss sich auf die Lippe. »Scheiße, nein.«

»Machen Sie mal. Wenn Sie was finden, ändern Sie nichts. Doch zurück zu unserem Thema. Sie sagten, wir müssen Sarah finden, bevor ›sie‹ es tun. Wer sind ›sie‹? Wir haben plausible Vermutungen, aber keine gesicherte, geschweige denn eine gerichtsfeste Antwort auf diese Frage. So nahe, wie wir es gerade tun, kommt man solchen Leuten immer mal wieder. Und dann geht es nicht weiter.«

»Es gibt vielleicht DNA-Spuren von Urbach oder Wagner in Dirks Wohnwagen«, meinte Ginger. »Wir haben die Reifenabdrücke. Es gibt bestimmt Spuren in Rossis Wagen.«

»Es gibt eine zweite DNA-Spur unter Yvonne Neumanns Fingernägeln. Aber wir haben keine Handhabe, DNA-Proben von unseren Verdächtigen zu nehmen«, wendete Robert ein.

Sie waren in eine Sackgasse geraten. Bischoff hatte recht. Sie kamen den mutmaßlichen Tätern nahe, aber das, was sie wussten, reichte bloß für einen plausiblen Verdacht.

Schließlich hatte Ginger eine Idee. »Wir müssen sie zwingen, aus der Deckung herauszukommen«, sagte sie. Und dann erklärte sie den beiden ihren Plan.

Nach dem Treffen mit Mayfeld und Bischoff hatte Ginger ihr Motorrad und die »Blow-up« gründlich untersucht. Wie von Bischoff befürchtet, fand sie an ihrer Carducci einen GPS-Tracker und in einer Backkiste sowie am Niedergang der »Blow-up« Abhörmikrofone. Ginger beließ alle Geräte an ihrem Ort und fuhr in die Westendstraße. Sie hatte ein mulmiges Gefühl. Irgendwo blickte jemand auf ein Handy oder Tablet und verfolgte ihre Fahrt. Irgendwann würde dieser Jemand zuschlagen. Alte Gespenster regten sich, längst vergessene Ängste lauerten in einem unbekannten Hinterhalt.

Sie traf Yasemin in der Wohnung an, wo sie sich hinter drei Monitoren in ihrem Arbeitszimmer verschanzt hatte. Die

Freundin machte ein zufriedenes, fast triumphierendes Gesicht.

Ginger war gar nicht nach Triumphieren zumute. »Ich wurde auf der ›Blow-up‹ abgehört«, sagte sie leise, fast flüsternd. »Mein Motorrad hat einen GPS-Tracker. Sind wir hier sicher?«

Für einen Moment verschwand Yasemins Zufriedenheit, dann fing sie sich wieder.

»Nun werde mal nicht paranoid«, meinte sie, ohne ihre Stimme zu senken. »Dein Motorrad und dein Boot sind dankbare Ziele für eine Überwachungsaktion. Sie sind über lange Zeit unbeaufsichtigt. In die Wohnung kommt man nicht so leicht hinein und in meinen PC mit seiner Firewall schon gar nicht. Hier ist alles safe.«

Dennoch bestand Ginger darauf, die Wohnung gründlich zu durchsuchen. Sie fanden nichts. Allmählich beruhigte sich Ginger, spürte wieder den Boden unter den Füßen und gewann einen gelassenen Blick auf die Welt zurück.

»Warst du erfolgreich?«, fragte sie.

Das triumphierende Lächeln erschien wieder auf Yasemins Gesicht. »Iwn,wseb,distb;eMaaZ,dkmnadS. ›Ich weiß nicht, was soll es bedeuten, dass ich so traurig bin; ein Märchen aus alten Zeiten, das kommt mir nicht aus dem Sinn.‹ Die Anfangsbuchstaben der ersten Strophe des Liedes von der Loreley öffnen den Passwortmanager des Notebooks. Das Lied steht in dem Buch, das du aus Rüdesheim mitgebracht hast. LVmrsFsutdWdWaR ist das Passwort für Andi Neumanns Cloud-Konto. Es liegt auf demselben Server wie Sarahs Konto. Anmeldenamen sind die jeweiligen E-Mail-Adressen. Das Passwort setzt sich aus den Anfangsbuchstaben des Liedes von der ›Wacht am Rhein‹ zusammen, das steht auch in dem Buch. ›Lieb Vaterland, magst ruhig sein. Fest steht und treu die Wacht, die Wacht am Rhein.‹ Und für einen besonders geschützten Ordner gibt es noch EbeRwDWSuWZRzRzdRWwdSHs. ›Es braust ein Ruf wie Donnerhall‹ und so weiter. Willst du dich mal auf Andi Neumanns Wolke umsehen?«

Sich auf der Wolke eines Toten umzusehen war eine bizarre Vorstellung, fand Ginger. Aber ja, natürlich wollte sie das.

Yasemin tippte auf der Tastatur ihres PCs herum, gab Befehle ein, runzelte die Stirn.

»Scheiße«, entfuhr es ihr. »Da war vor Kurzem jemand in genau dieser Cloud und hat eine Datei gelöscht. Wir sind vielleicht zu spät.« Sie gab weitere Befehle ein. Drehte einen der Bildschirme zu Ginger hin und reichte ihr eine Bluetooth-Tastatur. »Kannst ja mal durch die Daten scrollen.«

In Neumanns Cloud gab es zwei große Datenblöcke. Beide bestanden aus Bilddateien. In Block eins fanden sich vor allem pornografische Bilder, mit Natascha aus Rüdesheim als Hauptdarstellerin. In Block zwei, der mit dem gesonderten Passwort geschützt war, lagen Bilder von Frachtbriefen, von Industrieanlagen und Containern. Auf die Schnelle konnte Ginger damit nichts anfangen.

»Kannst du das alles kopieren?«, bat sie Yasemin.

Ihre Freundin grinste. »Der Kopiervorgang läuft bereits. Ich befürchte allerdings, der wirklich heiße Scheiß ist der, der gelöscht wurde. Es wird kompliziert, herauszubekommen, von welcher IP-Adresse aus diese Löschung veranlasst wurde.«

»Aber du schaffst das?«

»Es wird viel Zeit und Energie kosten. Vielleicht ist es dringlicher, mich auf Sarahs Cloud umzusehen?«

»Auf jeden Fall.«

»Da war ich schon mal. Iwnwsebdistb.« Sie tippte die Buchstabenfolge ein. Wiederholte den Vorgang mehrfach, schob die Tastatur schließlich genervt von sich. »Jemand hat vor Kurzem das Passwort geändert.«

»Was geht da vor sich?« Ginger griff zum Telefon und rief Robert an. »Wir sind in Neumanns Cloud, aber jemand war schneller als wir. Jemand hat das Passwort für Sarahs Cloud geändert. Und Bischoff lag richtig, es gibt einen GPS-Tracker an meiner Carducci und zwei Wanzen in der ›Blow-up‹.«

»Ist noch alles an seinem Platz?«, wollte Robert wissen.

Ginger bejahte das.

»Gut so. Sarah Hopes Handy hat sich in Kaub ins Netz eingeloggt«, sagte er. »Wenn wir Glück haben, war sie es selbst. Versuchst du, mit ihr Kontakt aufzunehmen?«

»Na klar. Alles wie besprochen.«

✳✳✳

Mayfeld beendete das Gespräch mit Ginger und ging zurück in den Vernehmungsraum. Heike vernahm Rossi seit einigen Stunden. Zunächst hatte er jede weitere Aussage verweigert und lediglich wiederholt, er habe seinen Ausführungen nichts hinzuzufügen. Später hatte er sich auf Anraten seines Anwaltes zu weiteren Gesprächen bereit erklärt, als Zeichen seiner Kooperationsbereitschaft. Er ergänzte seine Angaben, indem er erwähnte, Yvonne Neumann habe versucht, ihn festzuhalten, als er aus dem Schlafzimmer geflohen war. Er schilderte das detailliert, sie habe ihn an der Hand gepackt, er habe dort einen kleinen Kratzer davongetragen, der mittlerweile nicht mehr sichtbar sei. Heike fragte nach dem Ablauf der Ereignisse auf der »Loreley« und in dem Haus in Schierstein. Sie fragte in chronologischer Reihenfolge, in umgekehrter Reihenfolge, machte Zeitsprünge. Rossi ließ sich nicht beirren. Sie fragte nach Neumanns letzten Worten. Rossi sagte immer das Gleiche. Neumann habe sterben wollen, er habe nicht die Kraft dazu gehabt, sich das Leben zu nehmen, und es habe wie ein Unfall aussehen sollen, damit die Versicherung für seine Frau zahle. Lackauf und Müller waren die ganze Zeit anwesend. Irgendwann bestand Müller auf einer Pause für sich und seinen Mandanten.

»Der Typ ist zäh«, sagte Heike in der Vernehmungspause. Sie wirkte erschöpft. »Er hat einen körperlichen Kontakt mit dem Opfer erwähnt, der die DNA-Spuren erklären könnte, ohne dass er von diesen Spuren Kenntnis hatte.«

»Kann sein, dass wir den nicht klein bekommen«, meinte Mayfeld resigniert.

»Man kann nicht ausschließen, dass er die Wahrheit sagt«, behauptete Lackauf, »so unwahrscheinlich sie auch klingt.«

Nina kam ins Besprechungszimmer. »Sarah Hopes Handy ist wieder ausgeloggt«, berichtete sie.

»Hope war im Netz?«, fragte Lackauf. »Warum erfahre ich nichts davon?«

»Tun Sie doch gerade, Herr Staatsanwalt«, meinte Nina. »Spielt es denn noch eine Rolle, was Frau Hope macht? Wir haben doch ein Geständnis.«

»Erklären Sie das Ihrer Kollegin«, brummte Lackauf.

»Wir verfolgen weiterhin alle Spuren«, sagte Mayfeld.

»Na klar!« Nina schien verärgert über diese Schulmeisterei. »Hier ist übrigens der Bootsname. Die ›Madeleine‹ liegt am Bootsanleger von Lorch.« Sie reichte ihrem Chef einen Zettel.

»Was für ein Boot?«, wollte Lackauf wissen.

Mayfeld steckte den Zettel ein. »Ein Freund von Hope hat ein Boot. Vielleicht will sie dorthin. Ich werde die Wasserschutzpolizei bitten, es bei Gelegenheit zu kontrollieren.« Er wendete sich wieder an Nina. »Hast du versucht, Hope anzurufen?«

»Ist in so einem Fall ja wohl Standard, Chef. Anruf, SMS. Vielleicht hat sie das misstrauisch gemacht. Auf jeden Fall hat sie das Handy wieder ausgeschaltet. Eine genaue Ortung war nicht möglich, das Handy hat sich irgendwo im Bereich Kaub befunden, mehr können wir nicht sagen. Soll ich euch Bescheid sagen, wenn es wieder eingeschaltet wird?«

»Natürlich.« Was für eine naive Frage, hätte Mayfeld am liebsten gesagt, aber er wollte nicht übertreiben.

»Übrigens sollst du deine Frau anrufen, Robert. Du hast wohl dein Handy leise gestellt. Julia meinte, es sei dringend.«

Nina verließ den Raum.

Mayfeld murmelte eine Entschuldigung und tippte eine Nummer auf das Display seines Telefons.

»Hallo, Julia. Was ist …? Ich komme sofort.« Mayfeld sprang auf. »Tut mir leid«, sagte er zu Heike, Lackauf beachtete er gar nicht. »Ich muss nach Hause. Meiner Frau geht es nicht gut.«

»Was ist los?«, fragte Heike besorgt.

»Ich muss«, sagte Mayfeld bloß.

»Wir kommen ohne dich klar«, antwortete sie.

***

Er raste durch das dämmrige Tal. Es durfte nichts mehr schiefgehen. Die Familie duldete keine Versager in ihren Reihen. Bislang hatte er die Erpressung gegenüber seinen Leuten geheim halten können, auch wenn das einen hohen Preis kostete, weil er nicht so viel Unterstützung anfordern konnte, wie eigentlich nötig gewesen wäre. So musste er die meisten Dinge selbst erledigen. Als Sauerbrot in den Dolomiten verschwunden war, hatte man ihm signalisiert, dass man ihm das letzte Mal aus der Patsche geholfen habe, dass solche Fehler nicht noch einmal passieren dürften, andernfalls werde er aus Deutschland abberufen. Das war eine harmlose Umschreibung für das, was mit ihm passieren würde. Er war nur noch geduldet, ein Statthalter auf Abruf. Zum Glück hatte er beste Verbindungen in den Sicherheitsapparat, und diesen Leuten hatte er deutlich gemacht, dass er nun auf sie zählte.

Das hatte er auch dem Idioten neben sich erklärt, diesem unerträglichen Gutmenschen. Der hatte etwas getan, was er ihm nicht verzeihen konnte, was noch Konsequenzen haben würde. Er hatte ihn belogen und getäuscht. Aber erst musste diese Sache hier erledigt werden, dann musste Gras über alles wachsen.

Er lachte in sich hinein. Er würde seiner Tochter ein neues Pferd schenken, ganz persönlich. Er würde ihm lukrative Aufträge vermitteln und ihn in Sicherheit wiegen. Und ihm dann die Luft abdrücken.

Er verstand immer noch nicht, warum die beiden so lange geschwiegen und stillgehalten hatten. Warum sie jetzt aktiv geworden waren. Aber es war egal, es änderte nichts. Die Frau hatte ihn erkannt, das hatte er in ihren Augen gesehen. Ihre

Flucht war der endgültige Beweis. Und sie war mit dem Kapitän lange Zeit zusammen gewesen. Sie war seine Mitwisserin und vermutlich seine Komplizin. Wahrscheinlich hatte sie einen Zugang zu seiner Cloud.

Er würde sie ertränken lassen wie ein Katzenjunges. Dieses Mal würden sie Rheinwasser nehmen.

Er hatte keine Zeit zu verlieren. Gerade hatte sein Informant angerufen und die Anwesenheit des Miststücks am Anleger bestätigt. Bald würden die Bullen da sein, aber sein Vorsprung sollte reichen. Die Detektivin würde ihm nicht in die Quere kommen, die war in Rüdesheim und suchte dort nach ihrer Zielperson. Sie war vielleicht doch nicht so clever, wie er gedacht hatte. Vielleicht konnte er sie leben lassen.

Sein Wagen näherte sich Lorch, mittlerweile war es dunkel geworden. Hervorragend. Er bog von der Straße ab. Gegenüber dem Bahnhof führte ein kleiner Weg zum Rheinufer. Das Boot sollte sich am hinteren Steg befinden, die einzige größere Motoryacht, die dort lag, hatte sein Informant gemeint. Er schaute auf sein Handy. »Position unverändert«, lautete die SMS. »Einsatz beginnt jetzt. Ankunft in dreißig Minuten.«

Sie stiegen aus. Niemand sonst befand sich am Ufer oder auf dem Bootssteg. Auf der »Madeleine« brannte Licht.

Er schaute sich noch einmal um, lauschte ins Dunkel. Aus dem Inneren der »Madeleine« ertönte leise Musik. Er tastete nach dem Elektroschocker und der Taschenlampe. Sie betraten den Steg. Sein Kompagnon war nervös, er konnte seinen Angstschweiß riechen. Das würde ihm nicht helfen. Er würde es tun müssen.

Der Holzsteg knarrte unter ihren Schritten. Sie betraten das Boot, Wasser plätscherte gegen den Bootsrumpf. Drinnen regte sich nichts. Die Tür des Niedergangs war angelehnt. Er riss sie auf, drang in die Kajüte ein, zerrte seinen Kompagnon mit sich, leuchtete mit der Taschenlampe ins Dunkel. Im Salon war niemand zu sehen. Er öffnete die Heckkoje, sie war leer. Dann die Koje im Bug, auch sie war leer.

Auf dem Tisch im Salon lag ein Handy. Es klingelte. Er ahnte, dass gerade etwas schieflief.

Draußen gingen Scheinwerfer an und leuchteten ins Bootsinnere.

In der Kajütentür erschien der Wiesbadener Bulle, Maybach oder Mayfeld, neben ihm eine Frau. Sie hatten Waffen auf sie gerichtet und forderten sie auf, die Hände über dem Kopf zu verschränken und sich auf den Boden zu legen.

Sie waren in einen Hinterhalt geraten.

»Guido Wagner und Peter Urbach, Sie sind festgenommen«, sagte der Bulle.

Er legte ihm Handschellen an, zog ihm das Handy aus der Hosentasche, presste einen seiner Zeigefinger auf den Fingerabdrucksensor. Dann stellte er es laut und wählte eine Nummer.

»Was ist denn los?«, hörte er eine verärgerte Stimme.

»Das werden *Sie* erklären müssen, Dr. Lackauf«, antwortete der Bulle.

»Willst du die ganze Geschichte hören? Von Anfang an?«

»Unbedingt!«

Ginger hatte Sarah zu einer Bootstour eingeladen. Sie waren von Schierstein bis zur Loreley gefahren und wieder zurück. Nun ankerte die »Blow-up« im Stillwasser der Mariannenaue. Ginger holte zwei Gläser, Gin und Tonic aus der Kühltasche. Eine Entenfamilie umkreiste das Boot. Hier, mitten im Fluss, konnten sie ungestört reden.

Sarah sammelte sich. Sie gab sich einen Ruck. Ihr Gesicht bekam einen ernsten und in sich gekehrten Ausdruck.

»Wie du willst. Aber ich warne dich, es ist keine erfreuliche Geschichte. Sie begann, als ich neun Jahre alt war. Damals hatten meine Mutter Linda und ihr Cousin Dieter einen Verkehrsunfall. Sie waren in Dieters Cabrio unterwegs gewesen. Er war sofort tot, meine Mutter starb einen Tag später im Krankenhaus. Meine letzte Erinnerung an sie ist, wie sie mich morgens in der Familie einer Freundin ablieferte, wo ich den Tag verbringen sollte. Ich hatte ein komisches Gefühl, als man mich abends nach Hause brachte, normalerweise holte mich nämlich meine Mama ab. Im Hotel wartete Tante Gerda mit verheulten Augen. Das war an und für sich nichts Besonderes, denn sie heulte viel, seit ihr Mann ein Jahr zuvor gestorben war, aber ich merkte gleich, dass es dieses Mal eine andere Art Heulen war. Ich saß also im Büro von Tante Gerda und wartete, bis sie mit Weinen aufhörte. Ich wollte zu meiner Mama. Nach einer Ewigkeit sagte sie mir, dass ihr Bruder tot war und meine Mutter im Krankenhaus lag. Und dass meine Mama an allem schuld sei. Sie hatte sich diese Fahrt durch das Wispertal gewünscht.«

Sarah blickte ins Nirgendwo. Sie schien ganz in ihren Erinnerungen gefangen, sprach leise und monoton, wie zu sich selbst.

»An diesem Abend ging meine Kindheit zu Ende. Tags darauf

hat mich Gerda in die Schule geschickt. Als ich nach Hause kam, teilte sie mir mit, dass sie gerade einen Anruf von der Klinik bekommen habe und meine Mutter jetzt auch tot sei. Ich weiß gar nicht, was dann passierte, ich glaube, sie hat mich auf mein Zimmer geschickt und dort allein gelassen. Danach verschwimmt alles für eine Weile in einem düsteren Nebel. Ich habe Gerda für den Vorwurf, den sie meiner Mutter gemacht hatte, gehasst, das ist das Einzige, woran ich mich genau erinnern kann aus dieser Zeit. Deswegen war ich gar nicht traurig, dass ich nicht bei ihr blieb, sondern zu Tante Helga kam, zumal Astrid in den USA war. Wäre sie hier gewesen, wäre vieles bestimmt ganz anders gekommen.«

Sarah nahm einen Schluck Gin Tonic. Bevor Ginger etwas Tröstendes sagen, Mitgefühl signalisieren konnte, fuhr sie mit ihrer deprimierenden Erzählung fort.

»So kam ich in die Familie von Helga Urbach. Es war die Hölle. Eine gutbürgerliche und fromme Hölle. Von meiner Mutter war ich gewohnt, dass ich mich mit Freundinnen treffen, ins Kino gehen, bei Geburtstagsfeiern auch mal länger aufbleiben durfte, obwohl ich erst neun war. Das änderte sich nun grundlegend. Sonntags musste ich in die Kirche, und freitags musste ich zur Beichte, vor dem Essen wurde gebetet. Mein Ding war das nicht. Vielleicht hätte ich es ertragen, wenn man mir alles freundlich und liebevoll erklärt hätte. Aber es waren einfach nur Regeln, die ich zu befolgen hatte. Wenn ich es nicht tat, gab es Geschrei, Drohungen und Schläge.«

Endlich machte Sarah eine Pause. Ihr Gesicht war nun völlig leer. Ginger hatte das Gefühl, in einen kalten und düsteren Strudel mit hinabgezogen zu werden. Wenn Sarah wenigstens wütend wäre, dachte sie, das würde helfen.

»Damals gab es diese Aktion von Helga Urbach wegen der Erbengemeinschaft«, warf sie ein.

»Was mit meinem Erbe passierte, habe ich gar nicht richtig mitbekommen. Irgendwann kam ein Rechtsanwalt zu uns nach Hause und erklärte mir, dass ich später, wenn ich groß sei, das

Hotel von Onkel Dieter besitzen würde. Das hat mich damals nicht im Geringsten interessiert. Ich hatte andere Sorgen. Meine Mama war so anders gewesen, fröhlich, frech, frei. Wenn sie in der Küche den Abwasch machte, hat sie gesungen. In meiner neuen Familie wurde nur in der Kirche gesungen. Ich wurde immer stiller und bedrückter, ich kümmerte vor mich hin.«

»Du warst ganz allein.«

Ginger legte eine Hand auf Sarahs Arm. Die zog ihn zurück, als ob sie jede Berührung schmerzte.

»Bis ich Andi kennenlernte. Andi war Helgas Enkelkind, und damals war die Familie seiner Mutter noch wohlgelitten im Hause Urbach. Andi war anders als die anderen, er gehörte nicht wirklich dazu. Als Außenseiterin erkennst du so etwas sofort. Ich war mittlerweile zwölf Jahre alt, und meine Pubertät hatte ziemlich früh begonnen. Bei Helga wurde es damit für mich nicht einfacher. Für sie war ich entweder Luft oder ein Ärgernis. Der Rest der Familie hat mich geschnitten. Ich habe erst später verstanden, warum. Meine Großmutter ist so etwas wie das schwarze Schaf der Familie. Nach dem Krieg hatte sie eine Affäre mit einem schwarzen GI, aus der meine Mutter hervorging. Der Familienpatriarch, mein Urgroßvater Wilhelm, hat seiner Tochter daraufhin für einen Apfel und ein Ei ihr Erbrecht abgeluchst. Und ich, die Enkeltochter der verfemten Gertrud, wurde von einem aus dem Seitenstrang der Familie fünfzig Jahre später als Erbin eingesetzt. Das war für die ehrbaren und braven Bürger ein Affront.«

Sie machte wieder eine Pause. Ihr Gesicht war nun zu einer steinernen Maske erstarrt.

Die Stimme bekam etwas Mechanisches, als sie fortfuhr. »Onkel Dieter war immer freundlich zu mir gewesen, er mochte meine Mutter sehr. Ich hätte mir gewünscht, dass er mein Vater ist. Aber die waren dann ja beide tot. Der Einzige, der damals nett zu mir war, war Andi. Andi war zehn Jahre älter, schon ein richtiger Mann. Er beachtete mich, machte mir Komplimente, zwinkerte mir heimlich zu. Lud mich ins Kino ein. Wenn er dabei war, gab Helga Ruhe mit ihren Verboten. Ich habe meinen ersten Alkopop getrunken, das erste Mal geküsst, das erste Mal an einem Joint gezogen, alles mit Andi. Er nahm mich ernst, behandelte mich wie eine Erwachsene, zumindest kam es mir so vor. Irgendwann hatte ich das erste Mal mit ihm Sex. Da war ich gerade dreizehn geworden. Es war nicht so toll, wie ich es mir erträumt hatte, aber wir haben vorher und nachher Joints geraucht, dann ging es.«

»Er hat diese Fotos gemacht, die in deinem Sekretär liegen.« Die Fotos von dem Vamp mit den Kuscheltieren.

Ein verlegenes Lächeln huschte über Sarahs Gesicht. Immerhin eine Regung, dachte Ginger. Sie berührte Sarahs Arm erneut, dieses Mal ließ sie es einige Augenblicke geschehen, bevor Ginger ihre Hand wieder zurückzog.

»Andi musste immer alles fotografieren. Am allerliebsten fotografierte er mich. Das ging mir zunächst ziemlich auf den Keks, ich habe mich geschämt, mir war es peinlich, ich fand mich hässlich, aber er hat mir eingeredet, dass ich eine echte Schönheit sei und er das nur mache, weil er mich bewundere. Meistens nannte er mich ›Hoppelchen‹, aber wenn er etwas von mir wollte, sagte er ›meine Loreley‹ zu mir. Das hat mir gut gefallen. Die Loreley in dem Lied hat so schöne blonde Haare. ›Loreley‹ hieß auch das Schiff, auf das er mich in den Ferien mitgenommen hat, es gehörte seinem Onkel Peter, und er hat dort gelegentlich gearbeitet.«

»Was für ein Arsch«, entfuhr es Ginger. »Du warst ein Kind. Er hat dich missbraucht.«

Noch ein verlegenes Lächeln von Sarah.

»Du hast recht. Was wir in dieser Zeit alles gemacht haben, möchte ich lieber nicht im Detail erzählen, es war auf jeden Fall für eine Dreizehnjährige unpassend. Ich wusste, dass es verboten war, aber das war ja das Reizvolle. Aus heutiger Sicht würde ich sagen, das Verbotene war das einzige Reizvolle daran. Spaß hat es mir nicht gemacht. Je merkwürdiger ich fand, was Andi von mir verlangte, desto bereitwilliger hat er mich mit Amphetaminen,

Haschisch und Alkohol versorgt. Ich war manchmal komplett weggedreht und kann mich an viele Nachmittage und Abende nicht mehr erinnern. Damals begann ich, manchmal Dinge zu sehen, die ich mir nur einbildete. Der frommen Helga ist das nicht aufgefallen. Es hätte sie vermutlich auch nicht interessiert.«

Sie kippte den Rest des Gin Tonic in sich hinein. In ihre Gesichtszüge war Bewegung gekommen, etwas Wild-Verzweifeltes lag nun in ihnen.

»Hast du noch einen?«, fragte sie mit belegter Stimme.

»Vielleicht mal nur ein Tonic?«, entgegnete Ginger vorsichtig. Sarah nickte. Ginger holte eine Flasche aus der Kühlbox.

»Im Herbst 2004 hat mich Andi ins Hotel Niederwald eingeladen. Das war damals nur im Sommer geöffnet, im Winterhalbjahr hat er dort manchmal nach dem Rechten gesehen. Deswegen hatte er die Schlüssel. Wir haben dort eine ausgiebige Fotosession gemacht, so nannten wir das. Es begann am Morgen, ich habe Tabletten eingeworfen, wir haben geraucht, getrunken, wir hatten Sex. Mir kam alles unwirklich vor. Irgendwann bin ich eingeschlafen. Als ich wieder aufwachte, wusste ich erst nicht, wo ich war. Draußen war es noch hell. Andi stand am Fenster und fotografierte. Er hat mich angeraunzt, ich solle im Bett bleiben. Ich bin wieder eingeschlafen. Später bin ich aufgewacht und war allein in dem Hotelzimmer. Ich wollte nach draußen.«

Wieder machte Sarah eine Pause. Eine einzelne Träne lief über ihre Wange.

»Ich wusste nicht, ob das, was ich dann sah, Realität oder Produkt meiner Phantasie und des Drogenkonsums war. Dieser Zweifel dauerte bis vor Kurzem an. Ich sah durch den Türspalt des Zimmers nach unten in eine Halle und beobachtete, wie ein Mann mit einer Frau kämpfte, die er schließlich erwürgte und aus dem Hotel schleifte. Deine Mutter, Ginger.«

Sarah sah sie mit weit aufgerissenen Augen an. Ein Eisenring legte sich um Gingers Brust, sie konnte kaum noch atmen. So musste es sich am Grunde der Tiefsee anfühlen, in der Dunkelheit, kurz bevor man erdrückt wurde. Ground Zero.

Sarah fuhr fort.

»Die Gesichter der beiden haben sich meinem Gedächtnis in allen Details eingebrannt. Aber so deutlich, so plastisch die Gesichter waren, so falsch und irreal fühlte sich alles drum herum an. Der Kampf verlief in Zeitlupe, die Farben waren unnatürlich grell, die Konturen der Wände, der Halle, der Treppe bogen und wölbten sich, die Geräusche kamen von weit her. Irgendwann tauchte Andi auf und zerrte mich zurück ins Bett, gab mir noch eine Tablette. Als ich wieder aufwachte, war es dunkel. Das Hotel lag ruhig und verlassen da. Ich fragte Andi, was passiert war, und er wusste angeblich nicht, wovon ich redete. Sprach von einem ›Bad Trip‹, vielleicht solle ich in Zukunft etwas vorsichtiger mit den Drogen sein, ich sei noch zu jung dafür, vertrage offensichtlich nichts. Das wollte ich gar nicht hören. Er versicherte mir immer wieder, da sei nichts gewesen, ich bildete mir das alles nur ein.«

Ginger tauchte aus ihrem düsteren Strudel auf, war wieder bei Sarah.

»Er hat dir eingeredet, du seist verrückt? Und du hast es geglaubt?«

Sie ertappte sich bei dem Gedanken, dass Neumann sein Schicksal verdient hatte. Sarah zog etwas linkisch die Schultern nach oben.

»Als wir das Hotel verließen, fiel mir unter der Empfangstheke in der Hotellobby, dort, wo ich zuvor den Kampf gesehen hatte, ein Anhänger, ein Schmuckstück auf. Ich habe es eingesteckt und zu Hause in einem Plastikbeutelchen verwahrt, als Pfand dafür, dass ich vielleicht doch nicht komplett verrückt geworden war. Ich habe mich nie getraut, es Andi zu zeigen. Ich habe ihn noch ein paarmal auf die Vorkommnisse im Hotel angesprochen, aber er hat immer nur geantwortet, dass ich mir alles eingebildet habe. Dass ich am Ende in der Psychiatrie landen würde, wenn ich das nicht vergessen würde. Dass er mir keine Pillen mehr geben könne, wenn ich weiter so spinne. Etwas zerbrach in mir. Mit der Zeit wuchs in mir die Überzeugung, dass ich mir tatsächlich alles nur ausgedacht hatte. Und es wuchs der Wunsch, es zu vergessen und hinter mir zu lassen. Irgendwann hörte ich auf, an die Vorkommnisse zu denken. Lediglich in meinen Träumen tauchten die Frau und der Mann ab und zu auf.«

Die beiden Frauen saßen sich eine Weile schweigend gegenüber. Ginger fühlte sich erschöpft, als habe sie einen Ozean durchquert, in ihrem Kopf lief immer wieder der Film, den Sarah in ihr evoziert hatte, die Bilder von der Ermordung ihrer Mutter, eine Mischung aus Sarahs Erzählungen und den Eindrücken, die sie vor Kurzem im Hotel Niederwald gewonnen hatte. Sarah schien es nicht besser zu gehen, sie sah blass aus, am Ende ihrer Kräfte. Aber da gab es einen Selbstbehauptungswillen, den Willen, sich nicht noch einmal unterkriegen zu lassen, den Ginger bei sich und auch bei Sarah spürte und der sie miteinander verband.

»Wie ging die Geschichte weiter?«, fragte Ginger.

»Andi bekam von seinem Onkel die ›Loreley‹ geschenkt, ein eigenes Schiff war schon seit Jahren sein Traum gewesen. Erst heute weiß ich, dass dieses Geschenk nicht so selbstlos gewesen ist, wie es mir damals vorkam. Für unsere Beziehung war das Schiff nicht gut. Wir sahen uns nur noch gelegentlich. Ich wollte weg von Andi, aber er hat mich nicht gehen lassen. Ich lief aus Rüdesheim weg, doch zwei Wochen später hat man mich in Köln aufgegriffen und zurückgebracht. Es gab Geschrei und Hausarrest, Helga drohte, mich ins Heim zu stecken. Andi meinte, ich solle zu ihm kommen, sobald ich volljährig sei. Doch ein Rest Verstand sagte mir, dass ich irgendwann ein Hotel besitzen würde, zusammen mit Astrid, die aus den USA zurückgekehrt war und die die Einzige aus der Familie war, mit der ich mich verstand. Dass ich am besten eine Ausbildung in diesem Bereich machen und nicht mein Leben mit einem Verrückten auf einem Schiff verbringen sollte. Denn dass er der Verrückte war, das wurde mir immer klarer. Jedes Mal, wenn ich Schluss machen wollte, drohte er mit Selbstmord, jedes Mal, wenn ich mich wieder hatte rumkriegen lassen, brachte er mir Tabletten, Schnaps und Dope. Irgendwann wurde ich endlich achtzehn. Ich habe sofort die Schule abgebrochen und mir eine Lehrstelle in einem Hotel weit weg gesucht. Ich habe Andi gesagt, dass Schluss ist, definitiv. Er hat seine Drohungen wahr gemacht und versucht, sich das Leben zu nehmen. War mir egal. Ich bin weggegangen.«

»Gut so!«

Sarah entspannte sich, atmete ruhiger, blickte Ginger wieder in die Augen.

»In der Pfalz habe ich Dirk und Franzi kennengelernt. Dort hatte ich eine gute Zeit. Ich habe viel gelernt, habe einen Schlussstrich unter die Vergangenheit gezogen. Als Tante Gerda vor fünf Jahren starb, hat mich Astrid gefragt, ob ich zurück in den Rheingau kommen würde. Dirk wollte sich damals verändern, ihm war der Rummel um seine Sterneküche zu viel geworden. Ich bin nach Rüdesheim zurück und habe einen Spitzenkoch mitgebracht, das war ein toller Start.«

»Aber Andi hat keine Ruhe gegeben«, vermutete Ginger.

Sarah nickte.

»Es dauerte nicht lange, bis er sich wieder meldete. Er war mit Yvonne zusammen, einer Krankenschwester, die er auf dem Eichberg kennengelernt hatte. Seit sie ein Kind hatte und sich nicht mehr ausschließlich um ihn kümmerte, konnte er mit ihr nichts mehr anfangen. Ich habe ihm lange die kalte Schulter gezeigt, aber es wurde immer schwerer, ihn mir vom Leibe zu halten, zumal ich mit meinen Typen kein Glück hatte. Und dann überschlugen sich die Ereignisse. Ein englisches Konsortium wollte das Jagdschloss Niederwald und die umliegenden Grundstücke kaufen. Das war eine große Chance, auch für Astrid und mich. Wir zählten zwar nicht zu den großen Gewinnern innerhalb der Familie, aber dreihunderttausend Euro würden wir erlösen können; das reichte, um im Hotel die dringendsten Renovierungsarbeiten zu bezahlen. Die Investoren haben uns in das Jagdschloss eingeladen, um ihre Pläne zu präsentieren. Ich wollte nicht hingehen, und es wäre besser gewesen, ich hatte es gelassen. Aber Astrid hat mich überredet. Als ich das Hotel betrat, wurde ich mit einem Schlag krank. Mir wurde schwindelig, ich hatte Ohrensausen, Kopfschmerzen, fühlte mich fiebrig und wollte nur noch schlafen.«

Sarahs Stimme und Blick blieben jetzt fest, sie wirkte weniger hilflos als noch einige Minuten zuvor.

»Ich hatte keine Ahnung, woher das kam. Aus heutiger Sicht klingt das komisch, aber es war so, ich hatte tatsächlich keine Ahnung. Ich bin noch während der Präsentation gegangen. Wenn man mich auf den anstehenden Verkauf angesprochen hat, habe ich das Weite gesucht. Niemand konnte das verstehen, denn das Angebot der Investoren war ein Glücksfall für uns alle. Kurz darauf kam Andi vorbei. Er wollte unbedingt wieder etwas mit mir anfangen, nachdem seine Yvonne einen anderen hatte. Ich wollte immer noch nichts davon wissen, aber Andi ließ nicht locker. Zu Recht, denn gänzlich abgeneigt war ich zu diesem Zeitpunkt nicht mehr. Er war wütend, weil seine Familie beim Verkauf des Jagdschlosses leer ausgehen würde. Ich habe schnell kapiert, dass daran einzig und allein sein Vater schuld war, der alles, was die Familie je besessen hat, auf die Spielbank getragen hatte. Aber es ist ihm gelungen, in mir Zweifel zu säen, ob man mich bei der Entflechtung der Erbengemeinschaft in den nuller Jahren fair behandelt hat. Das hat man vermutlich nicht getan, Helga ist da wohl ein Meisterstück an Schurkerei gelungen. Bis damals hatten alle Besitztümer der Familien Urbach und Nachtweih einer Erbengemeinschaft gehört, ich hatte den Anteil von Dieter geerbt. Nach der Entflechtung gehörte jedem etwas anderes, und ich glaube, ich bin nicht besonders gut dabei weggekommen.«

»Das war Anfang des Jahres«, sagte Ginger. »Ich hatte damals eine Notiz meiner Mutter gefunden, auf dem Zettel stand: ›Loreley‹. Ich habe alle Wirte, Hoteliers und eben auch Kapitäne ausfindig gemacht, die eine Kneipe, ein Hotel oder ein Schiff mit diesem Namen hatten, und sie gefragt, ob sie meine Mutter kannten.«

»Diese Bombe ließ Andi bei einem seiner Besuche platzen. Er fragte mich, ob ich Besuch von einer Ginger Havemann bekommen hätte. Ich wollte von ihm wissen, wer das sei. Er hat darauf mit Ausflüchten reagiert. Fast schien es ihm leidzutun, dass er mir diese Frage gestellt hatte. Das hat meine Neugier geweckt. Ich habe recherchiert und Bilder von dir im Netz gefunden. Es war ein Schock für mich: Du warst die Frau aus meinen Alpträumen, sahst ihr zumindest zum Verwechseln ähnlich.«

»Alle sagen, ich sei meiner Mutter wie aus dem Gesicht geschnitten.«

»Plötzlich tauchten die alten Bilder und Erinnerungen wieder auf. Wie der Mann mit der Frau kämpft, wie er sie erwürgt, wie er ihre Leiche wegschleppt. Die ganzen Jahre hatte ich diese Alpträume, und ich dachte immer, dass sie ein Zeichen für den Wahnsinn waren, der in mir lauerte, dass der Bad Trip nie aufhörte, dass mein Kopf eine tickende Zeitbombe war, jederzeit in Gefahr, zu explodieren und all die verrückten Ideen und Bilder, all das böse Gift in mir, in die Welt hinauszuschleudern.«

»Es hätte dich fast zerstört«, sagte Ginger. »Aber du hast überlebt.«

Sarahs Augen begannen zu glühen.

»Innerlich war ich vergiftet. Es klingt abwegig, aber ich glaube, ich habe mir deswegen Typen ausgesucht, die nicht viel taugten, weil ich überzeugt war, das ich selbst nichts taugte. Ich rechnete damit, dass ich früher oder später sowieso komplett durchdrehen würde. Dass ich mich deswegen niemandem auf Dauer zumuten sollte, innerlich verrottet und vergiftet, wie ich mich fühlte. Und jetzt fand ich Bilder der Frau aus meinen Alpträumen im Netz. Ich bestürmte Andi, er solle mir sagen, was damals passiert war, aber er hat mich in meiner Angst vor dem Verrücktwerden bestärkt, er sagte immer wieder, dass ich mir das alles einbildete, dass ich zu ihm zurückkommen sollte, dass seine Liebe mich heilen würde, mir helfen würde, zu vergessen. Dieser kranke Typ glaubte tatsächlich, dass ich ihm das abnehmen würde.«

In Sarahs Augen nahm Ginger nun keine Glut mehr wahr, es war ein offenes Feuer, das zu lodern begann.

»Ich erinnerte mich daran, wie er mich mit seinen Suiziddrohungen unter Druck gesetzt hatte, und dachte mir, was du kannst, das kann ich schon lange. Ich sagte ihm, dass ich glaubte, dass er mich verrückt machen wollte, dass er mich deswegen belog und dass ich mich umbringen würde, wenn er so weitermachte, weil ich lieber tot sein wollte, als durchzudrehen. Ich habe ihn beschworen, dass er mir endlich die Wahrheit sagen sollte. Ich drohte ihm, dass ich dich anrufen würde und dass du mir bestimmt viele interessante Dinge erzählen würdest, ich sagte ihm, dass ich wusste, dass du Privatdetektivin aus Wiesbaden bist.«

»Damals wolltest du mich anrufen. Warum hast du es nie getan?«

»Er hat schließlich nachgegeben und mir erzählt, was damals passiert ist. Dass mich meine Wahrnehmungen nicht getäuscht hatten: Das Hotel war geschlossen, und Andi stellte sich auf ein geiles Wochenende mit mir ein. Ich war ziemlich zugedröhnt und kaum Herrin meiner Sinne. Dann kamen unerwartet Leute ins Hotel. Andi gab mir ein paar Pillen und verfrachtete mich in ein Hotelzimmer im Obergeschoss. Ich war dreizehn, er hatte kein Interesse daran, dass herauskam, was er mit mir trieb. Aber er machte den Fehler, sich zu sehr auf die Wirkung der Medikamente zu verlassen. Ich wurde wieder wach und sah, was mir seither im Kopf herumspukt, da nutzte es nichts, dass mich Andi später noch stärker sedierte. Er hat Fotos gemacht, wie die tote Frau von ihrem Mörder aus dem Hotel geschleppt wurde. Danach hat er sich bei mir im Zimmer versteckt.«

Sarah wirkte jetzt wild und entschlossen. Die gequälte und hilflose Frau war verschwunden und einem Racheengel gewichen.

»Andi meinte, er habe alles darangesetzt, mir meine Erinnerungen auszureden, mich die Vorfälle vergessen zu machen, um mich zu schützen. Was für eine dumme und niederträchtige Ausrede! Ich war wütend auf ihn. Ich nannte ihn einen Lügner, einen Kinderficker und Feigling, einen perversen Schlappschwanz. Er weinte und bettelte, nannte mich seine Loreley, ohne die er nicht leben könne, warf sich vor mir auf den Boden und küsste mir die Füße, mein Gott, war das ekelhaft. Ich schickte ihn weg und sagte, dass ich dich trotzdem treffen würde, um herauszufinden, was du von ihm wolltest.«

»Aber du hast nicht angerufen.«

Sarah winkte ab.

»Warte! Er drohte, sich umzubringen. Es war mir egal. Daraufhin hat er mir gebeichtet, dass du auf der Suche nach deiner Mutter warst. Dass er aber etwas viel Besseres wisse, als dir die Wahrheit zu sagen. Er habe herausgefunden, wer der Mann sei, der die Frau umgebracht habe, er habe Fotos von der Tat geschossen, es handle sich um einen reichen Geschäftsmann, den er erpressen wolle. Das Geld aus der Erpressung wolle er mit mir teilen, als Wiedergutmachung für alles, was ich in den letzten Jahren ertragen musste.«

»Ein gefährlicher Plan«, bemerkte Ginger. »Auch für dich.«

Sarah lachte bitter.

»Ich ahnte nicht, dass Andi mir immer noch nicht die ganze Wahrheit gesagt hatte. Mittlerweile weiß ich, dass Peter Urbach gestanden hat, dass er damals ebenfalls in dem Hotel war. Dass er das Hotel noch mal checken sollte und dass er Andi und mich bemerkt hat. Eigentlich habe er von Wagner den Auftrag gehabt, eventuelle Zeugen zu beseitigen, aber das habe er nicht übers Herz gebracht, wir gehörten schließlich zur Familie, hat er bei der Vernehmung gesagt. Rührend, nicht wahr? Er habe deswegen mit Andi einen Deal gemacht. Er würde den Mund halten über seine Affäre mit einer Dreizehnjährigen, und Andi würde den Mund halten über das, was er gesehen hatte. Als Bonus gab es die ›Loreley‹. Das weiß ich jetzt, damals hat Andi es mir verschwiegen, er hat mich bis zum Ende belogen.«

»Du hast ihn zu der Erpressung ermutigt?«, fragte Ginger. »Ich bin übrigens nicht die Polizei …«

»Ich sagte ihm, dass ich selten von einem so schwachsinnigen Plan gehört hätte, dafür sei er sowohl zu feige als auch zu dumm.

Das hat ihn fürchterlich aufgeregt. Er sei nicht feige, hat er immer wieder geschrien. Er habe schon einmal versucht, sich das Leben zu nehmen, weil er mich nicht haben konnte, das sei ja wohl nicht feige gewesen. Andi war mit den Nerven am Ende, es brauchte nicht mehr viel, und er würde zu Boden gehen, dorthin, wo ich ihn haben wollte. Ich war außer mir, eine rasende Furie, voller Hass und Wut und Gift, und gleichzeitig war ich eiskalt. Es war mein ultimativer Triumph, ihn so hilflos und desorientiert zu erleben. Genauso war es mir damals ergangen. Ich wollte nichts als Rache. Ich wollte ihn fertigmachen, egal wie. Ich erkenne mich heute nicht wieder. Ich habe gehöhnt, von seinem kranken Mut könne ich mir nichts kaufen, den könne er sich sonst wohin stecken. Ich habe immer wieder gesagt, diese Geschichte beweise nur seine Feigheit und Dummheit. Noch nicht einmal einen richtigen Selbstmord habe er hinbekommen.«

Ginger hörte eine schneidende und durchdringende Entschlossenheit in Sarahs Stimme.

»Dann kam er auf die Idee mit der Lebensversicherung. Er werde die Risikolebensversicherung, die er für Yvonne abgeschlossen hatte, auf mich umschreiben lassen. Entweder es würde klappen mit der Erpressung, dann bekäme ich von ihm das Geld und könnte das Hotel endlich richtig sanieren, oder es würde nicht klappen, dann würden ihn diese Leute umbringen, und ich bekäme ebenfalls Geld. Es ist nicht schön, es zuzugeben, aber dieser Plan hat es mir angetan. Das Geld kann ich wirklich gut gebrauchen, und ich habe mich deswegen lediglich gefragt, ob für mich irgendeine Gefahr bestand. Wie gesagt, ich wusste zu diesem Zeitpunkt nicht, dass Peter Urbach mich mit Andi im Jagdschloss gesehen hatte, ich hätte der Sache sonst nie zugestimmt. Aber so dachte ich, dass das ganze Risiko bei ihm liege. Offen gestanden weiß ich nicht mehr, welcher Ausgang der Geschichte mir lieber gewesen wäre, ich habe damals nicht so genau darüber nachgedacht. Ich habe ihn in seinem Plan bestärkt, ihm versprochen, dass wir nach seinem Coup wieder zusammen sein könnten, obwohl ich das keineswegs vorhatte, ich habe mit ihm geschlafen, um ihn fest am Haken zu haben. Ich dachte mir, ich sei in meinem Leben schon so oft belogen und ausgenutzt worden, dass ich jetzt mal dran sei, den Rahm abzuschöpfen. Auch wenn ich dafür ein Arschloch sein musste.«

Sarahs Redefluss stoppte abrupt. Einen Moment schien sie verwundert über das, was sie Ginger gerade erzählt hatte. Dann vergrub sie ihr Gesicht in ihren Händen.

»Ich könnte im Boden versinken, wenn ich heute daran denke.«

Sarah schien sich zu sammeln, sie setzte ihren Bericht mit gefasster und leiser Stimme fort.

»Dann kam Helgas Geburtstag, ich wusste, dass die Erpressung an diesem Tag über die Bühne gehen sollte. Der Tag stand unter keinem guten Stern. Es begann damit, dass Yvonne im Hotel aufkreuzte und mir eine Szene machte. Weiß der Henker, wie sie dahinterkam, was Andi mit der Police gemacht hat. Bekommt man da eigentlich eine Mitteilung von der Versicherungsgesellschaft? Vielleicht hat er es seiner Frau auch selbst erzählt, so treudoof konnte er manchmal sein. Auf jeden Fall hat sie mir alles Mögliche an den Kopf geworfen und ist wieder abgerauscht. Die beiden Veranstaltungen, die wir an diesem Tag im Restaurant hatten, waren so ätzend, wie ich es befürchtet hatte. Bei den Freunden der Germania haben sie dummes Zeug gelabert, und der fette Sandmann hat mir dauernd auf den Hintern gestarrt, sodass ich später Jenny gebeten habe, dort zu bedienen, und bei der Familienfeier haben alle geheuchelt, was das Zeug hält. Na ja, vielleicht nicht alle. Gegen halb zehn ging das Elend seinem Ende zu, da habe ich ihn im Foyer entdeckt. Wagner. Ich weiß nicht, wieso er mir vorher nicht aufgefallen ist, vielleicht kam er später, erst nach dem Essen, zum Vortrag. Er hat mit Peter geflüstert. Ich habe ihn sofort erkannt. Nach der Frau sah ich nun den Mann aus meinen Alpträumen. Ich glaube, er ist auf mich aufmerksam geworden. Vielleicht hat ihm Peter in diesem Augenblick gerade erzählt, dass ich damals auch im Hotel war.«

»Dann bist du abgehauen.«

»Was danach passiert ist, liegt in einer Art Nebel. Ich rannte wohl in die Küche, schnappte meinen Rucksack und steckte ein paar Flaschen Tresterschnaps hinein. Ich mag den gar nicht besonders, und Notebook und Ladekabel wären wichtiger gewesen. Ich war in Panik, rannte hinter das Hotel, stieg auf mein Mountainbike und radelte los. Am nächsten Tag bin ich mit einem Brummschädel in Dirks Wohnwagen auf Suleika aufgewacht. Zunächst wusste ich überhaupt nicht, was geschehen war. Ich fühlte mich in einem Niemandsland gefangen und abgeschnitten von allem, was mein bisheriges Leben ausgemacht hatte. Die Erinnerungen kamen allmählich wieder, sowohl an den Abend im Pinot als auch an Andis Vorhaben. Dann kamen auch die Erinnerungen an das, was früher passiert war. Mit den Erinnerungen kamen Angst und Schuldgefühle. Ich hatte mir in den Tagen zuvor eingeredet, dass alles gut gehen werde, aber als sich Andi nicht meldete und nachdem Wagner im Pinot aufgetaucht war, wurden die Zweifel immer stärker. Ich hatte mit Andi verabredet, dass er mich anrufen solle, sobald das für ihn gefahrlos möglich sei, ich selbst sollte in Deckung bleiben. Die ersten Tage war ich zu nichts fähig, außer meinen Brand zu löschen. Später, als ich wieder etwas mehr auf die Reihe bekam, stellte ich fest, dass der Akku meines Handys leer war und ich gar nichts unternehmen konnte. Als Franzi mich fand, kam mir das vor wie ein Geschenk des Himmels. Sie sollte mir mein Notebook bringen, ich habe darauf einen Passwortmanager installiert, der mir Zugang zu Andis Cloud ermöglicht. Ich wusste, dass dort die Bilder, mit denen er Wagner erpresst hatte, gespeichert waren, und wollte sie in Sicherheit bringen. Das war wahrscheinlich eine Schnapsidee, aber ich hatte nichts mehr zu verlieren. Doch das Notebook war weg, und auswendig konnte ich das Passwort nicht, ich wusste bloß, dass es die Anfangsbuchstaben einer dieser bescheuerten Strophen von der ›Wacht am Rhein‹ waren. Als Wagner und der andere Typ auf Suleika auftauchten, musste ich erneut fliehen. Ich war in einem Dilemma. Ich hatte immer noch keine Ahnung, was mit Andi los war, ich hatte Angst, dass mich Wagner kriegen würde, sobald ich aus der Deckung träte, ich wusste nicht, ob mir die Polizei glauben würde und ob ich Schwierigkeiten wegen der Erpressung bekäme. Erst als ich die Bilder in meiner Cloud gespeichert hatte, fühlte ich mich sicherer. Jetzt hatte ich einen Beweis, eine Sicherheit oder so etwas Ähnliches. Und dann las ich von Andis Tod in der Zeitung. Wieder geriet ich in Panik und konnte keinen klaren Gedanken fassen. Schließlich hat mich Dirk angerufen. Er hat mich in Kaub abgeholt und nach Hause zu sich genommen. Ich wollte das nicht, ich befürchtete, dass sie mir dort auflauern würden. Dirk ließ sich jedoch gar nicht auf Diskussionen ein, er meinte, ich hätte genug Mist gebaut und solle jetzt mal ihn machen lassen. Er nahm mir das Handy weg und fragte mich kopfschüttelnd, ob ich nicht wisse, dass Handys wie Peilsender funktionierten. Im Prinzip weiß ich das natürlich, aber ich war damals komplett durch den Wind. Das war es. Den Rest kennst du.«

Ginger nickte. »Dirk hat mir das Handy gebracht, wir sind zu seinem Boot gefahren und haben es dort deponiert. Von dort aus habe ich bei der Polizei angerufen. Wagner hatte bei der Polizei einen Maulwurf, es war also gar nicht so verkehrt, dass du dich dort nicht gemeldet hast. Wir, also ein paar Freunde bei der Polizei und ich, glaubten, dass so ein Anruf die sicherste Methode sei, Wagner und seine Helfer aus der Deckung und in eine Falle zu locken. Hat auch geklappt. Hast du der Polizei deine Geschichte eigentlich genau so wie mir erzählt?«

Sarah hatte sich wieder komplett gefangen. Sie lächelte verschmitzt. »Nein, ich bin doch nicht verrückt. Bloß die Sachen, die sie wissen müssen, habe ich erzählt. An den Rest konnte ich mich nicht mehr erinnern.«

»Bist du nach der Vernehmung im Präsidium noch rechtzeitig zu dem Notartermin gekommen?«

»Ja, aber der Termin ist geplatzt. Die Polizei hat das gesamte Anwesen gesperrt, weil sie nach den Überresten deiner Mutter sucht. Als die Investoren von dem Mord im Hotel Wind bekamen und erfuhren, dass es erhebliche Verzögerungen geben könnte, sind sie von ihren Kaufabsichten zurückgetreten. Sie meinten, so eine Geschichte könnte sich schlecht auf das Image auswirken. Helga hat getobt, sie hat dich verflucht, schließlich hast du das der Familie in ihren Augen eingebrockt.«

»Für euch ist das auch nicht schön, ihr hattet mit dem Verkaufserlös gerechnet, um das Hotel zu sanieren.«

Die Entenfamilie, die die »Blow-up« die ganze Zeit umrundet hatte, schwamm aus irgendeinem für Ginger nicht ersichtlichen Grund schnatternd und schimpfend davon.

Sarah lachte und streckte Ginger ihr Glas entgegen. »Krieg ich noch einen Gin Tonic? Mach dir deswegen keinen Kopf, ich bekomme einen schönen Betrag von der Lebensversicherung ausbezahlt.«

**

Es war Mayfelds letzter Tag im Polizeipräsidium Westhessen. Am Abend hatte er alle Kollegen zu einem Abschiedsfest im Gutsausschank Leberlein in Kiedrich eingeladen.

Seinen Schreibtisch hatte er bereits leer geräumt, den Mailaccount geschlossen. Heike würde die Leitung der Abteilung übernehmen. Wer Mayfeld folgen sollte, war noch immer nicht entschieden, alle hofften auf eine Rückkehr von Aslan Yilmaz. Die Kollegen trafen sich ein letztes Mal gemeinsam, um den Stand der Ermittlungen im Fall Neumann und Neumann zu besprechen. Neben Winkler, Blum und Adler nahm auch Bischoff an der Besprechung teil.

Mayfeld rekapitulierte die Entwicklung der Ermittlungen seit der Festnahme von Wagner und Urbach.

»Wir hatten Glück, dass Lackauf den Anruf entgegennahm, den ich von Wagners Handy aus gemacht habe. So konnten wir ihm eine Verbindung mit Wagner nachweisen und hatten eine Handhabe, seine Suspendierung zu beantragen. Wer weiß, wie er anderenfalls unsere Ermittlungen noch sabotiert hätte. Das haben wir deinem beherzten Zugreifen zu verdanken, Nina.«

»Gern geschehen«, sagte Nina lachend, die Anerkennung durch den scheidenden Chef tat ihr gut. »Ich bin ihm nicht mehr von der Seite gewichen, er wurde schon misstrauisch wegen meiner Anhänglichkeit. Ich habe hemmungslos mit ihm geflirtet. Nie ist mir das schwerergefallen.« Sie legte ihr Gesicht spielerisch in Kummerfalten. »Als du angerufen hast, war ich ihm so nahe, dass ich deine Stimme am Telefon erkannt habe, Robert. Und da war mir klar, dass Gefahr im Verzug war und ich das Telefon beschlagnahmen musste.«

»Ich werde deinen Einsatz nicht vergessen«, versprach Heike.

»Gut, dass der Leitende Oberstaatsanwalt Frau Rothemund als Nachfolgerin von Lackauf bestimmt hat«, meinte Bischoff. »Sie verfügt über Erfahrung, ist aber in Wiesbaden neu. Ich kenne sie aus Frankfurt. Sie gehört zu den Guten.«

»Als Erstes hat sie eine DNA-Sequenzierung bei Wagner beantragt und vom Richter auch genehmigt bekommen«, fuhr Mayfeld fort. »Das hat unseren Ermittlungen den entscheidenden Schwung verpasst. Horst?«

Adler blätterte in dem Stapel Papiere, der vor ihm lag. »Wir haben Matches zwischen Wagners DNA und Spuren in Rossis Wagen und unter Yvonne Neumanns Fingernägeln gefunden. Das werden vor Gericht sehr starke Indizien für seine Beteiligung an dem Mord in Schierstein sein.«

»Was haben wir noch gegen Wagner in der Hand?«, fragte Winkler.

»Die Aussagen von Sarah Hope und die alten Fotografien aus dem Jagdhotel«, antwortete Mayfeld.

»Wir haben Rebecca Havemanns Leiche im Brunnen hinter dem Hotel gefunden«, ergänzte Adler. »Die Identität der Leichenreste wurde mittlerweile zweifelsfrei festgestellt. Und an dem Anhänger, den Hope im Hotel gefunden hat und der gut verpackt in einem Plastikbeutelchen im Sekretär in ihrer Wohnung lag, konnten wir DNA isolieren, die zu Rebecca Havemann gehört. Das stützt die Glaubwürdigkeit von Hopes Aussage.«

»Das wird auch nötig sein«, meinte Mayfeld. »Die Glaubwürdigkeit von Zeugen mit einer posttraumatischen Belastungsstörung in Zweifel zu ziehen gehört zum Standardrepertoire jedes gewieften Strafverteidigers, und es gibt genug Gutachter, die sich für dieses miese Spiel hergeben.«

»Rothemund will Wagner auf jeden Fall auch in diesem Fall anklagen«, warf Bischoff ein. »Hope werden wir zumindest bis zum Ende des Verfahrens in unser Zeugenschutzprogramm aufnehmen.«

»Und schließlich haben wir noch das umfassende Geständnis von Peter Urbach«, sagte Heike. »Er hat Wagner schwer belastet, die Beteiligung an der Verdunkelung des Mordes an Rebecca Havemann eingeräumt. Er hat außerdem umfassend bei der Aufklärung der illegalen Giftmülltransporte kooperiert.«

»Worum ging es da genau?«, fragte Nina.

Das wusste Bischoff. »Nahezu alle großen chemischen Betriebe entlang des Rheins haben mit Green & Clean zusammengearbeitet. Die Firma hat die Entsorgung besonders toxischer Abfälle übernommen, dafür viel Geld als Honorar genommen und die Abfälle nicht fachgerecht, aufwendig und teuer entsorgt, sondern durch die Reederei Urbach nach Rotterdam bringen lassen. Von dort ging es in die Nordsee, wo der Dreck verklappt wurde. Die Bilder aus Neumanns Cloud und die Frachtbriefe stützen diese Aussagen.«

»Das Geschäft funktioniert so schon seit zwanzig Jahren«, ergänzte Mayfeld. »Rebecca Havemann ist der Sache vermutlich auf die Spur gekommen und musste deswegen sterben. Und was haben wir gegen Lackauf in der Hand?«

»Jede Menge Telefonkontakte mit Wagner«, antwortete Nina. »Ich bin gerade an Lackaufs Finanzen dran. Ich bin zuversichtlich, dass wir ihm nachweisen können, dass er Geld von Wagner genommen hat.«

»Das war sehr gute Arbeit«, meinte Bischoff. »Du kannst dich freuen, Robert. Einen besseren Abgang hättest du nicht haben können.«

Mayfeld schüttelte den Kopf. Seine schlimmsten Befürchtungen hatten sich bewahrheitet. Natürlich war er stolz auf die Leistung seines Teams und den Erfolg. Aber Freude darüber konnte er nicht empfinden angesichts des Abgrundes von Niedertracht, der sich aufgetan hatte.

***

Es war eine kleine Trauergemeinde, die sich im Friedwald von Georgenborn versammelt hatte. Ginger, Yasemin und Jo, Herbert und Matilda, Soraya und Roman, Onkel Mateo und seine Familie, Mathias Lombard, Robert, Julia und Eva Bischoff.

Ginger hatte darauf bestanden, die Grabrede selbst zu halten. Es fehlten nur noch wenige Sätze, gleich hatte sie es hinter sich.

»… Liebe Rebecca, du hast uns nicht im Stich gelassen, du bist nicht abgehauen. Du warst eine mutige Frau, freiheitsliebend und der Wahrheit verpflichtet. Du wirst mir ein Vorbild bleiben. Ich hatte viel zu wenig von dir, und nun muss ich versuchen, die Lücken der Erinnerung mit meinen Vorstellungen zu füllen. Ich stelle mir vor, dass du dich hier, mitten in der Natur, wohlfühlst. Im Kampf für ihre Bewahrung, gegen ihre Zerstörung bist du gefallen. Ich stelle mir vor, dass du möchtest, dass wir dein Vermächtnis erfüllen, furchtlos für die Wahrheit einzutreten. Ich stelle mir vor, dass du uns alle mit deiner Liebe begleitest, wo immer du nun auch bist. Dass es diese Liebe gibt, daran kann kein Zweifel sein. Wir spüren sie alle in uns. Adieu.«

Ginger nahm die Urne und versenkte sie in der kleinen Grube am Fuß der Buche.

Jeder der Anwesenden warf einige Rosenblätter ins Grab.

»Ich kann zu dem Umtrunk nicht mitkommen«, sagte Bischoff, als sie sich von Ginger verabschiedete. »Überlegen Sie sich mein Angebot. Wir brauchen Leute wie Sie.«

ZEHN

Peter Urbach wurde während der Untersuchungshaft bei einer Auseinandersetzung zwischen Häftlingen getötet. Sein Geständnis war zuvor auf Video aufgenommen worden und wurde in der Verhandlung gegen Wagner und Rossi entgegen den Anträgen der Verteidigung als Beweismittel zugelassen.

Gegen Lackauf wurde Anklage erhoben. Er hat sich seiner Verhaftung entzogen und ist seither untergetaucht.

Wagner und Rossi wurden wegen gemeinschaftlichen Mordes an Yvonne und Andi Neumann zu lebenslanger Haft verurteilt. Guido Wagner wurde außerdem wegen des Mordes an Rebecca Havemann verurteilt. Wegen der besonderen Schwere der Schuld wurde anschließende Sicherungsverwahrung angeordnet.

Sarah Hope ist unter dem Eindruck von Urbachs gewaltsamem Tod im Zeugenschutzprogramm der Polizei geblieben. Sie hat ihren Anteil am Hotel Mainzer Hof verkauft und lebt an einem unbekannten Ort.

Die Auftraggeber von Wagner konnten juristisch nicht belangt werden. Es war ihnen nicht nachzuweisen, dass sie von den illegalen Praktiken ihres Vertragspartners gewusst hatten. Die Tatsache, dass er die Entsorgungsaufträge aufgrund ungewöhnlich günstiger Angebote erhalten hatte, konnte nach Meinung eines Gerichtes weder einen Vorsatz noch Fahrlässigkeit aufseiten der Unternehmen belegen.

Die Zulassung des Pflanzenschutzmittels »Detective« wurde von den Behörden um fünf Jahre verlängert.

III.

Schmackhaftes und Wissenswertes

Der Tisch war gedeckt. Hier fand ich
die altgermanische Küche.
Sei mir gegrüßt, mein Sauerkraut,
holdselig sind deine Gerüche.

Heinrich Heine, »Deutschland, ein Wintermärchen«

Schmackhaftes

Es wird viel gekocht, gegessen und getrunken in den Geschichten um Kommissar Mayfeld und Ginger Havemann.
Im Folgenden einige der Rezepte zum Nachkochen. Wenn nicht anders angegeben, sind die Mengenangaben für 4 Portionen:

Julias Rezepte

Spundekäs
Seinen Namen hat er von der länglichen Form eines Fassspundes, die beim Servieren nachgebildet wird.

500 g Frischkäse, 250 g Joghurt, 100 g weiche Butter (kann man auch weglassen, dann 350 g 10%igen Joghurt nehmen), ½ Gemüsezwiebel, fein gehackt, Salz, Pfeffer, 3 TL edelsüßes Paprika miteinander vermengen.

Forelle auf Kartoffel-Fenchel-Gemüse und Kapern-Kräuter-Öl (nach Nicola Graimes)
800 g Kartoffeln mit dünner Schale, 2 Zwiebeln, 1 Fenchelknolle, 1 große Biozitrone, 2 EL Olivenöl, 1 TL Kurkuma, gemahlen, 1 TL getrocknete Chiliflocken, Salz, Pfeffer, 250 g Kirschtomaten
4 Wisperforellen, Petersilie, 2 Biozitronen
1 kleine Knoblauchzehe, 3 EL Kapern, 1 große Handvoll Kräuter (z.B. Basilikum, Oregano und Thymian oder Minze), ½ Zitrone, 4 EL Olivenöl

Die Kartoffeln ungeschält in mundgerechte Stücke, die Zwiebeln in feine halbe Ringe, den Fenchel in dünne Spalten schneiden. Den Backofen auf 200 Grad Ober- und Unterhitze vorheizen.

Für das Gemüse: die Zitronenschale abreiben, den Saft auspressen, mit dem Olivenöl, Kurkuma, Chili, Salz und Pfeffer vermischen, Kartoffeln und Fenchel/Zwiebel/Tomaten-Gemüse damit marinieren.

Für die Forellen: die Fische salzen und pfeffern, mit Petersilie und Zitronenscheiben füllen, die Oberseite mit Zitronenscheiben belegen.

Für das Würzöl: Knoblauch, Kapern und Kräuter grob hacken, Zitronenschale abreiben, Zitrone auspressen, alles mit Olivenöl mischen, mit dem Zauberstab fein hacken.

Die Kartoffeln auf das Backblech legen, 20 min braten, danach die Gemüsemischung und die Forellen dazugeben, weitere 20 min braten. Das Kapern-Kräuter-Öl dazu reichen.

Zucchini-Schafskäse-Puffer mit Avocadocreme (nach Athena Calderone)
450 g Zucchini, Salz, Pfeffer, 3 Frühlingszwiebeln, 5 EL Petersilie, 3 EL Dill, 115 g Feta, 1 Ei, 1 Eigelb, 75 g Weizenmehl, 60 ml Rapsöl, 60 ml Olivenöl
2 reife Avocados, 2 Limetten, 1 TL Olivenöl, ½ TL Salz

Für die Puffer: Zucchini grob raspeln, salzen, Flüssigkeit ziehen lassen und diese ausdrücken, Frühlingszwiebeln in feine Ringe schneiden, Kräuter hacken, Feta zerkrümeln. Die möglichst trockenen Zucchiniraspel mit Kräutern und Ei vermengen, langsam Mehl unterrühren, zuletzt den Käse unterheben und in dem Öl von jeder Seite 2 min ausbacken.

Für die Creme: Avocados grob hacken, Limettenschale abreiben, Limetten auspressen, alle Zutaten mit dem Zauberstab pürieren.

Espresso-Granita (nach Diana Henry)
50 g Espressobohnen, 1 Biozitrone, 115 g Zucker, 675 ml Wasser

Kaffeebohnen mahlen, Zitronenschale abreiben, mit Zucker und Wasser aufkochen, durch einen Kaffeefilter laufen lassen, mit einigen Spritzern Zitronensaft abschmecken, kalt werden und ziehen lassen, in eine flache Schale umfüllen, in den Gefrierschrank stellen, mehrfach umrühren.

Jos Rezepte

Grillhähnchen
2 Biozitronen, 1,8 l Wasser, 0,2 l Orangensaft, 100 g Salz, 1 Hähnchen, ca. 1.500 g

Zitronenschale abreiben, Zitronen auspressen. Aus Wasser, Orangensaft, dem Saft der Zitronen und dem Salz eine Lake herstellen. Dafür das Salz in einem Teil des Wassers aufkochen, abkühlen lassen, diesen Prozess evtl. mit ein paar Eiswürfeln beschleunigen. Wichtig ist das Verhältnis von 1 l Flüssigkeit zu 50 g Salz. Den Abrieb dazugeben. Das Huhn in der Lake 12–24 Stunden ziehen lassen, abtrocknen
Im geschlossenen Grill den Vogel am besten aufrecht über einen einer Bierdose nachempfundenen Einsatz stülpen, der mit Orangensaft gefüllt wurde, das Fleisch mit Feuchtigkeit versorgt und für ein gleichmäßiges Garen sorgt.
Ansonsten das Huhn mit einem Schmetterlingsschnitt aufklappen. Dafür rechts und links des Rückgrates mit einer Schere einschneiden, das Rückgrat für eine Suppe verwenden. Das Huhn mit Druck auf die Brust flach drücken. So gart es im Backofen sehr gleichmäßig.

Bei 200 Grad durchgaren. Temperaturkontrolle am besten mit einem Bratenthermometer, das an der dicksten Stelle der Keule steckt, das Huhn ist gar und noch saftig bei einer Kerntemperatur von 78 Grad.

Gazpacho

2 gelbe Paprika, 1 Salatgurke, 2 fleischige Tomaten, 4 Zehen Knoblauch, 1 Baguette, 2 große Dosen geschälte Tomaten, 400 ml Gemüsefond, 200 ml Olivenöl, Salz, Pfeffer, Tomatenmark, Eiswürfel, Butterschmalz, Thymian, 4 Eier

Die Gemüse in kleine Würfel schneiden, den Knoblauch hacken, die Hälfte des Baguettes zerrupfen, die andere Hälfte in Würfel schneiden.
Die Dosentomaten, das zerrupfte Baguette, den Gemüsefond, den Knoblauch und das Olivenöl mit dem Stabmixer pürieren, mit Salz, Pfeffer und Tomatenmark abschmecken, kalt stellen, evtl. mit Eiswürfeln herunterkühlen.
Die Weißbrotwürfel mit Butterschmalz, Salz und Thymian rösten.
Die Eier hart kochen, abschrecken, schälen und hacken.
Die kalte Suppe mit den Gemüsewürfeln, dem gehackten Ei und den Croûtons servieren.

Franzis Rezepte

Pesto alla Genovese

50 g Pinienkerne, 2 große (oder 4 kleine) Bund Basilikum, 4 Knoblauchzehen, 50 g frischer Parmesan, 1 Biozitrone, 1 TL grobes Meersalz, 250–300 ml sehr gutes Olivenöl

Evtl. Pinienkerne ohne Fett anrösten und abkühlen lassen, Basilikumblätter abzupfen, Knoblauchzehen fein hacken, Parmesan hobeln, Zitronenschale abreiben. Die Basilikumblätter im Mörser zerstampfen, Pinienkerne, Knoblauch und Salz dazugeben, weiter mörsern, langsam das Olivenöl erst mit dem Stößel einarbeiten, später unterrühren, zuletzt den Parmesan und die Zitronenschale unterheben, mit einem Spritzer Zitronensaft und ggf. Salz abschmecken.

Unbedingt mit anderen Nüssen (z.B. Walnüssen, Mandeln, Haselnüssen) und Kräutern (z.B. Bärlauch, Petersilie) experimentieren!

Schweinethunfisch (nach Hans Gerlach)

1 kg Schweineschulter, 1 Zwiebel, 2 Rosmarinzweige, 1 TL schwarzer Pfeffer, 1 Biozitrone, 1 l Weißwein, 100 g Salz, 2 TL Fenchelsamen, 1 Lorbeerzweig, 350 ml Olivenöl

Fleisch in 4 cm dicke Scheiben schneiden, würfeln. Zwiebel schälen und halbieren, Rosmarinnadeln abzupfen, Pfeffer mörsern, Zitronenschale dünn abschälen, Saft auspressen. Zitronensaft, Weißwein und 1 l Wasser mit 100 g Salz aufkochen. Fleisch, Zwiebel, Rosmarin, Pfeffer und Fenchelsamen in den Topf geben, noch einmal zum Kochen bringen und bei geringster Hitze 4–5 Stunden pochieren oder bei 95 Grad in den Backofen stellen. Schweinefleisch aus dem Wasser nehmen und abtropfen lassen. Möglichst große Stücke in 3–4 Einmachgläser mit je ca. 400 ml Inhalt eng einschichten. 1 oder 2 Lorbeerblätter und ein Stück Zitronenschale obendrauf legen, mit Olivenöl bedecken, sodass die Gläser knapp gefüllt sind.

Wenn die Gläser länger als ein paar Wochen im Kühlschrank halten sollen: in einen Topf mit heißem Wasser stellen, sodass die Gläser von Wasser bedeckt sind – dabei zwischen Topfboden und Gläser ein Geschirrtuch oder ein rundes Gitter legen,

45 min einkochen, abkühlen und an einem kühlen Ort lagern. Hält gut 12 Monate, nach dem Öffnen zügig verbrauchen.

Rinderwadengulasch für 8 Personen

Die Rinderwade ist ein Fleisch mit vielen Kollagenfasern. Das Fleischstück nicht allzu sehr parieren. Es wird bei langem Schmoren wunderbar weich und mürbe, die Soße bekommt eine natürliche Sämigkeit. Die langen Schmorzeiten sind jedoch unabdingbar.

2 kg Rinderwade, Salz, Sonnenblumenöl, ½ Knolle Sellerie, 2 Petersilienwurzeln, 3 Karotten, 3 mittelgroße Zwiebeln, Tomatenmark, 0,5 l Spätburgunder, 1 Scheibe Ingwer, 20 schwarze Pfefferkörner, 1 Nelke, 4 Knoblauchzehen, 1 EL Thymian, 1 EL Rosmarin, 2 Lorbeerblätter, 1 Glas Ayvar, 0,5 l Gemüsebrühe, Portwein

Ofen auf 120 Grad Ober- und Unterhitze vorheizen.
Rinderwade in Würfel von 3–4 cm Länge schneiden, salzen, in einem Edelstahlbräter mit Öl anbraten, beiseitestellen. Die Wurzelgemüse und die Zwiebeln in kleine Würfel schneiden, anbraten, mit Tomatenmark anrösten, mit etwas Rotwein ablöschen, den Wein verdampfen lassen, Tomatenmark zugeben, rösten, das Ganze dreimal wiederholen, damit sich Röststoffe bilden. Die Gewürze, das Ayvar und die Brühe zugeben, das Gulasch 4 Stunden schmoren lassen. Die Fleischstücke herausnehmen, das Gemüse durch ein Sieb oder die flotte Lotte streichen, mit Portwein abschmecken.

Für eine Gulaschsuppe mehr Brühe und Wein nehmen, die Fleischstücke nach dem Schmoren (vor dem Schmoren trocknen sie aus) in löffelgerechte Stücke schneiden, Kartoffelstücke in der Suppe kochen, am Schluss gewürfelte rote Paprika und die Fleischstücke beigeben.

Sorayas Rezepte

Gurken-Dill-Suppe
300 g Salatgurke, 50 g gemahlene Mandeln, 30 g altbackenes Weißbrot, 2 Knoblauchzehen, 3 Frühlingszwiebeln, 2 EL gehackte Minzeblätter, 125 ml Hühner- oder Gemüsebrühe, 100 g griechischer Joghurt, 1 Biozitrone, 75 ml Olivenöl, 4–6 EL Dillspitzen, Salz, Pfeffer, Eiswürfel

Alle Zutaten bis auf Zitrone, Olivenöl und Dill in einen Mixer geben und pürieren. Zitronenschale abreiben, zusammen mit Olivenöl und Dill unterrühren und mit einigen Spritzern Zitronensaft, Salz und Pfeffer abschmecken, einige Eiswürfel dazugeben.

Dampfnudeln
½ Päckchen frische Hefe, 325 g Weizenmehl, 2 EL Zucker, Salz, 10 g Butter, 150 ml Milch, 1 Ei, 40 g Öl

Vorteig aus Hefe, etwas Milch und Zucker herstellen, 10 min gehen lassen, Mehl in Schüssel geben, in der Mitte eine Mulde formen und Vorteig hineingeben, restlichen Zucker, Butter, Ei, Milch und Salz untermengen und den Teig gründlich schlagen, bis er Blasen wirft.
Mindestens 30 min an einem warmen Ort (z.B. Backofen auf 50 Grad aufwärmen, Teig hineinstellen, Backofen ausschalten) gehen lassen, Teig soll sich verdoppeln. Noch mal kneten, in 8 Teile teilen, noch mal gehen lassen. 20 g Öl in einer hohen Pfanne erhitzen, kräftig salzen, eine halbe Tasse Wasser hinzufügen, 4 Dampfnudeln einlegen, Deckel schließen, ca. 10–15 min backen, am Ende soll das Wasser verdunstet sein. Zwischendurch den Deckel nicht anheben!

Vanillesoße
6 Eigelb, 100 g Zucker, 1 Vanilleschote, 0,5 l Milch

Eigelb und Zucker schaumig schlagen, Vanilleschote in Milch aufkochen, Schote auskratzen, Mark in Milch geben, kochende Vanillemilch in Zucker-Ei-Schaum rühren, jetzt darf die Vanillesoße nicht mehr kochen, weiterrühren, bis sie leicht eindickt.

Wissenswertes

Wiesbadener Westend

1866 wurde Nassau und damit Wiesbaden von Preußen annektiert. (Das Herzogtum hatte im Deutschen Krieg auf der Seite Österreichs, das heißt auf der Verliererseite, gestanden.) In den darauffolgenden 50 Jahren hat sich die Bevölkerung der Stadt auf über 100.000 Einwohner mehr als verdreifacht. In dieser Zeit entstanden vom Süden bis zum Nordwesten ringförmig um das Historische Fünfeck (die Altstadt) neue Wohnviertel: das Dichterviertel, das Rheingauviertel und das Feldherrenviertel. In Letzterem wurden fast alle Straßen nach preußischen Generälen aus den Befreiungskriegen und dem Deutsch-Französischen Krieg benannt. Das Viertel beherbergt viele Kulturdenkmäler, vorzugsweise Stadthäuser im Stil des Historismus.

Heute ist das Westend, das zum größeren Teil aus dem ehemaligen Feldherrenviertel hervorgegangen ist, der multikulturelle Stadtteil Wiesbadens mit einer Vielzahl internationaler Läden und Restaurants. Das Westend gehört zu den am dichtesten besiedelten Stadtteilen Deutschlands, etwa die Hälfte der Einwohner hat einen Migrationshintergrund, die meisten Wiesbadener Studentinnen und Studenten wohnen hier.

Kasteler Strand und Kasteler Reduit

Die Reduit war der rechtsrheinische Brückenkopf der Festung Mainz und wurde zwischen 1830 und 1834 von österreichischen Pionieren auf Hunderten von Eichenholzpfählen erbaut. Sie bot in ihrer Geschichte österreichischen, nassauischen und preußischen Regimentern Unterkunft. Heute ist sie Heimat zahlreicher Karnevals- und Kulturvereine.

Zwischen der Reduit und dem Rheinufer wurde von einem Restaurationsbetrieb ein Sandstrand aufgeschüttet, der einen wunderbaren Blick auf die Silhouette von Mainz und den Mainzer Dom erlaubt.

Seit 1949 gehören die ehemaligen Mainzer Vororte Kastel, Kostheim und Amöneburg zu Wiesbaden, was bis heute Gegenstand erbitterter lokalpatriotischer Rivalitäten zwischen den beiden Landeshauptstädten ist. Mainzer Parteigänger verweisen auf die historischen Verbindungen Kastels zu Mainz, die bis auf die Römerzeit zurückgehen, als eine steinerne Brücke Mogontia mit Castellum Mattiacorum verband. Wiesbadener Parteigänger verweisen darauf, dass Kastel lediglich 37 Jahre am Anfang des 20. Jahrhunderts verwaltungstechnisch zu Mainz gehörte und dass im Mittelalter die Stadt Castel von den Mainzern wiederholt niedergebrannt wurde. Wer Freunde auf beiden Seiten des Rheins hat, mischt sich in diesen Streit am besten nicht ein …

Schierstein und Schiersteiner Hafen

Ursprünglich gehörte Schierstein zum »Königssondergau« und wurde im 11. Jahrhundert von Heinrich II. an das Michaelskloster in Bamberg verschenkt. Dieses verkaufte es später an verschiedene Adelsfamilien, schließlich wurde es von den Grafen von Nassau erworben. Schierstein wurde im Laufe der Jahrhunderte oft von durchziehenden Truppen »besucht«, was zu einer unsteten Entwicklung von Wirtschaft und Bevölkerung führte. Es nennt sich, ähnlich wie das benachbarte Walluf, »Tor zum Rheingau«.

Der Hafen wurde 1858 angelegt, entwickelte sich wegen der fehlenden Eisenbahnanbindung jedoch nur schleppend und dient heute ausschließlich dem Wassersport.

Eltville

Die Sekt-, Wein-, Rosen- und Gutenbergstadt ist mit 16.000 Einwohnern die größte Stadt im Rheingau. Der Name leitet sich von Alta Villa, »hohe Stadt«, ab. Eltville liegt etwas höher als andere Orte am Rhein und wird deswegen seltener von

Hochwassern heimgesucht. Die liebevoll restaurierte Altstadt von Eltville gehört zu den Kleinoden des Rheingaus. Sehenswert ist die Eltviller Burg, eine im 14. Jahrhundert erbaute Residenz der Mainzer Erzbischöfe. Die südländisch anmutende Uferpromenade geht flussaufwärts in den ehemaligen Treidelpfad über.

Bekannte Weinlagen sind u.a. Martinstaler Wildsau, Rauenthaler Rothenberg, Baiken, Steinberg, Hattenheimer Nussbrunnen und Wisselbrunnen, Erbacher Marcobrunn und Steinmorgen, Eltviller Langenstück und Rheinberg.

Treidelpfad und Rheingauer Riviera

Der Treidelpfad, auch Leinpfad genannt, ist ein ehemaliger Arbeitsweg, auf dem vor der Motorisierung der Schifffahrt Lastkähne durch Pferde- oder Menschenkraft an einer Leine flussaufwärts geschleppt (getreidelt) wurden. Er verläuft mit Unterbrechungen von Walluf bis Rüdesheim und wird heute als Spazier- und Radweg genutzt. Zwischen Walluf und Eltville entstanden oberhalb des Treidelpfads Ende des 19. und Anfang des 20. Jahrhunderts zahlreiche luxuriöse Villen mit opulenten Gartenanlagen, die »Rheingauer Riviera«.

Rauenthaler Rothenberg

Er ist eine der ältesten Weinberglagen des Rheingaus. Der Weinanbau ist hier seit dem 12. Jahrhundert urkundlich verbürgt. Die Lage ist gekennzeichnet durch den roten Phyllitschiefer, der dem Weinberg bei Nässe die rote Farbe verleiht und dem Wein die charakteristische mineralische Note. Einen fabelhaften Riesling aus dem Rothenberg macht das Weingut August Eser in Oestrich. Der Rothenberg gehört zu den bedeutenden Halbhöhenlagen des Rheingaus.

Kiedrich

Die kleinste selbstständige Ortschaft im Rheingau wird auch das gotische Weindorf genannt. Sie wird erstmals in einer Urkunde aus dem 10. Jahrhundert erwähnt. Für die Entwicklung des Ortes maßgeblich war der Bau der Burg Scharfenstein im 12. Jahrhundert durch den Mainzer Erzbischof. In dessen Gefolge siedelten sich zahlreiche Adlige in dem Ort an.

Ein weiterer Meilenstein war die Schenkung einer Reliquie des heiligen Valentinus durch das Kloster Eberbach an die Kiedricher Kirche. Der heilige Valentinus ist der Schutzpatron der Fallsüchtigen. Für die Zisterzienser des Klosters waren die Wallfahrten der Kranken zur Reliquie eine empfindliche Störung ihrer Kontemplation oder auch ihres Wunsches, in Ruhe gelassen zu werden. Für die Kiedricher Bürger bedeuteten sie einen enormen wirtschaftlichen Aufschwung. Im 14. Jahrhundert begannen sie mit dem Bau der neuen Kirche St. Dionysius und Valentinus und der benachbarten Michaelskapelle, eines Beinhauses. Die Kirche wurde Anfang des 16. Jahrhunderts fertiggestellt. Da sie von vielen hinfälligen Kranken besucht wurde, stattete man sie mit Sitzgelegenheiten für die gemeinen Gottesdienstbesucher aus. Das reich verzierte Laiengestühl kann man noch heute bewundern.

Eine Kiedricher Besonderheit ist die im Mainzer Choraldialekt gesungene lateinische heilige Messe. Sie wird gesungen von den Kiedricher Chorbuben, einem der ältesten Knabenchöre Deutschlands. Ursprünglich sangen Geistliche, ab dem 17. Jahrhundert waren es dann Männer und Knaben aus der Gemeinde. Die Kiedricher hielten an dieser Tradition auch fest, als die katholische Kirche Ende des 18. Jahrhunderts diese unterband.

Eine weitere Besonderheit ist die Kiedricher Orgel, eine der ältesten bespielbaren Orgeln Deutschlands. Sie wurde um 1500 erbaut und bis 1800 gespielt. Glücklicherweise fehlte den Kiedrichern damals das Geld, sich eine neue Orgel anzuschaffen. So fand Baronet John Sutton, ein wohlhabender Engländer und Bewunderer der Gotik, Mitte des 19. Jahrhunderts eine Orgel vor, die er in aufwendiger Restaurationsarbeit in ihren Urzustand zurückversetzen lassen konnte, heute ist sie eine der wenigen gotischen Orgeln in historischer Stimmung.

Inselrhein

Zwischen Flusskilometer 499 und 527 liegt der unterste Abschnitt des Oberrheins, der Inselrhein. Wie der Name schon sagt, gibt es in diesem Flussabschnitt besonders viele Inseln, die hier Auen genannt werden. Die Rheinauen bilden eine Kette von Naturschutzgebieten, der hier anzutreffende Auenwald gehört zu den artenreichsten seiner Art in Europa, in dem eine Vielzahl seltener Vögel anzutreffen ist, die hier dauerhaft leben oder auf der Durchreise Rast machen: Pirole, Nachtigallen, Schellenten, Reiherenten, Meerenten, Eisenten, Eiderenten, Tafelenten, Gänsesäger, Haubentaucher, Zwergtaucher, Grauschnäpper, Kormorane, Graureiher, Graugänse, Weißstörche, Schwarzmilane und Fischadler.

Mariannenaue

Die Mariannenaue gehört zu Eltville. Sie ist über drei Kilometer lang und bis zu 300 Meter breit. Nördlich der Insel, in der kleinen Gieß, befindet sich die Hauptfahrrinne des Rheins, im Süden fließt die große Gieß, hier finden sich die von den Strömungsleitwerken umschlossenen Stillwasserzonen. Auf der Insel wird auf 23 Hektar Wein angebaut, der Rhein sorgt für geringe Temperaturschwankungen, das Grundwasser verringert die Probleme in trockenen Sommern. Das Mikroklima führt zu einem Vegetationsvorsprung von mehreren Wochen, zusammen mit dem kalkhaltigen Boden sind das ideale Bedingungen für den Anbau von Chardonnay, während der Riesling Feuchtigkeit und Herbstnebel weniger mag. Die Weinlagen auf der Insel heißen Erbacher Rheinhell und Hattenheimer Rheingarten.

Ihren Namen hat die Insel von Prinzessin Marianne von Oranien-Nassau, die die Insel 1855 zusammen mit dem in Erbach gelegenen Schloss Reinhartshausen erwarb. Die aus Holland stammende Prinzessin war eine ungewöhnliche und für ihre Zeit sehr unabhängige Frau. Sie akzeptierte die außerehelichen Verhältnisse ihres Mannes, Albrecht von Preußen, nicht und verlangte die Scheidung, was ihr das preußische Königshaus nicht verzieh und wofür es sie in die Verbannung schickte. Der Skandal wurde noch größer, als Marianne ein Verhältnis mit ihrem Leibkutscher Johannes van Rossum begann und das daraus hervorgegangene Kind nicht in einem Internat versteckte, sondern zusammen mit dem Geliebten großzog. Vom Adel geächtet, war Marianne eine erfolgreiche Unternehmerin und Kunstmäzenin, die bis zu ihrem Tod auf Schloss Reinhartshausen lebte. Wegen ihres sozialen Engagements war sie in der Bevölkerung sehr beliebt. Als ihr Sohn an Scharlach starb, stiftete sie die Erbacher Johanneskirche, in der ihr Sohn begraben wurde. Nach dem Tod des Lebensgefährten verweigerte der evangelische Pfarrer dessen in der Stiftungsurkunde vorgesehene Bestattung in der Kirche, woraufhin auch Marianne verfügte, außerhalb der Kirche auf dem Erbacher Friedhof neben ihrem Geliebten bestattet zu werden. So geschah es nach ihrem Tod 1883, allerdings verschwand der Grabstein, der an ihren Lebensgefährten erinnerte, stattdessen wird dort bis heute ihre Ehe mit dem preußischen Prinzen erwähnt.

Rüdesheim

Ursprünglich eine alte Keltensiedlung, dann ein Brückenkopf des römischen Kastells in Bingen auf dem Weg zum Limes. Im Mittelalter stand »Rudensheim« unter der Lehensherrschaft der Mainzer Bischöfe, die Waldrodungen zur Förderung des Weinbaus gestatteten. Weil die Handelswege wegen der Verengung des Rheintals in Rüdesheim endeten und die Waren auf Schiffe umgeladen werden mussten, siedelten sich in Rüdesheim viele Schiffer, Flößer und Lotsen an.

Heute ist Rüdesheim das Fremdenverkehrszentrum des Rheingaus. Ein Drittel aller Übernachtungen der Region (jährlich knapp 400.000) werden in der etwa 9.600 Einwohner zählenden Gemeinde registriert. Zu den touristischen Highlights zählen die Drosselgasse, das Niederwalddenkmal, die Seilbahn von Rüdesheim zum Niederwald, die Brömserburg, Kloster Eibingen, die Pfarrkirche St. Jakobus, Burg Ehrenfels, das Weinmuseum, das Mechanische Musikkabinett, das Spielzeugmuseum und das Mittelalterliche Foltermuseum.

Bis 1977 war Rüdesheim Kreisstadt des Rheingaukreises, noch heute ist es Standort für einige Kreisbehörden des Rheingau-Taunus-Kreises.

Bedeutende Weinlagen sind (u.a.) Rüdesheimer Berg Rottland, Berg Roseneck, Klosterlay, Magdalenenkreuz, Assmannshäuser Hölle.

Katharinentag

Der Rheingau war während des Zweiten Weltkrieges weitgehend von Bombardierungen verschont geblieben, bis am 25. November 1944 rund 250 Maschinen der amerikanischen Luftwaffe mehr als 2.400 Spreng- und 27.400 Stabbrandbomben über Rüdesheim und Umgebung abwarfen. Über 200 Zivilisten starben, die Altstadt wurde zu zwei Dritteln zerstört. Warum die strategisch unbedeutende Stadt derart massiv bombardiert wurde, ist bis heute ungeklärt. Möglicherweise sollten die Tanklager und der Rangierbahnhof des linksrheinischen Bingen getroffen werden.

Niederwald mit Jagdschloss

Der Niederwald bei Rüdesheim ist ein Eichenschälwald, wie er im Rheinischen Schiefergebirge oft zu finden ist. Im 18. und 19. Jahrhundert diente er der Lohegewinnung, das heißt der Gewinnung von Tannin aus der Rinde der Eichen, das zum

Gerben von Leder gebraucht wurde. Die Bäume wurden einzeln oder parzellenweise nach etwa 15–30 Jahren geschlagen, aus den Wurzelstöcken treiben die Eichen neu aus. So ergab sich ein vielgestaltiges Waldbild mit eher niedrigen Bäumen und viel Lichteinfall.

Der Rüdesheimer Niederwald gehörte zur Burg Ehrenfels, die im Besitz des Mainzer Domkapitels war, an der Stelle des Jagdschlosses stand früher ein Wirtschaftshof. Nach der Zerstörung der Burg durch französische Truppen im Pfälzer Erbfolgekrieg wurde der Niederwald verkauft und kam in den Besitz der Grafen von Ostein, die das Jagdschloss errichten ließen. Einer der Grafen von Ostein erschloss den Niederwald als Jagdwald und ließ Holzbauten, wie ein Bauernhaus, eine Eremitage und einen Holzmeiler, errichten, später auch einen Rundtempel, eine künstliche Ruine, einen Rittersaal und eine Räuberhöhle. Es waren Inszenierungen im Geiste der Romantik, die vor allem den Gästen des Grafen gewidmet waren, aber auch der Öffentlichkeit zugutekamen.

Später fielen der Niederwald und das Jagdschloss in den Besitz des Herzogtums Hessen-Nassau und nach dem Preußisch-Österreichischen Krieg wie der ganze Rheingau an Preußen. Heute gehören Wald und Schloss, anders als in dieser Geschichte geschildert, dem Land Hessen. Im Schloss ist ein Hotel untergebracht, das verpachtet ist. Hier fand 1948 die Niederwaldkonferenz der westdeutschen Ministerpräsidenten statt, in der die Gründung der Bundesrepublik vorbereitet wurde.

Germania

1883 weihte Kaiser Wilhelm I. im Gedenken an den Sieg über Frankreich das Niederwalddenkmal ein, die Germania, ein achtunddreißig Meter hohes und zweiunddreißig Tonnen schweres Monument aus Stein und Bronze. »Lieb Vaterland, magst ruhig sein, fest steht und treu die Wacht am Rhein«, heißt es in dem Lied von Max Schneckenburger, das dort in Stein gemeißelt zu lesen ist. Das Denkmal beflügelte den Tourismus ungemein. Waren es im 19. Jahrhundert vor allem Romantiker aus allen Ecken Europas, die das Rheintal als eine der schönsten Landschaften des Kontinents aufsuchten, so waren es nach der Errichtung des Denkmals überwiegend stolze Deutsche, die dem deutschen Rhein huldigten. Heute kommen die jährlich 1,5 Millionen Besucher aus aller Welt, und das nationale Pathos vergangener Tage hat sich verflüchtigt. Hoffentlich bleibt das so …

Abtei St. Hildegard

1165 gründete Hildegard von Bingen das Benediktinerinnenkloster Eibingen. Es wurde 1803 säkularisiert und ab 1904 im neoromanischen Stil neu errichtet. Während des Zweiten Weltkriegs wurden die Schwestern von der Gestapo vertrieben, kehrten nach Kriegsende jedoch in ihre Abtei zurück. Das Kloster betreibt ein Weingut, einen Klosterladen, ein integratives Café und ein Gästehaus.

Mäuseturm

Die Insel an der Engstelle des Fahrwassers bei Bingen wurde von den Erzbischöfen von Mainz als Zollstelle genutzt, im 13. Jahrhundert wurde dort ein steinerner Turm errichtet. Später wurde der Turm als Signalturm für die Schifffahrt genutzt.

Der Name leitet sich vom mittelhochdeutschen »musen« ab, was lauern bedeutet, eine weitere mögliche Ableitung ist die »Maut«, also das Wegegeld. Die Legende über den grausamen Tod von Bischof Hatto wird erstmals im 16. Jahrhundert erwähnt.

Bischoff Hatto lebte und starb im 10. Jahrhundert. Von Kaiser Otto erhielt er die Stadt Bingen als Lehen und erhöhte als Erstes die Steuern und Abgaben. Die Binger Bevölkerung hat ihm das nicht vergessen.

Binger Loch

Bei Flusskilometer 530,8 tritt der Rhein in das Durchbruchtal durch das Rheinische Schiefergebirge ein. Ein quer verlaufendes Riff behinderte die Schifffahrt früher ganz erheblich. Dies änderte sich erst, als im 17. Jahrhundert im Auftrag von Frankfurter Kaufleuten ein Loch in das Riff gesprengt wurde, das Binger Loch. Seither ist der Rhein durchgängig schiffbar. In der Folge änderte sich die Flusslandschaft erheblich, die Flussgeschwindigkeit oberhalb des Riffs beschleunigte sich, viele der Rheininseln in Ufernähe versandeten, einige wurden weggespült. Der Grundwasserspiegel in Mainz sank so stark, dass die Fundamente des Mainzer Doms Anfang des 20. Jahrhunderts erneuert werden mussten.

Das Binger Loch wurde im Laufe der Jahrhunderte immer wieder durch Sprengungen verbreitert und stellt heute kein nennenswertes Hindernis für die Rheinschifffahrt mehr dar. Lediglich bei extremem Niedrigwasser muss der Schiffsverkehr eingestellt werden.

Lorch

Urkundlich wird Lorch erstmals im 11. Jahrhundert erwähnt. Der Ort liegt an der Mündung der Wisper in den Rhein, der Weinbau ist hier von Steillagen geprägt. Lorch ist die westlichste Gemeinde Hessens, hier begann im Mittelalter das Rheingauer Gebück. Seit Anfang der 60er Jahre prägte die Bundeswehr über 45 Jahre die Stadt mit einem Flugabwehrregiment und zwei unterirdisch gelegenen Depots. Sehenswert ist in Lorch u.a. das Hilchenhaus aus dem 16. Jahrhundert, der bedeutendste Renaissancebau im Oberen Mittelrheintal. Auf dem Gebiet von Lorch liegt, in einem Naturpark am Teufelsadrich, der Campingplatz Suleika. Bekannte Weinlagen sind Bodenthal-Steinberg, Kapellenberg und Pfaffenwies.

Freistaat Flaschenhals

Nach dem Ersten Weltkrieg wurden die linksrheinischen Gebiete Deutschlands besetzt, außerdem rechtsrheinische Brückenköpfe bei Köln, Koblenz und Mainz, deren Grenzen mit einem Zirkel und dem Radius von 30 Kilometern geschlagen wurden. Zwischen dem französischen Kopf bei Mainz und dem amerikanischen bei Koblenz blieb ein kleiner Streifen unbesetzten Landes, der vom Rest des unbesetzten Deutschlands abgeschnitten war und vom Bürgermeister von Lorch regiert wurde. Der Freistaat druckte sogar eigenes Notgeld. 1923 marschierten französische Truppen ein, 1924 wurde die rechtsrheinische Besatzung beendet.

Lorcher Werth

»Werth« ist das mittelhochdeutsche Wort für Insel. Hier sollte in den 1920er Jahren ein »Reichsehrenmal« für die Gefallenen des Ersten Weltkriegs entstehen. Es war ein Stadion für 100.000 Menschen geplant. Während der Weltwirtschaftskrise wurde das Toteninselprojekt aufgegeben. Heute ist der Lorcher Werth Naturschutzgebiet.

Kaub

Mit nur 860 Einwohnern ist Kaub die kleinste Stadt von Rheinland-Pfalz. Im Mittelalter spielte sie vor allem als Zollstation eine Rolle. Neben Burg Pfalzgrafenstein liegt noch die heute in Privatbesitz befindliche Burg Gutenfels aus der Stauferzeit auf dem Stadtgebiet. Im Ort sind Reste der mittelalterlichen Stadtbefestigung, die Pfälzische Doppelkirche (mit einem katholischen und einem evangelischen Teil), die Kurpfälzische Zollschreiberei, die Amtskellerei und das Blücherdenkmal zu bewundern.

Falkenau und Burg Pfalzgrafenstein

Auf der Insel gegenüber von Kaub steht die Burg Pfalzgrafenstein. Der Burg wegen pendelt ein Fährboot zwischen der Insel und Kaub. Die Burg, die auch die Pfalz bei Kaub genannt wird, wurde im 14. Jahrhundert von Ludwig dem Bayern errichtet, um die Zollzahlungen an der Zahlstelle in Kaub abzusichern, nachdem er vom Papst mit einem Kirchenbann belegt worden war. Sie diente nie Wohnzwecken, sondern wurde ausschließlich militärisch genutzt. Sie gehört zu den wenigen vollständig erhaltenen Burgen im Rheintal.

Rheinsteig

Der 2005 eingeweihte Fernwanderweg ist 320 Kilometer lang und verläuft rechtsrheinisch von Bonn nach Wiesbaden. Unter anderem liegen an der Strecke: Feindliche Brüder, Loreley, Burg Pfalzgrafenstein, Assmannshausen mit Höllenberg, Niederwalddenkmal, Kloster Marienthal, Schloss Johannisberg, Schloss Vollrads, Kloster Eberbach, Burg Scharfenstein in Kiedrich, das Biebricher Schloss.

Loreley

Der berühmteste Felsen des Rheintals ist der Loreleyfelsen bei Rheinkilometer 555. Hier ist der Fluss nur noch 145–160 Meter breit und 25 Meter tief, im schiffbaren Abschnitt des Rheins ist dies die engste und tiefste Stelle. »Ley« bezeichnet einen Felsen, »luren« bedeutet lauern, »lorren« heulen, »Loreley« bedeutet also lauernder oder heulender Felsen. Der Loreleyfelsen war schon immer eine wichtige Wegmarke und im Mittelalter berüchtigt für die Schiffsunglücke, die sich dort ereigneten, vor allem wegen der vielen Felsriffe, die sich hier befanden und die erst im letzten Jahrhundert durch Sprengungen beseitigt wurden.

In diesem Buch spielt vor allem die Sagengestalt der Loreley eine Rolle.

Die Sage von der Loreley geht auf eine Ballade von Clemens von Brentano zurück, die in seinem Roman »Godwi oder Das steinerne Bild der Mutter« (1801) zu finden ist.

Bei Brentano ist Lore Lay eine Zauberin aus Bacharach. Wegen ihrer verführerischen Schönheit verfallen ihr viele Männer, die dadurch dem Tod geweiht sind. Sie wird deswegen vor Gericht gestellt und fleht den Bischof darum an, verbrannt zu werden, um als gute Christin sterben zu können. Doch der Bischof, gerührt von ihrer Schönheit, begnadigt sie zu einem Leben im Kloster. Auf dem Weg dorthin bittet sie ihre Begleiter, noch einmal den Rhein sehen zu dürfen, steigt auf einen Felsen, sieht ein Schiff, auf dem sie einen Geliebten wähnt, und stürzt in die Tiefe, die drei Ritter in ihrem Gefolge mit sich ziehend.

Die Rezeption dieser Geschichte war derart lebhaft, dass sie bald als eine authentische mittelalterliche Sage angesehen wurde. Knapp 30 Jahre später spricht Heinrich Heine von einem »Märchen aus alten Zeiten«.

Bei ihm ist aus der unterwürfigen Zauberin, die sich selbst verurteilt und sich den Tod wünscht, eine geheimnisvolle und selbstbewusste Frau geworden, deren wunderbarer Anblick und gewaltiger Gesang die Männer kopflos macht und sie damit ihrem Verderben ausliefert. Lore-Ley hat bei ihm aufgehört, ein Opfer zu sein, das sich unterordnet und in seinen eigenen Untergang einwilligt.

Feindliche Brüder und Burg Liebenstein

Die Sage aus dem 16. Jahrhundert wird im Roman erzählt. Sie bezieht sich auf die Burgen Sterrenberg und Liebenstein bei Kamp-Bornhofen.

Burg Liebenstein wurde im 13. Jahrhundert als Vorburg zur Burg Sterrenberg errichtet. Es kam immer wieder zu Erbstreitigkeiten zwischen den Besitzern der beiden Burgen. Schließlich ging Burg Sterrenberg an das Erzbistum von Trier, und Burg

Liebenstein teilten sich bis zu zehn Familien aus dem Clan der von Sterrenberg, die sich später von Liebensteins nannten. Jede der Familien errichtete auf der sogenannten Ganerbenburg, einer mittelalterlichen Form der Erbengemeinschaft, eigene Wohngebäude und Wehrtürme.

Danksagung

Ich danke Urs Mergard für seine Beratung in kriminalistischen Fragen, Andreas Raab für die Hinweise zur Rheinschifffahrt, Karlo Dillmann und Norbert Hübscher für ihre Informationen über die Rüdesheimer Wasserschutzpolizei.

Meiner Lektorin Marion Heister danke ich für die gute Zusammenarbeit und Christel Steinmetz und dem Emons Verlag für die freundliche Unterstützung.

Meine Frau Ingrid hat mich bei der Entwicklung der Geschichte mit viel Kreativität und Geduld begleitet, sie war die erste Leserin und konstruktive Kritikerin des Buches. Ihr gilt mein besonderer Dank.

Eltville, im Frühjahr 2020

Roland Stark
TOD BEI KILOMETER 512
Broschur, 240 Seiten
ISBN 978-3-89705-490-5

»Ein Krimi mit Spannung, voller interessanter Figuren, mit viel Lokalkolorit und gelungenen Beschreibungen.« Wiesbadener Kurier

»Viel Spannung mit hohem Unterhaltungswert.« Rheingau Echo

Roland Stark
TOD IM KLOSTERGARTEN
Broschur, 336 Seiten
ISBN 978-3-89705-605-3

»Roland Stark blickt in die Seelen der Menschen. Er beschreibt gekonnt und geschmeidig ihre Abgründe und ihre Liebenswürdigkeiten in seinen Kriminalromanen.« Rheingau Echo

»Empfehlenswert für Krimi- und Rheingauliebhaber gleichermaßen.« Radio RheinWelle

www.emons-verlag.de

Roland Stark
TOD IN ZWEI TONARTEN
Broschur, 304 Seiten
ISBN 978-3-89705-727-2

»Es fasziniert, wie Stark ›die Psychologie, die hinter den Verbrechen steht‹, beleuchtet. Dabei hilft ihm, dass er sich in der Psyche des Menschen auskennt.« Wiesbadener Kurier

»Ein spannender Psychokrimi.« Rheingau Echo

Roland Stark
FRAU HOLLE IST TOT
Broschur, 336 Seiten
ISBN 978-3-95451-015-3

»Der neue Krimi von Roland Stark bleibt spannend bis zum Schluss. Für Leser aus dem Rheingau ist ein besonderes Vergnügen, die Handlung in der vertrauten Umgebung zu erleben.« Rheingau Echo

www.emons-verlag.de

Roland Stark
DER WILDE DUFT DES TODES
Broschur, 288 Seiten
ISBN 978-3-95451-398-7

»Roland Stark verschmilzt konträre Genres zum dichten, bis zuletzt
spannenden Plot. Er verwebt Krimi, Kochbuch, Lebensgeschichte
der Patientin und historischen Roman mit Aspekten wie Weinbau,
Straußwirtschaften und Gästeführungen.« Wiesbadener Kurier

www.emons-verlag.de

Roland Stark
TOD AM HÖLLENBERG
Broschur, 336 Seiten
ISBN 978-3-7408-0213-4

Im Aßmannshäuser Höllenberg wird eine Leiche gefunden, die dort vor acht Jahren vergraben wurde. Als dann noch ein wichtiger Zeuge verschwindet, ahnt Kommissar Mayfeld, dass er vor dem härtesten Fall seiner Karriere steht. Bei seinen Ermittlungen stößt er in ein Nest aus Götzendienern und Gotteskriegern – und auf eine Verschwörung, mit der niemand gerechnet hat.

www.emons-verlag.de